6

grafit

Chemnitzer Str. 31, D-44139 Dortmund
Internet: http://www.grafit.de
E-Mail: info@grafit.de

Umschlagillustration: Peter Bucker
Druck und Bindearbeiten: Elsnerdruck GmbH, Berlin
ISBN 3-89425-265-0
2. 3. 4. 5. / 2004 2003 2002

Horst Eckert

Ausgezählt

Kriminalroman

grafit

Der Autor

Horst Eckert wurde am 7. Mai 1959 in Weiden/Oberpfalz geboren. Aufgewachsen in Pressath, in der nordost-bayrischen Provinz. Studium in Erlangen und Berlin (Diplompolitologe). Er arbeitet als Fernsehjournalist und Autor und lebt seit 1987 in Düsseldorf.

Mit *Annas Erbe* debütierte er 1995 als Kriminalschriftsteller. 1996 folgte *Bittere Delikatessen,* 1997 *Aufgeputscht,* 1999 *Finstere Seelen* und 2000 *Die Zwillingsfalle.*

Drei Romane Horst Eckerts sind ins Tschechische übersetzt worden.

Für *Aufgeputscht* erhielt Horst Eckert von der ›Raymond-Chandler-Gesellschaft‹ in Ulm den ›Marlowe‹ für den besten deutschsprachigen Kriminalroman des Jahres 1997. Zudem war *Aufgeputscht* für den ›Friedrich-Glauser-Preis‹, den höchstdotierten deutschen Krimipreis, nominiert. Nicht nur nominiert, sondern auch ausgezeichnet wurde *Die Zwillingsfalle* mit dem ›Glauser‹. Der »ausdrucksstarke Kriminal- und Polizeiroman« sei eine »Bullenoper bester Güte« lobten die Krimischriftsteller-Kollegen, die – zusammengeschlossen in der Vereinigung ›Das Syndikat‹ – alljährlich den Preis vergeben.

Weitere Informationen auf der Homepage des Autors im Internet unter: http://www.horsteckert.de

Die Welt ist tief,
und tiefer, als der Tag gedacht.

Friedrich Nietzsche

Für Kathie und Klaus

PROLOG

Ob er unter Räuber gefallen sei, fragte die Frau und spielte auf seine Blessuren an. Er schaffte es, darüber zu lächeln, und wusste, dass es eine gute Entscheidung gewesen war, sich ans Ende der Welt zurückzuziehen.

Sie setzten sich an die lange Tafel des *Bayon Restaurant* und studierten die zweisprachige Karte. Er spürte fast keine Schmerzen mehr. Er war hungrig. Der Abstand zu seinem bisherigen Leben betrug vier Tage und knapp zehntausend Kilometer.

Sie hörten den Geschichten der Einheimischen zu. Seine Begleiterin mokierte sich über deren schlechtes Englisch. Ihm gefiel es, wenn die Leute etwas erzählten. Es half ihm auszublenden, was zu Hause geschehen war.

Am Tag hatte er sich ein Fahrrad geliehen, um in die Tempelzone zu gelangen. Er genoss es, durch den Wald zu streifen und Ruinen zu besteigen. Er fand den Ort, den er vor zwölf Jahren schon einmal betreten hatte, damals mit dem Hubschrauber einschwebend. *Ta Prohm Kel:* Nun eine Großbaustelle – mitten zwischen den Tempeln zog ein koreanischer Konzern einen Hotelkomplex hoch. Planierraupen qualmten, Betonmischer rumpelten. Ein Schild kündigte Fünf-Sterne-Luxus an.

Die Verkäufer an den Souvenirständen fragten: »Col' drink, Mista?«

Die Kinder bettelten: »Wandalla, Wandalla!«

Er begriff, dass sie einen Dollar verlangten, und verteilte Banknoten, bis er einsah, dass es zu viele Kinder waren.

Als er in die Stadt zurückkehrte, erkannte er, dass er schon wieder auf der Suche war – er studierte die Gesichter der Einheimischen und schätzte ihr Alter ein.

Vielleicht lebte Sok San hier, angelockt vom Geld der

Touristen. Sok San: Guerilla-Offizier, Schmuggler und Mörder. Er fragte sich, wie er reagieren würde, wenn er dem Kerl begegnen würde, dem einzigen Menschen in diesem Land, dessen Namen er buchstabieren konnte.

Vom Hotel aus rief er seine Mutter an. Er stellte sich vor, dass sein Name in den Zeitungen stand und Mutter sich fragte, wie es ihm ging. Bei ihr zu Hause war es jetzt später Vormittag.

»Was willst du in diesem Land?«, wollte sie wissen.

Er antwortete: »Mach dir keine Sorgen. Es ist schön hier. Es ist nicht mehr gefährlich.«

Mutter hoffte, dass er bald zurückkehrte. Doch er hatte Angst davor.

In seinem bisherigen Leben hatte er Menschen zerstört und beinahe sich selbst.

Nach dem Abendessen schlenderte er mit seiner Begleiterin durch die Stadt. Es boten sich nicht viele Alternativen: Tiger Beer in der *Ivy Lounge*, Tomb Raider Cocktails in der *Red Piano Bar*. Ab und zu eine Vorführung traditioneller Tänze im Saal gegenüber, das Diner im Preis inbegriffen.

Vor einem Plakat blieb seine Begleiterin stehen: ein Thai-Boxkampf.

Die Erinnerung wurde gegenwärtig: Auch sein Name hatte auf einem Plakat gestanden. Er war bereits als Sieger gefeiert worden.

Er dachte an Leute, die er hinter sich gelassen hatte. Freunde und Kollegen, die Verräter waren. Frauen, die ihn getäuscht hatten, und Frauen, denen er wehgetan hatte.

Sein altes Leben. Vor vier Tagen war es explodiert – buchstäblich.

Die Begleiterin wollte tatsächlich den Boxkampf sehen. Er willigte ein, weil er hoffte, dass ihn etwas davon an gute Zeiten erinnern würde. Glanzpunkte unter dem Schutt der Vergangenheit – zu ihnen würde er nicht mehr zurückkehren können.

Teil I

Partner

1.

Gerd Janssen konnte nicht verstehen, warum sein bester Kämpfer auf diese Art seine Laufbahn beenden wollte. In achtzehn Jahren hatte er den Jungen nicht so erlebt. Bruno tänzelte, wie Janssen es ihm geraten hatte. Aber er jagte den Gegner nicht. Er wich nur aus.

Der Duisburger, ein bulliger Türke namens Ekinci, marschierte auf Bruno zu, der ihn mit einer linken Geraden empfing, nichts folgen ließ und zurückwich. Ekinci duckte sich, ging nach vorn und landete einen Haken gegen Brunos Rippen, einen zweiten ließ Janssens Schützling durch eine rasche Drehung ins Leere gehen.

Der Junge tanzte durch den Ring – eine fast perfekte Vorstellung. Auf den Zehen, im Uhrzeigersinn um den Türken kreisend. Mit ein paar linken Geraden spielte er seine Reichweite aus, ohne wirklich anzugreifen. Ekinci versuchte unter den Schlägen wegzutauchen, in die Nahdistanz zu gehen, seine Schlagkraft auszuspielen. Doch Bruno war immer woanders. Warum, zum Teufel, konterte er nicht?

Janssen spürte, dass auch das Publikum unruhig wurde.

Vor dem Gong deutete der Junge kurz an, was in ihm steckte. Links-links-rechts, zwei Schläge krachten in das Gesicht des Gegners, der zu spät die Fäuste hochriss. Bruno wich zurück, Ekinci ging nach vorn und kassierte eine weitere Kombination, die ihn wie ein Trommelwirbel an Körper und Kinn traf.

Ja! Das war es, was Janssen dem Jungen gepredigt hatte, seit er ihn als Dreizehnjährigen unter die Fittiche genommen hatte. *Dominanz ausüben.* Dem anderen den Rhythmus aufzwingen und ihn demoralisieren. Sobald der Gegner innerlich aufgibt, hast du gewonnen.

Die erste Runde im Kampf um die Niederrheinmeisterschaft im Halbschwergewicht der Amateure war vorbei.

Wenn der Junge Glück hatte, würden die Kampfrichter sie unentschieden werten.

Janssen kletterte in den Ring und nahm Bruno den Mundschutz heraus. Wilfried, der Co-Trainer, hievte den Eimer auf das Podest und drückte den Schwamm auf Brunos Stirn aus.

»Dem Türken hab ich was zu denken gegeben«, sagte Bruno ohne Feuer in der Stimme. Als sei er mit den Gedanken woanders.

Bei seiner neuen Freundin, vermutete Janssen.

»Du hast die Runde ordentlich abgeschlossen, das war alles«, sagte er.

»Ich tanze. Das macht Eindruck auf die Richter.«

»Ach was.«

Jeden anderen Kämpfer hätte Janssen angebrüllt. Aber bei Bruno wirkte die übliche Anfeuerung nicht. Janssen spürte seine Grenzen als Trainer. Er hatte zwar die Lizenz, aber er war nicht mehr als ein sechsundfünfzigjähriger Maschinenschlosser und Exboxer, der ehrenamtlich die Aktiven des TuS Gerresheim betreute.

Er schob Bruno den Mundschutz zurück auf die Zähne, tätschelte ihm den Nacken und blickte ihm streng in die Augen, hoffend, dass er ihn damit aufrütteln würde.

»Ring frei, Runde zwei«, rief der Zeitnehmer.

Ekinci schlug die Fäuste unternehmungslustig gegeneinander. Bruno umkreiste ihn. Ein kurzer Schlagabtausch, dann hatte der Türke den Gerresheimer in der Ecke. Bruno blockte die wuchtigen Hiebe ab, so gut er konnte. Janssen fragte sich, wer da wem etwas zu denken gab.

Der Junge rettete sich in den Clinch. Der Ringrichter trennte. Bruno tanzte wieder, wich aus und griff gerade oft genug an, um nicht wegen Untätigkeit verwarnt zu werden. Janssen hielt es kaum auf der Bank. Als Sekundant musste er still bleiben – der Ringrichter war als scharfer Hund bekannt und eine Disqualifizierung war das Letzte, was Janssen für seinen Liebling riskieren wollte. Er schraubte den Flachmann auf und genehmigte sich einen Schluck zur Beruhigung.

Tänzeln und Finten. Der Gong. Ein verächtliches Abwinken des Duisburgers: Du hast nichts außer deinen flinken Beinen.

Bruno wehrte den Schwamm ab. Er wirkte frisch, keine Schramme im Gesicht. Nur seinem Atem war anzumerken, dass er in einem Finalkampf stand. Wilfried hielt ihm den Becher hin. Der Junge trank, spülte den Mund aus und spuckte in den Eimer. Janssen knetete ihm den Nacken. Der Trainer folgte Brunos Blick und entdeckte zwei leere Stühle in der zweiten Reihe – der Junge hatte sie für seine neue Freundin und einen Kollegen reserviert.

»Ist das der Grund, warum du nicht kämpfst?«, fragte Janssen.

Bruno schwieg. Er hatte die Dienststelle gewechselt und arbeitete seit kurzem meist abends oder nachts. Er konnte nicht mehr regelmäßig trainieren und für Wettkämpfe wie heute musste er sich freinehmen. Nach der Niederrheinmeisterschaft sei Schluss, hatte er Janssen erklärt. Der Trainer wusste, dass die Entscheidung nicht allein wegen Brunos Job gefallen war.

Wie so oft. Die besten Sportler hingen die Handschuhe an den Nagel, wenn die Freundin nichts für das Boxen übrig hatte. Janssen fand es schade, dass seine eigene Tochter zu jung für Bruno war. Hannah würde dem Jungen den Sport nicht verbieten.

»Mensch, zeig endlich, was du draufhast!«, quengelte Wilfried.

Bruno schielte auf die Uhr an Janssens Handgelenk.

Karen hieß seine Neue. Eine Fernsehjournalistin. In diesen Kreisen spielte man Tennis oder Golf, vermutete der Trainer. Vor Jahren hatte sich Bruno schon einmal überreden lassen, das Boxen aufzugeben. Falsche Freunde, Flausen im Kopf. Diesmal schien es endgültig zu sein. Janssen wünschte ihm Glück. Der Junge war einunddreißig. Eigentlich schien sein neues Mädel ja auch ganz nett zu sein. Aber Bruno sollte verdammt noch mal nicht auf diese Art abtreten!

Der Zeitnehmer kündigte die nächste Runde an, Janssen und sein Helfer räumten die Ecke.

Der Tanz ging weiter. Ekinci griff an, drängte Bruno gegen die Seile, wollte den entscheidenden Schlag landen. Der Junge deckte das Gesicht ab, der Türke trommelte gegen Arme und Schultern. Die Duisburger Fans feuerten ihren Kämpfer an, jetzt auch unterstützt vom Rest des Publikums, das froh war, dass etwas geschah. Bruno stieß Ekinci zurück, tänzelte durch den Ring, verfolgt von vereinzelten Pfiffen und einem bulligen Gegner, der einen Haken nach dem anderen in die Luft schlug. Janssen sah, dass der Türke müde wurde. Warum nutzte Bruno das nicht aus?

Die letzte Pause. Janssen wollte nach dem Mundschutz greifen, doch der Junge drehte den Kopf weg, nahm ihm den Schwamm ab, schob das Trikot hoch und ließ das Wasser über die roten Flecken auf seinen Rippen laufen.

Ein schlanker Blonder mit Oberlippenbart schlich durch die Zuschauerreihen und setzte sich auf einen der freien Plätze. Offenbar der Kollege aus Brunos neuer Dienststelle. Sein neuer Partner.

Janssen sagte: »Wenn du Wert darauf legst, ein schönes Gesicht zu behalten, solltest du erst gar nicht in den Ring steigen. Lass uns das Theater abbrechen. Alle sind wegen der Boxkämpfe hergekommen. Nur du anscheinend nicht.«

Bruno sah ihn finster an, als sei es die Schuld des Trainers, dass seine Karen nicht erschienen war.

Janssen versuchte es mit einer Standpauke: »Du hast einen Job, der dir Spaß macht. Du hast eine neue Freundin. Wunderbar. Sie redet dir ein, dass Boxkampf nur dummes Geklopfe sei. Okay, viele denken so. Aber ich hab dich nicht all die Jahre ausgebildet, damit du mich hier blamierst. Es ist nur die Scheißniederrheinmeisterschaft, aber da drin tut's weh.« Er hieb sich gegen die eigene Brust. »Zweihundert Leute in dieser Halle halten dich in diesem Moment für einen Waschlappen. Wenn du schon nicht für deinen alten Trainer kämpfen willst, dann tu es für dich!«

Janssen und der Co-Trainer zogen sich auf ihre Plätze zurück. Sie beobachteten, wie Bruno seinem Kollegen zuwinkte. Der Neuankömmling hielt eine Papiertüte hoch, die er auf dem Sitz neben sich abstellte.

Wilfried raunte Janssen zu: »Die Punkte, die Bruno in drei Runden verloren hat, kann er jetzt nicht mehr wettmachen.«

Der Junge wich aus, Ekinci marschierte und landete Körpertreffer. Die Leute johlten. Sie wollten den Tänzer am Boden sehen. Bruno floh in die andere Ecke. Als er zu dem leeren Stuhl hinübersah, kassierte er eine fürchterliche Rechte des Türken, die seinen Kopf in den Nacken knallen ließ. Der Ringrichter umkreiste ihn mit hektischen Schritten, doch Bruno schwankte nur einen Moment.

Ekinci holte wieder aus und fing einen Konter mit Brunos Führungshand am Kopf, eine zweite Gerade mit rechts, wehrte mit Mühe den dritten Schlag ab, taumelte, ging in den Clinch. Der Ringrichter trennte. Bruno wich zurück und das Spiel wiederholte sich: Ekinci marschierte, Bruno tanzte zur Seite, schlug zwei Linke, eine Rechte, hatte den Gegner in den Seilen, der überrascht wirkte, als hätte er mit Gegenwehr nicht mehr gerechnet.

Jetzt, dachte Janssen. Deck ihn mit Schlägen ein. *Dominanz.*

Doch wieder wich der Junge zurück. Ekinci verfolgte ihn, holte aus und schlug einen langen Haken in die Luft. Bruno konterte endlich und traf. Brust, Magen, Kinn. Ein kurzes Schlaggewitter. Ekincis nächster Haken ging weit daneben, der Schwung riss den Türken an Bruno vorbei, fast fiel er in die Seile. Bruno über ihm. Zwei linke Haken, ein rechter. Schnell und hart. Ekinci fuchtelte unkoordiniert mit den Fäusten. Brunos Rechte traf ihn mitten ins Gesicht, ein verheerender linker Haken schleuderte den Kopf des Duisburgers zur Seite. Knochen knirschten, Blut sickerte aus einem Riss unter dem Auge.

Das ist der Bruno, den ich kenne, dachte Janssen – umkreisen, lauern, vernichtend schlagen.

Ekinci taumelte auf den Gerresheimer zu, begann zu fallen, mit den Fäusten vergeblich Halt suchend, an Bruno vorbei, der noch immer schlagbereit der Bewegung folgte und zusah, wie der Duisburger auf den Boden prallte und liegen blieb.

Die Zuschauermeute tobte, als sei sie von Beginn an auf Brunos Seite gewesen. Die Saalanlage kam gegen den Jubel kaum an, die Stimme des Sprechers ging unter. Der Mann in Weiß hob Brunos rechten Arm.

Jeder wollte dem Niederrhein-Champion auf die Schulter klopfen. Der silberne Umhang mit dem Logo des TuS Gerresheim stand seinem Schützling gut, fand Janssen.

»Du bist in der Form deines Lebens, Bruno. Bielefeld in drei Wochen. Den Landesmeister schaffst du spielend.«

»Hör auf.«

»Und danach fahren wir zur deutschen Meisterschaft nach Potsdam.«

»Vergiss es, Janssen. Es ist vorbei.«

Der blonde Polizist wühlte sich durch die Gratulanten und umarmte den Sieger. »Die einen werden ausgezählt, die anderen steigen auf. Bravo, Bruno!« Er schüttelte Janssen die Hand. »Haben Sie ihm das beigebracht? Er tanzt wie Ali und schlägt zu wie Ali. Alle Achtung.«

Bruno stellte den Polizeikollegen vor. Thomas Eberhard, sein Partner in der Kriminalwache. Sein Trainer in Sachen Kripoarbeit. Der Kollege zog eine Flasche Schampus aus der Papiertüte. Eberhard scherzte: »Im Dienst wirkt der Junge ganz harmlos.«

Der Coach taxierte den Blonden: durchschnittlich muskulös, Zigarettenpackung in der Hemdtasche, knapp zu alt, um an Kämpfen teilzunehmen – die Grenze bei den Amateuren lag bei 37 Jahren.

Die Pulle hatte ein gelbes Etikett – echter Champagner, das richtig teure Zeug.

»Jedenfalls können Sie sich mit ihm an Ihrer Seite sicher fühlen«, antwortete Janssen.

»Solange er nicht auf mich losgeht!«

Alle lachten. In Ermangelung der Gläser tranken sie das Sprudelzeug aus der Flasche. Janssen bekniete Bruno erneut. Er bot Einzeltraining an. Am frühen Morgen, bevor er selbst in die Fabrik musste. Oder am Abend, bevor Brunos Nachtschicht begann.

Bruno ließ sich nicht umstimmen.

Der Sprecher kündigte die Entscheidung im Schwergewicht an. Die Leute im Saal beruhigten sich. Der eine Finalist war ebenfalls Polizist. Er trat für den Boxclub Kamp-Lintfort an.

Bruno blieb – aus reiner Höflichkeit.

Der letzte Kampf des Tages endete mit einem K.-o.-Sieg des Kerls aus Kamp-Lintfort. Noch während der Ringrichter zählte, verdrückte sich Bruno.

Es scheint wirklich etwas Ernstes zwischen ihm und der neuen Freundin zu sein, stellte Janssen fest.

2.

Mahé–Düsseldorf. Schlappe fünfundzwanzig Grad Temperaturunterschied. Als Bruno und Karen Wegmann in den deutschen November zurückkehrten, war die Wohnung ungeheizt.

Am nächsten Tag spürte Bruno ein Kratzen im Hals. Leichte Kopfschmerzen, Schnupfen im Anmarsch. Der Alltag hatte ihn wieder.

Als Bruno sich zum Dienst verabschiedete, machte sich Karen ans Formulieren der Danksagungen für all die Glückwünsche und Geschenke, die sie erhalten hatten – sie hielt sich für die bessere Texterin.

Seine erste Schicht nach drei Wochen Urlaub: ein kalter Nachmittag, dämmrig und regnerisch.

Er parkte im Innenhof vor den abweisenden Mauern der Festung, quittierte die grüßende Geste von Jupp, dem Pförtner, mit einem Niesen und durchquerte das Foyer. Selbst der öde Flur, der zu seiner Dienststelle führte, konnte seine Stimmung nicht trüben. Er öffnete die Tür zum Funkraum der Kriminalwache und stand sofort im Mittelpunkt.

Das Ritual, das Bruno erwartet hatte: Die Kollegen machten sich über seine Sonnenbräune lustig – als sei es ein Zeichen von Impotenz, die Flitterwochen nicht ausschließlich im Bett zu verbringen. Sie mokierten sich über die angebliche Extravaganz eines Seychellenurlaubs und Bruno gönnte sich den Spaß, ihren Neid noch weiter anzustacheln. Er zeigte Schnappschüsse, frisch vom Express-Service: Karen beim Tauchgang zwischen Korallen, Karen beim Paragliding am Strand, Karen und er an der Bar – die Kokosnüsse enthielten Pina Colada und waren mit Früchten und Blüten dekoriert.

Schichtleiter Ritter klopfte Bruno die Schulter. »Na, ist sie schon schwanger?«

»Dafür haben wir noch Zeit.«

»Man muss ihnen ein Kind machen, sonst laufen sie einem davon!«

Bruno fiel keine schlagfertige Antwort ein. Karen war es, die mit dem Nachwuchs warten wollte. Er verstand selbst nicht recht, worauf.

»*Dir* laufen sie davon, aber nicht unserem Champion«, warf Marietta ein, das Huhn der Schicht, die einzige Frau. Nun lachten alle über Ritter.

»Wenn man bedenkt, dass alles in diesem Zimmer angefangen hat«, bemerkte Thomas Eberhard. »Das hübsche Mädel vom Fernsehen und Bruno, gerade drei Tage bei uns. In dem Beitrag hast du smarter als jeder Tatort-Kommissar gewirkt. Der Gruppenleiter tut immer noch so, als hätte er euch beide verkuppelt.«

Sein Partner wusste, dass Bruno die Reporterin schon gekannt hatte, bevor sie hier aufgekreuzt war, um ihren Film über die Kriminalwache zu drehen. Bereits in der Schulzeit hatten er und Karen viel miteinander unternommen, gemeinsam mit Fred, seinem besten Kumpel, der gleichzeitig Karens damaliger Freund gewesen war. Nach dem Abitur hatten sich die Wege getrennt.

Marietta warf ein: »Apropos Gruppenleiter. Was kann ein Zitronenfalter nicht?«

»Zitronen falten«, antwortete Bruno. Er ahnte, welche Frage sich anschließen würde. Ihm lief die Nase. Er schnorrte Tempos.

Geißler, dem Chef der Kriminalgruppe vier, unterstanden Fahndung, Erkennungsdienst und Kriminalwache. Es hieß, er sei so lange befördert worden, bis er eine Karrierestufe erreicht hatte, die ihn restlos überforderte. Und die Führungsetage sei voll mit solchen Leuten.

»Wohnungseinbruch in der Heinrichstraße«, meldete Onkel Jürgen, der am Monitor Platz genommen hatte. Keiner nannte ihn beim richtigen Namen. Der Spitzname rührte daher, dass er mit seiner Mähne dem Schlagersänger Jürgen Drews ähnelte.

Eberhard riss die Adresse ab, die der Drucker ausspie. »Schluss mit dem siebten Himmel, Bruno. Du bist wieder in Düsseldorf.«

Sobald die Sachbearbeiter der einzelnen Kommissariate Feierabend machten, waren die Beamten der Kriminalwache in Spät- und Nachtschicht zuständig für jeden Kriminalfall, der im Stadtgebiet gemeldet wurde. In erster Linie leisteten sie Tatortarbeit – die notwendigen und unaufschiebbaren Maßnahmen. Am nächsten Morgen übernahmen dann die Sachbearbeiter der einzelnen Kommissariate die Fälle. Die K-Wache genoss keine große Wertschätzung. *Bewaffnete Verwaltung*, lästerten die Kripokollegen aus anderen Dienststellen. Bruno scherte sich nicht darum.

Der Job war abwechslungsreich und die Zweierteams arbeiteten selbstständig. Bruno war froh, keine Kutte mehr tragen zu müssen wie noch vor einem Dreivierteljahr in der Polizeiinspektion Südwest. Dass ihm die Arbeit Spaß machte, lag auch an Eberhard.

Privat pflegte Bruno kaum Kontakt mit seinem Partner, aber er verehrte ihn – es hatte gedauert, bis er ihn Ebi nannte, wie die anderen in der Dienststelle es taten. Bruno lernte von ihm. Wie Ebi mit Leuten umsprang, das erinnerte Bruno an seinen alten Boxtrainer: *Dominanz ausüben.*

Sie bepackten den Omega mit ihren Taschen und rollten vom Hof. Das Fahren war Brunos Job.

In der Lorettostraße brannte bereits die Weihnachtsbeleuchtung. Bruno lutschte Halspastillen.

Vor zwei Tagen waren er und Karen noch im Meer geschnorchelt. Auf der Rückfahrt zum Strand hatten sie sich auf dem Bug in die Sonne gelegt und vom Auswandern geträumt. Delfine hatten das Boot begleitet. Sie hatten das Versprechen wiederholt: *In guten wie in schlechten Tagen.*

Nach seinen Kambodscha-Erfahrungen vor zwölf Jahren hätte Bruno nicht gedacht, dass ihm die Tropen gut gefallen würden – Karen hatte ihn jedoch überredet, dorthin zu fahren.

Ebis Handy klingelte. Der Kollege verhandelte mit seinem Broker. Bruno war froh, dass er sich nicht vom Aktienfieber hatte anstecken lassen. Die meisten Werte waren abgestürzt. Sein Partner zockte weiter. Schlechte Zahlen nannte Ebi Einstiegskurse.

Der Blonde steckte das Handy weg. »Gut, dass du zurück bist.«

»Wer ist in den letzten Wochen mit dir rausgefahren?«

»Fast jeden Tag ein anderer. Manchmal musste ich sogar allein raus.«

»Allein?« Das war unüblich. Sie fuhren stets zu zweit. Damit der eine den anderen schützte. Damit beide sich gegenseitig kontrollierten.

»Ritter war 'ne Zeit lang krank. Dann ging Schröder auf seinen Lehrgang und sie haben mich mit Marietta zusammengesteckt. Nichts gegen Marietta. Aber meine Frau ist eifersüchtig.« Ebi machte die Scheibenwischerbewegung. »Lara glaubt, ich hätte was mit unserem Huhn.«

Schon vor Brunos Urlaub hatte es in Ebis Ehe gekriselt. Bruno hatte gehofft, es würde sich wieder einrenken. Er konnte Lara gut leiden. Die beiden passten zueinander. Sie hatten ein Baby.

»Wie steht's mit dir und Lara?«

»Besser«, antwortete Ebi und machte eine Kunstpause. »Besser, du fragst nicht.« Er lachte matt über den eigenen Scherz.

Sie erreichten den Tatort. Heinrichstraße, ein Mietshaus aus den Fünfzigern. Der übliche Einbruchsfall, einer von rund dreizehnhundert im Jahr. Der Schließzylinder der Wohnungstür war geknackt, die Schubladen im Schlafzimmer standen auf, Bargeld fehlte. Die Mieter wunderten sich, dass ihr Fernseher noch da stand – als wäre die Glotze das wichtigste Gut.

Zurück zur K-Wache. Im Aufenthaltsraum stand eine Polstergarnitur, die Bruno noch nicht kannte. Tabakbraunes Leder.

»Onkel Jürgen hat sich was Neues gekauft«, erklärte Marietta. Die ausrangierten Teile des Onkels waren ein Fortschritt gegenüber den Sesseln vom Sperrmüll, die vorher hier gestanden hatten. Keine Sprungfedern mehr, die in den Hintern stachen.

Im Fernseher flimmerte n-tv. Ebi studierte die Börsenkurse. Zwei Kollegen brachten Pizza von ihrer Tour mit. Bruno griff zu und ließ sich berichten, was er in den letzten Wochen verpasst hatte.

Marietta kaute und sprach: »Einmal wurden wir zu 'ner Leiche gerufen. Der Schupo, der uns empfing, war ganz aus dem Häuschen. So 'n Typ wie Müller-Kaiserswerth, der Bissmarken für was zum Sammeln hält. Dachte gleich an Mord. Wir also rein. Die typische Siff-Bude, wo du vor lauter Gestank das Atmen einstellst. Auf dem Flokati eine ältere Frau, splitternackt bis auf selbst gestrickte Wollsocken. Kein Lebenszeichen.«

Ebi genehmigte sich das letzte Pizzateil und ergänzte: »Neben der Alten eine Flasche Mazola-Keimöl.«

»Wohnungsinhaber war ein Alki, der sich kaum auf den Beinen halten konnte. Behauptete, er hätte die Frau zu Tode gevögelt.«

»Und?«, fragte Bruno.

»Eine Wohnungslose, Stammkundin in der Trinkhalle gegenüber. Der Alki hatte sie dort aufgegabelt. Bei ihm zu Hause haben sie weitergesoffen. Für sie ging's über das Komasaufen hinaus. Fünf Komma zwo Promille, laut Gerichtsmedizin. Sanft entschlummert, während der Tünnes an ihr rummachte. Mit Mazola als Gleitmittel. Dass er ihn reinkriegte, halte ich trotzdem für unwahrscheinlich, so hackeblau wie der war.«

»Sie wurde obduziert?«, fragte Bruno.

Ebi erklärte: »Wir sind auf Nummer sicher gegangen und haben die Mordbereitschaft verständigt. Die Kollegen haben die Obduktion veranlasst.«

Marietta spuckte Olivenkerne aus. »Die ganze Zeit schrie dieser Tünnes, wörtliches Zitat: ›Ich hab sie totgefickt.‹ Zwei Tage später machen wir zufällig Halt an besagter Trinkhalle. Da steht der Alki, natürlich stockbesoffen, und tönt immer noch rum. Prahlt von seinem Schwengel, als hätte er die Potenz von 'nem ganzen Reitstall. Erkannt hat er uns nicht mehr.«

Ebis Schwager Max Pommer streckte seinen Kopf zur Tür herein. Er trug langes, grau meliertes Haar, zum Pferdeschwanz gebändigt. Pommer leitete das KK 33, die Dienststelle für Glücksspiel und Falschgeld – ein sympathischer Bursche, der auch außerhalb seines Kommissariats hohes Ansehen besaß.

Der Grauschopf nickte grüßend in die Runde und raunte Ebi zu: »Kann ich dich mal kurz sprechen?«

Brunos Partner schlurfte aus dem Aufenthaltsraum, nicht ohne noch einen Blick auf die Börsennotierungen zu werfen, die über die Mattscheibe zogen.

Marietta wischte sich den Mund mit dem Ärmel ab. »Jetzt mischt sich schon der Schwager ein.«

»Wie schlimm steht's denn um die Ehe?«

»Mir sagt Ebi doch nichts. Mir macht er höchstens schöne Augen.«

Gegen halb sechs erreichte die Kriminalwache ein Anruf, der nicht von der Leitstelle kam. Alle Teams waren unterwegs, nur Bruno und Ebi leisteten Onkel Jürgen im Wachraum Gesellschaft.

Der Onkel hielt die Sprechmuschel zu und flüsterte: »Kaiserswerth.« Er verdrehte die Augen und brummte ins Telefon: »In zehn Minuten sind wir da. Ich schick dir unsere besten Leute.« Er legte auf. »Müller-Kaiserswerth dreht mal wieder am Rädchen. Hat keine Peilung, wie er reagieren soll.«

»Der wird noch mal Zitronenfalter«, bemerkte Ebi.

»Um was geht's denn?«

»Eigentlich nur um Ruhestörung«, erklärte der Onkel. »Und um zwei Mädels aus Weißrussland, die keinen Pass dabeihaben. Müller glaubt an ein ganz großes Ding. Illegaler Aufenthalt, Menschenhandel, die ganze Palette.«

Ebi seufzte: »Was wären wir ohne Müller.«

Auf dem Fürstenwall staute sich der Feierabendverkehr. Erste Schneeflocken taumelten im Scheinwerferlicht.

Rote Ampel. Ebi wühlte in Papieren, die auf dem Rücksitz lagen. Er zeigte Bruno einen Prospekt. Sweatshirts und Anoraks. Ebi handelte mit Sportklamotten eines italienischen Herstellers. Sein Nebenverdienst, um die Aktienverluste abzufedern.

Bruno winkte ab. Sein Schrank war voller Sportsachen, die er nur noch selten trug.

»Wie war das, allein rauszufahren in der letzten Zeit?«

»Nicht besonders prickelnd.«

»Unsicher?«

»Ach was. Zum Sterben langweilig ohne dich.«

Kaiserswerth. Alte Landstraße – Bruno parkte in zweiter Reihe vor einem Wohnkasten aus den Sechzigern.

Schon im Treppenhaus hörten sie lautes Gekeife. Ein halbes Dutzend Uniformierter, mittendrin Oberkommissar Müller, der die Frauen anblaffte, die kein Wort Deutsch sprachen. Drei Kerle lungerten verlegen rum, auf den Treppenabsätzen verfolgten die Nachbarn die Diskussion.

»Wer ist der Wohnungsinhaber?«, mischte Ebi sich ein.

»Man wird doch noch seinen Geburtstag feiern dürfen«, meldete sich ein hagerer Mittvierziger in schwarzem Anzug und weißem T-Shirt, Goldkettchen um den Hals.

Müller-Kaiserswerth wedelte mit einem Personalausweis.

Ebi nahm das Kärtchen an sich. »Herbert Kasimir. Sieh einer an. Bringt die anderen ins Polizeigewahrsam. Vergesst nicht, euren Bericht zu schreiben. Wir kümmern uns um den Tünnes.«

Müller war erleichtert. Er und seine Schupos zogen mit den Partygästen ab.

Brunos Partner gab den Ausweis an den Hageren zurück: »Nachträglich alles Gute zum Geburtstag, Herr Kasimir. Sie haben doch nichts dagegen, wenn wir uns mal bei Ihnen umsehen?«

»Haben Sie einen Durchsuchungsbefehl?«

Ebi zückte sein Handy. »Kriegen wir in weniger als einer Stunde. Wollen Sie, dass ich den Staatsanwalt anrufe? Dass Ihnen die Spurensicherung den Teppichboden rausfetzt?«

»Hab nur Keramikfliesen.«

Ebi schritt durch die offene Wohnungstür.

Bruno und Kasimir folgten. Der Hagere schimpfte über Polizeischikane.

»Wer hat das Klo zuletzt benutzt?«, rief Ebi aus dem Badezimmer.

»Weiß nicht«, antwortete der Mann mit dem Goldkettchen. »Geht Sie nichts an!«

Brunos Partner kam heraus und wischte seine Finger am Hemd ab. »Weißes Pulver auf der Spiegelablage und auf der

Klobrille. Da hat jemand Koks fortgeschafft, als die Kollegen klingelten.«

Während Ebi die Spuren mit Klebefolien sicherte und die weiteren Räume durchsuchte, hielt Bruno den Hageren im Wohnzimmer in Schach. Überall lagen Kippen und Bierdosen verstreut. Schampus und Chivas Regal standen auf dem Tisch, eine Schale mit Knabberzeug, eine zweite mit Präsern. Halb volle Sektgläser. Pornokassetten auf dem Fernseher, ein Damenslip auf dem Teppich. Nicht die Art von Geburtstagsparty, wie Bruno sie zu feiern pflegte.

Kasimir zeterte immer heftiger über Polizeistaatsmethoden. Seit wann es verboten sei, Spaß zu haben.

Die Wohnung war überheizt. Trockene, verqualmte Luft malträtierte Brunos Bronchien. Er fragte sich, ob er besser seine Waffe ziehen sollte, wenn Kasimir sich weiter aufregte.

Endlich kam Ebi zurück. Mit spitzen Fingern hielt er in der einen Hand einen kleinkalibrigen Revolver, in der anderen eine Tüte, die zu einem Viertel mit weißem Stoff gefüllt war. »Als Eigenbedarf geht die Menge nicht mehr durch.«

Bruno machte die Handschellen vom Gürtel los. Kasimir schimpfte. Ebi legte die Fundstücke ab, verdrehte dem Hageren den Arm, trat ihm die Füße weg und ließ ihn zu Boden fallen. Er kniete sich auf ihn und drückte das Gesicht des Koksers gegen die Fliesen. *Dominanz.*

»Es ist jedes Mal dasselbe mit euch«, sagte Ebi. »Ihr haltet euch für furchtbar schlau. Aber die Verstecke sind immer die gleichen.«

Bruno befürchtete, dass sie den Rest der Schicht mit Kasimir und seinen Geburtstagsgästen verbringen würden. Fingerabdrücke nehmen, Befragungen, für Ruhe sorgen.

Aber sie lieferten den Hageren nur im Gewahrsam ab und schrieben ihren Bericht.

Die Kokser sollten bis morgen früh schmoren. Dann würden sich die ›Süchtler‹ um sie kümmern – die für Drogen zuständigen Kollegen vom KK 34.

Brunos Partner wollte wieder auf die Straße. Er nannte den Bilker S-Bahnhof als nächstes Ziel. Vandalen hatten dort vor einer Woche die Scheiben eines italienischen Restaurants mit Farbe besprüht. Dann waren Steine geflogen. Als vorgestern der Lancia des Besitzers in Flammen aufgegangen war, hatte die Polizeiinspektion Mitte beschlossen, die Sache ernst zu nehmen.

»Schutzgelderpressung?«, fragte Bruno.

»Möglich.« Ebi sah auf die Uhr. »Jedenfalls schmeckt der Kaffee bei den Spaghettis besser als die Brühe aus Mariettas verkalkter Mühle.«

Bruno ließ den Omega auf der Elisabethstraße ausrollen und bog auf den Platz vor dem S-Bahn-Gelände. Die Scheibenwischer schabten. Die Schneeflocken wirbelten dichter.

Die Lage peilen: ringsum Gewerbehallen. Ein Getränkemarkt, der noch geöffnet hatte. Das Restaurant. Leuchtreklamen und Laternen spiegelten sich auf dem feuchten Pflaster. Bruno brachte den Dienstwagen zum Stehen.

Am Ende des Platzes stand ein dunkler 3er-BMW schräg vor einer Einfahrt. Das Kennzeichen war aus der Entfernung nicht zu erkennen. Der Fahrer trug trotz der Dunkelheit eine Sonnenbrille und spähte herüber. Ein Lieferwagen wurde hinter dem Zaun sichtbar und hupte. Der BMW schob sich nach vorn, gerade so weit, dass der Transporter passieren konnte.

»Ich schau mir den Tünnes mal an«, sagte Ebi.

Bruno öffnete die Fahrertür. Sein Partner legte ihm die Hand auf den Arm.

»Mit dem Kerl komm ich allein klar. Geh schon mal rein und bestell den Kaffee.«

Die Scheibenwischer schrammten immer noch. Bruno zögerte. Er blieb sitzen und beobachtete, wie Ebi auf den BMW zuging.

Der Kerl mit der schwarzen Brille ließ die Scheibe herunterfahren. Ebi sprach ihn an.

Bruno schnappte sich einen Prospekt. Trainingshosen,

Kapuzenjacken, Funktionswäsche. Er beschloss, wieder Sport zu treiben. Ein bisschen zumindest, um fit zu bleiben. Er spürte, wie die Kälte in den Dienstwagen kroch. Zeit für den Espresso – Bruno stieg hinaus in das Schneetreiben und schloss den Omega ab.

Ebi stand noch immer an der Fahrerseite des BMW, die Hände auf den Fensterrahmen gestützt.

Ein Knall zerriss die Novemberluft.

Tauben flatterten hoch. Ein Kunde des Getränkemarkts rannte zurück in die Halle. Poltern und ein spitzer Schrei aus dem Restaurant. Dann war es völlig still.

Ebi fiel neben dem BMW auf die Knie.

Bruno suchte Deckung hinter dem Dienstwagen. Sein Puls raste. Er riss den Klettverschluss seines Holsters auf.

Der Kerl mit der Sonnenbrille legte noch einmal an.

Ein zweiter Schuss – Brunos Partner zuckte und sank zur Seite.

Der Motor des dunklen Wagens wurde gestartet. Die Lichter flammten auf. Bruno zielte auf den Fahrer. Der BMW raste auf ihn zu und machte einen Schlenker. Bruno drückte ab und verfehlte. Der Fahrer schoss zurück, zweimal, rasch hintereinander. Querschläger surrten.

Bruno presste sich gegen den Omega. Die Hauswand reflektierte Scheinwerferlicht. Brunos Kopf dröhnte.

Todesangst – ein Gefühl, das er verdrängt hatte. Er kannte es aus einem anderen Erdteil. Hubschrauberdröhnen über Dschungel und Reisfeldern. Schreie in fremder Sprache und ein achtarmiger Gott.

Die Scheinwerfer blendeten ihn. Bruno schoss und warf sich wieder hinter das Wagenheck. Damals war er davongekommen. Das vermeintliche Abenteuer hatte trotzdem im Desaster geendet – zwei Tote auf der Spitze eines Tempels.

Unmittelbar vor dem Omega drehte der BMW mit quietschenden Reifen ab. Der Kerl feuerte noch einmal. Die Kugel zerfetzte Autoblech, Bruno spürte einen Schlag gegen den rechten Schenkel.

Meine Strafe, dachte Bruno. Es kommt alles wieder.

Der dunkle Wagen schlitterte in die Elisabethstraße. Die Stadt verschluckte ihn.

Brunos Bein brannte, Nässe sickerte in die Hose, warm und klebrig. Der Lärm in seinen Ohren hielt an. Ein Dröhnen, das ihn verrückt machte. Ihm wurde bewusst, dass er kurz davor stand, zu hyperventilieren. Er hielt den Atem an, um nicht umzukippen.

Er humpelte über den Platz, das verletzte Bein nachziehend.

Vor seinem Partner ließ er sich aufs Pflaster sinken. Ebis Augen waren geöffnet. Bruno sah die Einschusswunde auf der Stirn seines Partners. Schneeflocken, die im Gesicht schmolzen.

Bruno schrie: »WARUM MUSSTEST DU IDIOT DAS ALLEIN MACHEN?!«

Er tastete nach dem Puls. Sein alter Boxtrainer fiel ihm ein: *Mit Bruno an Ihrer Seite können Sie sich sicher fühlen.*

Er griff unter Ebis Nacken. Er hob ihn an und umarmte den Toten. Bruno beschwor ihn, wieder aufzuwachen. Er dachte an Lara und den Sohn der beiden – im April war der Kleine zur Welt gekommen.

Bruno fror. Der Schmerz im Schenkel pochte. Er schleppte sich zurück zum Omega. Seine eigene Blutspur schimmerte dunkel auf dem Pflaster. Er zog sich auf den Fahrersitz und schrieb das Kennzeichen des Täterfahrzeugs auf.

Martinshornlärm kam aus verschiedenen Richtungen näher. Bruno griff nach dem Mikro des Funkgeräts. Er drückte die Sprechtaste.

Ihm war so kalt. Das Mikro entglitt seiner Hand. Die Lichter der Laternen und Neonreklamen wurden schwächer. Bruno sank ins Dunkel.

3.

Blitz, Dienstag, 27.11.2001

POLIZISTENKILLER MICHAEL HELMER
NACH 3 STUNDEN JAGD BLUTÜBERSTRÖMT
IM EIGENEN AUTO
DIE LETZTE KUGEL GAB ER SICH SELBST

Von Alex Vogel

Dieser unfassbare Amoklauf. So sinnlos, so brutal. Michael Helmer – Deutschlands kaltblütigster Polizistenmörder. Er zielte auf ihre Köpfe. Schoss ohne Vorwarnung, ohne Gnade.

Drei Beamte starben im Kugelhagel. Ein grauenhafter Tod. Im Dienst für uns alle. Wo man hinsah: Tränen, Entsetzen. Und bei allen die Frage: WARUM?

Nach stundenlanger Jagd wurde Helmer endlich gefunden. Polizistenmörder Michael Helmer – er starb mit einer Kugel im Kopf. Genau wie die Polizeibeamten, denen er das Leben nahm.

Das Protokoll des unfassbaren Verbrechens, das uns alle erschüttert – und die betroffenen Familien in ein Meer von Trauer gestürzt hat.

18.49 Uhr: Ein Parkplatz am S-Bahnhof Bilk zwischen Getränkemarkt und In-Italiener. Die Kommissare Thomas Eberhard (40) und Bruno Wegmann (32) überprüfen einen tiefergelegten dunkelgrauen BMW 325i. Eberhard will die Papiere des Fahrers sehen. Später stellt sich heraus: Er heißt Michael Helmer, 28 Jahre alt, wohnhaft in Neuss. Seinen Führerschein hat er im April verloren – wegen Unfallflucht. Wurde schon einmal beim Fahren ohne Pappe erwischt. Vorbestraft. Er weiß: Wenn er jetzt geschnappt wird, sieht er den Führerschein auf Jahre nicht mehr.

Ohne jede Vorwarnung feuert Helmer. Ein Projektil zerfetzt Eberhards Brust, ein zweites dringt in seinen Kopf. Der Beamte (verheiratet, ein Kind) ist sofort tot.

Eine Zeugin berichtet: »Der jüngere Polizist ließ sich aus dem Wagen fallen, wollte sich aus der Schusslinie bringen.« Der Mörder nahm auch ihn ins Visier. Drei weitere Schüsse aus seiner 9-mm-Pistole – einer von ihnen trifft Wegmanns Oberschenkel.
Helmer gibt Gas. Der verletzte Beamte kann das Kennzeichen notieren. Der BMW verschwindet im Großstadtverkehr. Ringfahndung.
20.08 Uhr: Jetzt wird der Polizisten-Killer zum dreifachen Mörder. Im 18 km entfernten Grevenbroich (Kreis Neuss) – ein Kontrollpunkt im Rahmen der Fahndung. Polizeimeister Matthias G. (35) und Obermeisterin Ivonne L. (33) sitzen in ihrem Streifenwagen. Auf dem Bürgersteig vor dem Gasthof »Haus Dreikönig«. Der BMW nähert sich. Als er auf gleicher Höhe mit den Beamten ist, feuert Helmer aus dem Seitenfenster. Drei Schüsse, im Vorbeifahren. Die Polizeibeamten völlig überrascht – beide sterben durch Kopfschüsse.
Gegen 21.30 Uhr: Da weiß die Ehefrau des ersten Opfers schon, dass ihr Mann nie mehr nach Hause kommen und ihr kleines Kind für immer ohne Vater sein wird – der BMW wird gefunden. Am Waldrand auf einem Parkplatz der Rennbahn von Düsseldorf-Grafenberg.
Der Polizistenmörder mit einem Projektil im Kopf. Tot – die letzte Kugel gab er sich selbst.

Morgenpost, Donnerstag, 29.11.2001

ZEHNTAUSENDE POLIZISTEN ZU TRAUERMARSCH ERWARTET
STAATSANWALT: MOTIV DES SCHÜTZEN BLEIBT LETZTLICH UNGEKLÄRT

Düsseldorf/Grevenbroich. Der mutmaßliche Amokschütze vom Montag verübte nach den tödlichen Schüssen auf drei Polizisten Selbstmord. Das sei das Ergebnis der Obduktion, teilte der Sprecher der Staatsanwaltschaft in Düsseldorf mit.
Bei der Fahndung nach dem Mörder hatte die Polizei den Verdächtigen leblos in seinem Fahrzeug gefunden. Die Beamten hät-

ten sich mit größter Vorsicht dem Wagen am Rand des Grafenberger Stadtwalds genähert. Spezialisten suchten Auto und Parkplatz nach Sprengstofffallen ab, die der Waffennarr und ausgebildete Bundeswehrschütze hätte hinterlassen haben können. Eine Wohnungsdurchsuchung hatte zuvor ergeben, dass der Arbeitslose im Besitz mehrerer Waffen und einer Handgranate gewesen war. Einen Waffenschein besaß er nicht.

Helmer war zeitweise in psychiatrischer Behandlung. Medienberichte, wonach Polizisten für ihn Feindbilder gewesen seien, weil seine Freundin ihn mit einem Beamten betrogen habe, dementierte die Frau. Sie attestierte Helmer einen Hang zur Gewalttätigkeit. »Michael war äußerst wankelmütig. Erst völlig normal, dann plötzlich durchgeknallt«, so die Freundin des mutmaßlichen Amokschützen in einem Fernsehinterview.

Am Montagabend hatte Helmer in der Nähe des Düsseldorfer S-Bahnhofs Bilk bei einer Routinekontrolle auf zwei Polizisten geschossen. Dabei starb ein 40-jähriger Hauptkommissar, zwei weitere Beamte hat Helmer auf seiner Flucht ermordet. Ein 32-jähriger Kollege, der einen Beinschuss erlitten hat, schwebt nach Auskunft der Ärzte nicht mehr in Lebensgefahr.

»Die Tat sucht in ihrer Art und Brutalität Vergleichbares«, so die Staatsanwaltschaft. Das »letztendlich ausschlaggebende Motiv« der Mordtat werde möglicherweise für immer im Verborgenen bleiben.

An den öffentlichen Gebäuden in Nordrhein-Westfalen wehen seit gestern die Fahnen auf halbmast. Die Gewerkschaft der Polizei (GdP) will am Freitag mit einem Schweigemarsch durch die Düsseldorfer Innenstadt der ermordeten Kollegen gedenken. Polizisten aus dem ganzen Bundesgebiet werden erwartet. Der Westdeutsche Rundfunk wird die zentrale Trauerfeier in der Johanniskirche live übertragen.

Der GdP-Vorsitzende Norbert Spinrath beklagte in der »Tagesschau« eine Zunahme der Angriffe auf Polizisten, wobei die Täter »mit gesteigerter Brutalität« vorgingen. Er appellierte an die Politik, den Polizisten nicht länger die lebensnotwendige Ausrüstung zu verweigern. Lediglich in Sachsen und Hessen gehöre die leich-

te Unterziehschutzweste zur persönlichen Ausstattung bei Einsatzbeamten.
Anfang nächster Woche wird die Innenministerkonferenz über Konsequenzen beraten. Das teilte der nordrhein-westfälische Innenminister Dr. Axel Lemke in Düsseldorf mit. Er zeigte sich erschüttert über die Bluttat. »Diese Menschenverachtung und dieser Hass gegen Polizeibeamte sind für mich absolut unfassbar«, erklärte Lemke.

4.

»So einen wünsche ich mir zu Weihnachten«, sagte Brunos Mutter und wühlte im Karton. Sie fand den Zeitungsausschnitt und schob ihn über die Kaffeetafel. Ein weißes Bündel blickte Bruno entgegen. Wie die Kohlen eines Schneemanns wirkten Augen und Schnauze, darunter baumelte die kleine rote Zunge.

Süß, dachte Bruno. Es fiel ihm schwer, sich zu konzentrieren. Er schwitzte und ihm war flau. Er hatte Novalgin-Tropfen gegen die Schmerzen genommen. Seine Temperatur war noch immer leicht erhöht.

Mutter erklärte: »Ich weiß auch schon, wie er heißen soll. Felix.«

»Das geht nicht«, widersprach Karen. »So heißt schon der Hund aus der Werbung.«

Die Sechzigjährige antwortete nicht. Was ihr gegen den Strich ging, nahm sie einfach nicht zur Kenntnis. Sie bot ein weiteres Stück des selbst gebackenen Käsekuchens an, aber Karen und Bruno waren satt.

Seine Mutter stellte eine zweite Schachtel auf den Tisch. Seit einiger Zeit war das ihr Hobby: Artikel zu archivieren, die ihr interessant erschienen. Wenn sie so weitermachte, würde sie bald ein ganzes Zimmer mit ihren Schuhkartons füllen. Genügend Platz hatte sie. Seit dem Tod ihres zweiten Mannes bewohnte sie das Häuschen allein.

»Der *Stern* hat ein Foto von dir gedruckt, Bruno«, sagte sie. »Dass du immer diese alten Sachen anhast! Nimm dir mal ein Beispiel an deiner Frau. Karen ist immer wie aus dem Ei gepellt.«

Julia Wegmann-Winterscheidt fand die Seiten, die sie aus der Illustrierten geschnitten hatte. Sie beklagte sich über die Brutalität der Welt. Wie gefährlich die Arbeit im Polizeidienst sei.

Sie erzählte, dass Bruno schon als Neunjähriger Polizist hatte werden wollen – Karen musste sich bestimmt schon zum zehnten Mal die alte Geschichte anhören: Klein-Bruno, dem sein Lieblingsspielzeug geraubt worden war. Ein Modellflugzeug mit Benzinmotor, das er mit Hilfe seines Vaters zusammengebaut hatte. Auf den Rheinwiesen hatte Klein-Bruno gelernt, Loopings zu steuern. Der Flieger war sein ganzer Stolz gewesen, bis ihm eines Tages eine Bande Jugendlicher das Flugzeug aus den Händen gerissen hatte. Seine Mutter verständigte die Polizei und zwei Kommissare in Zivil hatten Bruno ausgefragt. Die Bande war nie erwischt worden.

Zwar konnte sich Bruno dunkel an ein Büro im Präsidium erinnern, aber nicht daran, dass er schon damals Polizist hatte werden wollen. Doch die Geschichte war zum Bestandteil der Familienlegende geworden.

Eine wacklige Legende, eine zerbrochene Familie. Wegmann-Winterscheidt – der Nachname seiner Mutter stand für zwei Ehen, die nicht lange gehalten hatten.

Karen ermahnte Bruno, dass er sein Antibiotikum nehmen musste.

Er schluckte die Amoxipen-Kapseln mit dem Rest Kaffee aus seiner Tasse.

Julia Wegmann-Winterscheidt sagte: »Herr Farthmann weiß, wie in den USA solche Verkehrskontrollen durchgeführt werden. Der Sheriff nähert sich von hinten und zieht seine Waffe. Dann fasst er den Kofferraum an, um Fingerabdrücke zu hinterlassen. Als Beweismittel, falls der Fahrer den Sheriff erschießt und wegfährt. In den Staaten rechnen sie ständig mit so was.«

Bruno reagierte allergisch auf den Namen Farthmann. Ein allein lebender Nachbar in Mutters Alter, der ihr neuerdings den Hof machte und sich dennoch zu hoch für gelegentliche Gärtnerarbeiten entlohnen ließ – zumindest sah Bruno das so.

»Außerdem ist so ein Sheriff nie allein. Herr Farthmann meint, normalerweise machen Polizisten auch in Deutschland solche Kontrollen immer zu zweit.«

»Julia, ich glaub, wir müssen jetzt los«, warf Karen ein und stand auf. »Für Bruno ist das hier viel zu anstrengend. Eigentlich hätte er das Krankenhaus noch gar nicht verlassen dürfen.«

Sie wollte ihm aus dem Stuhl helfen. Bruno packte seine Krücken und wehrte seine Frau ab. Er schaffte das allein. Nach der Operation der großen Vene oberhalb der Kniekehle war ein Hämatom zurückgeblieben, das auf die Nervenbahn drückte. Die Gefühllosigkeit unterhalb des Knies machte Bruno verrückt. Die Ärzte hatten ihm versichert, es würde sich mit der Zeit geben.

Seine Mutter kam mit zur Haustür. »Herr Farthmann glaubt, es sei ein Fehler gewesen, dass du im Dienstwagen sitzen geblieben bist.«

Bruno brüllte: »SCHEISS AUF DEINEN HERRN FARTHMANN!«

Er humpelte nach draußen. Schneegestöber, wie an besagtem Abend. Der Matsch auf dem Gehsteig machte Bruno zu schaffen. Auf dem alten Saab blieb der Schnee als dünne Schicht liegen. Bruno schloss auf und schob sich auf den Beifahrersitz.

Immer die gleichen Fragen. Seit Bruno in der Klinik aus der Bewusstlosigkeit erwacht war, suchte er nach Antworten. Und alle Leute bohrten in derselben Wunde. Sein Bettnachbar, nachdem sie den ARD-Brennpunkt verfolgt hatten. Die Schwestern, die ihn mit Zeitungen versorgt hatten. Die

Kollegen vom Kommissariat für Tötungsdelikte, die den Fall bearbeiteten – insgeheim hielt ihn jeder für schuldig.

Dabei hatte Ebi es so gewollt. *Mit dem Kerl komm ich allein klar.*

Bruno erzählte es den Mordermittlern nicht. Es wäre schäbig gewesen, sich auf den toten Partner rauszureden. Er hätte nicht auf ihn hören dürfen.

»Sie kann nichts dafür«, sagte Karen und fegte die Scheibe frei.

Seine Frau hatte Recht. Er hatte zu oft seine Wut an Mutter ausgelassen. Schon als kleiner Junge, nachdem ihre Ehe mit Vater in die Brüche gegangen war.

Karen war so besonnen und klug. Sie schirmte die Pressefritzen ab. Sie hielt die Ermittler hin, die ihn ein drittes und ein viertes Mal vernehmen wollten. Karen beschwichtigte den Zorn, der ihn überfiel, wenn er an die Heuchelei der Leute dachte – alle gaben sich freundlich, aber hinter seinem Rücken tuschelten sie.

Karen versuchte, Bruno aufzumuntern und ihm die Selbstvorwürfe auszureden. Sie hielt nicht viel von seinem Job, aber sie war eine wundervolle Partnerin. Eigentlich viel zu klug für einen wie ihn.

5.

Mitte Dezember besuchten ihn die Schnüffler zum zweiten Mal.

Der eine zeigte auf Brunos Bein. »Wird das wieder?«

»Der Arzt sagt, ja.«

Bruno hinkte zurück ins Wohnzimmer und ließ sich auf das Sofa fallen. Die beiden Kollegen vom Inneren Dienst folgten ihm.

Er verknotete den Gürtel des Bademantels neu und bettete sein Bein auf den Beistelltisch. Es war dünn geworden. Er bewegte es zu wenig. Die Wundheilung schritt voran, nur der Nerv hatte sich noch nicht erholt. Ein Rest des Bluter- gusses drückte noch immer.

Bruno bot keinen Kaffee an. Nichts von den Plätzchen, die seine Mutter gebacken hatte. Er wollte seine Ruhe.

Es ging ihm besser. Die Krücken halfen. Die Beruhigungsmittel hatte er abgesetzt und bezahlte mit schlechtem Schlaf dafür – in seinen Alpträumen knatterten Hubschrauber. Er durchlebte die Schüsse auf ihn und seinen Partner. Er bekam keinen mehr hoch, wenn Karen mit ihm schlafen wollte. Die Stiche im Bein, das taube Gefühl im rechten Fuß. Die Narbe des Wundkraters und die lange Naht, die von der Venenoperation geblieben war – alles erinnerte ihn ständig an die Schießerei.

Er schämte sich vor Karen. Sie hatte Geduld. Sie studierte Psychoratgeber und cremte die Narben zweimal am Tag mit Bepanthen ein. Jeden Abend nahm sie ihn in den Arm.

Die Mordermittler hatten den Fall zu den Akten gelegt. Die Schnüffler vom Inneren Dienst hatten ihn übernommen. Sie belästigten Bruno mit Fragen, auf die er keine Antwort wusste.

Weshalb führte Thomas Eberhard die Kontrolle des BMW im Alleingang durch?

Warum trug Ihr Partner siebenundzwanzigtausend Mark bei sich, als er starb?

Woher hatte Eberhard die Kohle?

»Haben Sie nachgedacht?«, fragte Karl Thann, der Chef des Inneren Dienstes.

So ziemlich jeder in der Festung hasste die Schnüffler. Sie witterten den Gegner in den eigenen Reihen. Sie hängten Kollegen üble Dinge an und drängten Beamte aus dem Job. Keiner war perfekt, und daraus drehten Thann und Konsorten einen Strick.

Bruno war dazu verdonnert, ihnen Rede und Antwort zu stehen. »Ich tu die ganze Zeit nichts anderes als nachzudenken.«

»Und?«

»Ich weiß es einfach nicht.«

Möller, der zweite Schnüffler, hob den Deckel von der Plätzchendose. Er wühlte mit seinen Wurstfingern darin. »Finden Sie es nicht ungewöhnlich, dass Ihr Partner eine solche Summe in der Hosentasche stecken hatte?«

Sie siezen einen, um Distanz zu schaffen, dachte Bruno. Um zu demonstrieren, dass sie etwas Besseres sind. Als würde ihre Scheiße nicht stinken, hätte Ebi jetzt gesagt. Wenn das ihre Art war, Dominanz auszuüben, dann verfehlte sie ihr Ziel gründlich.

»Sie waren am 26. November die ganze Zeit beisammen. Von Schichtbeginn bis zu den Schüssen am S-Bahnhof?«

»Richtig.«

Thann trat an die Balkontür und sah über die kleine Tanne hinweg, die Karen bereits mit Lichterketten geschmückt hatte. »Hübsche Gegend. Oberkassel. Nicht billig. Der Freund meiner Schwester ist Makler. Er sagt immer, es gibt drei Kriterien für eine gute Wohnung: Lage, Lage, Lage.« Der Schnüffler begutachtete den Raum. Dunkles Parkett, Stuck an der Decke. »Ich hasse Makler. Ich hab was gegen Gauner. Egal, auf welcher Seite sie offiziell stehen.«

Thann blieb vor dem Isle stehen, den Karen auf der Kölner Kunstmesse erstanden hatte. Das Bild zeigte eine traurig dreinblickende Frau in einem blauen Kleid. An den Schultern wehte blauer und roter Stoff. Vielleicht stellte er Flügel dar – *Gefallener Engel* hatte der Künstler sein Werk genannt.

Der Schnüffler pfiff durch die Zähne. »Ein echtes Ölgemälde.«

Möller vertilgte ein Vanillekipferl. »Meine Frau würd mich aus ’m Haus jagen, wenn ich ihr mit so ’nem Ölschinken käme.«

»Hat eben was mit Geschmack zu tun«, antwortete Bruno. Er verstand nichts von Kunst, aber er hatte das Gefühl, Karens Isle verteidigen zu müssen.

»Geschmack, so so.« Thann zog den Sessel heran und ließ sich vor Bruno nieder. Er wickelte einen Kaugummi aus und schob ihn zwischen die Zähne. »Ich nehme an, Ihr Partner hat Sie beteiligt.«

Die Schnüffler wurden persönlich. Sie wollten *ihm* etwas anhängen. Bruno hielt still. Er verkniff sich Beleidigungen. Er fragte nur: »Wobei?«

Thann drehte sich zu Möller um. »Tut er so naiv oder ist er es wirklich?«

Bruno sagte: »Wenn ihr mich als Beschuldigten verhören wollt, müsst ihr mich zuvor über meine Rechte belehren.«

Möller lachte, Krümel spuckend.

Thann rückte noch näher ran, Bruno roch seinen Pfefferminzatem. »Hat Eberhard Ihr Schweigen tatsächlich umsonst bekommen?«

»Er war nicht korrupt.«

»Sie haben keine Kinder und Ihre Frau verdient mindestens so viel wie Sie. Bei Eberhard war das anders. Und trotzdem hat er sich draußen in Liedberg eine tolle Hütte hingestellt.«

Ebi und Lara hatten ihr Haus mit Krediten finanziert. Weit draußen gebaut, wo der Grund erschwinglich war. Sie hatten mit angepackt, um Handwerkerlohn zu sparen. Ebi hatte sämtlichen Urlaub geopfert.

Bruno entspannte sich. Die Schnüffler hatten nichts gegen seinen Partner in der Hand. Sonst wären sie nicht hier aufgekreuzt.

Möller wühlte in den Plätzchen nach den letzten Vanillehörnchen. Thann erklärte: »Im Februar gehe ich nach Münster-Hiltrup zur Führungsakademie. Bis dahin will ich den Fall abgeschlossen haben. Also zum letzten Mal, Wegmann: Wer hat Eberhard die siebenundzwanzigtausend zugesteckt?«

»Ebi war sauber. Was ich von euch beiden nicht behaupten würde.«

»Sie sind wirklich nicht in der Position, die Klappe aufzureißen, Wegmann. Wissen Sie, was ich noch weniger leiden kann als korrupte Kollegen? Dummköpfe, die einen korrupten Kollegen decken. Falsch verstandene Loyalität macht die Entgleisungen erst möglich, die unsere Behörde in Misskredit bringen.«

Bruno stemmte sich hoch. »Ich scheiß auf euch und die Behörde! Wenn ich etwas nicht leiden kann, dann sind es Fanatiker, die sich das Ticket nach Münster-Hiltrup verdienen, indem sie auf den Leichen von Kollegen herumtrampeln!«

Die internen Ermittler standen ebenfalls auf. Möller wischte sich Krümel vom Kinn. »Schönen Gruß an Ihre Frau oder wer auch immer das Zeug gebacken hat.«

Thann ließ eine Kaugummiblase platzen. »Wenn wir rauskriegen, dass Eberhard krumme Dinger gedreht hat, kriegen wir Sie als Komplizen dran. Das schwör ich Ihnen. Und wenn Sie uns verschweigen, dass Sie oder Eberhard diesen mutmaßlichen Amokläufer kannten, dann sind Sie erst recht fällig!«

»Mutmaßlich war der Kerl bestimmt nicht. Ich weiß das. Ich war dabei!«

Thann steckte sein Notizbuch weg. Er musterte Bruno. »Niederrheinmeister, hab ich gehört. Nur hapert's zurzeit mit der Beinarbeit.« Er lachte.

Möller klatschte vor Freude. Die beiden schoben ab.

Bruno schlüpfte in einen Jogginganzug und zog Turnschuhe über. Er humpelte die Treppe hinunter. Auf dem Saab waren Schneereste festgefroren. Bruno kratzte die Scheibe frei. Er drehte Heizung und Gebläse auf und ließ den Motor schnurren.

Er nahm die Autobahn stadtauswärts. Immer wieder kontrollierte er im Rückspiegel, ob die Schnüffler ihn verfolgten. Der Innere Dienst war zu allem fähig. Bei Observationen und Telefonüberwachungen gegen eigene Kollegen liefen Thann und seine Leute zur Hochform auf.

Im Kaarster Kreuz wechselte Bruno auf die A 57, im Dreieck Neuss-West auf die Route, die westwärts in Richtung Heinsberg führte. Er hielt sich auf der rechten Spur, rollte der tief stehenden Sonne entgegen und vertraute auf die Hilfe des Bremskraftverstärkers. An der ersten Ausfahrt verließ er die Autobahn.

In Liedberg endete die Ausbaustrecke. Zweimal war Bruno bislang hier gewesen, zur Einweihungsfeier im Sommer und zur Taufe des kleinen Fabian. Bruno fand den Weg trotzdem auf Anhieb. Das Dorf war übersichtlich.

Der Neubau wirkte einladend. Junger Efeu rankte die Wände hoch, weiße Sprossenfenster reichten bis zum Boden. Blumenbeete und zurückgestutzte Rosenbüsche. Laras Handschrift – keine Mauern, kein Zaun, kein Tor mit Überwachungskamera, wie Ebi und er es Einbruchsopfern in der Stadt empfahlen.

Als Bruno aussteigen wollte, riss ein Schmerz durch den Schenkel. Schweiß trat auf seine Stirn. Auf die Tür gestützt stemmte er sich ins Freie. Er angelte nach den Krücken. Die zweite war zwischen die Sitze gerutscht. Er bekam sie nicht zu fassen. Eine musste genügen.

Er humpelte auf die Haustür zu. Die Luft war kälter und klarer als in der Stadt. Auf dem Plattenweg war Sand gestreut.

Bevor Bruno die Klingel drücken konnte, riss Lara bereits die Tür auf. Als Ebi sie ihm vorgestellt hatte, war sie ihm wie einem guten Freund um den Hals gefallen und hatte Bruno mit einem Kuss auf beide Wangen begrüßt. Jetzt verschränkte sie die Arme und blieb in der Tür stehen.

»Was willst du?«

Die Witwe trug Jeans und Pulli in Schwarz. Lara war zwei Jahre älter als Bruno und hatte bis zur Geburt des kleinen Fabian als Sachbearbeiterin im Düsseldorfer Wissenschaftsministerium gearbeitet. Sie war schmal geworden und trug die zimtfarbenen Locken mit den blond gefärbten Strähnen zu einem Knoten gebunden, was ihren sonst so zarten Zügen eine ungewohnte Strenge verlieh.

Bruno erkannte, dass sie nicht weniger fror als er. »Darf ich reinkommen?«

»Ich wüsste nicht, was es zu bereden gibt.« Lara legte den Kopf schräg. Keine Farbe in ihrem Gesicht, kein Versuch, die dunklen Ringe um die Augen wegzuschminken.

In der Diele standen Pamperskartons mit Altpapier und leeren Flaschen. Der Alltag wächst ihr über den Kopf, dachte Bruno. Sie braucht Hilfe, hier draußen allein mit dem Kind.

Er fragte: »Hat Ebi jemals den Namen Helmer erwähnt?«

»Was soll das?«

Leises Kindergebrabbel im Haus. Lara blickte sich kurz um.

»Ich überlege, ob er den Mörder gekannt hat.«

»Spinnst du?«

Eine Weile war es still, bis auf den kleinen Fabian im Haus und das Gepiepse der Vögel in den Sträuchern, wo Lara Meisenknödel aufgehängt hatte. Bruno strich die nächste Frage. Ebis Witwe hatte noch weniger Ahnung von der Herkunft der siebenundzwanzigtausend als Bruno oder die internen Schnüffler.

Aus dem Badezimmer trat eine Frau um die vierzig, die Bruno nicht kannte. Sie rubbelte ihr ziegelrot gefärbtes Haar trocken. Ihr Frotteemantel klaffte auf und ließ für einen Moment alles sehen.

Die Ziegelrote schloss den Mantel und legte eine Hand auf Laras Schulter. »Willst du den jungen Mann nicht hereinbitten? Die ganze Wärme zieht raus, wenn ihr noch länger so rumsteht.«

Lara reagierte nicht darauf. Sie fauchte Bruno an: »Dass du dich hertraust! Thomas könnte noch leben! Du hast ihn im Stich gelassen!«

»Ich wollte ihn begleiten, aber er lehnte es ab.«

Die andere Frau fragte: »Ist das der Champion?«

Laras Stimme zitterte. »Erzähl deine Märchen, wem du willst. Vielleicht glauben sie dir im Präsidium. Aber für mich bist du kein bisschen besser als sein verdammter Mörder!«

»Lara, bitte!«

Die Witwe knallte die Tür zu. Im Haus heulte der Kleine kurz, wie eine Sirene im Probelauf.

Die Eingangstür wurde noch einmal geöffnet. Die Ziegelrote lugte durch den Spalt. Der weiße Frotteestoff klaffte erneut. Bruno versuchte, der Frau nicht auf die Titten zu starren.

»Sie meint es nicht so, junger Mann. Geben Sie meiner Schwägerin ein wenig Zeit.«

Brunos Kehle war trocken, seine Hände feucht. Er humpelte zum Auto zurück.

Es haperte mit der Beinarbeit.

6.

Bruno besuchte seine Mutter. Sie überfiel ihn mit Fotos von Kötern, die sie aus Zeitschriften ausgeschnippelt hatte. Sie hatte sich umgehört und war restlos überzeugt, dass ein West Highland White Terrier am besten zu ihr passen würde. Das Tier musste reinrassig sein. Bruno ahnte, dass ein teures Weihnachtsgeschenk auf ihn zukam.

Er ignorierte die Tölenbilder. Er stöberte in den Schuhkartons, bis er auf die Artikel über den 26. November stieß. Er überflog Berichte, Kommentare, Analysen.

Die Freundin des Amokläufers: Claudia Sasse, Kosmetikfachverkäuferin.

Bruno erinnerte sich: Die Frau war in den Tagen nach der Schießerei durch sämtliche Talkshows getingelt. Sie hatte verbreitet, Helmer habe Polizisten gehasst. Er sei eifersüchtig gewesen und habe sie häufig verprügelt. Er habe damit geprahlt, dass er der gesamten Welt zeigen würde, was in ihm stecke. Helmer sei Mitglied in der NPD gewesen und habe als Polizeispitzel die rechtsradikale Szene ausgehorcht.

Bruno prägte sich alles über Claudia Sasse ein. Im Telefonbuch fand er die Anschrift der Frau: Krahestraße 14.

Am nächsten Morgen lauerte er Sasse auf. Um halb neun verließ die Kosmetikverkäuferin das Mietshaus in Flingern und fuhr mit der Straßenbahn zur Schadowstraße. Sie betrat das Karstadt-Gebäude durch den Personaleingang auf der Rückseite. Kurz darauf schlossen Mitarbeiter die gläsernen Türen für die Kunden auf.

Bruno wartete, bis sich das Haus füllte, dann humpelte er zur Parfümabteilung im Erdgeschoss. Die Freundin des Amokläufers fiel ihm sofort auf. Langes, dunkles Haar und aufgemalte Striche an Stelle der Augenbrauen. Ihre überlangen weiß lackierten Fingernägel kannte Bruno aus den Talkshows.

Sasse beriet eine ältere Dame, die sich Proben auf die Handgelenke sprühen ließ und sich nicht entscheiden konnte. Bruno stellte sich an. Die ältere Dame verlangte nach einem Duft, den Claudia nicht im Angebot hatte. Endlich zog die Kundin weiter.

»Was darf's sein?«

Bruno zeigte seinen Dienstausweis. »Ich muss Ihnen ein paar Fragen stellen. Haben Sie ein paar Minuten Zeit?«

»Ich hab der Polizei schon alles erzählt. Tausendmal, bestimmt.«

»Mein Partner war eines der Opfer Ihres Freundes.«

»Hören Sie, ich hab damit nichts zu tun. Ich bin es leid, von allen angegafft zu werden. Michael war das Monster, nicht ich. Alles, was ich dazu sagen kann, ist tausendmal gedruckt und gesendet worden. Und die von Pro-Sat sind mir immer noch die Gage schuldig. Das find ich kriminell, wie die Medien mit einem umspringen.«

»Ich habe die Zeitungsartikel gelesen, aber ich werde nicht schlau daraus.«

Die Verkäuferin wandte sich an eine Kollegin und schnorrte eine Zigarette. »Drei Minuten«, sagte sie zu Bruno.

Er folgte ihr durch das vorweihnachtliche Einkaufsgewühl auf die Straße. Weil er kein Feuer für sie hatte, sprach sie einen Passanten an. Sie blinzelte dem Fremden mit langen

Wimpern zu und strahlte wie für einen Flirt. Als sie sich wieder zu Bruno drehte, schaltete sie auf ruppig. »Was wollen Sie wissen?«

»Kannten Sie Thomas Eberhard? Vierzig Jahre, so groß wie ich, blond, Schnurrbart.«

Sie paffte heftig. »War das Ihr Partner?«

»Haben Sie ihn mal gesehen? Hat Ihr Freund über einen Polizeibeamten namens Eberhard gesprochen?«

»Hören Sie, Michael war nicht mehr mein Freund. Wir hatten uns getrennt. Was kann ich dafür, dass der Idiot mir nachlief. Ja, er kannte irgendwelche Polizisten und gab an, was für tolle Beziehungen er hätte. Aber Namen weiß ich nicht.«

»Stimmt es, dass er der NPD angehörte?«

»Ach was. Er tönte nur rum und machte sich wichtig. Michael war im Grunde ein Einzelgänger. Hielt sich für den Größten und hatte nichts auf der Pfanne. Ein Schlappschwanz!« Die Kosmetiktussi lachte kurz auf.

»Haben Sie eine Ahnung, was er vorhatte am 26. November?«

»Wie gesagt, wir hatten uns gestritten. Ich wollte gar nicht wissen, was er trieb. Hören Sie, ich hab mich nicht reinziehen lassen, und wenn Sie mir was anhängen wollen, sind Sie auf dem falschen Dampfer.«

»Reinziehen? Worin denn?«

Sasse zeigte die heruntergebrannte Zigarette zwischen ihren weißen Krallen. »Ihre Zeit läuft ab.«

»Wovon lebte Helmer?«

»Haben Sie die Akten nicht gelesen? Bis er den Führerschein verlor, arbeitete er als Kurierfahrer. Was er sonst machte, weiß ich nicht. Wenn er auf Koks war, redete er von tausend verschiedenen Geschäften. Seit er die Pappe los war, schob er Hass auf die Bullen. Wahrscheinlich war er an dem Tag einfach zugedröhnt und glaubte mal wieder, es mit der ganzen Welt aufnehmen zu können.« Sie ließ die Kippe fallen. »Ich muss jetzt wieder rein.«

Frag sie nach den siebenundzwanzigtausend, dachte Bruno.

Die Verkäuferin wollte auf den Eingang zustiefeln. Bruno hielt sie am Ellbogen fest. »Hat er eine größere Geldsumme erwartet?«

»Jeden Abend, wenn er zum Zocken ging. Aber da ist nie was draus geworden. Im Gegenteil.«

»War er mit Thomas Eberhard verabredet? War mein Partner einer der Polizisten, die er kannte?«

Die Verkäuferin wollte sich losreißen. Bruno erhöhte den Druck. Die Parfümtussi schrie auf: »Nein!«

Die Leute vor der Würstchenbude sahen herüber. Passanten blieben stehen. Bruno ließ los.

Claudia Sasse rieb sich den Arm. Sie blickte an Bruno vorbei. »Tut mir Leid um Ihren Partner. Ehrlich. Aber wir werden ihn nicht mehr lebendig machen.«

Sie eilte zurück ins Kaufhaus, ohne sich noch einmal nach Bruno umzudrehen.

7.

Am 14. Januar trat Bruno seinen Dienst wieder an. Die Wunde war ausgeheilt. Nichts drückte mehr auf den Nerv. Das Empfindungsvermögen war in Wade und Fuß zurückgekehrt. Nur manchmal zwackte es noch im Muskel.

Die Schnüffler hatten Bruno nicht wieder belästigt. Wie es hieß, befand sich der Innere Dienst in Auflösung. Thann und Konsorten hatten Ebi nichts anhängen können. Aus 27.000 Mark waren 13.800 Euro geworden. Woher die Kohle stammte, die Ebi bei seiner Ermordung in der Tasche hatte, war ungeklärt geblieben.

Zu seiner Überraschung war Bruno zu Monatsbeginn befördert worden. Eine Ehre, die ihm als überlebendes Opfer des Polizistenmörders zuteil wurde. Kriminaloberkommissar – das brachte ihm ein paar Mäuse mehr auf der Gehaltsabrechnung und den Neid all derer, die vergeblich auf eine Höherstufung hofften.

Die Kollegen in der Kriminalwache begegneten Bruno nicht mit offener Ablehnung, aber er spürte ihre Zurückhaltung. *Warum bist du im Dienstwagen sitzen geblieben?*

Er tat, als könne er sich an nichts erinnern. Manchmal brauste er auf, wenn ein Kollege zu sehr nachbohrte. Nach einer Weile ließen sie ihn in Ruhe.

Marietta war die Einzige, mit der er über das Bargeld in Ebis Tasche sprach. Sie hatte eine Erklärung parat: Gewinnmitnahmen an der Börse. Papiere, die Ebi sich vor Schichtbeginn hatte auszahlen lassen. Schwarz, am Finanzamt vorbei. Bruno wusste, dass das nicht stimmte. Die Schnüffler hätten einen Steuerbetrug bemerkt.

In der Zeit, als Bruno in den Flitterwochen gewesen war, hatte sich sein Partner laut Marietta nicht auffällig benommen. Kein Verdacht, dass Ebi jemanden erpresste. Keine Anzeichen, dass er Angst vor Feinden hatte. Je länger Bruno Fragen stellte, desto irritierter reagierte Marietta. Die Kollegin konnte ihm nicht helfen.

Jeder schien der offiziellen Version anzuhängen: Helmer hatte getötet, weil er nicht wegen Fahrens ohne Führerschein verhaftet werden wollte. Weil er die Bullen hasste und ein durchgeknallter, paranoider Waffenfreak war. Ein Amokläufer.

Bruno stöberte nach den Dienstbüchern des Vorjahres. Er fand die Protokolle des vierten Quartals. Seine Neugier galt den drei Wochen im November, als er verreist gewesen war. Den Schichten, in denen sein Partner allein auf Tour gegangen war.

Bruno entzifferte Ebis Eintragungen. Einbrüche, Brandstiftung, ein Notzuchtdelikt. Er studierte Zeiten und Ortsangaben. Marietta hatte Recht: nichts Ungewöhnliches. Nur das, was sie immer in die Bücher eintrugen.

Er stellte die Kladde zurück in den Schrank und bemerkte, dass die Kollegen über ihn tuschelten. Er hätte Marietta nichts erzählen dürfen.

Der Gedanke an die Ungereimtheiten ließ Bruno keinen Frieden. Am nächsten Tag fuhr er schon mittags zur Festung. Er hatte Glück: Ela Bach, die Chefin des Kommissariats für Tötungsdelikte, saß mit einem Kollegen an einem Tisch in der hinteren Ecke der Kantine. Bruno reihte sich in die Schlange ein und entschied sich für Möhreneintopf, obwohl er keinen Hunger hatte. Er zahlte und gesellte sich zu Ela.

Er kannte die Mordermittlerin, seit er vor zwei Jahren der ›Soko Sauna‹ zugeteilt gewesen war, ein mehrfacher Mordfall, bei dem sich die Beamtin profiliert hatte. Bach war nur wenige Jahre älter als Bruno. Ihre Ernennung zur Leiterin des KK 11 hatte für großen Wirbel gesorgt. Ein paar der älteren Kollegen hatten der Dienststelle den Rücken gekehrt. Ausgerechnet die erfahrensten, wie es hieß. Kaum einer in der Festung hielt die Personalentscheidung nicht für Schwachsinn – eine politisch begründete Maßnahme zur Frauenförderung.

Bruno bemerkte, dass Ela zugenommen hatte. Zu viel Schokolade oder zu wenig Zeit für Sport. Der Kerl neben ihr hieß Thilo Becker und gehörte ihrem Kommissariat an. Sein blonder Lockenschopf wirkte, als hätte er nie im Leben einen Kamm gesehen.

Ela stellte Bruno dem Blondschopf vor. »Kollege Wegmann von der Kriminalwache. Du hast von ihm gehört, Thilo. Der Garant für eine aufregende Kfz-Überprüfung.«

»26. November?«, wollte Becker wissen. Der Blondschopf zerdrückte mit der Gabel die Möhren- und Kartoffelstücke zu einem Brei und schob die Wurstbrocken zur Seite.

Ela erklärte: »Im Unterschied zu seinem Partner hat er die Schießerei überlebt.«

Fehlte nur noch, dass sie sagte: weil er sich gedrückt hat. Bruno schluckte den aufkeimenden Groll hinunter. Er wollte es sich mit dem KK 11 nicht verderben. »Wegen der Sache will ich mit euch reden.«

Elas Miene hellte sich auf. »Kommt jetzt das große Geständnis? Die Wahrheit über das Geld, das Eberhard bei sich trug?«

»Unsinn. Ich dachte, vielleicht wisst ihr inzwischen etwas darüber.«

»Nichts. Kein Anhaltspunkt bezüglich der Herkunft, kein Hinweis darauf, dass Eberhard und sein Mörder sich kannten. Keine Fingerspuren des Amokläufers auf den Geldscheinen. Die Tat bleibt so unerklärlich wie ihr Motiv und der dämliche Zufall, dass ausgerechnet Eberhards Schwager den toten Amokläufer gefunden hat.«

»Max Pommer?«

»Er und sein Kumpel Seberich. Das hat natürlich die besonders Eifrigen zum Nachdenken gebracht. Thann hätte am liebsten eine große Untersuchung gestartet, aber dazu kommt es ja nun nicht mehr. Der Oberschnüffler muss Überstunden abfeiern und Resturlaub nehmen, bevor er zur Führungsakademie verduften darf. Seine Dienststelle gibt's nicht mehr. Und sag jetzt nicht, du wärst traurig darüber.«

Bruno antwortete: »Ich hab mit Helmers Freundin gesprochen. Sie sagt, dass Helmer als Informant für uns gearbeitet hat.«

»Wenn du mit Claudia Sasse geredet hast, dann ist dir sicher nicht entgangen, dass diese Verkäuferin mit einer blühenden Fantasie gesegnet ist. Mal geht's um Neonazis, dann um Drogen. Alles Schwachsinn. Weder beim Staatsschutz noch bei den Rauschgiftkollegen war der Amokläufer bekannt.«

»Sasse lügt«, stellte Becker mit vollem Mund fest.

»Sie macht sich wichtig. Wir haben Helmers Umfeld durchleuchtet. Da ist nichts.«

»Eine Mauer des Schweigens«, ergänzte der Blondschopf.

»Ach was«, widersprach seine Chefin. »Angesichts der Vielzahl von Leuten, bei denen wir's versucht haben, hätten wir etwas gehört, wenn die Tat geplant gewesen wäre. Es war spontane Wut, typisch Amokläufer eben.« Sie bohrte mit den Fingern zwischen den Zähnen. »Die Wurst kannst du tatsächlich nicht essen«, sagte sie zu Becker. »Hab noch die ganze Pelle im Gebiss.«

Bruno kratzte seinen Teller leer. »Gebt mir Bescheid, wenn eine Stelle bei euch frei wird«, bat er.

»Stimmt es, dass du geheiratet hast?«, fragte Ela.

»Viel Glück«, wünschte ihm Becker.

Sie trugen ihre Tabletts zur Geschirr-Rückgabe. Bruno grüßte zwei Uniformierte aus der Polizeiinspektion Südwest, die er von früher kannte. Sie ignorierten ihn.

In der letzten Januarwoche eskalierte die Situation in der Kriminalwache.

8.

MEMO

Von: Dipl.-Psych. Sigrid Romberg
An: Leiter Abteilung G/S, PP Düsseldorf
Kopie: Leiter ZKB, Leiter Kriminalgruppe 4, Leiter KK 44
Status: vertraulich – gegenüber Dritten gilt das Arztgeheimnis
Datum: 6.2.02
Betr.: KOK Bruno Wegmann

Sehr geehrter Polizeidirektor Friedrichsen,
hier meine Zusammenfassung, ausführlicher Bericht folgt.
B. W., geboren 1969, kam 1992 nach einem abgebrochenen Jurastudium zur Polizei. Nach Polizeischule, Bereitschaftspolizei und FH für öffentliche Verwaltung arbeitete er als Kommissar im Wachdienst der PI Südwest. Seit 2001 im KK 44 (Kriminalwache). Am 26. November letzten Jahres tötete

der Polizistenmörder Helmer W.s Partner Eberhard im Dienst. W. selbst wurde schwer verwundet. Zum 1. Januar dieses Jahres wurde er zum Kriminaloberkommissar befördert.
Nach Wiederaufnahme des Dienstes verschlechterte sich W.s Beziehung zu seinen Kollegen, was in einem tätlichen Angriff auf Schichtleiter Ritter am 29.1.02 gipfelte. Beide erklären den Zwist inzwischen für beigelegt. W. wurde auferlegt, sich einem psychologischen Fachgespräch zu unterziehen. Dieses fand am 4.2.02 statt.
Als Ursache für seine Aggression benennt W. das Verhalten seiner Kollegen. Im Lauf des Gesprächs bekannte er sich zu Symptomen eines *Post-Shooting-Traumas* (PST), wie es nach der von ihm erlebten Grenzerfahrung (Schussverletzung, Tod eines Dienstkollegen, eigene Todesangst) zu erwarten ist. Dazu zählen Erinnerungslücken bezüglich des traumatischen Zwischenfalls (psychogene Amnesie), Schlaflosigkeit verbunden mit Alpträumen, in denen er das Ereignis durchlebt, sowie irrationale Schuldgefühle.
W. projiziert diese Schuldgefühle auf seine Kollegen. Er ist der Überzeugung, sie machten ihn verantwortlich für den Tod des Partners. Er kapselt sich ab und reagiert ablehnend auf Versuche, ihn zu integrieren. In rationalisierender Abwehr sucht er nach Ursachen, die außerhalb des traumatischen Ereignisses liegen. Er wünscht die Dienststelle zu wechseln, um in einem unbelasteten Umfeld zu arbeiten.
W. hegt nach wie vor unterschwellige Aggressionen gegen Ritter und andere Kollegen der Kriminalwache. Am 29.1. habe er erfahren, dass eine interne Untersuchung gegen ihn wegen Verstoßes gegen Dienstvorschriften eingestellt worden sei. Von einer solchen Untersuchung habe er nichts gewusst. Er

verdächtigte Ritter, ihm in den Rücken gefallen zu sein. Indem er den Streit als Missverständnis bezeichnet, beweist er seine mangelnde Einsicht in die tiefer gehende Problematik.
Das Gespräch berührte auch W.s Kindheitserfahrungen. Dabei stellte sich die Trennung seiner Eltern als traumatische Erfahrung heraus. W. war damals neun Jahre alt und suchte die Schuld am Weggang des Vaters bei sich – eine altersbedingt übliche Reaktion. Zweifellos verstärkt dieses Trauma W.s aktuelles PST.
Gravierendere PST-Ausformungen wie Hoffnungslosigkeit, Suchtverhalten und Zerstörung sozialer Beziehungen außerhalb des Dienstes sind bei W. nicht festzustellen. Insbesondere seine Ehefrau scheint ihm großen Halt zu geben.
Wie er in künftigen Krisensituationen reagieren wird, ist nach diesem Gespräch nicht abzusehen. Eine Therapie lehnt W. leider ab.
Abschließend sei darauf hingewiesen, dass die Polizeibehörde sich einer psychologischen Vorbereitung aller Einsatzkräfte auf Grenzerfahrungen wie auch der therapeutischen PST-Begleitung im Einzelfall nicht länger verschließen sollte. Die juristische oder polizeitaktische Nachbearbeitung allein kann die seelische Gesundheit traumatisierter Beamter nicht herstellen.

Hochachtungsvoll
Sigrid Romberg

MEMO

Von: Kriminaldirektor Wolfgang Dresbach,
Leiter ZKB
An: Kriminalrat Kurt Geißler,
Leiter Kriminalgruppe 4
Kopie: . / .
Status: streng vertraulich
Datum: 15.2.02
Betr.: Versetzungsantrag KOK Bruno Wegmann

Lieber Kurt,
beim besten Willen – ich bekomme KOK Wegmann in keiner anderen Dienststelle der Zentralen Kriminalitätsbekämpfung unter. Du kannst dir denken, warum. In allen Kommissariaten gibt es Vorbehalte (sein Verhalten am 26.11. letzten Jahres war auch wirklich keine Empfehlung). Jetzt heizt auch noch die Seelenklempnerin unserer Behörde ein: W. als Beispiel, wie schlecht es um die Nerven unserer Leute bestellt sei – ihre Forderungen laufen auf ein Arbeitsbeschaffungsprogramm für Psycho-Doktoren hinaus. Besagter W. weitet sich allmählich zum Problemfall aus. Solange er seelentechnisch neben den Gleisen läuft, können wir ihm keinen reinen Wein einschenken. Du musst ihn hinhalten, falls er nachfragt. Mach ihm meinetwegen Hoffnungen – unverbindlich, versteht sich. Sonst rastet uns der Bursche womöglich noch aus.
Sich von W. zu verabschieden gibt das Beamtenrecht nicht her. G/S-Leiter Friedrichsen und ich hatten gehofft, die Seelenklempnerin könnte eine Handhabe liefern – leider ein Schlag ins Wasser.

Herzlichst
Wolfgang Dresbach

9.

Karen servierte Bruno einen *Pitta*-Tee aus Melisse, Zitronengras und Himbeerblättern. Seit sie im Januar an einer Journalistenreise nach Sri Lanka teilgenommen hatte, war sie auf dem Ayurveda-Trip. Sie hatte eine Diagnose parat. Brunos *Doshas* waren im Ungleichgewicht – was immer das bedeutete.

Bruno probierte von der Kräuterbrühe. »Ist ja lauwarm!«

»Zu heiß ist nicht gut für dich. *Pitta* steht für Feuer und davon hast du eindeutig zu viel. Willst du etwas Birnensirup zum Süßen?«

»Wenn dein Lehrbuch das erlaubt.«

Bruno süffelte kalten Tee. Karen meinte es gut. Sie referierte über Elemente und Stoffwechselvorgänge. Sie benutzte indische Fachausdrücke – alles wissenschaftlich seit Jahrhunderten belegt.

Seine Frau war der Ansicht, er hätte das Angebot der Seelenklempnerin nicht ausschlagen sollen. Er hätte sich auf die Couch legen und über alles reden sollen. Über seinen Vater, über Ebis Tod, über Kambodscha.

Wenigstens bemängelte sie seine Erektionsprobleme nicht. Ein unausgesprochener Pakt: Er ließ sie mit ihrem Kräuterfimmel in Ruhe, sie zog ihn nicht wegen seines schlaffen Würstchens auf. Sie versuchten, sich nicht gegenseitig auf die Nerven zu gehen. Solange Bruno sich zusammenriss, klappte es.

»Wie kommst du auf Kambodscha?«, fragte er.

»Du redest im Schlaf.«

Die Alpträume kamen in größeren Abständen. Sie würden irgendwann ganz wegbleiben, auch ohne Seelenklempnerin. Bruno hatte keine Lust, als Versuchskaninchen zu dienen. Ein Exboxer, der keinen Steifen bekam – ein gefundenes Fressen für jeden Psychoklempner. Nicht mit ihm.

Er befolgte Karens neue Ernährungsregeln: nichts Scharfes, Saures, Salziges. Keine heißen Getränke, kein Kaffee oder Alkohol. Er solle Aufregung vermeiden und sich wieder mehr bewegen. Manchmal versuchte Karen, sein Würstchen hochzupäppeln – der einzige Stress, den er hatte.

Bruno machte weiter auf *psychogene Amnesie.* Die Kollegen akzeptierten, dass er nicht über die Schießerei reden wollte.

Ihn hielt nichts mehr in der Kriminalwache. Er befolgte einen Leitspruch seiner Frau: Jenseits der dreißig muss man sehen, wo man bleibt. Es hieß, am ersten April würde Bruno einen festen neuen Partner bekommen. Doch bis dahin würde sein Versetzungsantrag bewilligt sein. Gruppenleiter Geißler hatte zugesagt, ihm eine neue Stelle zu besorgen. Brunos Ziel war die Rauschgiftfahndung, die Organisierte Kriminalität oder das Kommissariat für Tötungsdelikte. Fälle, die er eigenständig zu Ende ermitteln konnte, und eine Dienststelle, in der man ihm unvoreingenommen begegnete. Keine Tuscheleien mehr hinter seinem Rücken.

Bruno zügelte sich auch ohne Therapie. Er hatte seine *Doshas* im Griff.

Karen hatte eingekauft. Weitere Tees, Öle und Kräuterzahnpasta. Einen kupfernen Spatel, um sich morgens einen angeblich ungesunden Belag von der Zunge zu schaben. Bruno schraubte ein Fläschchen mit Badezusatz auf und schnupperte Lavendelduft. Er fing sich einen Rüffel von Karen ein. Lavendel sei Gift für ihn. Er leide an zu viel Pitta, sie dagegen unter einem Übergewicht an *Vata.*

Was heißt da leiden, dachte Bruno – *Vata* stand in Karens Büchern für Bewegung, Ideenreichtum und Großzügigkeit. *Pitta* bedeutete Zorn, Sodbrennen und ein rotes Gesicht. Klar, wer da schlechter abschnitt.

Während der nächsten Nachtschichten schien Schichtleiter Ritter einen Bogen um ihn zu machen. Bruno arbeitete mit wechselnden Partnern. Keiner riss sich darum, mit ihm auf Tour zu gehen.

Er hatte noch immer keinen Bescheid wegen der Versetzung erhalten. Bruno hakte bei der Verwaltung nach. Er telefonierte mit Kriminalrat Engel, der rechten Hand des Kripochefs. Er sprach noch einmal mit dem Leiter der Kriminalgruppe. Der Zitronenfalter versprach, sich beim Kripochef für ihn zu verwenden.

Aber erst solle Bruno seinen neuen Partner einarbeiten. Höchstens noch zwei Monate, dann stünde der Versetzung nichts mehr im Weg. Voraussichtlich.

Hinhaltetaktik.

Für diese Nacht bekam Bruno Marietta zugeteilt. Das Huhn hatte den Kürzeren gezogen. Ohne viele Worte machten sie ihren Job.

Die Bilder der Schießerei bedrängten Bruno auch nach der Schicht bis in den Schlaf.

Ein einsames Frühstück – wenn Bruno Nachtschicht hatte, gerieten sein und Karens Leben außer Takt. Sie war längst im Sender, als er aufstand und duschte. Seine Zahncreme war aufgebraucht. Er probierte Karens Zahnpulver. Nelke, Zimt und Kardamom. Ayurvedische Gewürze. Vielleicht beruhigten sie sein *Pitta-Dosha*.

Das Telefon trieb Bruno aus dem Badezimmer. Es war Marietta. »Hast du schon Zeitung gelesen?«

Bruno schluckte Zahnpulverreste. Er fror. »Was ist los?«

»Lara Eberhard hat geschnippelt.«

»Was?«

»Sie kommt durch, wie es aussieht. Sie liegt in der Uniklinik.«

Bruno stieg in die Klamotten von gestern. Keine Zeit für die Rasur. Er rannte die Treppe hinunter, er musste Lara sehen. Im Büdchen um die Ecke kaufte er den *Blitz*.

Lokalteil, vorletzte Seite:

AMOKLÄUFER HELMER: OPFER-WITWE SCHNITT SICH PULSADERN AUF.

Darunter ein knapper Text: Laras Baby war gestorben. An einer Infektion, die selbst die Ärzte der Uniklinik nicht in den Griff bekommen hatten. Lara hatte tagelang am Bett des kleinen Fabian gewacht. Nach dem letzten Schnaufer des Säuglings schloss sie sich auf der Personaltoilette ein.

Das Blut war bis in den Vorraum geflossen. Eine Krankenschwester hatte Lara noch rechtzeitig entdeckt. Die Witwe hatte sich mit einer Nagelfeile die Unterarme aufgeritzt.

Das Foto neben dem Artikel war vom 26. November und zeigte den Parkplatz am besagten S-Bahnhof. Lichtreflexe auf dem nassen Pflaster. Notarztwagen, Polizei. Eine helle Decke über Ebis Leiche. Bruno warf die Zeitung auf den Beifahrersitz.

Er jagte in die Innenstadt. Bei Heinemann erstand er eine Großpackung Champagnertrüffel. Er ließ sie als Geschenk einwickeln. Bruno stellte sich Lara vor: verzweifelt, schmal und feindselig.

An der Pforte bekam er Auskunft, wo Ebis Witwe lag. Als er die Station erreichte, verließ ihn der Mut. *Für mich bist du kein bisschen besser als sein verdammter Mörder.*

Bruno tigerte den Gang auf und ab. Er schwatzte mit einer Ärztin. Gegen Mittag brachte eine Schwester das Essen in Laras Zimmer. Sie ließ die Tür aufstehen.

Bruno erspähte Lara. Sie trug einen weißen Pyjama. Die langen Locken offen und ungekämmt, der Haaransatz deutlich dunkler als die blond gefärbten Strähnen. Die ohnehin feingliedrige Frau wirkte abgemagert, ihre Kulleraugen unnatürlich groß. Sie blätterte in einer Illustrierten. Als die Schwester das Tablett abstellte, sah Lara aus dem Fenster.

Bruno wagte sich noch immer nicht in ihr Zimmer. Er beobachtete, wie die Schwester das Kopfende in Sitzposition klappte und die Kissen aufschüttelte. Er hoffte, dass Lara das Essen anrühren würde.

Als die Schwester herauskam, gab er die Pralinen bei ihr ab.

Vor dem Aufzug traf er auf Laras Schwägerin. Die Ziegelrote trug einen kanariengelben Pulli unter einer gesteppten Weste. Einen ledernen Minirock – Bruno hatte schon breitere Gürtel gesehen.

Sie trug einen Stapel Zeitschriften im Arm und erkannte ihn. »Sieh an, der Champion! Haben Sie Lara besucht?«

»Sind Sie Ebis Schwester?«, fragte Bruno.

Die Frau gab ihm die Hand. »Cosima Pommer. Mein Mann ist Laras Bruder. Max leitet das Kommissariat für Glücksspiel und Falschgeld. Sie kennen ihn sicher.«

»Ja, vom Sehen.«

Sie wechselten bedrückte Worte. Der arme Junge. Die ratlosen Ärzte. Die traurige Mutter. Unglaublich – mit einer Nagelfeile.

Bruno hätte gern mehr für Lara getan.

10.

Ende Februar machte Bruno endlich seinen Vorsatz wahr. Er parkte an der Zufahrt zum Vereinsheim und hievte die Sporttasche aus dem Kofferraum. Sein Bein war endgültig verheilt. Geblieben waren zwei Narben und die Schwäche im Bett, die das Liebesleben so kompliziert machte.

Gerresheim, das Viertel seiner Kindheit. Alte Mietshäuser und Rauch aus Kohleöfen, der von den Dächern waberte. Die Sträucher am Zaun des Vereinsheims zeigten erste Knospen. Ein ganzes Jahr war Bruno nicht hier gewesen.

Mit dreizehn war er dem TuS beigetreten, um Fußball zu spielen. Ein Freund hatte ihn zum Boxen mitgenommen und Trainer Janssen hatte ihn umworben. Der Coach brauchte Mitglieder für die Jugendmannschaft. Bruno erinnerte sich daran, dass sein Vater Boxfan gewesen war.

Zuerst legte Mutter sich quer. Sie weigerte sich, die Einverständniserklärung zu unterschreiben. Der Trainer bekniete sie – Janssen wollte an alte Glanzzeiten der Boxabteilung anknüpfen. Seine Weisheiten beruhigten Mutter: Wer sich im Amateurboxen austobe, tue das nicht auf der Straße. Der Sport bilde wie kein anderer den Charakter – der Coach wusste, was allein erziehende Mütter hören wollten, deren Söhne einen Hang zum Rowdytum hatten.

Die Umkleideräume lagen im Keller. Bruno war früh dran. Beim Umziehen hörte er das Getrampel der Anfänger, die oben in der Halle trainierten. Im Gang vor den Büros traf er Berti Kelp, den technischen Leiter der Boxabteilung. Ein ehemaliger Weltergewichtler mit breiter Nase – mit nicht weniger als einhundert K.-o.-Siegen so etwas wie eine Vereinslegende. Nicht einmal Janssen hatte in seiner aktiven Zeit Kelps Rekorde einstellen können.

»Mensch, Bruno!«, freute sich der Rentner und deutete eine Gerade an. »Schön, dich wieder zu sehen. Janssen hat gewusst, dass du wieder anfangen würdest.«

Bruno stapfte die Treppe hoch. Die Anfänger kamen ihm entgegen. Kids und ältere Herren, die nicht darauf aus waren, ernsthaft zu boxen. Eigentlich gehöre ich zu ihnen, dachte Bruno.

Karen hatte ihm das Versprechen abgenommen, dass er nicht mehr zum Wettkampf in den Ring steigen würde. Ihr Leitspruch: Du wirst nicht erst dadurch zum Mann, dass du anderen auf die Birne klopfst.

In der Sporthalle roch es nach Schweiß und Staub. An den Längsseiten hingen Sandsäcke und Maisbirnen von der Decke. Der Trainer zog weiche Matten aus dem Geräteraum und lehnte sie gegen die Rückwand. Janssens Gesicht sah aus, als habe er die schwersten Jahre des Lebens doppelt durchgemacht: eingedrückter Nasenrücken, ein Muster kleiner Narben entlang der Augenbrauen, auf den Wangen ein Netz von Falten, die nicht vom Boxen stammten.

Die gebeugte Haltung des Trainers hatte Bruno immer an die Abwehrstellung eines Kämpfers erinnert. Heute erkannte er den Rücken eines alten Mannes. Es geht zu schnell bei Janssen, fand Bruno. Der Mann war noch keine sechzig.

»Was willst'n hier?«, fragte der Coach.

»Ich hab mir gedacht, ein bisschen Training würde nicht schaden.«

»Die Halle ist klein geworden. Die jungen Leute interessieren sich wieder fürs Boxen. Sogar Mädels machen mit. Zwölfjährige fangen bei uns an. Knirpse, wie du mal einer warst.«

»Damals warst du Onkel Janssen für mich.«

»Lange her, was?«

»Wie geht's Hannah?«

»Gut. Sie will sich als Model versuchen. Sie zählt jede Kalorie und schlägt sich die Nächte mit irgendwelchen Porschefahrern um die Ohren. Aber sie hat mir versprochen, dass sie ihre Ausbildung zu Ende macht.« Janssen schloss das Tor zum Geräteraum. Er stöpselte den Stecker eines Gettoblasters in die Steckdose.

Bruno fragte: »Für mich wird der Platz doch noch reichen? Bisschen Fitness, das genügt mir. Höchstens leichtes Sparring.«

»An Sparring ist nicht zu denken. Du bist schlaff wie ein Handtuch.«

»Ich hab Waldläufe gemacht.«

»Du warst verletzt. Mach mir nichts vor. Ich lese Zeitung, mein Junge. Was sagt dein Mädel dazu, dass du herkommst? Oder habt ihr euch getrennt?«

Bruno begann seine Hände zu bandagieren. »Wir haben geheiratet und sie ist einverstanden.«

Endlich blickte Janssen ihm ins Gesicht. »Gratuliere und willkommen, mein Junge. Ich hab gewusst, dass du zurückkehren wirst.«

Der Trainer hielt ihm die Hand hin. Bruno klatschte dagegen.

»Glaub aber nicht, dass du mich dazu überreden kannst, wieder in den Ring zu steigen. Damit ist endgültig Schluss.«

Der Alte lachte. Bruno nahm eine Alkoholfahne wahr.

Sie trabten im Kreis durch die Halle. Vierzehn Männer und drei Frauen im gleichen Rhythmus. Türken, Deutsche, Russen, ein Libanese, eine Holländerin. Der Gettoblaster spielte Techno – eine Neuerung, die Bruno dem alten Janssen nicht zugetraut hätte.

Seilspringen. Bruno machte schon in der ersten Minute schlapp. Schattenboxen zu Hip-Hop-Musik. Danach ging es an die Sandsäcke und Matten. Mit den zehn Unzen schweren Trainingshandschuhen trommelte Bruno Kombinationen.

Er rief sich Ebis Mörder ins Gedächtnis – Helmer war in den Zeitungen abgebildet gewesen, doch das Gesicht blieb undeutlich. Stattdessen stellte sich Bruno seinen Schichtleiter vor. Er schaltete um und hämmerte in die Visage von Thann, dem Schnüffler. *Ich nehm mal an, Ihr Partner hat Sie beteiligt.*

Links-links-rechts. Links-rechts-links. Gerade, Haken – Brunos Arme schmerzten, er schwitzte und rang um Luft. Er war den Sport nicht mehr gewohnt.

In der Hallenmitte markierte ein Seil an vier Pfosten den Ring. Bruno tauchte unter dem Seil hinweg ins Innere. Janssen empfing ihn mit Schlagpolstern an Händen und Unterarmen. Der Trainer deutete Hiebe an, Bruno boxte hart gegen die Pratzen. Immer schneller, Kopfhöhe, Brusthöhe, Haken und Gerade. Angriffe und Konter. Die Jungs und Mädels an den Sandsäcken glotzten herüber.

Sein drittes Comeback als Janssens Schüler.

Der Trainer schrie: »NICHT SO LAHM, DU ALTER SACK! TEMPO, TEMPO!«

Bruno lachte. Er wusste, dass er noch immer schneller reagierte als die meisten. Janssen tobte. Bruno konnte vor Lachen nicht mehr weiterboxen.

Die heiße Dusche, das Rubbeln des Handtuchs auf seinen brennenden Muskeln, die Geräusche der Sportler aus der Halle über ihm versetzten Bruno in Hochstimmung.

Draußen war es kalt geworden. Der Kohlendunst hing beißend in der Luft. Am Zaun lehnte eine junge Frau, groß und schlank. Als Bruno sich mit der Sporttasche durch das Tor drückte, grüßte sie ihn mit Namen. Es war Hannah, die offenbar auf ihren Vater wartete.

Bruno hatte Janssens Tochter aufwachsen sehen. Er kannte sie schon als Kleinkind, das er in der Babykarre durch die Straßen geschoben hatte. Als Göre mit Zöpfen, die er vom Kindergarten abgeholt hatte, wenn ihre Mutter beim Arzt war.

Er rechnete und kam darauf, dass Hannah neunzehn Jahre alt war. Bruno ertappte sich dabei, dass er sie anstarrte. Aber wahrscheinlich war ein so hübsches Mädel das gewohnt.

Der Coach trat aus dem Vereinsheim. Sein Gang straffte sich, als er seine Tochter bemerkte. »Vorsicht, Bruno. Nicht dass du deine Heirat bereust!«, rief er im Näherkommen. »Wusstest du, dass Bilder von ihr neulich in so einer Illustrierten waren?«

Sie sagte: »Tu nicht so, Paps. Du bist der Letzte, der sich für Modefotos interessieren würde.«

Der Trainer drückte Hannah einen Schmatz auf die Stirn. Er musste sich dafür auf die Zehen stellen. »Ich lade euch ein. Zur Feier des Tages. Wie wär's mit dem Griechen?«

Hannah erklärte: »Keine Zeit. Kannst du mir was leihen, Paps?«

Janssen wühlte einen Zwanziger aus dem Geldbeutel. Das Mädchen zog davon.

Der Alte winkte ihr hinterher. »Ist sie nicht wundervoll?«

Im ersten Licht des Morgens kam Bruno von der Nachtschicht zurück. Er entkleidete sich im Wohnzimmer, um Karen nicht zu wecken. Wenn sie zeitig aufstehen musste, leistete er ihr beim Frühstück Gesellschaft. Da sie manchmal jedoch recht lange schlief, wollte er nicht darauf warten.

Als er unter die Bettdecke schlüpfte, murmelte sie: »Wie war's?«

»Die Schicht war wie immer. Das Training hat Spaß gemacht. Janssen hat mich ordentlich rangenommen. Als Rache dafür, dass ich mich so lange nicht hab blicken lassen. Ich werde einen fürchterlichen Muskelkater bekommen.«

»Eigentlich sieht man dir den Boxer gar nicht an. Du wärst sicher auch gut im Rudern oder Tennis.«

»Kann sein.«

»Wirst du wieder kämpfen wollen?«

»Keine Angst. Versprochen ist versprochen. Das Training genügt. Ich baue Aggressionen ab. Gut für mein *Dosha,* besser als jede Therapie.«

»Schade, dass du damals das Jurastudium geschmissen hast. Du könntest Anwalt sein und müsstest dich nicht mit all diesen Dumpfbacken in deiner Behörde rumschlagen, die dir obendrein die Schuld an dieser Schießerei geben. Und die blöde Schichtarbeit wäre kein Thema.«

»Nach meiner Versetzung wird das anders, mein Schatz. Ich hab schon bei den Mordermittlern vorgefühlt. Außerdem gibt es noch etwas neben dem Job.«

»Ja, manchmal.« Sie schmiegte sich an ihn und streichelte seine Brust. Er fürchtete, dass sie versuchen würde, mit ihm zu schlafen, aber sie fragte: »Warum sprichst du so selten über deine Gefühle?«

»Ich liebe dich. Immer und immer und immer. Sag ich das nicht oft genug?«

»Erzähl mir, was dich bedrückt.«

»Morgens um sieben?«

»Was ist in Kambodscha vorgefallen?«

Bruno atmete tief durch. Die alte Geschichte – mehr als elf Jahre her. Er hatte die Reise mit Fred unternommen, seinem besten Kumpel, der damals mit Karen liiert gewesen war. Über Kambodscha zu reden würde bedeuten, Fred schlecht zu machen – eine billige Art, sich aus der Verantwortung zu stehlen, wie Bruno fand. Das verpfuschte Angkor-Abenteuer hatte sein Leben geprägt, nicht weniger als der Mord an Thomas Eberhard vor zwölf Wochen. Beide

Male hatte er Mitschuld auf sich geladen – es nützte nichts, sich darüber den Kopf zu zerbrechen.

»Ich bin wirklich müde«, erklärte Bruno und löste sich von Karen.

Teil zwei

Verrat

11.

Kurz vor siebzehn Uhr verdüsterte sich der Aprilhimmel, das Gewitter legte los und ein Wolkenbruch spülte alle Hoffnungen auf einen lauen Abend fort. Vor der Graf-Adolf-Straße stauten sich die Autos, die in Richtung Bilk und weiter nach Süden unterwegs waren. Der Grund war ein unbeleuchteter Rheinbahnwagen, der mitten auf der Kreuzung seine Fahrgäste entließ – Stromausfall. Auf drei Spuren ging es nur schleichend voran, Fußgänger nutzten die Lücken und drängelten sich durch.

Brunos neuer Partner ließ die Hupe des Omega dröhnen. »Nichts als Idioten! Von wegen, wir brauchen kein Blaulicht!«

»Reg dich ab«, antwortete Bruno.

Kästner war zweiunddreißig wie er, aber einfacher Kommissar – Bruno war nun Chef im Zweierteam und musste nicht mehr am Steuer sitzen. Die zweite Woche mit dem Neuen: Der cholerische Glatzkopf ging Bruno auf die Nerven.

»Warum sprichst du nie über diese Schießerei im November?«, fragte Kästner.

»Ich denk, du hast Zeitung gelesen.«

»Sicher.«

»Dann weißt du alles.«

Bruno sagte sich, dass es ungerecht sei, den neuen Partner mit Thomas Eberhard zu vergleichen. Brunos Tage bei der Kriminalwache waren ohnehin gezählt – hoffentlich. Sein Versetzungsantrag wurde noch immer zwischen der Verwaltung und dem Führungsstab des Kripochefs hin- und hergeschoben.

Kästner grummelte. »Ich bieg an der nächsten Kreuzung ab. Zeit für den *Sundowner.*«

So nannten sie die Kaffeepause, die sie in der Halbzeit jeder Schicht einlegten. Sie steuerten dafür eine Dönerbude in

Oberbilk an. Mit der koffeinhaltigen Brühe verstieß Bruno insgeheim gegen Karens Richtlinien – sie war nach wie vor auf dem Ayurveda-Trip.

Kästner hatte sich in die Bedienung des Imbissladens verguckt. Er bildete sich ein, dass die Frau nur für ihn den Ausschnitt um ein paar Knöpfe zu weit geöffnet ließ. Aber er sprach sie nie an, aus Schiss vor seiner Ehefrau oder vor dem Bruder der Türkin, einem bärtigen Kerl mit eng stehenden Augen. Kästner nannte ihn Osama.

Auf der Gegenspur nahm ein uniformierter Kollege einen Unfall auf. Überall in der Stadt schien es zu krachen, im Funk herrschte Chaos.

Es dauerte eine Weile, bis Bruno begriff, dass einer der Rufe ihm und seinem Partner galt.

Er griff nach der Handpuste und drückte die Sprechtaste. »Düssel 31. Was liegt an?«

»Sag dem Onkel, dass wir im Stau stecken«, knurrte Kästner, das Krächzen aus dem Lautsprecher übertönend. »Es gibt noch andere Teams.«

Bruno drehte den Regler auf Anschlag und bat den Kollegen im Äther, die Meldung zu wiederholen. Es ging um eine Schlägerei in einem Fitness-Studio. Sie waren keinen halben Kilometer entfernt.

Kästner fluchte: »Sind wir Schupos oder was?«

»Denk an deine Beförderung«, erwiderte Bruno.

Vor seiner Versetzung hatte sich der Kahle eine gute Beurteilung schreiben lassen und geglaubt, den zweiten Stern auf der Schulter damit sicher zu haben. Inzwischen sah Kästner das anders: »Scheiß drauf, ist doch sowieso gelaufen. Eine freie Oberkommissarstelle im gesamten KK 44 und in jeder Dienstgruppe ein bis zwei Hühner, die darauf lauern. Wie nennt ihr den Gruppenleiter Geißler?«

»Zitronenfalter.«

»Genau. Der hat selbst gesagt, dass er Frauen bevorzugt. Ohne Geschlechtsumwandlung hast du heute keine Chance mehr.«

Der Verkehr kam erneut zum Stehen. »Hat keinen Zweck«, stellte Bruno fest. »Wir laufen den Rest.«

»Im Ernst?«

»Angst um die Frisur?«

Der Kahle ignorierte den Scherz. Seine Glatze war angeblich Folge einer seltenen Krankheit – er behauptete, dass ihm nicht einmal am Sack Haare wuchsen. Als Einziger in der Festung durfte Brunos Partner gegen den Frisurenerlass verstoßen, mit dem das Innenministerium ein Zeichen gegen Rechtsextremismus setzen wollte. Kästner hatte es sich schriftlich geben lassen.

Er ließ den Motor aufheulen und den Omega auf den Gehsteig rumpeln. Bruno stieg aus. Regen klatschte ihm ins Gesicht und lief in den Kragen. Er überhörte das Geschimpfe des Kahlen und trottete auf den Parkplatz zu.

Erst dort fiel ihm ein, wo er war.

Das Pflaster zwischen Bahndamm und den niedrigen Gewerbehallen war glitschig und spiegelte die Lichter wie im Herbst. An den Seiten war der Platz mit Autos zugestellt. Vor dem Restaurant warteten leere Bänke und Tische, aufeinander gestapelt und zusammengerückt, auf wärmeres Wetter. Gegenüber wuchtete ein Rentner im Friesennerz Bierkisten in seinen Kombi. Ein rostiger Polo lauerte darauf, dass der Alte seinen Stellplatz verließ. Die Fahrerin trug Sportklamotten.

Am 26. November hatte es hier noch keine Muckibude gegeben.

Kästner gehörte damals noch dem Einsatztrupp der Polizeiinspektion Nord an – für Brunos neuen Partner gab es nur die Erinnerung an vier Tage halbmast und den größten Trauerzug in der Geschichte Düsseldorfs.

Brunos Blick suchte die Stelle. Er fand Bilder der Erinnerung: das Zucken Ebis nach dem Schuss. Die Scheinwerfer des BMW. Helmers Ballerei. Die schreckliche Schusswunde auf Ebis Stirn. Seine eigenen Schmerzen und die plötzliche Kälte. Bruno fasste sich unwillkürlich ans Bein.

Kästner erreichte ihn. »Ey, hier geht's lang! Worauf wartest du?«

Unter dem Vordach des Fitnesscenters drängte sich eine Traube von Leuten, die auf ein Abklingen der Sintflut warteten. Drinnen warb ein Pappaufsteller in Form eines thailändischen Tempelwächters für eine *Buddha-Bar.* Fernöstliches Klimbim war angesagt, sogar beim Verkauf von Isodrinks.

Das Prasseln auf dem Flachdach übertönte das Knirschen der Stepper und die Stampfmusik aus dem angrenzenden Aerobicraum. Hinter dem Tresen sortierte eine falsche Blondine Karteikarten. An ihr blaues Sweatshirt war ein Namensschild geheftet: *Elina.*

Bruno hielt ihr den grünen Dienstausweis unter die Nase. Die Trainerin nickte und führte die Kripobeamten zur Herrenumkleide. Hier roch es muffig, keine Möglichkeit zum Lüften. Bruno schob die halb nackten Gaffer zur Seite.

Überblick verschaffen: In einer Ecke hielten zwei Kerle in blauen Sweatshirts einen Jungen in Schach. Auf der Bank saß ein Mann mit Schwabbelbauch, der ein Handtuch gegen die Nase presste. Sein Unterhemd war voller Blut – offenbar das Opfer.

Der Dicke erkannte in Bruno und Kästner sofort die Bullen. Er wedelte mit dem verschmierten Handtuch. »Ich erstatte Anzeige!«

Bruno sah, dass die Oberlippe des Dicken aufgeplatzt war, die Nase geschwollen.

Der Junge in der Ecke war ein Muskelpaket, sehnig und schlank, kaum älter als zwanzig Jahre. Breitbeinig lauerte der Kerl, die Arme verschränkt, das Kinn vorgereckt. Er trug Sportklamotten, Tattoos auf den Oberarmen, im Ohr einen Stecker. Auffällig waren die lang gezogenen Narben, die auf der rechten Gesichtshälfte Stirn und Wange verunstalteten.

Bruno hatte das Gefühl, das Narbengesicht schon einmal gesehen zu haben. »Knöpf ihn dir vor«, sagte er zu seinem Partner und wandte sich der Trainerin zu. »Arzt?«

»Muss gleich da sein.«

»Nehmen Sie das Arschloch fest!«, keifte der Dicke mit heiserer Stimme.

Während Kästner den jungen Muskelmann nach seinen Personalien fragte, erkundigte sich Bruno bei dem Verletzten, was passiert sei. Statt zu antworten, stand der Dicke schwankend auf und krakeelte in Richtung des Jungen: »Saubengel! Ich kenn dich! Textilreinigung Lauffer auf der Ackerstraße. Wenn dein Alter wüsste, was du für einer geworden bist!«

In Brunos Jacke schrillte das Handy. Der *Hummelflug* von Rimski-Korsakow.

Der Junge brüllte über Kästners Schulter hinweg: »Halt's Maul, du Fettsack!«

Der Dicke ließ nicht locker. »Dir haben die Reinigungsmittel wohl das Hirn verätzt!«

Bruno kramte nach dem Mobiltelefon, um es abzuschalten.

Das Narbengesicht schubste Kästner beiseite, stürzte sich auf den Dicken und donnerte ihn gegen die Spindtüren. Noch bevor Bruno das Handy weggesteckt hatte, zog der Junge einen grauen Gegenstand aus der Hosentasche und schleuderte ihn gegen die Schläfe seines Opfers.

Der Dicke sackte auf die Bank und ließ die Lider flattern.

Bruno wuchtete dem Schläger die Rechte in den Solarplexus und drehte ihm einen Arm auf den Rücken. *Dominanz ausüben* – der Junge rang nach Atem, ächzte und krümmte sich.

Kästner griff ans Holster. Bruno schüttelte den Kopf. Handschellen. Der Junge leistete keinen Widerstand. Der Kahle schob ihn hinaus.

Der Verletzte hielt sich wimmernd den Kopf.

Bruno pflückte den kleinen Beutel vom Boden – graues Wildleder, gepolstert und mit Eisenschrot gefüllt. Eine dreifache Naht verband den Sack mit einer Schlaufe.

Ein Totschläger – damit zählte der Angriff als gefährliche Körperverletzung.

Bruno sah sich schon wieder als Gegenstand von Vernehmungen und internen Untersuchungen. Er verfluchte sich und den Kollegen, dass sie dem Schläger nicht gleich die Fangeisen angelegt hatten.

Der Notarzt traf ein und kümmerte sich um den Dicken. Bruno zeigte die Waffe – der Weißkittel bestand darauf, das Opfer zum Röntgen ins Krankenhaus zu bringen.

Bruno beschloss, den Bericht zu frisieren. Es brauchte keiner zu erfahren, dass er und sein Partner gepennt hatten.

Um die Gaffer nicht zu enttäuschen, stellte er ein paar Fragen. Ein Muskelprotz mit osteuropäischem Akzent erklärte, dass der Dicke über Politik geschwatzt habe. Daraufhin sei der Junge mit dem vernarbten Gesicht explodiert.

»Politik? Was meinen Sie damit?«

»Juden und so.«

Bruno notierte Namen und Adresse des Tatzeugen. Die Zuschauer sollten einen Eindruck von korrekter Polizeiarbeit bekommen.

Wenn er den Lederbeutel unterschlug und den Fall zur einfachen Körperverletzung degradierte, würde dem Opfer trotzdem noch Schmerzensgeld zustehen. Ein Kompromiss.

Nur nicht schon wieder bohrende Fragen: *Warum haben Sie es nicht verhindert?*

Der Gewitterregen war abgeklungen. Die Staus hatten sich aufgelöst. Den Schläger platzierten sie rechts auf dem Rücksitz. Bruno stieg sicherheitshalber hinter Kästner ein, der den Omega vom Gehsteig schaukelte und in die Elisabethstraße lenkte. Der Kahle fuhr, als hätten sie ein Blaulicht auf dem Dach.

Bruno erinnerte sich an den Anruf und hörte die Mailbox ab. Karen bat um Rückruf.

»Das Arschloch war ein Scheißnazi«, erklärte der Junge. »Eine fette Sau. Habt ihr seine Titten gesehen?«

»Heb dir das Argument für den Richter auf«, rief Kästner nach hinten. Er war gereizt, weil er seinen Kaffee nicht bekommen hatte.

Bruno drückte die Büronummer seiner Frau ins Handy. Sie kündigte an, dass sie Kollegen vom Sender nach Hause eingeladen habe. Ein Arbeitsessen freier WDR-Mitarbeiter, die über einer Reihe von Reportagen für die *Lokalzeit* brüten wollten. Bruno erklärte, dass er nicht vor halb elf zu Hause sein werde. Er ließ durchblicken, dass ihm die Vorstellung, Fremden beim Weintrinken zuzuschauen, nicht sonderlich gefiel.

»Freiheitsstrafe bis zu zehn Jahren«, kommentierte Kästner mit Blick in den Rückspiegel.

»Wegen dem Lederschätzchen?«, fragte der Festgenommene.

»Was meint er?«

»Den Totschläger«, erklärte Bruno.

»Lederschätzchen? Geht er damit ins Bett, oder was?«

Der Bursche sagte: »Ihr blamiert euch, wenn ihr das ins Protokoll aufnehmt.«

»Das lass mal unsere Sorge sein«, entgegnete der Kahle.

Bruno beäugte den Kerl an seiner Seite. Er stellte sich ihn mit längeren Haaren vor, die über die vernarbte Stirn hingen. Dunkel erinnerte er sich an eine fröhliche Versammlung. Ebi hatte ihn irgendwohin mitgenommen. Lange her – Bruno hatte gerade erst bei der Kriminalwache angefangen.

Er griff nach vorn, angelte das Notizbuch aus Kästners Jacke und las: *Tobias Lauffer, Emmastraße 15, geb. 22.8.1980, Beruf: Taxifahrer.*

»Is was?«, fragte sein Partner.

»Irgendwo hab ich sein Gesicht schon mal gesehen.«

»Ich tipp auf Kirmes, Geisterbahn.«

Lauffer streckte Bruno seine Hände hin. »Macht mir endlich die Dinger los, ihr Flachwichser.«

Der Kahle warnte: »Vorsicht, mein Partner ist Niederrheinmeister im Halbschwergewicht. Und die Treppe zum Polizeigewahrsam kann verdammt rutschig sein.«

Der Festgenommene beugte sich zu Kästner vor. »Ich zittere vor Angst, Herr Kommissar. Niederrheinmeister? Du meinst, im Partner-im-Stich-Lassen. Muss ein komisches Gefühl sein für einen Bullen, dem eigenen Kollegen nicht vertrauen zu können, wenn's mal brenzlig wird.«

Sein Partner warf Bruno über den Innenspiegel einen Blick zu. Brunos Eingeweide verkrampften sich. Er zwang sich, ruhig zu bleiben.

Sie hatten den Fürstenwall erreicht und rollten auf die Festung zu. Kästner griff nach dem Mikro des Funkgeräts und kündigte sie an. Das Tor glitt zur Seite. Der Omega rollte auf den Hof.

Bruno nahm sich vor, die Waffe *nicht* zu unterschlagen. Sechs Monate bis zehn Jahre Haft standen laut 224 StGB auf schwere Körperverletzung. Vielleicht traf der Taxifahrer auf einen Richter, der das Strafmaß endlich mal ausschöpfte.

Sie lieferten den narbengesichtigen Schläger im Polizeigewahrsam ab.

12.

Eine Elster keckerte in den Zweigen der Birke vor dem Balkon. Bruno drehte sich auf seinem Kissen. Es war noch viel zu früh.

Bruchstücke eines schlechten Traums hallten nach. Ein Mischmasch aus Katastrophen. Fiese Glatzköpfe und vernarbte Visagen.

Die Anzeige gegen den Schläger hatte er gegen Schichtende noch geschrieben. Er fühlte Genugtuung – der Fall Lauffer ging seinen Gang.

Karen schlummerte wie ein Murmeltier. Sie hatte das Essen mit ihren Kollegen ins *Ristorante Molino* auf der anderen Straßenseite verlegt und Bruno mit einer Notiz, die er an der Garderobe vorgefunden hatte, gebeten nachzukommen.

Er war zu Hause geblieben – das Fernsehvolk unterhielt sich ohnehin nur über den Sender.

Als freie Mitarbeiterin verdiente Karen in manchen Wochen so viel wie er in einem Monat. Verpasste Chancen gingen Bruno durch den Kopf. Vertrödelte Semester, das abgebrochene Jurastudium. Um der Einberufung zur Bundeswehr zu entgehen, war er zur Polizei gegangen. Und um seiner Mutter zu demonstrieren, dass er kein kompletter Nichtsnutz war. Damals hatte er geglaubt, dass ein solcher Beweis nötig wäre.

Er lauschte Karens Atem und betrachtete ihre Sommersprossen. Seine Frau erschien ihm attraktiver denn je. Wenn er ihr Komplimente machte, tat sie, als spotte er nur – vielleicht fand er nicht die richtigen Worte.

Sie war sein Anker in der Welt.

Als er Karen kennen lernte, ging sie mit Manfred Klee, der als Sitzenbleiber in Brunos Klasse gelandet war. Fred und er galten als Außenseiter – vielleicht war das der Grund, weshalb sie sofort Freundschaft schlossen. Fred machte sich über das Boxen lustig. Bruno kehrte daraufhin dem TuS Gerresheim den Rücken und vermisste den Sport jahrelang nicht.

Freds Vater war Antiquitätenhändler – die oberen Zehntausend dekorierten ihre Villen mit exotischen Pretiosen, die sie bei Heinz Klee erwarben. Die Familie lebte in einem eigenen Haus – Fred hatte nicht wie Bruno lernen müssen, leise zu sprechen, damit die Nachbarn sich nicht beschwerten. Fred konnte tauchen und hatte einen Segelschein. Er war der Erste in der Klasse, der zur Schule mit dem eigenen Auto vorfuhr, einem fabrikneuen Polo. Sein Vater verwöhnte ihn.

Fred brachte Bruno bei, einen Joint zu bauen. Er zeigte ihm, wie man mit Spezialnadeln Sicherheitsschlösser zerstörungsfrei knacken konnte, und nahm ihn zu Treffen der *Sportsfreunde der Sperrtechnik* mit. Sie kreuzten durch die Stadt und sprühten Parolen auf die Straßen, in denen verhasste Lehrer wohnten. Oft war Freds hübsche Freundin mit von der Partie gewesen. Wenn Schule und Eltern besonders nervten, schmiedeten sie Pläne, gemeinsam auszuwandern: Karibik oder Südsee.

Im ersten Anlauf kamen sie bis zum Mittelmeer. Nur Fred und er – Karens Eltern hatten es ihr in letzter Minute verboten. Auf der Fahrt zog Fred den um ein Jahr jüngeren Bruno auf, weil er noch ohne Freundin war. Er machte Witze, dass ihn das Boxen impotent gemacht habe. Bruno erklärte, dass ihm keines der Mädchen, mit denen er bislang geknutscht hatte, gut genug gefiel.

»Nicht gut genug zum Poppen?«, fragte Fred verständnislos.

Du hast gut reden, hatte Bruno gedacht. Mit dir poppt die heißeste Braut, die ich kenne.

Eine Woche verbrachten sie am Strand der Camargue und schmorten in der Sonne. In der Nähe des Zeltplatzes von Saintes Maries de la Mer gab es ein Selbstbedienungsrestaurant. Die Entrecotes waren zäh, die Pommes matschig – Bruno und Fred fühlten sich wie Gott in Frankreich.

Sie waren tolle Hechte. Sie quatschten Mädels an, die ohne männliche Begleitung unterwegs waren. In unbeholfenem Sprachenmischmasch diskutierten sie über Gott und die Welt und waren jede Nacht sturzbetrunken.

Am vierten Abend war Bruno an der Reihe, den Aufriss zu machen. Die braun gebrannte Schwarzhaarige zwei Tische weiter war ihm schon tagsüber am Strand aufgefallen. Bruno hatte ihre kleinen Brüste bewundert. Er hatte entdeckt, dass sie Mailers Buch über Alis Fight in Kinshasa auf Französisch las. Ihre Freundin hatte reichlich Speck um die Hüften. Jetzt trug sie Klamotten, die das verbargen. Die beiden stocherten in ihren Pommes und kauten Salat.

Fred folgte Brunos Blick. »Schönheit und Moppel. Mach dich ran, Champion.«

Die Schwarzhaarige riss den Deckel ihres Puddings ab und warf Bruno einen kurzen Blick zu. Er lächelte sie an, aber sie reagierte nicht.

Fred flüsterte: »Moppel ist besser im Bett, da wett ich drauf. Wenn eine nicht so gut aussieht, gibt sie sich mehr Mühe.«

»Kannst du gern haben. Ich nehm die Schöne.«

»Viel Glück!«

So lässig wie möglich schlenderte Bruno hinüber. Er spannte die Muskeln unter dem T-Shirt. Der Pummeligen machte er weis, dass sich sein Kumpel in sie verguckt habe. Fred sei nur zu schüchtern, sie anzusprechen. Nach einer Weile verstanden die Mädels Brunos Kauderwelsch aus Schulenglisch und wenigen Brocken Französisch. Sie waren Studentinnen aus Lille. Die Schönheit hieß Alice und gab sich spröde. Corinne, der Moppel, zwinkerte Fred zu, der sich mit seinem Bier zu Bruno und den Mädels gesellte. Als Corinne einen Arm um die Taille seines Kumpels legte, ahnte Bruno, dass der Abend nicht wie bisher enden würde. Er schätzte seine Chancen bei Alice ein und achtete darauf, dass seine Muskeln zur Geltung kamen.

Vor dem Zelt der Studentinnen leerten sie eine Flasche Rotwein. Corinne knutschte erst mit Fred, dann mit Bruno. Er lenkte das Gespräch auf Ali und sein Comeback gegen den jungen Foreman in Kinshasa. *Rumble in the Jungle* – der Kampf, über den Mailer geschrieben hatte.

Alice reagierte nicht.

Fred machte sich mal wieder übers Boxen lustig. Bruno änderte die Strategie. Er erklärte, dass er die Handschuhe an den Nagel gehängt habe – zu primitiv für einen angehenden Starjuristen. Die Schöne ließ auch das kalt.

Sein Freund begann, über Zen und die Kunst des *Lock-Pickings* zu palavern. Fantasie und Einfühlungsvermögen. Konzentration sämtlicher Sinne. Fred redete davon, wie das Tool einzuführen sei: Du musst dich *in* das Schloss konzentrieren, nicht *auf* das Schloss – Bruno entging die sexuelle Anspielung nicht. Fred und seine Erfahrungen.

Alice beschwerte sich über die Mücken – nach Brunos Meinung das Zeichen, dass die Jungs sich endlich verpissen sollten.

Corinne flüsterte mit ihrer Freundin. Sie schlug vor, dass sie zu viert ins Zelt umziehen sollten. Alice widersprach nicht.

Drinnen machte sich Fred an die Schöne ran. Auf einmal ließ sie es sich gefallen. Fred flüsterte etwas vom *Tool einführen.* Alice kicherte.

In diesem Moment hatte Bruno an Karen denken müssen.

Die Elster keckerte, verjagte Meisen, flatterte schließlich selbst weg.

»Was überlegst du?« Seine Frau hatte die Augen geöffnet. Große, braune Augen, die ihn musterten.

»Nichts Besonderes.«

»Rutsch rüber.«

Er kroch unter ihre Decke. Sie schlüpfte in seine Umarmung, als friere sie ohne ihn. Er liebte diesen Moment vor dem Aufstehen.

Karen imitierte das Schnurren einer Katze – sie hatte es nicht eilig, zum Sender zu fahren. Sie knabberte an seinem Ohr und griff in seine Pyjamahose.

»Es geht ja«, stellte sie fest.

Hinterher nahm er sich vor, den Tag im Kalender anzustreichen. Viereinhalb Monate waren seit der Schießerei vergangen.

13.

Bei Dienstbeginn traf Bruno den Kahlen am Eingang – der Kollege lehnte am Glaskasten und diskutierte Champions-League-Ergebnisse mit Jupp, dem Pförtner. Bruno grüßte im Vorbeigehen.

»Warte!« Kästner kam ihm nachgerannt. Der Kahle brachte das Gespräch auf den Schläger von gestern. Er witzelte über dessen Narben und das *Lederschätzchen.* Bruno spürte, dass sein Partner etwas auf dem Herzen hatte.

Der Kahle rückte damit heraus: »Wir müssen das türken.«

»Was?«

»Die Anzeige. Der Tünnes hat Recht. Wenn wir ihn wegen gefährlicher Körperverletzung anzeigen, heißt es, ich hab den Täter nicht festhalten können. Dann kann ich meine Beförderung endgültig vergessen.«

Der Schnellmerker machte sich also doch noch Hoffnungen.

»Lassen wir die Waffe verschwinden«, raunte Kästner. »Paragraf 223 reicht auch. Braucht keiner zu wissen, dass wir uns dämlich angestellt haben.«

»Zu spät.«

»Was meinst du damit?«

»Dass ich den Bericht schon geschrieben und ins Ausgangsfach gelegt habe.«

»Gestern Abend noch?« Kästner lächelte unsicher. »Du willst mich verarschen, ja?«

Die Fächer waren längst geleert. Kästner grummelte vor sich hin. Schichtleiter Ritter empfing Bruno mit der Bitte, bei der Polizeiinspektion Mitte einen Kollegen namens Beelitz anzurufen. Wegen der gefährlichen Körperverletzung von gestern.

Bruno ging ins Schreibzimmer. Zwei Tische mit Telefon und Computer, Regale mit Formularen, ein Drucker. Hier hatte er seine Ruhe – keiner musste zu Schichtbeginn etwas tippen. Er wählte die Nummer der PI Mitte.

Besagter Kollege Beelitz war dabei, Feierabend zu machen. Er habe nur noch auf den Rückruf gewartet. Beelitz klang wie ein Rechthaber, der unbedingt etwas klarstellen musste.

»Du schreibst da was von einem Angriff mit einer Waffe. Einem …« Bruno hörte ein Rascheln – Kollege Beelitz suchte in den Unterlagen.

»Einem Totschläger«, ergänzte Bruno.

»Warum hast du das verdammte Ding nicht asserviert? Der Tünnes sagt, da sei nichts gewesen und sein Opfer kann sich nicht erinnern. Wenn du eine Rangelei zur Straftat hochjubelst, solltest du auch Beweismittel beibringen.«

»Was heißt ›nicht asserviert‹? Ich hab das Ding in eine Tüte gepackt und der Akte beigefügt, wie ich es immer mache. Ist es nicht bei euch angekommen?«

»Nein. Wenn es so wäre, wie du sagst ...«

Bruno unterbrach ihn: »Schau noch mal nach. In der Mappe ist eine braune Karte. Da hab ich die Tüte drangeheftet.«

Es raschelte wieder. »Da ist nichts. Nein. Eine leere braune Karte mit abgefetzter Ecke.«

»Seltsam.«

»Fakt ist, dass ich zwei Vernehmungen umsonst gemacht habe. Ein Vergnügen war das nicht, diesem Taxifahrer hinterherzulaufen. Was hat der eigentlich mit seinem Gesicht angestellt?«

Bruno legte den Hörer auf. Sein Handy spielte den Hummelflug. Er kramte es aus der Jackentasche und erwischte den richtigen Knopf.

Es war Karen. »Sie haben unser Konzept abgelehnt.«

»Schade.«

»Aber stell dir vor, der Chefredakteur will, dass ich mich auf die Stelle bewerbe, die in der Landespolitik ausgeschrieben ist.«

»Du und Politik?«

»Festanstellung bedeutet Sicherheit. Jenseits der dreißig ...«

»Ich weiß.«

Er dachte an das Renommee, das politische Korrespondenten besaßen. Sie glaubten, die Fernsehzuschauer hielten sie für wichtig. Sie sonnten sich in der Nähe der Macht. Ihre Karrieren gründeten sich oft auf Anbiederung – auch eine Art der Korruption.

Karen war nicht der Typ dafür.

»Lass uns heute Abend darüber reden«, schlug Bruno vor.

»Bei mir wird's heute später. Uraufführung im Schauspielhaus. Danach feiert die Intendantin ihr Dienstjubiläum. Die Bilder brauch ich für den Anfang des Berichts. Du weißt, wie umstritten ihre erste Amtszeit war. Wenn mein Stück zündet, krieg ich vielleicht die Festanstellung.«

Vor dem Auflegen tauschten sie zärtliche Worte. Sie hatten am Morgen die Matratze strapaziert und ihre *Doshas* vereinigt. Bruno hatte verloren geglaubte Fähigkeiten entdeckt.

Beflügelt von Erinnerungen: seine erste Reise mit Fred und der Campingplatz von Saintes Maries de la Mer. Das enge Zelt. Seine Uraufführung.

Zunächst war er zu aufgewühlt gewesen, um zu bedauern, dass er Moppel und nicht die Schönheit abbekommen hatte. Dann irritierte ihn das laute Grunzen seiner Partnerin. Ihre hektischen Bewegungen. Als sie fertig war, löste er sich rasch von Corinne und wickelte den Präser in ein Tempo, um zu verbergen, dass die Gummitüte leer geblieben war.

Neben ihnen trieb es Fred mit der dunklen Schönen. Das endlose Geschiebe der beiden brachte Corinne noch einmal in Fahrt. Sie stülpte Bruno einen frischen Präser drüber und hockte sich auf ihn. Sie wackelte und grunzte. Beim zweiten Anlauf musste Bruno den Orgasmus nicht vortäuschen.

Damals hatte er sich Karen vorgestellt. Das gescheite Mädchen mit den dunklen Augen. Freds Freundin.

Kästner streckte seinen glänzenden Schädel zur Tür herein und pochte gegen den Rahmen. »Träumst du, Wegmann? Wir müssen los, Leichensache.«

Die Sache erwies sich als ›toter Vogel‹, als natürlicher Tod, den der Notarzt nur deshalb nicht bescheinigt hatte, weil er die Verstorbene nicht kannte. Ihr Sohn hatte sie entdeckt, als er von der Arbeit nach Hause gekommen war. Er zeterte, wie unverschämt es sei, dass die Polizei ihn verdächtigte. Kästner fotografierte das Zimmer und die Leiche, Bruno befragte den Burschen, der mit fünfundfünfzig noch immer bei der Mutter lebte. Er versuchte, den Sohn zu beruhigen. Anschließend folgten die Kripomänner den Bestattern zum rechtsmedizinischen Institut.

Um ein Tötungsdelikt auszuschließen, untersuchte Bruno die nackte Oma bis in alle Körperöffnungen auf Anzeichen von Fremdeinwirkung. Kästner notierte den Befund. Nichts zu finden, keine Aufschürfung, kein Hämatom. Keine Würgemale am Hals, auch keine Einblutungen auf Augenlidern oder Bindehaut, die auf Erstickung mit einem Kissen hinweisen würden.

Wer sich vor Leichen ekelte, war bei der Kriminalwache schlecht aufgehoben. Dass nur jeder zweite Mord als solcher erkannt würde, war ein Gerücht, das Rechtsmediziner in die Welt setzten, um mehr Obduktionen genehmigt zu bekommen.

Auf dem Rückweg raste sein Partner noch unachtsamer als sonst, als wollte er Bruno provozieren, selbst das Steuer zu übernehmen. Über die Anzeige verlor Kästner kein Wort mehr.

Bruno verriet ihm, dass der Totschläger den zuständigen Sachbearbeiter nicht erreicht hatte. Der Kahle zeigte sich erleichtert.

Bruno sagte: »Jemand hat die Beweismitteltüte geklaut. Warst du das?«

»Spinnst du?«

»Außerdem frag ich mich, woher mich der Tünnes kannte.«

Die Ampel vor ihnen sprang auf Gelb. Sein Partner beschleunigte und jagte über die Kreuzung. »Reagierst du irgendwas ab beim Fahren?«, fragte Bruno.

Kästner antwortete: »Niederrheinmeister im Partner-im-Stich-Lassen. Es gibt Kollegen, die meinen, da sei echt was dran.«

»Fang du nicht auch noch an!«

»Ich kann mir denken, wo ihr euch schon mal begegnet seid. Im Ring, daher die Narben.« Kästner gluckste. Sein Scherz gefiel ihm.

Bruno grübelte, wer das *Lederschätzchen* auf dem Weg vom Ablagefach der Kriminalwache bis zur Polizeiinspektion Mitte an der Karl-Rudolf-Straße abgefangen haben konnte. Kästners Besorgnis hatte echt geklungen und Bruno hielt ihn nicht für gerissen genug, um zu schauspielern.

Der Kahle ließ die Schaltung krachen, bog ab und beschleunigte den Omega in östlicher Richtung.

»Wo willst du hin?«, fragte Bruno.

»*Sundowner.* Ich war übrigens gestern nach Dienstschluss noch da.«

»In der Dönerbude?«

»Versprichst du mir, dass du meiner Frau nichts verrätst?«

»Ach, du Scheiße!«

»Sie will sich mit mir treffen.«

»Die Türkin? Du hast sie angebaggert?«

Kästner griff hinter den Fahrersitz und brachte eine Flasche Sekt zum Vorschein. »Wir haben ein Date vereinbart. Wenn unsere Spätschicht aus ist, hat sie Feierabend. Eine Bitte, Bruno. Falls meine Frau dich fragen sollte …«

»Überstunden, Festnahmen, jede Menge Schreibkram.«

»Danke, Champion.«

»Hoffentlich fragt sie nicht.«

Brunos Handy ließ Töne hören. Onkel Jürgen war dran. Ein Einbruch in der Altstadt. Kästner konnte nicht wissen, was der Kollege durchgab, schüttelte aber schon mal den Kopf.

»Hast du kein anderes Team?«, fragte Bruno ins Telefon.

»Nein«, antwortete der Onkel. »Die Leitstelle behauptet, das Einbruchsopfer wartet seit über einer Stunde und droht mit der Presse.«

»*Blitz* kämpft für Sie. Da werden Sie geholfen.«

»Wachtendonk heißt er. Lambertusstraße 14.«

»Wir sind in zehn Minuten da.« Bruno steckte das Handy weg.

Kästner wendete mitten auf einer Kreuzung.

Die Lambertusstraße führte vom Amtsgericht auf Sankt Lambertus zu, quer durch die nördliche Altstadt, in der einige Häuser sowohl den Zweiten Weltkrieg als auch den

Bauboom der nachfolgenden Jahre überstanden hatten. Kästner bretterte über das Pflaster der Fußgängerzone. Bruno hielt Ausschau nach den Hausnummern.

Die 14 war das prächtigste Haus der Straße. Drei Stockwerke mit allerlei Simsen, Erkern und Balkonen, Stuckfiguren und Blumenschmuck. Der Geschädigte erwartete die Kripo vor der Haustür.

Wachtendonk war ein kleiner, schlanker Herr in den Sechzigern mit vollem weißem Haar und gestutztem Vollbart. Er zeigte erregt auf seine Uhr – das klobige, goldene Ding rasselte um das schmale Handgelenk. »Neunzig Minuten! Unglaublich!«

Bruno versuchte ihm klar zu machen, dass Wohnungseinbrüche nicht zu den Delikten zählten, bei denen es auf die sofortige Bearbeitung ankam. Der Täter war längst weg und den Spuren war es egal, ob man sie nach zwei Minuten oder zwei Stunden sicherte. Wie niedrig die Aufklärungsquote war, behielt Bruno für sich.

Wachtendonk hörte nicht auf, den Großkotz herauszukehren. »Ihre uniformierten Kollegen meinten, ich soll nichts anrühren. Können Sie sich vorstellen, was es für einen Geschäftsmann bedeutet, anderthalb Stunden warten zu müssen?«

Sie folgten dem Weißhaarigen ins Haus. Keine Treppe im Flur, die nach oben führte. Nur eine zweiflügelige Wohnungstür, die deutliche Hebelmarken aufwies – schmale Werkzeugspuren, die vielleicht von einem Schraubendreher stammten.

Bruno ließ Kästner die Ausrüstung aus dem Kofferraum holen und inspizierte die Innenseite des Eingangs. Zwei stählerne Querriegel, verankert im Türrahmen statt im Mauerwerk. Sie hatten nicht standgehalten. Das Holz war gesplittert, die Schrauben herausgefetzt. Kästner packte den Rußpinsel aus. Die Spurensuche war Routine, die meist vergeblich blieb – kaum ein Wohnungsknacker ging ohne Handschuhe auf Tour.

Bruno fragte Wachtendonk: »Können Sie mir beschreiben, was der Täter mitgenommen hat?«

»Mitgenommen? Dafür war es ihm offenbar zu groß. Aber er hat es umgehauen. So ziemlich der abscheulichste Fall von Vandalismus, den man sich vorstellen kann!«

Bruno folgte dem Alten in eine Halle. Er sah, warum es im Hausflur keine Treppe gab.

Das gesamte Gebäude beherbergte nur eine Wohnung. Die Stufen zu den oberen Etagen führten an der Rückwand der Halle empor. Der Raum war eines Palastes würdig und erstreckte sich bis unter das Dach, in dessen Schräge Fenster eingelassen waren.

Das späte Nachmittagslicht fiel auf eine Statue aus Stein, rund vier Meter groß, die vor den Stufen bäuchlings auf einem orientalischen Teppich lag.

Ihr Anblick ließ Brunos Atem stocken. *Kambodscha.*

»Sie können sich nicht ausmalen, welchen Wert diese Skulptur darstellt«, zeterte der Weißhaarige. »Sie war das besterhaltene Stück einer uralten Kultur. Ich weiß nicht, ob Sie je von Angkor gehört haben.«

Fünf der acht Arme waren beim Sturz gebrochen, im Rücken der Figur klaffte ein riesiges Loch. Der Kopf saß noch fest auf den Schultern, die Gottheit lächelte in den Perserteppich, die Augen fast geschlossen. In dieser Stellung wirkte sie eher benommen als träumend.

Der Vishnu von Ta Prohm Kel.

Für einen Moment hatte Bruno die Vision zweier Jugendlicher, die mit einem Loch im Schädel auf dem Boden dieser Halle lagen. Er dachte an die zweite Reise, die er gemeinsam mit Fred unternommen hatte. An den Tag, als er seinen Kumpel zum letzten Mal gesehen hatte.

Bruno versuchte, sich auf Spuren zu konzentrieren. Der Teppich war verdreckt. Sand, Brocken von Zement, hinter der Statue ein ganzer Haufen davon. Heller als der grünliche Sandstein, aus dem die Figur geschlagen war.

Der Wohnungsinhaber schnäuzte sich. Tränen standen in

seinen Augen. »Diese Figur stellt Vishnu dar, den Schöpfer der Erde und des Himmels in der hinduistischen Mythologie. Die gesamte Skulptur wurde aus einem Block geschlagen. Sie ist … sie war von unermesslichem Wert!«

Bruno verriet ihm nicht, dass er alles über die Statue wusste. Er fragte: »Wurde sonst etwas gestohlen oder beschädigt? Gibt es weitere Spuren? Anzeichen, dass der Täter die Wohnung durchsucht hat?«

»Nein. Aber sehen Sie sich nur diesen Schaden an!«

»Was ist denn hier passiert?« Eine Frau in den Vierzigern hatte die Halle betreten. Sie trug hellblaue, eng sitzende Trainingsklamotten, eine Lacklederjacke lässig über die Schultern geworfen, in der Hand eine Sporttasche.

Kästner war ihr gefolgt. Er glotzte der Frau auf den Hintern.

»Vandalen, mein Schatz!«, antwortete Wachtendonk. Seine Wangen waren tiefrot angelaufen. Die Sache ging ihm wirklich nahe.

Bruno betastete das geräumige Loch im Rücken. »Der Täter muss längere Zeit gemeißelt haben. Hat das niemand gehört?«

Der Alte zögerte, dann sagte er: »Das war schon vorher da. Durch die Beschädigung am Rücken ist mein Vishnu nicht nur ein archäologisches Ausnahmestück, sondern auch ein Dokument der Zeitgeschichte. Die Roten Khmer verachteten die Religion und benutzten in den siebziger Jahren die Statuen von Angkor für Schießübungen. Daher das Loch. Als ich die Skulptur erwarb, war es mit Zement gefüllt und mit Farbe übertüncht. Ich glaube nicht, dass es Mühe gemacht hat, die Füllung rauszukratzen. Aber die Arme! Die werden nie wieder festwachsen!«

Seine Frau nahm ihn in den Arm. »Das kann man sicher restaurieren«, tröstete sie.

Wachtendonk weinte und hielt sich an ihr fest.

Am liebsten hätte Bruno ihn gepackt und geschüttelt. Ihm ins Gesicht geschrieen, welche Lappalie eine zerbrochene

Götterfigur war im Vergleich zu den Menschenleben, die ihr Schmuggel gefordert hatte.

Sein Partner hob den Blick vom Hintern der Frau. »Keine Fingerprints«, bemerkte er. »Nur ein Ohr. Wahrscheinlich hat der Täter gelauscht, ob jemand da ist. Aber damit können wir nichts anfangen.«

»Warum nicht?«, wollte der Alte wissen.

Bruno erklärte: »Weil es keine Kartei mit Ohrabdrücken gibt.«

Er griff in den bröckeligen Schutt und ließ die herausgekratzte Füllung durch die Finger rieseln. *Dokument der Zeitgeschichte. Schießübungen.* Die Roten Khmer hatten auf Menschen geschossen, nicht auf Götzenbilder.

Kästner knipste ein paar Polaroids und erklärte Wachtendonk, dass sich der zuständige Sachbearbeiter in den nächsten Tagen bei ihm melden werde.

»Was sind das für Leute, die sich solche Monster in die Bude stellen?«, fragte der Kahle, als er den Omega startete.

Bruno hörte nicht hin.

Er vernahm das Knattern der Rotorblätter und das Dröhnen der Turbine wie damals.

14.

Als Bruno erwachte, fiel ihm auf, dass sie sehr tief flogen. Sok San hatte die Seitentüren geöffnet und der Wind zerrte an Brunos Haaren, die seit Tagen kein Shampoo mehr gesehen hatten. Er saß auf dem vibrierenden Boden, Sitze gab es nicht. Der Lärm schluckte fast jedes andere Geräusch und ließ die Kabine wie einen Ort wirken, der vom Leben abgeschottet war.

Die Regenfront über den Bergen hob sich vom heller werdenden Morgenhimmel ab. Der Lärm der Maschine hallte in Brunos Bauch als dumpfes Rumoren wider – Nachwehen eines Brechdurchfalls, der ihn in Bangkok zwei Tage lang in der Kakerlakenbude des *Swan*-Hotels festgehalten hatte, die Kloschüssel immer in Reichweite. Er fühlte sich schlapp, doch keinen Moment lang hatte er in Betracht gezogen, den Abstecher nach Kambodscha nicht zu unternehmen. Silberkuhl, der Einkäufer des alten Klee, war dazu nicht in der Lage. Sie waren eingesprungen. Sie wollten Angkor sehen.

Am Boden konnte Bruno Einzelheiten ausmachen: Dickicht und Flüsse, Reisfelder, vereinzelte Hütten. Er schätzte, dass eine Stunde vergangen war, seit sie bei völliger Dunkelheit vom Camp an der Grenze gestartet waren. Siem Reap würde Bruno nicht zu sehen bekommen, der Hubschrauber musste die Stadt umfliegen. Ihr Flughafen und die Nationalstraße nach Phnom Penh waren auch nachts in der Hand der Regierungstruppen.

Der Pilot rief etwas nach hinten in die Kabine. Keiner achtete darauf. Sok San angelte nach einer Spinne, die sich an der Decke gegen die Zugluft stemmte und setzte sie Fred aufs Gesicht, der noch immer schlief. Der Wind riss das Tier von der Nase, wehte es einem der beiden Jungen ins Auge, der sie schreiend aus der Kabine fegte. Sein Bruder und Sok San krümmten sich vor Lachen – die Vorstellung, dass diese lebenslustigen Schlitzaugen etwas mit den *killing fields* zu tun haben könnten, schien Bruno in diesem Augenblick so irreal wie die Welt außerhalb der Kabine.

Es hieß, die Herrschaft der Roten Khmer habe in den siebziger Jahren einer Million Menschen das Leben gekostet. Der Einmarsch der Vietnamesen hatte das Terrorregime beendet. Seitdem tobte im ärmsten Land der Welt ein Bürgerkrieg verschiedener Parteien, die sich umso verbissener bekämpften, seit sie im fernen Paris um einen Frieden feilschten. Doch wie Krieger wirkten Brunos Begleiter nicht. Die Jungen waren vierzehn und sechzehn und trugen nichts als Shorts, zerlumpte T-Shirts und Plastiksandalen. Sok San war klein und drahtig, kaum älter als Bruno und Fred, etwa Mitte zwanzig. Er trug als Einziger Klamotten, die als Uniform durchgehen konnten, aber weite, in Tarnfarben bedruckte Hosen waren auch zu Hause in Deutschland modern.

Klees Einkäufer hatte erwähnt, dass Sok Sans *Bell 205* aus Beständen der US-Marines stammte und schon im Vietnamkrieg eingesetzt worden war – insgeheim belieferte der Westen die Roten Khmer mit Waffen, Minen und Kriegsgerät. Es ging gegen den gemeinsamen Feind. Ronald Reagan hatte die Sowjetunion als Reich des Bösen bezeichnet und Vietnam gehörte zu ihren Satelliten.

»Ihr steigt auf der richtigen Seite ein«, hatte Silberkuhl erklärt.

Bruno und Fred war die Politik egal. Sie reizte das Abenteuer.

Das Knattern des Helikopters bekam einen peitschenden Nachklang. Sie rasten über den Tonle Sap, den größten Binnensee Südostasiens. Kräuselnde Wellen spiegelten das Morgengrauen. Sok San wies die Kids an, das Maschinengewehr auf die Drehbolzen zu wuchten.

Die Kufen schrammten das Wasser, Fontänen spritzten auf. Die alte Bell musste das Radar der Regierungstruppen unterfliegen.

Endlich öffnete auch Fred die Augen und streckte sich. »Sind wir schon da?«

»In wenigen Minuten.«

»Hab gerade von Karen geträumt. Die Tusse wollte, dass ich bleibe. Sie setzte ihre Möse ein und beinahe hätte sie mich überredet. Mein Gott, hab ich 'ne Morgenlatte!«

Bruno verstand ihn kaum. Das Dröhnen hing zwischen ihnen.

Fred zog die Karte aus dem Rucksack. Der Wind zerrte daran. Bruno half dem Freund, den Plan auf dem Kabinenboden zu entfalten.

Am unteren Rand war die Stadt eingezeichnet. Linien zogen sich nach Norden und Osten zu Punkten, die Tempel markierten.

Angkor – ein Ausbruch in die Freiheit.

Brunos Mutter hatte versucht, ihm nach dem Abitur eine Lehre bei der Stadtsparkasse einzureden. Erst hatte sie seinen Vater vertrieben, dann ging sie ihrem Sohn mit Vorschriften und Bevormundungen auf den Wecker. Bruno hatte sich durchgesetzt und ein Studium begonnen. Doch er hatte feststellen müssen, dass Jura ihn langweilte. Die Seminare waren voller Streber, mit denen er nichts anfangen konnte.

Fred war ebenfalls unzufrieden, obwohl sein Vater ihm alle Freiheiten ließ. Fred jobbte und half gelegentlich im Antiquitätenladen aus. Neuerdings wollte ihn die Bundeswehr.

Als die Nachricht eintraf, dass Silberkuhl auf der Landstraße von Bangkok nach Ayutthaya verunglückt war, sahen Bruno und Fred darin ein Signal, aus dem gewohnten Trott auszubrechen. Klee senior brauchte jemanden, der dem Einkäufer Bestellungen und Bargeld brachte. Mit der Kohle, die ihnen der Antiquitätenhändler als Spesen mitgab, wollten sie anschließend eine Weile an den Stränden Südthailands abhängen.

Fred überlegte, sich einen Job als Tauchlehrer zu suchen und in Südostasien zu bleiben, bis das Kreiswehrersatzamt ihn vergessen würde.

Bruno hatte sich noch nicht entschieden, was er nach der Reise anfangen würde.

Als sie in Bangkok angekommen waren, lag Silberkuhl noch immer im Bamrungrat-Hospital an der Sukkhumvit Road. Er wollte mit Gips und Krücken das Krankenhaus verlassen – ein Dutzend Schwestern und Ärzte protestierten lautstark. Sie streckten ihn mit einer Spritze nieder.

Der Einkäufer war verzweifelt. Die *Bell* stand bereit. Sok San würde nicht warten.

Bruno und Fred brauchten zwei Tage, um per Zug, Bus und Jeep zur Grenze zu gelangen, wo sie Sok Sans Lager fanden. Der drahtige Offizier im tarnfarbenen Anzug empfing sie mit einem breiten Lächeln.

Tomorrow mo'ning see de ruin' of Angkor.

Guten Morgen, Kambodscha. Willkommen im Bürgerkrieg.

15.

Kästner brummte unaufhörlich die gleiche Melodie. *Dabba-dabba-dabba-da.*

»Du nervst«, erklärte Bruno.

Sein Partner tat verwundert: »Kennst du den Song nicht? *Layla* von Eric Clapton!«

»Als Kästner-Remix. Und darin liegt das Problem.«

»Hätte nicht gedacht, dass du so unmusikalisch bist.«

Der Kollege jagte den Omega zurück zur Festung, schneller, als die nasse Straße es eigentlich zuließ, und verlegte sich aufs Pfeifen. *Tütü-tütü-tütü-tüü.* Immer nur der erste Takt.

Bruno blieb im Dienstwagen sitzen und wählte Heinz Klees Privatnummer. Keiner ging ran. Bruno versuchte es im Laden. Er hinterließ auf dem Anrufbeantworter seine Handynummer und die dringende Bitte um Rückruf.

Zwanzig vor neun. Onkel Jürgen wollte, dass Bruno und Kästner noch eine Tour machten. Der Kahle dagegen bestand darauf, der Nachtschicht die Arbeit zu hinterlassen. Die Kollegen würden sich sonst langweilen.

Im Aufenthaltsraum lief eine Serie – seit Ebis Tod interessierte sich niemand mehr für die Börsenkurse auf n-tv. Bruno zappte durch das Programm, aber die Übertragung der Boxkämpfe auf Eurosport hatte noch nicht begonnen. Marietta hatte aus dem China-Imbiss auf der Bilker Allee gebratenen Reis besorgt.

»Scharf und heiß«, bemerkte die Kollegin.

Bruno lehnte ab. Ritter setzte sich zu ihm auf das Ledersofa. »Was wollte Beelitz?«

»Jemand hat den asservierten Totschläger auf dem Weg zu ihm verschwinden lassen.«

»Bist du sicher, dass du die Waffe ordnungsgemäß angeheftet hast?«

»Für wie doof hältst du mich?«

Ritter gabelte Reis. »Kästner sagt, der Tünnes war noch jung und irgendwie schrecklich entstellt. Vielleicht ist es dem Kerl eine Lehre.«

»Ja. Dass er weiterhin Leute zusammenschlagen darf.«

»Ich erinnere mich an einen Fall im Februar. Da warst *du* überdreht und wir haben die Sache ohne Tamtam wieder hingebogen.«

»Hab ich dir etwa einen Totschläger drübergezogen?«

»Als Boxchampion hast du das nicht nötig.«

»Du wusstest von der Untersuchung gegen mich. Du hast mich nicht gewarnt.«

Marietta mischte sich ein: »Mensch, Kerle, wollt ihr das jetzt wieder aufwärmen?«

Bruno zog sich in das Schreibzimmer zurück und wartete auf den Rückruf des Antiquitätenhändlers.

Er tippte das Protokoll zur Einbruchsgeschichte in der Lambertusstraße. Kästner hatte den Ohrabdruck auf Folie gezogen. Der Kahle hatte Fleiß entwickelt – vielleicht hatte ihn der Hintern der Hausherrin beflügelt. Das Einbruchskommissariat würde die Anzeige weiter bearbeiten. In der Regel hieß das Statistiken schreiben und auf Zufälle hoffen.

Um neun wählte Bruno noch einmal Klee seniors Privatnummer und bekam ihn endlich an die Strippe. Freds Vater tat, als freue er sich über den unverhofften Anruf. Bruno fragte ihn, ob sich Wachtendonk schon wegen der Vishnu-Statue bei ihm gemeldet habe.

Der alte Klee tat ahnungslos. Aber er klang nervös.

Bruno verlangte, ihn unter vier Augen zu sprechen. Sie verabredeten sich für halb elf – Bruno wollte wissen, was es mit der Statue auf sich hatte.

Er hatte sie zum ersten Mal in einem der Hochglanzwälzer erblickt, die Klee senior in seiner Galerie auslegte, um die Kunden von der Echtheit seiner Waren zu überzeugen.

Antikes aus Afrika und Asien. Dämonen, Götter, Fabelwesen – Zeugen einer verlorenen Zeit.

Eine Figur hatte Bruno damals am meisten imponiert. Er erinnerte sich noch an den Wortlaut der Bilderklärung: *Vishnu, Ta Prohm Kel, 11th century, Pre-Angkor-Wat Period.*

Der träumende Vishnu.

16.

Sie näherten sich dem Ziel. Bruno konnte die Augen nicht von den fünf dunklen Spitzen wenden, die sich am Horizont in den Himmel reckten – Angkor Wat, Zentrum einer untergegangenen Stadt, die einst die größte der Welt gewesen war.

Die Bell flog einen weiten Bogen. Das erste Sonnenlicht tauchte die Spitzen des Tempels in Gold.

Die Schlitzaugen-Jungen kauerten in der Türluke. Ringsum ragten Ruinen aus dem Wald. Bruno fischte die Spiegelreflex aus dem Rucksack und hielt den Traum fest: Pyramiden, gleißende Gewässer, von Dämonen flankierte Brücken, Ziegen, die der Hubschrauber ins Gestrüpp trieb.

Sok San tätschelte den Brüdern die Köpfe, was den Kids sichtlich peinlich war. Ihr Anführer erklärte, dass die zwei aus einem Dorf ganz in der Nähe stammten. *From sma' villeh near Angkor.*

Der Offizier postierte sich hinter dem Maschinengewehr. Der Pilot verringerte das Tempo. Die Jugendlichen mussten den Patronengurt zurechtlegen. Der Hubschrauber senkte sich auf eine ungeteerte Piste hinunter und schwebte knapp über dem Boden eine Biegung entlang. Der Blick öffnete sich auf eine kilometerlange Straße. Die Zufahrt zum Flughafen von Siem Reap – menschenleer.

Sok San wandte sich um. Er strahlte und hob den Daumen. »Enemy still sleeping.«

Zweimal steuerte der Pilot die falsche Lichtung an – Ruinen mit halb zerstörten Figuren, mit kleineren Götzenbildern als dem bestellten. Bruno und Fred hatten Mühe, Sok San davon zu überzeugen, dass sie weitersuchen mussten.

Mit jeder Minute, die der Tag voranschritt, wurde der Kambodschaner nervöser.

Der dritte Versuch. Bruno und Fred erkannten den Vishnu schon von weitem. Sie zeigten Sok San an, dass sie richtig waren.

Hart setzten die Kufen auf den Grasboden. Der Rotor peitschte die Luft, Büsche beugten sich. Eine magere Kuh galoppierte in den Wald.

Bruno und Fred sprangen aus der Luke und liefen auf den Tempel zu. Er war klein und steil, die unteren Terrassen von Wurzeln zersprengt und von Gestrüpp überwuchert, die Treppen und Schlangengeländer an den Flanken zerbrochen. Nur die achtarmige Steinfigur auf der oberen Plattform schien unversehrt.

Bruno dachte an Silberkuhls Kommentar, als sie dem Einkäufer die Bilder gezeigt hatten: *Ihr glaubt nicht, was diese Verrückten für so ein Steinmonster hinblättern.*

Eintausend Jahre. Älter noch als das nahe gelegene Angkor Wat. Aus einem einzigen Block Sandstein geschlagen.

»Der Vishnu blinzelt«, stellte Fred fest.

»Er träumt«, antwortete Bruno.

Gemeinsam mit den Bauernjungs erklommen sie die Ruine. Der Hubschrauber hob ab und bezog Position über dem Kopf der Statue. Sok San ließ die Seile herab. Bruno und Fred zurrten sie um Brust, Taille und Schultern der Figur. Sie überprüften die Knoten und gaben Zeichen. Die Stricke strafften sich.

Einer der Brüder deutete auf die steinernen Knie, wo die Beine des Vishnu am dünnsten waren. Der andere trat zurück und holte mit der Hacke aus – Fred fiel ihm in den Arm und zankte mit dem Jugendlichen.

Bruno nahm die Picke und begann, das morsche Ziegelwerk zu zertrümmern, das als oberste Schicht der Plattform den massiven Sockel der Figur einfasste. Sein Freund packte die zweite Hacke und arbeitete auf der anderen Seite. Sie wollten den Vishnu unversehrt nach Hause bringen. Als ihre Arme brannten, ließen sie sich von den Brüdern ablösen.

»Mein Vater wird Augen machen«, bemerkte Fred und wischte sich den Schweiß vom Gesicht. »Ein Ding von dieser Größe hat er noch nie verkauft. Wie alt ist das Teil?«

»Elftes Jahrhundert nach Christus.«

Endlich brachen die letzten Steine, der Koloss löste sich und pendelte unter dem Hubschrauber.

Jetzt sollte Sok San die Strickleiter herunterlassen.

Es sah aus, als diskutierten der Offizier und sein Pilot miteinander.

»Hey! What's up?«, brüllte Fred hinauf. Der Hubschrauberlärm übertönte ihn.

Silberkuhl hatte die Bell als zuverlässig beschrieben. Probleme würden sie nur bei Feindkontakt bekommen. Worauf wartete Sok San?

Endlich schlug das Ende der Leiter auf die Plattform.

Fred griff in die morschen Stricke. Bruno wartete, bis Fred oben angekommen war, dann folgte er.

Im Klettern streifte er den Rücken der Statue. Glatt und dunkel schimmerte der Stein. Kühl wie die Nacht. Makellos nach all den Jahrhunderten.

Kein Loch im Rücken. Keine Öffnung, so groß wie ein Kindersarg.

Nicht damals, vor zwölf Jahren.

17.

Bruno ging in den Wachraum und ließ das Protokoll zur Einbruchsache Wachtendonk/Lambertusstraße in den Ausgangskorb segeln.

Kein Satz darin, dass er die Figur aus dem Land geschmuggelt hatte. Kein Wort über die Expedition und ihren

Ausgang. Bruno hatte keine Lust, mit dem Einbruch in Verbindung gebracht zu werden.

Der Korb stand auf dem Tresen des vordersten Raums der Dienststelle. Bruno prüfte die Tür zum Flur: unverschlossen. Nicht nur die Beamten der Kriminalwache hatten Zutritt. Fast jedermann konnte in der vergangenen Nacht die Akte Lauffer manipuliert haben.

Im Funkraum trafen die ersten Kollegen der Nachtschicht ein. Es genügte, wenn Ritter die Übergabe machte. Bruno und sein Partner verabschiedeten sich.

Sie schritten hinaus auf den Parkplatz. Bruno schnupperte die Abendluft – gereinigt vom Regen, gekühlt vom Wind, der von der Nordsee aus ins Land zog.

Kästner brummte in Vorfreude auf seine Verabredung. *Dabba-dabba* …

»Mit Clapton hat das nichts zu tun«, stellte Bruno fest.

»Layla«, erläuterte der Kahle mit verträumtem Blick. »Meine Döner-Lady.«

»Viel Spaß«, antwortete Bruno und war sich nicht sicher, ob er das auch meinte.

Er fuhr nach Norden in den Stadtteil Lohausen. Ein ruhiges Wohnviertel, zumindest zwischen den Landeanflügen der Jets, die den benachbarten Rhein-Ruhr-Flughafen ansteuerten. Die Grundstücke waren vergleichsweise günstig. Die Klees lebten seit Jahrzehnten hier.

Nagelsweg 39 – Bruno erreichte das Haus fünf Minuten früher als vereinbart. Er stellte den alten Saab neben dem Jägerzaun ab.

Während seiner Freundschaft mit Fred war das zweigeschossige Eigenheim mit dem großen Garten zu Brunos zweitem Zuhause geworden. Hierhin war er geflohen, wenn es ihm in der Gerresheimer Mietwohnung zu eng wurde. Wenn ihm seine Mutter auf die Nerven ging.

Auch Freds Vater war geschieden. Heinz Klee hatte jedoch rasch wieder geheiratet. Mit der Stiefmutter war Fred nicht gut zurechtgekommen. Ihre Töchter interessierten ihn nicht. Sie waren noch Kinder.

Bruno verstand sich blendend mit dem Antiquitätenhändler. Freds Vater hatte immer Geschichten auf Lager – Insiderklatsch aus Düsseldorfs Schickeria. Klee hatte Verbindungen, war mit dem Innenminister zur Schule gegangen. Reiche Leute aus der ganzen Region zählten zu seinen Kunden. Angeblich wirkte Klees Charme vor allem auf Frauen. Fred hatte Bruno gegenüber nur Andeutungen gemacht. Der Kumpel vergötterte seinen Vater.

An manchen Sonntagen spielten sie Doppelkopf. Klee und Bruno, Fred und Karen – Bruno hatte gespürt, wie es war, wenn man eine richtige Familie hatte.

Nach der Kambodschareise war das zu Ende gewesen.

Vor ein paar Jahren hatte Bruno den Antiquitätenhändler auf dem Markt getroffen – Klees Laden lag unweit des Karlsplatzes. Eine peinliche Begegnung. Smalltalk, als sei nichts gewesen. Keiner von ihnen erwähnte Angkor. Zwei Tage später hatte Heinz Klee angerufen und ihn zum Essen eingeladen. Bruno schwänzte. Er hatte keine Lust, sich über Kambodscha zu unterhalten oder über Fred, der in Thailand geblieben war.

Vielleicht war jetzt der Zeitpunkt gekommen, alles auf den Tisch zu packen.

Bruno schloss das Auto ab. Im Haus der Klees war Licht. Laute Musik drang über den Rasen bis zur Straße. Jubelnde Geigen, schmetternde Trompeten, eine Sinfonie. Bruno öffnete das Tor im Jägerzaun. Ein Plattenweg führte an verwilderten Beeten vorbei.

Die Haustür stand offen. Die Klänge schwollen an und dröhnten in bombastischer Wiederholung. Schlussakkorde.

Als Bruno den Fuß in den Flur setzte, brach die Musik ab.

Die Stille vibrierte. Unwillkürlich hielt Bruno den Atem an.

»Herr Klee?«

Das Knarren der Dielen unter seinen Sohlen und das Ticken einer antiken Standuhr waren die einzigen Geräusche, die noch zu hören waren.

»Herr Klee!«, wiederholte Bruno.

Als Antwort kam ein Summen und Dröhnen von draußen. Eine Fensterscheibe klirrte. Geschirr in der Kommode klapperte. Nach ein paar Sekunden war es vorbei. Das Haus lag mitten in der Einflugschneise.

Die offene Tür passte nicht zu den Klees. Die Zimmer standen voller wertvoller Stücke. Freds Eltern schlossen stets ab, auch wenn sie zu Hause waren.

Das Wohnzimmer. Auf dem Tisch eine geöffnete Handtasche. Über einer Sessellehne ein Wollmantel, ein zweiter auf dem Teppich. Sonst war alles aufgeräumt.

Bruno bemerkte das Blut.

Tropfenförmige Spritzer auf dem Regal mit chinesischem Porzellan und quer über der Wand. Sogar die Decke mit den angeklebten Stuckverzierungen hatte etwas abbekommen. Bruno wich zurück.

Er stolperte über einen Arm.

Vor einer Vitrine mit kleinen Bronzefiguren lag Stefanie, die ältere der beiden Stiefschwestern. Bauchlage, reglos, wie hingeworfen – unter dem weißen schulterfreien Kleid war eine rötliche Lache hervorgetreten.

Bruno fasste in das gewellte Haar, das über die Schultern fiel, und tastete nach der Halsschlagader, um den Puls zu fühlen. Er griff in eine tiefe Wunde und begann zu zittern.

Kein Lebenszeichen.

Daumennagelgroße Blutspritzer auf dem Parkett. Ein größerer Fleck im Durchgang zum Esszimmer. In der dickflüssigen Schmiere strampelte eine Fliege. Daneben lag das Telefon, die Schnur gekappt. Blutige Handabdrücke und eine Schleifspur führten in die Küche.

Die Augen von Steffis Mutter starrten zur Decke. Die cremefarbene Bluse an Brust und Bauch getränkt von Blut. Ein Einstich im Hals. Perlen einer gerissenen Halskette verstreut auf den schwarz-weißen Fliesen.

Bruno kniete sich hin und befühlte auch ihre Schlagader. Er hörte ein Rauschen und begriff, dass es der Pulsschlag in seinen eigenen Ohren war.

Arbeitsflächen und Türen der Einbauküche waren mit blutigen Fingerspuren übersät. Eine Lade herausgezogen, ein paar Messer auf dem Boden. Anscheinend hatte Frau Klee versucht, sich zu verteidigen. Vergeblich. Die Ärmel der Kostümjacke hingen in Fetzen. Bruno entdeckte Schnittwunden an den Unterarmen – Blut und zerhacktes Fleisch.

Er lauschte. Die alte Uhr im Flur dröhnte. Halb elf.

Wie immer hatte Bruno seine Waffe im Schrank der K-Wache weggeschlossen. Er hob eins der Brotmesser vom Boden auf und steuerte die steile Treppe an, die ins Obergeschoss führte. Er fluchte über jede Stufe, die knarrte.

Die Musik musste aus dem Arbeitszimmer gekommen sein. Die abendliche Gewohnheit des alten Klee: Klassikplatten auflegen und eine Havanna paffen. Bruno fand die Tür angelehnt. Zugluft pfiff durch den Spalt. Er öffnete mit dem Ellbogen, um Fingerabdrücke auf dem Griff nicht zu verwischen.

Freds Vater saß mit dem Rücken zum Eingang in seinem goldbraunen Lieblingssessel. Das Kinn war auf die Brust gesunken.

Als Bruno näher kam, stellte er fest, dass Klee mit einer Plastikleine gefesselt war. Oberkörper, Waden und Handgelenke mit zahlreichen Schlaufen an den Stuhl fixiert. Bruno suchte die Halsschlagader und spürte wieder nichts.

Klees Augen waren geschlossen, die Wangen grau und eingefallen, der Mund leicht geöffnet. Das Haar war fast weiß geworden, seit Bruno ihn zum letzten Mal gesehen hatte. Die Augenbrauen wuchsen buschig und dunkel, als hätte der Alte sie gefärbt. Aus einer Wunde über der Herzgegend war Blut gesickert. Wie die beiden Frauen im Erdgeschoss fühlte sich Klee noch körperwarm an.

Es roch nach Kot. Der Alte saß in seinen Exkrementen. Urin hatte die Hose durchtränkt.

Brunos Blick fiel auf die Hände, die festgezurrt auf den hölzernen Armlehnen lagen. An einer Hand war der kleine Finger hinter dem zweiten Gelenk abgetrennt, er endete als kurzer Stummel. Blut verklebte das stumpfe Ende und die Lehne. Eine weitere hässliche Wunde ließ am Ringfinger den Knochen durchschimmern.

Bruno würgte. Er kämpfte gegen den Brechreiz an.

Das abgeschnittene Fingerstück lag wie ein dicker, grauer Wurm zu seinen Füßen. Bruno erkannte den Fingernagel. Sehnen, die aus der Schnittfläche ragten. Er tastete noch einmal nach der Mulde unter Klees faltigem Kinn.

Der Antiquitätenhändler antwortete mit einem leisen Röcheln, das tief aus seiner Brust kam.

Mit zitternden Fingern grub Bruno das Handy aus seiner Jackentasche. Er drückte den Notruf und gab die Adresse durch. Seine Kehle erzeugte ein albernes Krächzen, als er nach einem Notarztwagen verlangte, nach der Mordbereitschaft und Beamten der PI Nord, die für die Sicherung des Tatorts zuständig sein würden.

»Ihr Name, bitte«, verlangte die Beamtin aus der Leitstelle, ruhig und geschäftsmäßig.

»Kriminaloberkommissar Bruno Wegmann«, presste Bruno hervor. »Machen Sie schnell! Der Mann stirbt!«

»Beruhigen Sie sich. Und entfernen Sie sich auf keinen Fall von dem Haus.«

Bruno umkrampfte mit weißen Knöcheln das Brotmesser. Er schlich hinaus auf den Flur und lugte in die übrigen Räume. Bad und Schlafzimmer waren aufgeräumt, die drei Jugendzimmer unberührt, in einem stand ein Bügelbrett – offenbar wohnten auch die Mädchen nicht mehr hier.

Bruno kehrte ins Arbeitszimmer zurück. Er band Klees verletzte Hand los und hielt sie fest. Ihm war, als blinzelte Freds Vater.

Plötzlich knallte es. Das Fenster schwang auf und wieder zu. Die Gardine bauschte sich im Wind. Bruno packte das

Messer und spähte hinaus. Der Garten lag im Dunkeln, kein Mensch zu sehen.

Die Zugluft hatte das Fenster bewegt.

Bruno trotzte dem zunehmenden Gestank und harrte bei dem Alten aus. Noch einmal glaubte er ein Röcheln zu vernehmen. Er redete auf Klee ein, als könnten fadenscheinige Erinnerungen den Tod aufhalten.

Draußen dröhnten die Martinshörner mehrerer Einsatzfahrzeuge.

Bruno rannte ins Bad. Er kotzte sich Angst und Ekel aus dem Leib.

18.

Er saß in seinem Auto und tippte seine Privatnummer ins Handy. Er sprach die Nachricht an Karen auf den Anrufbeantworter, dass es auch für ihn später werden würde. Er kurbelte das Fenster herunter und ließ frische Luft herein. Hoffentlich hatte der Notarzt Recht – der Weißkittel hatte versichert, dass Bruno nichts zur Rettung Heinz Klees hätte unternehmen können.

Ein weinroter Passat hielt in zweiter Reihe neben den Streifenwagen. Drei Kollegen vom KK 11 stiegen aus. Bruno erkannte Ela Bach, die junge Kommissariatsleiterin. Die Mordermittler schlüpften in weiße Overalls und besprachen sich mit dem uniformierten Oberkommissar, der die Schupos anführte. Es war Müller von der Kaiserswerther Wache, der Durchblicker vom Dienst.

Seine Leute hatten zunächst nicht mehr getan, als das Grundstück zur Straße hin mit rot-weißem Flatterband abzuriegeln und sich bei Bruno ein Dutzend Mal zu erkundigen, ob er nicht wenigstens ein Fluchtfahrzeug bemerkt hätte. Bruno hatte die Kuttenträger bedrängt, die Nachbarn zu befragen. Schließlich waren sie ausgeschwärmt, bislang ohne Ergebnis.

Bruno stieg aus und schlenderte zu den Mordermittlern hinüber. Er hoffte, sie würden ihm nicht ansehen, wie sehr ihm die Leichen auf den Magen geschlagen waren. Seit einer Woche hatte die Behörde eine Stelle im KK 11 ausgeschrieben. Bruno hatte seinem Versetzungsantrag eine Bewerbung hinterhergeschickt. Er wollte einen guten Eindruck machen – Ela Bach hatte bei der Besetzung der Stelle ein Wörtchen mitzureden.

Die Schupos waren nervös und fühlten sich bedeutend – im Brennpunkt des Geschehens. Die Männer starrten Ela auf den Busen. Ein junger Polizeimeister wollte obercool sein und schnippte seine Zigarettenkippe auf den Rasen.

Bach machte ihn zur Schnecke. Sie ließ ihn den Stummel einsammeln – alles, was hinter der Absperrung lag, musste für eine Täterspur gehalten werden. Sie wies die Uniformierten an, das Grundstück auch zu den Nachbarhäusern hin abzuriegeln. Der rückwärtige Garten, Garage und Carport wurden ebenfalls als Tatort definiert. Niemand, auch kein Polizeibeamter, galt als befugt, einen Fuß hinter das Flatterband zu setzen.

Die Overalls der Mordermittler schimmerten unter der Straßenlampe. Blondschopf Becker kannte Bruno bereits aus der Kantine. Der Dritte hatte ein pickliges Kinn und hantierte mit der Videokamera. Ela nannte ihn Wiesinger.

Sie drückte Bruno ein Paket in die Hand: Overall, Handschuhe, Plastikhaube für die Haare und Überzieher für die Schuhe. Sie fragte: »Was hat dich hierher geführt?«

Bruno ärgerte sich, dass er sich rechtfertigen musste. »Ich war mit Heinz Klee verabredet. Mit der Familie bin ich bekannt. Wenn ich ein paar Minuten früher …«

Bach telefonierte Verstärkung herbei: zusätzliche Schupos zur Sicherung, noch mehr Kollegen für Befragungen. Kriminaltechniker und weitere Mordermittler.

Sie stülpte ihre Haube über das kurze braune Haar und wandte sich wieder an Bruno. »Zeig uns, wie du den Tatort vorgefunden hast.«

Bruno führte die Mordermittler über den Plattenweg ins Haus. An der Schwelle zogen sie die Hüllen über die Sohlen. Wie Chirurgen im OP stapften sie durch die Räume. Bruno glaubte, die Toten riechen zu können. Becker hielt ihm ein Diktiergerät unter die Nase. Wiesinger ließ die Videocam surren.

Bruno betonte, dass er sich sicher sei, keine Spuren verwischt oder hinzugefügt zu haben. Keine Fingerprints auf Klinken, Lichtschaltern oder Möbelstücken.

»Das werden wir sehen«, murmelte Wiesinger.

Der Anblick der Leichen jagte Brunos Puls erneut auf hundertachtzig. Ihre Gesichter kamen ihm vor wie Nachbildungen aus Wachs, bei denen man an der Farbe gespart hatte. Das Blut ringsumher hatte seinen Glanz verloren und wirkte bräunlich wie Schuhcreme. Erst jetzt bemerkte Bruno, dass der Wandsafe offen stand.

Von Heinz Klees Leiche ging immer stärkerer Gestank aus. Das Fenster knallte im Wind. »Hast du es aufgemacht?«, fragte Ela.

Bruno erklärte, dass es angelehnt war, als er kam. Die Mordermittler ließen sich jeden Schritt und Handgriff erklären, den Bruno getan hatte. Becker steckte das Brotmesser, mit dem Bruno sich bewaffnet hatte, in einen Spurenbeutel. Wiesinger filmte Leichen, Blutflecken und Bruno, der immer stockender seinen Bericht abgab.

Bach zückte ihr Handy. Sie stellte sich ans Fenster und unterhielt sich leise. Bruno nahm an, dass sie mit dem Staatsanwalt sprach.

»Das mit dem Messer war keine tolle Idee«, raunte Becker. »Du hast das Spurenbild verändert.«

Die KK-11-Leiterin wandte sich wieder an Bruno und stellte weitere Fragen. Ob die Klees Feinde hatten, ob sie Drohungen erhalten hätten, ob etwas im Haus fehle. Ob die Ehe der beiden in Ordnung gewesen sei. Wie die Geschäfte des Antiquitätenhändlers liefen. Wo die übrigen Kinder seien – Manfred und Ariane.

Bruno wusste auf nichts eine Antwort. Nicht einmal Fred hatte er wirklich gekannt. Auch nicht, als Klees Sohn noch sein bester Freund gewesen war.

Ela warf Bruno einen langen Blick zu. »Aber Vermutungen stellst du an.«

Und wie. Alles in diesem Haus schrie es ihm zu: dass Klee senior gefoltert worden war. Dass der oder die Täter etwas von ihm gewollt hatten. Frau und Stieftochter waren unverhofft hereingeplatzt. Vorzeitig von einer Veranstaltung zurückgekehrt, für die sie sich fein gemacht hatten. Der dreifache Mord war nicht der Zweck des Verbrechens gewesen. Aber der saubere Abschluss. Der oder die Täter hatten unter Druck gestanden – sonst hätten sie einen besseren Zeitpunkt abgewartet, um Heinz Klee zu bearbeiten.

Bruno nahm an, dass Folter und Mord in Zusammenhang mit der Demolierung des Steinkolosses in der Lambertusstraße standen – keine Gewissheit, aber ein Gefühl, das ihn zutiefst beunruhigte.

Ela verschränkte die Arme. Sie wurde zickig. »Wann genau bist du hier eingetroffen?«

»Zehn Uhr fünfundzwanzig. Ich hab auf die Uhr gesehen. Für halb elf war ich mit Klee verabredet.«

»Und davor?«

»Was soll das?«

»Routinefragen. Du weißt genau, dass ich sie stellen muss.«

Bruno zeigte auf Blondschopf Becker. »Ihm nicht und Wiesinger auch nicht.«

»Spar dir die Scherze, Wegmann. Du hast dich bei uns beworben. Also stell dich nicht so an.«

»Kurz nach zehn hab ich mich von meinem Kollegen Kästner verabschiedet. Danach fuhr ich direkt vom Jürgensplatz hierher.«

»Kästner. Dein neuer Partner?«

»Ja, leider.«

Bach ging in die Hocke, als müsse sie den Fingerstummel

aus der Nähe studieren. »Das ist keine simple Sache für eine dreiköpfige Mordkommission. Ich werde Verstärkung brauchen, auch aus anderen Dienststellen.« Die Mordermittlerin richtete sich auf und fixierte Bruno. »Leute, die sich nicht daran stören, dass eine Frau die Ermittlung leitet. Leute, die Einsatz zeigen, weil sie etwas werden wollen.«

Bruno verstand. Ein dreifacher Mord als Sprungbrett ins KK 11.

Die Chance für seine Rehabilitierung.

19.

Nachbarn hatten sich am Flatterband versammelt und glotzten. Der Rechtsmediziner fuhr vor, um die Leichen in Augenschein zu nehmen. Im Haus tummelten sich die Kriminaltechniker. In sämtlichen Fenstern war Licht. Die Gaffer raunten sich Gerüchte zu.

Bruno saß mit Thilo Becker im Passat der Mordermittler. Über Funk und Mobiltelefon versuchten sie, Adresse und Telefonnummer von Ariane Klee, der jüngeren Tochter, in Erfahrung zu bringen.

Immer mehr Reporter trafen ein. Die Uniformierten bekamen alle Hände voll zu tun, die Medienmeute am Überklettern der Absperrungen zu hindern. Ein Kameramann drängte sich durch die Schaulustigen. Sein aufgepflanzter Scheinwerfer blendete und warf harte Schatten zum Haus hinüber.

Auf Thilos Seite klopfte es am Fenster. Der Kollege kurbelte die Scheibe herunter.

»Alex Vogel vom *Blitz*«, stellte sich ein mittelalter, hagerer Bursche vor, der in einem Trenchcoat steckte und misstrauisch zu Bruno herüberäugte. Zwei Kameras baumelten an seinem Hals und schlugen gegen die Wagentür. Der Reporter zeigte ein Papier, das einen Presseausweis darstellen sollte. »Lohnt die Sache einen Aufmacher?«

»Extragroß und in tiefroter Farbe«, antwortete Thilo. »Drei Tote, die Eltern und eine der Töchter. Der Safe ist ausgeräumt. Wir gehen allen Spuren mit größter Gewissenhaftigkeit nach.«

»Das hör ich jedes Mal von euch. Wie ist es passiert? Wonach wird gefahndet?«

»Der *Blitz* wird sich gedulden müssen. Morgen gibt's 'ne Pressekonferenz.«

»Geduld? Ihr seid lustig! Mein Chef hat die Druckmaschinen angehalten und erwartet meinen Anruf. Gebt mir ein paar Details. Einen Hunni für jeden von euch Clowns.« Der Hagere hielt tatsächlich zwei Scheine ins Wageninnere.

Bruno beugte sich vor. »Verschwinden Sie!«

»Hat dir die Chefin einen Anstandswauwau verpasst, Thilo?« Vogel musterte Bruno. »Ist das nicht dieser Amateurboxer? Wegener, Wegerich – der Kerl, den im letzten Jahr dieser Amokläufer angeschossen hat? Ich war bei Ihnen im Krankenhaus. Wie Sie um Ihren Partner getrauert haben, machte sich wirklich gut. Spitzenfoto!«

Aus dem Funkempfänger kamen die angeforderten Daten.

Der Zeitungsfritze spitzte die Ohren. »Ariane Klee, das ist doch die Tochter von diesem Antiquitätenfuzzi? Habt ihr sie in Verdacht?«

»Verschwinde«, forderte ihn nun auch Becker auf und kurbelte das Fenster hoch.

Der Zeitungsmann schlug enttäuscht auf den Kühler. Er stiefelte zu den Schaulustigen hinüber, das Handy am Ohr.

»Vogel ist ein Aasgeier«, sagte der Blondschopf.

Bruno entgegnete: »Erinnerst du dich an diesen Tunnelbrand in den Alpen? Meine Frau arbeitet beim Fernsehen. Rat mal, welchen Spruch ihr Chef auf Lager hatte, als sie jeden Tag eine Sondersendung machten: Tote Deutsche beleben die Einschaltquoten! Das Unglück war für den Kerl das Größte.«

Ela Bach trat ins Freie, nahm die OP-Haube ab und schritt auf die Blitzlichter der Medienmeute zu. Becker bemerkte: »Es gibt auch Bullen, die ein Gemetzel erst so richtig in Fahrt bringt.«

»Bullen oder Hühner?«

»Sei vorsichtig. Die Chefin hasst es, wenn man sie als Huhn bezeichnet. Sie wittert Mobbing, immer und überall.«

»Früher war sie gelassener.«

»Früher liefen wir noch mit Pampers rum.«

Bruno bemerkte, dass ein Kameramann seinen Saab erklomm, um eine bessere Totale schießen zu können. Der Kerl trampelte auf Brunos Wagendach, als käme es auf ein paar Beulen nicht an.

Ela erreichte den Passat. Sie ließ sich auf der Rückbank nieder. »Wir werden es den Miesepetern zeigen, die noch immer von der Ära Engel schwärmen.«

Der Blondschopf verdrehte die Augen.

Drei Leichen als Chance, dachte Bruno. *Die einen werden ausgezählt, die anderen steigen auf.* Ebi hatte das einmal gesagt.

Bruno schwor sich, die Mörder zu finden. Als Gegenleistung für den Aufstieg.

Kurz vor Mitternacht traf endlich das Mädchen ein. Die jüngste Klee-Tochter parkte ihren Kleinwagen am Ende des Pulks aus grün-weißen und unkolorierten Einsatzfahrzeugen, Transportern der Kriminaltechnik und Kombis der Medienleute.

Bruno beobachtete, dass Ariane nach einem bekannten Gesicht Ausschau hielt. Er ging ihr entgegen.

Sie trug eine Strickjacke über dem Kleid, ihr Haar war offen und fiel fast bis auf den Hintern. Sie stolperte über den Bordstein, fing sich und humpelte. Bruno nahm sie in den Arm und geleitete sie durch die Schar der Reporter. Er spürte, dass sie fror, und bekundete sein Beileid.

Sie fragte: »Sind sie im Haus?«

Bruno nickte.

»Ich will sie sehen.«

»Später.«

Er machte das Mädchen mit den Mordermittlern bekannt. Ela Bach zog heftig an der Zigarette, die sie in Arbeit hatte.

»Frau Klee, ich muss Sie bitten, mit mir durch das Haus zu gehen. Wir müssen wissen, ob etwas geraubt wurde. Haben Sie eine Vermutung bezüglich der Täter oder des Motivs? Hat Ihre Familie Feinde? Gab es Drohungen? Waren Wertsachen im Safe?«

Ariane verneinte. Sie wirkte gefasst, als begreife sie nicht, was geschehen war.

Blitzlichter flammten auf. Nachbarn tuschelten. Ein Kameramann schubste sich durch und hielt dem Mädchen die Linse vors Gesicht. Bruno schob ihn weg.

Ariane reichte ihm eine Visitenkarte. »Manfred ist in der Stadt.«

Das Kärtchen: die Strichzeichnung einer Hütte unter Palmen. *Sea View Resort, Paradise Beach, Khao Lak, Thailand.* Darunter Freds Name, Telefon, Fax und E-Mail-Adresse. Handschriftliches Gekritzel des früheren Kumpels auf der Rückseite: *Hotel am Park 0211/82456-29.*

Die KK-11-Chefin äugte auf den kleinen Karton. »Warum wohnt er nicht bei seinen Eltern, wenn er zu Besuch ist?«

»Er hat sich mit Mama nie so richtig verstanden. Heute Nachmittag war Familientreff. Papa war komisch drauf. Er fing sogar Krach mit Manfred an. Er erwähnte deinen Namen, Bruno. Es ging um irgendeine Skulptur.«

»Manfred und Heinz Klee haben sich gestritten?«, fragte Bach.

»Ja. Das heißt, nein. Nicht wirklich gestritten. So hab ich das nicht gemeint!«

Ela hielt sich an Brunos Schulter fest, während sie ihre Zigarette an der Schuhsohle ausdrückte. »Greift euch den Sohn und bringt ihn in die Festung.«

Ariane riss die Augen auf. »Bruno! Sag ihnen, dass Fred kein Mörder ist. Wenn sich jemand in unserer Familie richtig geliebt hat, dann waren es Papa und Fred!«

Bruno antwortete nicht. Er war sich nicht mehr so sicher.

Bach ließ die Kippe in der Brusttasche des Overalls verschwinden. »Das werden wir ja sehen. Ich komm ins Präsidium nach, sobald ich hier fertig bin. Seid vorsichtig. Vielleicht ist Klee junior bewaffnet.«

Der Rechtsmediziner verließ das Haus. Akkulampen brannten, ein Blitzlichtgewitter ging auf den alten Professor nieder. Fotografen und Kameraleute begleiteten ihn auf seinem Weg zum Auto, zankend und sich gegenseitig behindernd. Reporter riefen ihm Fragen zu, die er unbeantwortet ließ.

Bruno und Thilo Becker brachen auf.

20.

Es ging um irgendeine Skulptur.

Zwölf Jahre her – im Rückblick eine Schnapsidee. Fred hatte ihm das Boxen ausgeredet. Sein Kumpel hatte sich über ihn lustig gemacht, weil er keine Freundin hatte. Wegen Fred hatte er diese beschissene Reise unternommen.

Angkor. Bruno alpträumte noch heute davon. Mit den Roten Khmer unterwegs im Schlitzaugenbürgerkriegsland. Völlig gedankenlos.

Als Bruno den Koloss in voller Größe sah, war er ganz verzaubert. Mit zwanzig war er anfällig gewesen für Mythen und Träume: Bruno Wegmann – Entdecker antiker Schätze.

»Komm schon, wir haben keine Zeit!«, schrie Fred ihm aus dem Hubschrauber zu.

Bruno hangelte sich die letzten Sprossen hoch. Er setzte den Fuß in die Luke und schwang sich hinein. Die tausend Jahre alte Statue war geborgen. Der Vishnu von Ta Prohm Kel hing unter der Bell. Bruno würde ihn nach Deutschland bringen.

Er streckte die Hand hinaus und winkte den Kambodschanerjungen entgegen. Er wartete, um ihnen beim Einstieg zu helfen.

Fäuste packten ihn. Sok San – der Kerl im Tarnfarbenanzug stieß Bruno gegen die Kabinenwand. Sein Kopf krachte hart gegen Metall.

Bruno rappelte sich hoch. Er suchte Freds Blick. Sein Kumpel wich aus.

Was ging hier vor?

Sok San hielt sich am Rand der Luke fest. Von draußen drangen Schreie in die Kabine – trotz des Dröhnens der elfhundert PS starken Turbine erkannte Bruno, dass es die beiden Jugendlichen waren. Sie flehten und klagten.

Bruno näherte sich wieder der Luke. Fred wollte ihn zurückhalten. Bruno riss sich los. Er herrschte den Offizier an: »WHAT ARE YOU DOING?«

Der Kambodschaner zeterte in abgehacktem Schlitzaugenkauderwelsch. Bruno nahm die Fäuste hoch. Er fühlte sich überlegen.

Sok San streckte ihm eine Pistole entgegen. Bruno blickte in die Mündung und erstarrte.

Unter der Bell hingen die Brüder in den Stricken, ihre Füße baumelten über der Ruine.

Bruno hielt den Atem an. Die Hilferufe galten ihm!

Sok San zielte plötzlich auf einen der beiden Jungen und schoss. Der Sechzehnjährige stürzte ab und brach auf der Plattform zusammen. Blut rann aus seiner Stirn.

Der Leutnant zielte wieder. Der jüngere Bruder schrie wie am Spieß.

Bruno schlug eine wuchtige Gerade. Der Schuss löste sich und ging ins Leere. Der Offizier fing sich an der Kabinenwand, bellte Befehle und fuchtelte mit der Waffe.

Gestrüpp knickte am Rand der Lichtung. Ein offener Jeep brach hervor. Drei Soldaten der Regierungsarmee, die auf die Bell starrten und auf den achtarmigen Koloss, der darunter baumelte. Auf den zweiten Jungen, der sich Sprosse für Sprosse nach oben zog.

Sok San löste eine Handgranate vom Gürtel, zog den Sicherungsstift und schleuderte die Granate in Richtung des

Geländewagens. Es blitzte. Der Jeep machte einen Satz und ging in Flammen auf. Ein Soldat hing reglos über der Windschutzscheibe, die anderen rannten in den Wald.

Der Vierzehnjährige hangelte sich immer weiter nach oben. Tränenüberströmt erreichte er die Luke, sein Gesicht zur Grimasse verzerrt.

Quälend langsam stieg die Bell, das steinerne Monstrum unter ihrem Bauch.

Bruno erkannte, dass es ihre Schuld war. Er und Fred hatten darauf bestanden, die Statue unversehrt zu bergen. Allein der Sockel war schwerer als beide Brüder zusammen.

Ein zweiter Geländewagen rollte auf die Lichtung. Diesmal waren die Soldaten gewarnt. Schlitzaugen in Khaki sprangen ab und suchten Deckung.

Sok San zielte auf den Vierzehnjährigen, der sich in die Kabine zog. Der Offizier drückte ab. Der Junge fiel.

Der Hubschrauber gewann endlich an Höhe. Die Schüsse der Regierungssoldaten verfehlten die Bell. Die Pyramide wurde kleiner. Die Lichtung versank im Grün des Dschungels, die Rauchfahne des brennenden Jeeps entfernte sich rasch.

Sok San steckte die Pistole in den Gürtel zurück. »Vishnu heavy«, erklärte er und kickte leere Patronenhülsen aus der Luke.

Bruno ging auf ihn los. Fred stellte sich dazwischen. Der Helikopter schaukelte. Bruno musste sich festhalten. Die Bell flog eine Kurve und knatterte nach Norden.

Ein Dorf kam in Sicht. Hütten und Gärten. Hunde auf einer ungeteerten Straße. Schulkinder winkten. In einem Fluss badeten Frauen, in Sarongs gehüllt.

From sma' ville' near Angkor.

Fred nestelte an seinem Rucksack, verstaute Plan und Fotos. Am Fuß der Berge schlug der Pilot den westlichen Kurs ein, der die Maschine zurück zum Lager an der thailändischen Grenze bringen würde. Unter ihnen nur noch Grünzeug, Gestrüpp und flirrende Hitze. Berge und Wald.

Die Brüder hatten die Statue in Kniehöhe abhacken wollen. Geschätzte fünf Zentner – der entscheidende Unterschied. Als hätten sie es geahnt.

Wir haben Menschenleben auf dem Gewissen, dachte Bruno. Und Fred ist es scheißegal. Hauptsache, sein Vater macht ein gutes Geschäft.

Der Sockel streifte die Wipfel. Äste knackten, Vögel flatterten auf – der steinerne Gott geriet ins Schlingern und krachte gegen einen Baumstamm.

Fred schrie Sok San an: »IF THE STATUE GETS BROKEN, NO MONEY! YOU UNDERSTAND?«

Bruno hasste ihn. Er nahm sich vor, nie wieder ein Wort mit Fred zu wechseln.

21.

Alles war auf einmal wieder da. Die Statue. Fred. Der Tod.

Bruno war bereit, seinen Vorsatz zu vergessen. Als hätte er einen inneren Hebel umgelegt. Er *musste* mit Fred reden.

Das *Hotel am Park* lag keine fünf Autominuten entfernt, stadteinwärts an der Kaiserswerther Straße, mit Blick auf Nordpark und Aquazoo. Bruno spannte sämtliche Muskeln an.

Auf dem Pflaster vor dem Hotel ließ Thilo Becker den Passat ausrollen. Hinter ihnen hielt der Streifenwagen, zwei Uniformierte stiegen aus und schlossen sich den Kripomännern an.

Eine Absteige der unteren Mittelklasse. Der Eingang war verschlossen. Bruno klingelte – keine Reaktion.

Die Beamten schlichen um das Gebäude bis an ein schwach erleuchtetes Fenster im Erdgeschoss. Gedämpfte Stimmen, das blaue Flackern eines Fernsehgeräts. Thilo klopfte.

Es dauerte eine Weile. Regen nieselte. Das Fenster ging auf. Ein rotgesichtiger Mann mit krausem Backenbart lugte heraus.

Thilo hielt ihm seinen grünen Dienstlappen hin. »Sind Sie der Nachtportier?«

»Woll'n Sie 'n Zimmer, oder was?«

»Wir haben nur ein paar Fragen.«

Der Backenbart winkte mit müder Geste und schloss das Fenster.

Eine halbe Minute später fiel Licht durch die Glastür an der Vorderseite. Ein Schlüsselbund rasselte. Der Pförtner ließ die Polizisten hinein.

»Um was geht's denn?«

»Um einen Ihrer Gäste.«

»Dacht's mir schon. Diese Sandnigger mit ihren Bärten sind mir von Anfang an komisch vorgekommen.« Er wies auf zwei schäbige Sessel. Auf einem Beistelltisch lagen alte Zeitschriften und die zerfledderte Samstagsausgabe der Morgenpost.

»Wenn Sie hier warten wollen. Ich ruf die Araber runter.« Er schlurfte hinter den Tresen und nahm einen Telefonhörer in die Hand.

Bruno sagte: »Nicht die Araber.«

»Wen dann?«

Thilo schob seine Jacke beiseite und zog die Pistole aus dem Holster. Er hielt sie mit beiden Händen auf den Boden gerichtet. »Und nicht anrufen. Wir gehen hoch.«

»Oder so.« Der Pförtner starrte auf die Waffe, die im Licht der Neonröhren schimmerte.

Bruno hielt ihm Freds Kärtchen unter die Nase und deutete auf die Nummer. »Welches Zimmer hat diese Durchwahl?«

»Neunundzwanzig. Zweiter Stock.«

Sie nahmen die Treppe neben dem Aufzug. Der Backenbart folgte mit den Schlüsseln. Blanke Betonwände, Brandschutztüren aus Stahl.

Im zweiten Stock traten die Männer in einen Flur. Es müffelte wie in einem Secondhandladen, der nie frische Luft bekam. Die Zimmernummern auf den Türschildern waren in der grünlichen Notbeleuchtung kaum zu entziffern. Thilo hinderte den Portier daran, die Deckenlampen einzuschalten.

Hotelgeräusche: Filmmusiken, Dialoge. Wer jetzt nicht schlief, guckte Spätprogramm.

Am Ende des Gangs drang lustvolles Stöhnen aus einem der Zimmer.

»Letzte Tür links«, wisperte der Pförtner.

Die Beamten schlichen über den Teppichboden. Die Schlüssel des Backenbarts klimperten. Das Stöhnen wurde deutlicher. Ein Bett quietschte. Kein Film.

Thilo wies mit der P6 gegen die Tür. Die Schupos zogen ebenfalls ihre Waffen.

Die Polizisten grinsten sich an. Die kehligen Laute stammten von einer Frau. Laut und leidenschaftlich, wie Bruno es noch nie im Leben vernommen hatte.

Nummer neunundzwanzig.

Der Backenbart starrte mit großen Augen auf das Schloss. Schweiß trat auf seine Stirn. Er leckte nervös die Lippen. Bruno nickte ihm zu. Der Universalschlüssel glitt lautlos ins Schloss.

Drinnen schwoll das Stöhnen an, wechselte die Frequenz – wilde Schreie, in die jetzt auch der Mann einstimmte.

Der Pförtner tapste ein paar Schritte zurück. Bruno drückte die Klinke und ging voraus. Über Taschen und Kleidungsstücke stieg er durch einen Vorraum ins Zimmer. Die anderen folgten und richteten ihre Pistolen auf das Bett.

Eine Nachttischlampe spendete Licht, halb verhüllt von einem Unterhemd. Federbett und Handtücher lagen im Raum verteilt. Das Laken hing faltig und schief über der Matratze.

Die Frau kniete auf dem Bett, die Finger in ein Kissen gekrallt. Sie warf den Kopf auf und nieder und schrie ohne jede Hemmung. Den Rhythmus bestimmte Fred, der mit seinem Unterleib gegen ihren Hintern klatschte.

Aus dem Gebrüll wurde ein einziger, lang gezogener Laut. Zugleich wurde auch Fred fertig. Er schmiegte sich gegen den Rücken der Frau, ihren Nacken mit Küssen bedeckend, seine Finger auf dem Kissen in ihre verschränkend. Sein Hintern hob sich weiß vom sonnengebräunten Rest des Körpers ab, die Haut glänzte vor Schweiß.

Bruno dachte an die Camargue.

Die Frau unter Fred brummte, als imitiere sie eine Katze.

Thilo klopfte mit der Waffe gegen den Schrank. »Manfred Klee?«

Das Paar merkte erst jetzt, dass es nicht allein im Zimmer war.

»Scheiße, was soll das?«, brüllte Fred.

Bruno starrte die Frau an und sie starrte zurück.

Es war Karen.

22.

Es roch nach Schweiß und Sex. Das Pärchen beeilte sich, in die Klamotten zu steigen. In Brunos Kopf zuckten Adern. Sein Blickfeld verschwamm an den Rändern, als hätte er einen Treffer gegen den Schädel kassiert.

Karen sah er klar und deutlich. Ihr Haar hing strähnig und wirr, ihr Blick war feindselig.

Bruno holte aus und schlug die Faust in die Schranktür. Holz splitterte und riss die Haut über den Knöcheln auf. Er stürzte auf Karen zu – seine Füße verhedderten sich im herumliegenden Bettzeug.

Er packte seine Frau.

»THEATERPARTY NENNST DU DAS?«

»Du tust mir weh!«

Er schüttelte Karen. Erfolglos versuchte sie, sich loszureißen.

»WIE LANGE GEHT DAS SCHON SO?«

Sie biss ihm ins Handgelenk, die Uniformierten zogen Bruno von ihr weg.

Er stürzte auf Fred zu und schlug ihm die Faust in den

Magen. Einen rechten Haken gegen den Hals. Fred fiel um und blieb reglos liegen.

Die Kuttenträger bogen Bruno die Arme auf den Rücken und drängten ihn wie einen Gefangenen hinaus auf den Flur.

Nach einer Weile trat Thilo Becker aus dem Zimmer. »Lasst ihn los. Der Tünnes steht wieder.«

Bruno atmete durch. Blut tropfte von seinen Knöcheln. Karens Zahnspuren auf dem Gelenk. Ein seltsames Gefühl der Ruhe durchströmte ihn.

Thilo blickte finster und hielt Abstand. »Jetzt weiß ich, warum sie dich Champion nennen. Heb dir so was für den Ring auf.«

»Ich kämpfe nicht mehr.«

»Das hab ich gesehen. Wieso ging der Tünnes so schnell k.o.?«

Ein Schlag in den Bauch lässt das Zwerchfell verkrampfen und du atmest für kurze Zeit nicht. Ein Hieb gegen den Hals staucht die Schlagader und die Hirndurchblutung wird vermindert. Boxerroutine – Bruno hatte das nicht geplant.

Er musste sich zusammenreißen. Er wollte die Stelle im KK 11.

»Es tut mir Leid«, log er.

»Scheiße, Bruno, ich muss das ins Protokoll aufnehmen. Was ist los mit dir?«

Karen hatte sich fertig angezogen. Sie stand in der Tür und rieb sich die Arme. Bruno wandte sich ab. Am liebsten hätte er das ganze Hotel in die Luft gejagt.

»Hast du mit dieser Frau was Privates laufen?«, wollte Becker wissen.

Nett formuliert, dachte Bruno.

Der Blondschopf brachte Bruno ins Präsidium. Die Schupos kamen mit Karen und Fred nach.

Der Regen prasselte gegen die Scheibe und spritzte vom Asphalt hoch. Bruno zerbrach sich den Kopf – er verstand nicht, warum Karen ihm das angetan hatte.

Becker ließ ein paar Floskeln zum Thema Liebesleid vom Stapel. Jeder ginge mal fremd. Man müsse verzeihen können. Bruno überlegte, was er Karen sagen sollte. Von wegen *Anker in der Welt.*

Als sich das Tor zum Hof der Festung öffnete, fragte Becker: »Deine Nerven wieder okay?«

»Ja.«

»Kein schöner Abend für dich. Ich kann das nachvollziehen.«

»Du mich auch«, antwortete Bruno.

Er wurde in das Büro zweier Sachbearbeiter vom KK 11 geschoben, wo er warten sollte. Bruno überlegte, welche Form der Entschuldigung er von seiner Frau verlangen sollte. Sie hatte ihn verletzt und lächerlich gemacht. Seine Knöchel pochten, sein Kopf schmerzte.

Ihre Schreie – mit ihm war sie nie so laut gewesen.

Bruno malte sich aus, dass die beiden sich jedes Mal getroffen hatten, wenn Fred zu Besuch in Deutschland gewesen war. Karens Ehemann – ein dummer Hanswurst für die Zeit zwischendurch.

Keine Frau durfte Trampolin auf Brunos Gefühlen springen. Die Mordermittler im KK 11, die Kollegen der K-Wache, die Schupos in der PI Südwest, wo Bruno zuvor gearbeitet hatte – alle würden ihn für verrückt erklären, wenn er sich nicht von Karen trennen würde. Es gab keine Entschuldigung.

Er konnte sich nicht konzentrieren. Sein Blick streifte durch den hässlichen Raum mit seinen Hydrokulturpflanzen und an die Wand gehefteten Bürowitzen aus dem Faxgerät.

Ein Kollege hatte Abdrücke von Brunos Fingern und seinen Schuhsohlen abgenommen, damit die Mordermittler sämtliche Spuren im Tathaus zuordnen konnten. Bruno rieb mit dem Taschentuch an seinen Fingerkuppen. Die Druckerschwärze hielt sich hartnäckig. Er schlenderte auf und ab. Es war eine Frechheit, ihn in diesem Kabuff schmoren zu lassen.

Schließlich stürmte er hinaus. Er war kein Beschuldigter, kein zweitklassiger Zeuge.

Der Flur war leer. Stimmen drangen aus einer angelehnten Tür drei Büros weiter. Bruno drückte sie auf. Ein halbes Dutzend Männer glotzte auf ein Fenster. Einer hielt Bruno zurück. Es war Thilo Becker. »Du bist noch nicht dran.«

Ein groß gewachsener Kerl sagte: »Lass ihn, Thilo.«

Bruno erkannte ihn: Kriminalrat Benedikt Engel, die rechte Hand des Kripochefs. Rund zehn Jahre älter als er und einen halben Kopf größer, obwohl Bruno mit seinen einsachtzig nicht klein war. Anthrazitfarbener Anzug, weißes Hemd, dezente Krawatte. Ein cooler Managertyp, nicht der übliche Obermufti – Bruno waren beide Sorten zuwider.

Engel nickte zur Scheibe. »Er spricht über Sie, Wegmann.«

Das Fenster in der Wand war ein venezianischer Spiegel. Auf der anderen Seite hockte Fred.

Er lehnte sich lässig in seinem Stuhl zurück. Schlank und braun gebrannt. Die Hände im Nacken verschränkt. Im Licht der Neonröhren glänzte sein Gesicht.

Ihm gegenüber saß ein Kollege in Zivil. Die KK-11-Chefin stand am gekippten Fenster des Nachbarraums und blies den Rauch ihrer Zigarette nach draußen. Ein kleiner Lautsprecher neben der Scheibe übertrug ihre Stimme. »Was hat die alte Geschichte mit dem Mord zu tun?«

Fred wandte den Kopf in Brunos Richtung. »Hey, Alter! Haben *wir* das ins Rollen gebracht, oder nicht?«

Bruno ballte die Fäuste. Er rief sich zur Besinnung – der Kerl sah nichts als sein Spiegelbild.

Fred deutete zum Fenster. »Steht er dahinter und guckt zu?«

Er wartete die Antwort der Mordermittler nicht ab, stand auf und stützte seine Hände gegen die Ränder des Spiegels. Seine Stimme kam undeutlich, aber sein Gesicht war so nah, dass Bruno die Aknenarben sah, eine Schnittverletzung, die vom Rasieren stammte, Freds helle, blaue Augen.

»Na, klar tust du das. Du hast immer gern zugeguckt.

Hey, Bruno, erinnerst du dich an die Camargue? Als ich dir beigebracht habe, wie man vögelt?«

»Setzen Sie sich!«, ermahnte Bach.

»Hat er den Mord gestanden?«, fragte Bruno den langen Kriminalrat. Leise, als könnte der Kerl auf der anderen Seite des Fensters ihn sonst hören.

Freds Stimme klang verzerrt. »Ich hoffe, du hast inzwischen deine Technik verbessert, Bruno. Man muss sich *in* das Schloss konzentrieren, nicht *auf* das Schloss!«

Engel antwortete nicht auf Brunos Frage. Der Lange beobachtete den Nachbarraum, wo Fred wieder Platz nahm.

Blondschopf Becker erklärte: »Deine Frau hat ihm ein Alibi gegeben. Zur tatkritischen Zeit waren sie in einem Restaurant. Wir prüfen das.«

Fred redete mit Ela. »Er hat mich überall schlecht gemacht, nur weil ich die Träume verwirkliche, die Bruno selbst auch mal hatte. Weil ich es nicht nötig habe, mich an Leute zu klammern, die mir sagen, wo's langgeht. Weil mein Daddy mich *nicht* verlassen hat, als ich klein war. Noch einmal langsam zum Mitmeißeln: Ich habe niemanden umgebracht und wüsste selbst gern, wer es war. Sie haben kein Recht, mich festzuhalten.«

Ein Mann mit randloser Brille, der sich im Hintergrund gehalten hatte, räusperte sich. »Wir haben das auf Band?«

Bruno fiel ein, dass sie miteinander studiert hatten – der farblose Brillenträger war tatsächlich Staatsanwalt geworden.

»Auf Tonband und Video«, antwortete Thilo Becker.

»Denken Sie, was er über Kommissar Wegmann gesagt hat, steht mit der Tat in Beziehung? Die Reise und all das?«

Bruno zeigte der Scheibe den Mittelfinger. Er brüllte: »Fürs Fickenlernen hab ich dich nicht gebraucht!«

Fred konnte ihn nicht hören. Der braun gebrannte Schönling schob sich an Ela Bach vorbei und griff nach der Türklinke. »Sie führen einen Privatkrieg. Nur weil ich die Ehefrau eines Polizisten gepoppt habe, stempeln Sie mich hier zum Verbrecher ab.«

Ela warf den Rest ihrer Zigarette aus dem Fenster. »Bleiben Sie in der Stadt. Wir brauchen Sie noch.«

Bruno fuhr Engel an: »Sie will ihn laufen lassen?«

»Wo bleiben Ihre juristischen Kenntnisse, Wegmann?«

Im Raum nebenan ging das Licht aus. Bruno überlegte, wo Karen jetzt sein konnte.

Ela kam herein. Sie schenkte ihm ein zaghaftes Lächeln – ein mitleidiger Blick, der ihm auf den Sack ging. Die KK-11-Chefin sagte: »Manfred Klee erwähnte eine Reise.«

»Wir waren mal in Südfrankreich, na und? Toller Zeuge mit seinen Psychoweisheiten. Habt ihr euch alle gut amüsiert?«

Engel knurrte: »Halten Sie Ihre Hormone im Zaum.«

Bruno rannte hinaus.

Ela rief: »Warte, Wegmann!«

Bruno beschleunigte seine Schritte.

Ela lief ihm nach. »Ich meine die Reise nach Kambodscha. Sei ehrlich. Hat die was mit dem Mord zu tun?«

Bruno blieb stehen. Er bekam Sehnsucht nach einer Flasche Birnengeist. Nur noch saufen, bis alles federleicht wird und du einschlafen kannst.

Er antwortete: »Das ist eine Ewigkeit her.«

»Was ist damals vorgefallen?«

»Ich weiß nicht, was er meint. Frag Fred.«

Bach drückte seinen Arm. »Okay, wir machen morgen weiter. Du hast eine Menge durchgemacht in den letzten Stunden. Ruh dich erst mal aus.«

Kneipen, die jetzt noch offen hatten, verkauften in der Regel nur Fusel. Bruno fiel das *Ristorante Molino* ein. Marios brauner Grappa, der im Rachen brannte. Einschlafen, ohne von Toten zu träumen. Nicht an Karen denken müssen.

Die KK-11-Leiterin fügte hinzu: »An der Todesermittlung Klee kannst du natürlich nicht weiter teilnehmen. Du bist zu tief in die Sache verstrickt, emotional, meine ich. Das verstehst du doch, Wegmann, oder?«

Sie ließ ihn stehen und stiefelte zu den anderen zurück.

23.

Es war bereits kurz vor drei, als Bruno in der Achillesstraße einen Parkplatz fand. Das *Molino* war längst dicht. Statt sich zu betrinken, wartete Bruno in der Wohnung auf Karen. Irgendwann schlief er im Sessel ein. Als er erwachte, dämmerte es. Bruno braute sich einen Tee.

Er sehnte sich nach seiner Frau und sagte sich, dass nichts falscher sei als das. Sein *Pitta-Dosha* war ausgerastet, aber es gab einen Grund dafür. Er nahm sich vor, in Zukunft die Nerven zu bewahren. In Ruhe und Würde die fällige Trennung zu regeln.

Kurz vor halb acht rief er Thilo Becker in der Festung an. Bruno schätzte, dass die Morgenbesprechung des KK 11 in wenigen Minuten beginnen würde.

Eine müde Stimme meldete sich. Becker klang, als hätte er durchgearbeitet.

Bruno sagte: »Ich glaub, ich war ein wenig unfreundlich.«

»So kann man das ausdrücken.«

»Ist das Alibi bestätigt?«

Becker zögerte. Er räusperte sich. »Soviel ich weiß, hast du mit den Ermittlungen nichts mehr zu tun.«

»Komm schon, Thilo.«

»Manfred Klees Alibi ist wasserdicht. Und jetzt muss ich zur Besprechung.«

»Du hast noch drei Minuten. Sag mir, welche Spuren ihr habt.«

»Jede Menge. Du hast das Blutbad doch gesehen.«

»Ich meine, konkrete Hinweise.«

»Scheiße, nichts! Wir wissen noch nicht einmal, ob es ein Täter war oder mehrere. Wir sind jetzt dabei, anhand der Stichkanäle und der Blutanalysen den Tatablauf zu rekonstruieren und die Fingerspuren zuzuordnen. Die Nachbarn haben laute Musik wahrgenommen, einer hatte sogar die

Kollegen angerufen und sich wegen des Lärms beschwert. Die Kollegen haben das leider ignoriert. Ein Anwohner will vor dem Haus Autos gesehen haben, bevor Mutter und Tochter nach Hause kamen.«

»Mehrere Wagen?«

»Ja, aber der Zeuge ist ein Versager im Erkennen von Fahrzeugtypen. Es war ein Kommen und Gehen, behauptet er. Ehrlich gesagt, ich halte ihn für einen Spinner. Ich muss jetzt los. Die Chefin ruft schon.«

»Und sonst?«

»Nichts sonst. Zwei Dutzend Leute arbeiten seit acht Stunden an dem Fall und wir haben nichts. Niente, nada, bullshit. Unglaublich bei einem Mehrfachmord. Nur Leichen und Blut. Als seien Profis am Werk gewesen. Vielleicht wissen wir nach der Sitzung mehr.«

»Habt ihr hinter dem Haus nachgesehen?«

»Dahinter?«

»Ja. Das Fenster in Klees Arbeitszimmer war offen. Vielleicht ...«

»Verdammt!«, rief Becker. »Du hast Recht!«

»Ich seh nach. Ich ruf dich an, wenn ich was finde.«

»Warte ...«

Bruno legte auf, suchte sein Handy, fand es an der Strippe des Ladegeräts und steckte es ein. Zwei Stufen auf einmal nehmend rannte er die Treppe hinunter.

Er jagte seinen Saab in den Düsseldorfer Norden. Ein Stau hielt ihn auf, in Messenähe ging es nur mühsam voran.

Um zehn nach acht erreichte er Lohausen, Nagelsweg 39. Sein Herz schlug schneller, als er das Haus wieder sah und das rot-weiße Flatterband rund um das Grundstück. Zwei Magnoliensträucher mit dicken Knospen vor dem Haus, weiter hinten Gestrüpp, das erstes Grün zeigte.

Mülltonnen klapperten, ein orangefarbener Laster spuckte Rußwolken. Bruno schnappte eine Unterhaltung auf. Früher redeten Müllmänner türkisch, dachte er. Jetzt interessierten sich offenbar wieder Deutsche für den Job. Als die Orangekittel auf ihren Transporter sprangen und weiterfuhren, verließ Bruno sein Auto und stieg über das Absperrband.

Die Sonne drang kaum durch die Wolken, geschweige denn zwischen die Büsche entlang der Außenmauer. Bruno knipste seine Mag-Lite an und bemühte sich, Spuren zu entdecken, bevor er sie zertrampelte. Große Chancen hatte er nicht. Die Regenmengen der Nacht hatten den Grasboden aufgeweicht, selbst in den Beeten würden Spuren zur Unkenntlichkeit verwaschen sein – falls es welche gegeben hatte.

»Wegmann!«

Es war Becker, der das Grundstück betrat.

»Bleib stehen!«, rief Bruno. »Du machst den Tatort kaputt!«

Der Blondschopf stapfte näher. »Vergiss es. Ich hab mich geirrt. Die Kriminaltechniker waren auch im Garten. Scheinwerfer, Generatoren, der ganze Zirkus. Sie haben jeden Winkel abgesucht. Überall.«

»Bist du rausgefahren, um mir das zu sagen?«

»Nein. Ela will mit dir reden. Du sollst mitkommen.«

»Weißt du, wie das klingt?« Bruno leuchtete den Boden ab. Keine Vertiefungen im Gras, keinerlei Trittspuren in den Beeten. Keine abgeknickten Zweige. Der Täter war doch nicht durch das Fenster abgehauen. »Die freie Stelle bei euch. Meinst du, ich hab noch eine Chance?«

»Das fragst du den Falschen«, antwortete der Blondschopf.

Plötzlich blinkte etwas im Strahl der Lampe. Bruno ging auf die Knie und kroch unter den Strauch. Da war es wieder. Etwas Metallisches reflektierte das Licht. Bruno wühlte sich hinein. Dornen rissen ihm die Hände auf. Zweige peitschten gegen seine Stirn. Bruno erkannte, was es war. Sein Magen krampfte sich zusammen.

»Hast du einen Spurenbeutel da?«, rief er dem Blondschopf zu.

Becker rannte zu seinem Dienstwagen. Bruno schloss die Augen und konzentrierte sich auf seine Atmung. Der Mordermittler kehrte mit einem Koffer zurück und reichte eine Tüte weiter.

Bruno zog sie über die Hand und packte den Fund. Dann stülpte er den transparenten Beutel darüber. Er kroch zurück und klopfte sich den Dreck von der Hose.

»Deine Chefin wird sich freuen.«

»Mein Gott, hat er damit … Ich meine …«

Der Beutel umhüllte eine Gartenschere, wie man sie zum Stutzen von Rosen verwendete. Schwarzer Plastikgriff, Feder, Sicherungshebel. Zwei kräftige Klingen, rund sieben Zentimeter lang, deren Form ihn an die aufgerissenen Schnäbel der Dämonen in Heinz Klees Katalogen erinnerte.

24.

»Was ist mit dieser Steinfigur?«, fragte Ela Bach. Neben ihr saßen Blondschopf Becker und ein KK-11-Kollege namens Fischer mit schmalen Lippen und schiefer Nase. Auf dem Tisch lag ein Aufnahmegerät, die Spulen knirschten leise.

Der Einbruch bei Wachtendonk, fuhr es Bruno durch den Kopf. Die Mordermittler haben von der Statue erfahren und sich einen Reim darauf gemacht.

Sein Magen brannte. Er deutete in Richtung Spiegel. »Guckt der Staatsanwalt zu?«

Bach klopfte mit dem Radiergummiende ihres Bleistifts auf die Unterlagen. »Es wird Zeit, dass du damit rausrückst, was du bei den Klees wolltest.«

Brunos Stuhl war hart und unbequem. »Im Herbst 89 flogen Fred und ich nach Bangkok, um einem gewissen Thorsten Silberkuhl Geld und Aufträge zu überbringen. Silberkuhl arbeitete dort für Heinz Klee als Einkäufer und konnte wegen eines Unfalls nicht nach Düsseldorf reisen. Es ging um asiatische Antiquitäten. Da Silberkuhl schwerer verletzt war als vermutet, flogen wir an seiner Stelle nach Kambodscha, um eine Statue einzukaufen.«

»Du warst in Angkor?«

»Ja.«

»Ich hab im Fernsehen einen Bericht darüber gesehen. Die Schmuggler bestechen die kambodschanische Polizei, die das Gelände bewachen soll.«

»Zu der Zeit gab es keine Polizei. Es war Bürgerkrieg. Ich war zwanzig und machte mir keine Gedanken, ob das Schmuggel war oder nicht.«

Bach klopfte eine Zigarette aus der Packung. »Ganz schön jung.«

»Ich war scharf auf Abenteuer. Ich wollte die Welt sehen. Hattest du nie so 'ne Phase?«

Ela drehte den kalten Glimmstängel zwischen den Fingern, als warte sie darauf, dass ihr jemand Feuer gab. Becker gähnte hinter vorgehaltener Hand.

Fischer fragte: »Und? Das Abenteuer gefunden?«

»Wir haben die Statue nach Thailand gebracht. Silberkuhl kümmerte sich um den Weitertransport.«

»Er war auf einmal wieder gesund?«

»Er hat es sich nicht nehmen lassen. Er hatte Angst um seine Provision.«

Ela schlenderte zum Fenster, kippte es und gab sich selbst Feuer. »Und weiter?«

»Fred blieb in Thailand, um der Einberufung zur Bundeswehr zu entgehen. Er fand einen Job in der Touristikbranche.«

»Er betreibt eine schicke Bungalowanlage nördlich von Phuket. Gemeinsam mit seiner thailändischen Frau. Warum habt ihr euch damals zerstritten?«

Kalte Luft zog durch den Fensterspalt herein. Bruno verschränkte die Arme. »Persönliche Dinge.«

Ela nickte, als wisse sie Bescheid. »Und Silberkuhl?«

»Wurde vor seinem Rückflug von den Thais erwischt, als er alte Buddhastatuen außer Landes bringen wollte. Das ist in Thailand strafbar und er tat es in großem Stil.«

»Knast?«

»Soviel ich weiß, ja.«

»Hätte er einen Grund, seinen Auftraggeber zu hassen?«

»Vielleicht fühlte er sich im Stich gelassen. Freds Vater hatte Beziehungen zur Botschaft in Bangkok. Als er herausbekam, dass Silberkuhl auch für andere Händler arbeitete und seine Spesen mehrfach abrechnete, hat er darauf verzichtet, diese Beziehungen spielen zu lassen. Aber deshalb rottet man doch nicht eine ganze Familie aus.«

Die Mordermittlerin schnipste Asche aus dem Fenster. »Ein thailändisches Gefängnis ist kein gemütlicher Ort. Da blühen Rachepläne, stell ich mir vor. Wir müssen prüfen, wann er entlassen wurde.«

»Die anderen Händler, für die er arbeitete, haben Silberkuhl auch nicht geholfen. An denen hätte er sich genauso gut rächen können.«

»Fällt dir ein besseres Motiv ein?«

»Geld«, vermutete Bruno. »Fred könnte jemanden beauftragt haben, weil er erben wollte.«

»Vergiss es. Da war nichts zu holen. Die Klees steckten in der Klemme. Die Geschäfte gingen seit Jahren nicht mehr gut. Die Familie lebte über ihre Verhältnisse. Manfred Klee wusste darüber Bescheid. Außerdem hättest du ihn erleben sollen, als er erfuhr, dass sein Vater tot ist.«

Schmallippen-Fischer mischte sich ein: »Warum haben Sie den Einbruch in der Lambertusstraße nicht gestern schon erwähnt?«

Der Kerl siezte. Wie die Schnüffler vom Inneren Dienst, dachte Bruno.

Ela ergänzte: »In Klees Unterlagen fanden wir eine Notiz mit Wachtendonks Nummer. Wachtendonk hat eine Expertise für die Versicherung verlangt. Die Statue, die du aus Kambodscha geholt hast, war aufgemeißelt worden.«

»Deshalb wollte ich Heinz Klee besuchen. Die Geschichte kam mir seltsam vor.«

»Was haben Sie im Leib der Figur nach Deutschland geschmuggelt?«, fragte Fischer.

»Ich?«

»Drogen? Edelsteine?«

»Als ich den Vishnu zuletzt sah, war er unversehrt. Das Loch wurde nachträglich hineingeschlagen. Damit habe ich nichts zu tun.«

»Das Gleiche behauptet auch Ihr Freund Manfred Klee.«

»Glaubt ihr ihm?«

Fischer verzog das Gesicht zu einer Grimasse. Ela inhalierte und blies den Rauch energisch nach draußen. Becker gähnte wieder.

»Noch Fragen?«, wollte Bruno wissen.

Ela schüttelte den Kopf.

»Halten Sie sich zu unserer Verfügung«, sagte Fischer daraufhin und fummelte die Kassette aus dem Rekorder.

Ein Kollege riss die Tür auf. Wiesinger, der am Tatort die Videokamera bedient hatte. Das Pickelkinn wedelte mit einem Blatt Papier und hielt die Klinke fest, als müsse er gleich wieder weiter. »Die Prints auf der Gartenschere. Wir haben die Rückmeldung aus der AFIS-Datei.«

»Und?«, wollte Ela wissen.

»Der Name ist Silberkuhl, Thorsten Silberkuhl. Geboren 1949 in Gießen. Betrug, Körperverletzung, eine Zeit lang offenbar im Ausland inhaftiert. Vor drei Jahren hat er in Frankfurt versucht, einem verdeckten Ermittler Heroin zu verkaufen. Silberkuhl ist letzten Donnerstag aus dem Knast in Weiterstadt, Südhessen, entlassen worden. In der Datei hab ich eine Offenbacher Adresse gefunden, die ihm der Bewährungshelfer vermittelt hat.«

»Bingo«, sagte Bach. »Unser Mann.«

Die KK-11-Leute schwärmten in ihre Büros.

Bruno lehnte sich zurück. Er hatte die bislang wichtigste Spur entdeckt, aber mit den Ermittlungen nichts zu schaffen. *Emotional zu tief verstrickt. Das verstehst du doch, Wegmann.*

Er zog ein Telefon heran und tippte Karens Handynummer ein. Er wollte ihr sagen, dass es aus war, und hören, dass es ihr Leid tat. Nach dem fünften Läuten schaltete sich ihre Mailbox ein. Bruno fand die richtigen Worte nicht und legte auf.

Er zwang sich, über Silberkuhl nachzudenken. Heinz Klees damaligen Einkäufer hatte er nur zweimal zu Gesicht bekommen. Ein feister Typ, der in Unterwäsche im Mehrbettzimmer des Bamrungrat-Hospitals gelegen hatte und schwitzte, obwohl der Deckenventilator auf Hochtouren schwirrte. Silberkuhl, der überraschend im Camp der Roten Khmer aufgekreuzt war. Ein Bein in Gips, einen Arm in der Schlinge. Auf dem Kopf einen albernen Tropenhelm. Mühsam war der feiste Kerl durch den Morast gehumpelt und hatte zwei Thais herumkommandiert, die einen leeren Rollstuhl schoben. Fred und Bruno waren die Abgesandten seines Auftraggebers. Der Einkäufer wollte demonstrieren, wie fit er war.

Von da an hatte sich Silberkuhl um den Vishnu gekümmert. Bruno war froh gewesen, nichts mehr mit der Statue zu tun zu haben.

Offenbar hatte der Schmuggler seit damals hauptsächlich im Knast gelebt. Erst in Bangkok, dann in Südhessen. Verurteilt als Rauschgifthändler – Bruno konnte sich vorstellen, dass es eine Verbindung zwischen Silberkuhls Drogengeschäften und der aufgeschlagenen Statue gab.

Im Flur stieß er auf Kriminalrat Engel. Der Lange fütterte den Kaffeeautomaten mit Cent-Münzen. »Auch einen?«

Die Tür zum Nachbarzimmer stand offen. Bruno fragte sich, ob der Lange auf der anderen Seite des venezianischen Spiegels gekiebitzt hatte. »Ohne Zucker, ohne Milch.«

»Für Ihren gestrigen Wutausbruch will ich mildernde Umstände gelten lassen.« Braune Brühe pullerte in den Becher. Engel fragte: »Was halten Sie von den Fingerabdrücken?«

Der Lange schleimte sich an ihn heran. Der Kriminalrat wollte etwas.

»Nichts«, antwortete Bruno

»Und warum?«

»Weil es nicht mein Fall ist.«

»Mich interessiert Ihre Meinung trotzdem. Als Querdenker sozusagen.«

»Was soll das heißen?«

Der Lange gab den ersten Becher weiter. »Sie sind ehrgeizig und wollen seit Monaten weg aus der Kriminalwache. Mir imponiert Ihre Sturheit. Und Ihre Loyalität. Sie können Geheimnisse bewahren.«

»Was meinen Sie damit?«

»Das Geld, das man in Eberhards Hosentasche fand, nachdem Helmer ihn erschossen hatte. Fast vierzehntausend Euro nach heutiger Währung. Sie haben bis heute den Mund gehalten.«

»Weil ich nichts weiß.«

»Ihr Pech, dass Ihnen das keiner abkauft.« Engel stellte seinen Kaffee auf dem Automaten ab. »Ich hab gehört, Sie boxen.«

Themenwechsel. Bruno kam sich vor, als taste ihn ein Gegner im Ring ab.

Engel nahm eine Haltung ein, die er offenbar für die eines Boxers hielt. »Archaisches Kräftemessen. Mann gegen Mann. Ohne Netz und doppelten Boden. Der legalisierte Totschlag.« Der Lange deutete eine Gerade an. »Wie fühlt man sich, wenn man jemanden niederschlägt?«

»An Kämpfen nehme ich nicht mehr teil.«

»Reizt es Sie nicht mehr?«

»Meine Frau …«

»Ihre Frau«, wiederholte der Kriminalrat und nickte verständnisvoll.

Bruno spürte, wie Wut in ihm aufstieg. Er nippte von dem Kaffee und verbrannte sich den Gaumen. »Warum genehmigen Sie nicht endlich meine Versetzung?«

Engel nahm seinen Becher mit spitzen Fingern vom Automaten und blies vorsichtig hinein. »Dass Sie zum Zeitpunkt der Ermordung Ihres Partners im Auto saßen, vergessen die Kollegen nicht so schnell. Der Kripochef kann Sie nicht versetzen. Sie stoßen überall auf Ablehnung.«

Brunos Magen verkrampfte sich. »Was wollen Sie dann von mir?«

»Wie ich schon sagte. Ihre Ansicht über Silberkuhl.«

»Eine Querdenkermeinung?«

»Ich sehe, wir verstehen uns.« Engel beugte sich vor und hielt beim Schlürfen die Krawatte fest, um sie nicht zu bekleckern. Ein anderer Schlips als gestern, ein frischer Anzug.

Bruno antwortete: »Wenn Silberkuhl es war, der Klees Finger abgeknipst hat, müssten seine Fingerabdrücke wegen der nötigen Hebelkraft ziemlich weit außen an den Griffen sitzen. Sie wären verwischt, weil der Täter mehrfach ansetzte, wie man an der Schnittstelle und an dem anderen verletzten Finger sehen konnte. Sind die Prints verwischt?«

»Nein, sind sie nicht.«

»Und was sagen die Jungs von der Kriminaltechnik? Haben sie in der Nacht unter dem Strauch nachgesehen, wo ich das Ding gefunden habe, oder nicht?«

»Sie behaupten, sie hätten. Aber das kann eine Notlüge sein.«

»Und schließlich war im gesamten Haus kein einziger Fingerabdruck Silberkuhls zu finden, aber ausgerechnet am Tatwerkzeug. Jemand hat die Spur fingiert. Und ich wette, dass das auch Ihre Vermutung ist.«

»Interessant. Ist das die berühmte Boxerehrlichkeit oder nur ein Trick, damit ich Sie nicht für tatverdächtig halte?«

»Suchen Sie sich was aus.«

Zwei Mordermittler wetzten den Gang entlang. Als sie verschwunden waren, erklärte Engel: »Ich habe einen Job für Sie, Wegmann. Wann ist Ihre Schicht zu Ende? Zweiundzwanzig Uhr?«

Bruno nickte. Also doch. Ein Job. Schlechter als die Kriminalwache konnte es nicht werden.

»Sagen wir heute Abend um halb elf im *Schumacher* an der Oststraße. Fragen Sie den Kellner nach der Radschlägerstube.«

Der Anzugträger versetzte Bruno einen Klaps auf die Schulter. Vielleicht glaubte er, unter Sportlern sei das üblich. Ganz der gönnerhafte Obermufti. Dann rauschte Engel ab.

Bruno trank seinen Becher leer. Er kam zu dem Schluss, dass ihm Leute suspekt waren, die sich freiwillig Krawatten umbanden und ihn Querdenker nannten.

25.

Als er seine Schicht antrat, hatte sich die Nachricht von der Affäre seiner Frau bereits herumgesprochen. Die Kollegen taten mitfühlend. Bruno wusste, dass sie Witze rissen, sobald er ihnen den Rücken zudrehte. Nicht mehr lange. Er war gespannt auf Engels Angebot.

Bruno schnappte sich den ersten Einsatz, um rauszukommen.

»Stimmt es, dass deine Alte dich von Anfang an beschissen hat?«, wollte Kästner wissen, als sie im Auto saßen.

»Halt's Maul.«

»Ich würde sie zum Teufel jagen«, erklärte sein Partner, dabei kannte er Karen gar nicht.

Bruno fragte: »Und welchen Rat soll ich deiner Frau geben?«

»Wieso?«

»Dabba-dabba-dabba-da.«

»Ach, Scheiße.«

»Hat dich die Türkin versetzt?«

»Im Gegenteil. Sie hat mich dreimal gefragt, ob ich verheiratet sei. Auf 'm Messeparkplatz haben wir 'n bisschen rumgebumst. Wenn sie erfährt, dass ich sie angeschwindelt habe, jagt sie mir ihren Bruder auf den Hals.«

Bruno sparte sich den Kommentar.

Nach dem ersten Einbruch schlug er vor, einen Kaffee zu trinken. Er hatte keine Lust auf die Meute in der Dienststelle. Zu seiner Überraschung hielt Kästner vor der erstbesten

Bäckerei mit Ausschank. Der Schisshase hatte die Türkin abgeschrieben.

»Was gähnst du mich dauernd an?«, beschwerte sich Kästner nach einer Weile. »Erzähl mir lieber von gestern Nacht.«

»Was willst du wissen? Wer oben lag? Wie oft sie gekommen sind?«

»Zum Beispiel.« Kästner grinste.

»Du mich auch«, erwiderte Bruno und starrte in seine Tasse.

»Vorsicht, Alter! Dein Alibi hängt von meiner Aussage ab. Da gibt es ein paar Mordermittler, die felsenfest davon überzeugt sind, du hättest die Spuren manipuliert und die drei Leute selbst umgebracht. Ich hab erklärt, wir hätten uns um zehn voneinander verabschiedet. Aber wenn ich gründlich drüber nachdenke, könnte es auch zwanzig vor gewesen sein.«

»Nachdenken, du?«

»Ich warne dich! Nur weil sie den ruhmreichen Wegmann nach der Ermordung seines Partners auch noch zum Oberkommissar befördert haben, brauch ich mich von dir nicht so behandeln zu lassen.«

»Wenn dir einer abgeht dabei, dann schwärz mich doch an. Du wirst schon sehen, was du davon hast.«

»Soll das eine Drohung sein?«

Nikolai Rimsky-Korsakow gab Alarm. Bruno wühlte das Handy hervor und würgte den Hummelflug ab. Kollege Ritter.

»Sehnsucht nach mir?«, fragte Bruno.

»Und wie. Hier gehen ständig Hinweise im Mordfall Klee ein.«

»Was hab ich damit zu tun?«

»Mach du den Telefonkram«, schlug der Schichtleiter vor. »Du bist mit der Sache vertraut.«

Bruno klemmte sich nun selbst hinter das Steuer. Wolken verdeckten den Mond und der Wind frischte auf. Bruno nahm die Brücke nach Oberkassel.

Sie rollten durch die Achillesstraße. Der Kahle beschwerte sich über den Umweg. Bruno entdeckte nur dunkle Fenster im dritten Stock, wo seine Wohnung lag.

Im Wachraum bestürmte Kästner den Schichtleiter: »Ich will endlich einen anderen Partner. Wegmann dreht völlig durch wegen seiner Alten.«

»Kriegt euch ein, Leute«, antwortete Ritter nur.

Bruno setzte sich ins Schreibzimmer, in dem nichts los war. Er gab der Leitstelle Bescheid, die Anrufe wegen der dreifachen Tötungssache auf den Apparat zu schicken, der vor ihm stand. Er schnappte sich den *Blitz,* dessen Seiten lose umherlagen. Keine Details über den Mord – Bruno wurde klar, dass noch nicht einmal ein ganzer Tag vergangen war, seit ihm der Boden unter den Füßen weggezogen worden war.

Sieben Anrufe bis 22 Uhr. Bruno notierte Namen, Adressen und Nummern und hörte geduldig zu. Die Morde kündigten den Weltuntergang an. Die Toten seien Anhänger einer Satanssekte gewesen und von Erzengel Gabriel bestraft worden. Der Kannibale von Heerdt sei ausgebrochen und gehe wieder um. Dazu das übliche Geschimpfe über Asylbewerber und Islamisten. Eine Hellseherin bot ihre Dienste an. Zwischen den Telefonaten nickte Bruno ein paar Mal ein.

Der einzige ernst zu nehmende Anruf stammte von einer Kundin Klees, die am gestrigen Vormittag mitbekommen haben wollte, wie jemand den Antiquitätenhändler bedrängt hatte. Ein lästiger Bettler, vermutete sie. Der Mann sei laut geworden. Statt ihn hinauszuwerfen, habe Klee den Unbekannten in das Büro bugsiert und dort warten lassen, während er die Kundin bediente.

Als sie anfing, von der Bronzefigur zu schwärmen, die sie erstanden hatte, bemühte sich Bruno, das Gespräch zurück auf den vermeintlichen Penner zu lenken.

Die Zeugin schilderte den Mann als etwa sechzig Jahre alt, von gebeugter Statur mit leichtem Bauchansatz. Blasses

Gesicht über einem altmodischen, zerknitterten Anzug. Ein anthrazitfarbenes *Joop*-Modell aus den achtziger Jahren, tippte die Frau und begann, sich über ihre Berufserfahrung in der Modebranche auszulassen. Ihr Mann spende seine ausrangierten *Gaultiers* und *Armanis* stets den Franziskanern. Sicher habe der Stadtstreicher seinen Anzug aus deren Kleiderkammer erhalten.

Bruno bedankte sich bei der Anruferin.

Er tippte die Zusammenfassung für das KK 11 und legte den Bericht in den Ausgangskorb.

Silberkuhl – Knast macht blass und lässt jeden Kerl älter wirken. Bruno legte sich zurecht, was er wusste. Er notierte Zeitabläufe und kritzelte Diagramme.

Er bemühte sich, nicht an Karen und Fred zu denken.

Bruno ging nach hinten und schloss die Waffe in den Schrank. Ritter besprach sich mit dem Leiter der Nachtschicht. Marietta winkte Bruno zu, Anteilnahme heuchelnd.

Sein Partner Kästner zeigte ihm den Stinkefinger.

Bruno ließ den Saab vom Parkplatz rollen und steuerte die Innenstadt an. Abends um halb elf im *Schumacher* – eine seltsame Dienstbesprechung. Auf halbem Weg sprang sein Handy an.

»Ja?«

Nicht seine Frau, sondern die Stimme von Thilo Becker tönte aus dem Apparat. Der Mordermittler klang, als sei er ebenso abgespannt wie Bruno.

»Mensch, Wegmann, wieso musstest ausgerechnet du die Hinweise entgegennehmen?«

Bruno bog in die Königsallee. »Weil es zur Arbeit der K-Wache gehört. Sei froh, dass ich dir den Scheiß abgenommen habe. Lauter heiße Spuren, sag ich dir. Der Weltuntergang steht bevor.«

»Erzengel Gabriel?«

»Und eine Hellseherin kann ich dir anbieten.«

»Tagsüber hatten wir drei.«

Bruno berichtete von der Zeugin aus dem Antiquitätengeschäft. Becker wollte nicht warten, bis ihm die Hauspost den Bericht auf den Tisch legen würde. Vor einer Garageneinfahrt hielt Bruno an und gab die Beschreibung des vermeintlichen Bettlers durch. Ab und zu unterbrach der Mordermittler ihn, weil er mit dem Schreiben nicht nachkam.

Bruno wollte wissen, welche neuen Erkenntnisse das KK 11 hatte.

Becker zierte sich. »Meine Chefin versetzt mich zum Trachtenverein, wenn sie erfährt, dass wir miteinander telefonieren.«

»Hör zu, Thilo. Wir tauschen uns aus. Wenn ich etwas herausfinde, kannst du es auf dein Konto buchen. Ela kriegt nicht mit, dass wir in Kontakt stehen.«

Becker fand den Vorschlag gut. Er berichtete.

Die Blutpartikel an der Gartenschere waren tatsächlich Klee senior zugeordnet worden. Aufgrund der Fingerabdrücke wurde bundesweit nach Silberkuhl gefahndet. Nach seiner Haftentlassung hatte er eine frühere Freundin in Frankfurt-Sachsenhausen aufgesucht. Silberkuhl hatte bei ihr einen ausgehöhlten Holzbuddha hinterlassen, randvoll mit Heroin gefüllt – Startkapital für den Neubeginn. Sie hatte das Ding längst geknackt und sich das Glück bringende Zeug in die eigenen Venen gejubelt. Weil Silberkuhl sie deshalb fast totgeprügelt hatte, packte sie aus, als die Polizei bei ihr aufkreuzte. Der einstige Antiquitätenschmuggler war mit ihrem Auto unterwegs. Weißer Honda, Hanauer Kennzeichen.

»Kriegt raus, für wen er noch gearbeitet hat«, riet Bruno. »Damals vor zwölf Jahren. Wenn er den Vishnu von Ta Prohm …«

»Wen?«

»Die Figur, die bei Wachtendonk beschädigt wurde. Acht Arme, elftes Jahrhundert …«

»Schon verstanden.«

»Wenn er den Vishnu präpariert hat, um Heroin nach

Deutschland zu schmuggeln, kann er das auch mit anderen Statuen gemacht haben. Er stopft das Zeug in die Figuren, spachtelt sie zu und schickt sie per Schiff nach Bremerhaven. Wenn ihn die Thais nicht eingebuchtet hätten, wäre er heute ein gemachter Mann. Nach der Freilassung in Thailand kommt er zurück und scheitert bei dem Versuch, den Stoff zu versilbern, den er zu Hause gehortet hat. Erst schnappen ihn die hessischen Kollegen, dann vergeigt seine Freundin den Rest. Aber es gibt vielleicht noch andere Schätze, von denen niemand außer ihm weiß.«

»Du meinst, Silberkuhl ist bei Wachtendonk eingebrochen, um das Heroin zu holen.«

»Richtig. Wenn Silberkuhl der Tünnes ist, den die Anruferin in Klees Laden gesehen hat, dann konnte er in Klees Büro herausfinden, wohin der Vishnu damals verkauft wurde. Oder Klee hat es ihm erzählt. Fragt Silberkuhls Freundin, ob er einen alten *Joop*-Anzug besitzt.«

Für einen Moment war Stille im Draht. Dann fragte Becker: »Du glaubst also, dass Silberkuhl den Stoff hinter dem Rücken Klees schmuggelte. Dass der Händler und eventuell noch andere Händler, für die Silberkuhl arbeitete, nichts davon wussten.«

»Ja.«

»Wie gut hast du Heinz Klee gekannt?«

»Wenn Klee eingeweiht gewesen wäre, hätte Silberkuhl nicht bei Wachtendonk einsteigen müssen. Dann hätte er das Heroin bei Klee gesucht beziehungsweise seinen Anteil gefordert.«

»Aber warum hat er ihn dann umgebracht?«

Bruno schwieg. Vielleicht war Silberkuhl es gar nicht gewesen.

Becker fragte: »Kennst du übrigens das *Palumbo* an der Tannenstraße?«

»Nein, was ist damit?«

»Wir haben uns von der Telekom sämtliche Nummern geben lassen, die von den Anschlüssen der Klees in den letzten achtundvierzig Stunden angewählt wurden. Dreimal ist dieses Lokal darunter.«

»Vielleicht hat es Klee mit Antiquitäten eingerichtet.«

»Das *Palumbo*? Du machst Scherze. Das ist eine stinknormale Eckkneipe der billigsten Sorte. Die Anrufe verteilten sich über den gesamten Tag. Zweimal vom Laden aus, das dritte Mal um kurz nach neun vom Anschluss des Tatanwesens. Frau und Tochter waren zu der Zeit noch im Schauspielhaus. Also war es das letzte Telefonat, das Heinz Klee in seinem Leben führte. Und das Seltsame ist, dass sich der Wirt an keinen einzigen der Anrufe erinnern kann, obwohl er den ganzen Abend in seiner Kneipe stand.«

Bruno sah auf die Uhr. Der Kriminalrat wartete mit einem Job auf ihn.

Beckers Stimme quengelte aus dem Handy: »Gib mir einen Tipp, Kollege. Hast du keine Idee, was es mit diesen Telefonaten auf sich hat?«

»Findet Silberkuhl, dann erfahrt ihr, wie es sich zugetragen hat«, antwortete Bruno.

Doch er hatte selbst leichte Zweifel, ob das wirklich so einfach war.

26.

Das *Schumacher* platzte aus den Nähten. Touristen stauten sich in den Gängen des Brauereilokals auf der Suche nach einem freien Stuhl. Bruno bahnte sich den Weg durch Lärm, Rauch und Küchendunst. Die Radschlägerstube fand er im ersten Stock hinter den Toiletten.

Ein Schild an der Tür: *Geschlossene Gesellschaft.* Bruno klopfte und trat ein.

Der Kriminalrat kam ihm mit ausgestreckter Hand entgegen. »Schön, dass Sie gekommen sind.«

Als hätte Bruno eine Alternative gehabt.

Ein zweiter Mann saß am Tisch. Im trüben Licht einer

schmiedeeisernen Deckenfunzel erkannte Bruno wache Augen und angegraute Haare, die zum kurzen Pferdeschwanz verschnürt waren. Max Pommer, Leiter des KK 33, des Kriminalkommissariats für Glücksspiel und Falschgeld. Ebis Schwager.

Bruno beugte sich über den Tisch, um dem Grauschopf die Hand zu geben. Er schätzte ihn auf Mitte vierzig. An Pommers Schultern und dem breiten Brustkorb war der ehemalige SEK-Mann auszumachen, der noch immer Sport trieb.

Der Lange fragte: »Sie kennen sich?«

»Logisch!«, antwortete Pommer mit knorriger Stimme. »Setz dich, Wegmann. Dieses Zusammentreffen kriminalistischer Kompetenz sollten wir feiern!«

Der Grauschopf zwinkerte ihm zu. Bruno rätselte, ob sich Ebis Schwager über ihn oder über den Kriminalrat lustig machte. Eine Bemerkung von Ela Bach schoss ihm durch den Kopf: *Ausgerechnet Eberhards Schwager hat den toten Amokläufer gefunden.*

Auf dem Tisch stand ein Tablett mit Getränken – offenbar hatte Engel eine Auswahl bestellt, damit kein Kellner die Runde störte. Ein Treffen zu dritt, fernab der Festung – Bruno wurde klar, dass es nicht um seine Versetzung ging. Er hätte es sich denken können und war dennoch enttäuscht.

»Der ›Champion‹, so hat Ebi dich immer genannt«, sagte der KK-33-Chef. »Und auch im Dienst hast du stets nur beste Beurteilungen eingefahren, wie man hört. Dass du im Mordfall Klee die einzig brauchbare Spur gefunden hast, ist bemerkenswert. Wir werden ein großartiges Team abgeben, Wegmann.«

Bruno rang sich zu einem Lächeln durch.

»Kommen wir zur Sache«, warf Engel ein. »Ein pikanter Auftrag liegt vor, der rasch und behutsam zu erledigen ist. Die Landesregierung hat in der letzten Zeit keine gute Figur gemacht und der Wahlkampf im nächsten Jahr droht zur

Schlammschlacht zu werden. Jetzt sind auch noch fatale Gerüchte aufgetaucht.« Der Lange sah erst Pommer an, dann Bruno. »Es geht um Gernot Hövel.«

»Den Leiter der Staatskanzlei?«, fragte Bruno.

»Richtig. Der Ministerpräsident und seine Partei sind hochgradig besorgt. Und Sie beide werden überprüfen, was an den Gerüchten dran ist.«

»Die da lauten?«

»Hövel sei kokainabhängig.«

»Einen stechenden Blick hat der Kerl tatsächlich«, bemerkte Pommer und zwinkerte wieder. Er schien sich prächtig zu amüsieren.

»Warum ermittelt das nicht die Drogenfahndung?«, wollte Bruno von Engel wissen.

»Unsere Auftraggeber wünschen keine offiziellen Ermittlungen. Die Untersuchung läuft ohne Wissen der Staatsanwaltschaft. Auf keinen Fall dürfen die Medien davon erfahren oder die Opposition. Die Regierung wäre ruiniert.«

Bruno lästerte: »Wäre das so schlimm?«

Pommer lachte.

Der Lange schob zwei dünne Mappen über den Tisch. »Das ist alles, was Sie wissen müssen. Es heißt, jemand wollte sein Wissen einer Zeitung verkaufen, doch der betreffende Chefredakteur fand den Mann nicht seriös genug. Vielleicht war es ein Dealer, von dem Hövel etwas gekauft hat, vielleicht ein Mitarbeiter, der etwas mitgekriegt hat.«

»Wir werden von Koksern regiert«, bemerkte Pommer. »Unglaublich, oder?«

»Vielleicht hat ihn auch nur ein Neider angeschwärzt, ein Konkurrent, ein Wichtigtuer. Vielleicht ein Strohmann der Opposition. Vielleicht ist gar nichts dran an dem Vorwurf. Das herauszufinden ist Ihre Aufgabe, und zwar bevor die Mär von Hövels angeblicher Drogensucht die Runde macht. Verlangt sind Fingerspitzengefühl und Diskretion. Wir bewegen uns in einer Grauzone. Offiziell handeln wir ohne Auftrag. Wenn die Sonderermittlung auffliegt, dann hat die

Landesregierung damit nichts zu tun. Die Opposition würde unsere Aktion als Vertuschungsversuch interpretieren.«

Was sie auch ist, dachte Bruno.

»Sie suchen sich ein, zwei weitere Leute, die zuverlässig sind, und recherchieren im Drogenmilieu und in Hövels Umgebung. Wegmann leitet die Sonderermittlung und erstattet mir regelmäßig Bericht.«

Bruno war sprachlos. *Wegmann leitet.* Ihm wurde heiß in dem stickigen, holzverkleideten Hinterzimmer. Er bediente sich vom Tablett. Das Wasser schmeckte abgestanden.

Pommer ließ sich nichts anmerken. Er fragte: »An welche Zeitung hat sich die Petze denn gewandt?«

»Darüber liegen mir keine Informationen vor. Es geht nicht darum, die Medien unter Druck zu setzen, sondern Hövel gegebenenfalls aus dem Schussfeld zu ziehen. Kann ich mit Ihnen rechnen, meine Herren?«, fragte der Kriminalrat.

Die Figuren, um die es ging, kannte Bruno nur aus der Zeitung. Politik und Koks. Ein Sumpf von Intrigen. Dass er dabei einem Max Pommer Weisungen erteilen würde, war für Bruno die Überraschung des Tages.

Der Leiter des KK 33 ließ die Knöchel knacken. »Logisch. Mit Vergnügen.«

»Wegmann?«, fragte Engel.

Bruno nippte vom Wasser, um die Trockenheit in seinem Hals zu bekämpfen. »Werde ich vom Dienst in der Kriminalwache freigestellt?«

»Nein. Ich kann Ihren Vorgesetzten nicht einweihen.«

»Was wird außer unbezahlter Mehrarbeit für mich rausspringen?«

Pommer stieß Engel mit dem Ellbogen an. »Der Junge wird's noch weit bringen.«

Der Lange ignorierte Ebis Schwager. »Der dritte Stern auf Ihrer Schulter. Kriminalhauptkommissar mit 32. Innerhalb weniger Monate zwei Dienstgrade nach oben. In der Geschichte der Düsseldorfer Polizei hat es das nicht oft gegeben.«

Bruno schluckte Wasser und schwieg.

»Was ist, Wegmann?«, fragte Engel ungeduldig.

»Ich will zum KK 11.«

»War ich heute Mittag nicht deutlich genug?«

»Sie sitzen am Hebel. Sie sind die rechte Hand des Kripochefs.«

Der Kriminalrat blickte auf das Tablett, als wollte er die Gläser zählen. Er sprang auf und verließ wortlos die Stube. Für einen Moment brandete der Brauhauslärm herein. Dann fiel die Tür hinter dem Langen ins Schloss.

Pommer tuschelte: »Gib ihm einen Einkaufsgutschein für das Modehaus Selbach und er glaubt, ihm gehört die Welt.«

Bruno musste lachen.

Der Grauschopf prostete ihm zu. »Find ich gut, wie du pokerst. Wird mir ein Vergnügen sein, unter deiner Leitung zu arbeiten.«

Das kann er nur ironisch meinen, dachte Bruno – Ebis Schwager war ein Dutzend Jahre älter als er und rangierte als Dienststellenleiter weit höher auf dem Karrieretreppchen.

Bruno räusperte sich. »Wie geht's deiner Schwester?«

Sein Gegenüber wischte sich Schaum von der Oberlippe. »Besser. Nach dem Tod des Babys war es schlimm. Hätte nie gedacht, dass meine Schwester der Typ für 'nen Suizid ist. Lara hat jetzt endlich das Haus verscherbelt und wohnt vorübergehend bei uns. Meine Frau animiert sie, dass sie wieder unter Leute geht. Lara muss nach vorn schauen.«

»Und finanziell?«

»Es wurde was gespendet, damals. Und der große Bruder hilft, so gut er kann.«

»Ich kann wirklich nichts dafür, dass Ebi erschossen wurde.«

»Ich weiß.«

»Er wollte nicht, dass ich ihn begleite. Ich dachte, Ebi und dieser Tünnes hätten etwas Persönliches zu bequatschen. Ich konnte doch nicht ahnen, dass dieser BMW-Fahrer ein Psycho war. Als Helmer schoss, ging alles rasend schnell.«

Pommer legte die Hand auf Brunos Arm. »Dreitausend Beamte in unserer Behörde sind heilfroh, dass sie nicht an deiner Stelle waren. Sei froh, dass du es überlebt hast.«

Die Tür wurde aufgerissen. Engel kehrte zurück und verstaute das Handy in der Innentasche seines Sakkos. Der Lange musterte Bruno. »Die Stelle im KK 11 ist bereits vergeben. Aber die nächste wird Ihre sein, darauf haben Sie mein Wort.« Der Kriminalrat streckte die Hand aus.

Bruno hielt sich an seinem Glas fest. Eine geheime Ermittlung. Ein Sumpf, den keiner überschauen konnte. Andererseits die Beförderung. Die Chance auf Versetzung – irgendwann.

Pommer zwinkerte. »Die Landesregierung wird uns dankbar sein.«

Ebis Schwager verachtete ihn nicht.

Bruno schlug ein. Er war im Boot. Als Leiter der Schnüffelaktion. Vielleicht würde er es schaffen, das Ding zu schaukeln, ohne sich selbst in den Morast zu manövrieren.

Der Grauschopf hob den Finger wie in der Schule. »Herr Kriminalrat ...«

»Jetzt ist es zu spät für weitere Forderungen«, wehrte Engel ab.

»Sie sprachen von zuverlässigen Mitarbeitern. Ich habe einen Vorschlag. Markus Seberich aus meiner Dienststelle. Großartiger Ermittler. Für seine Diskretion lege ich die Hand ins Feuer.«

Bruno bemerkte Engels fragenden Blick und stimmte zu.

Der Grauschopf hatte es jetzt eilig. Er angelte seine Lederjacke vom Kleiderständer und verabschiedete sich mit einem letzten Zwinkern. Die Tür fiel hinter Pommer ins Schloss.

Der Kriminalrat brauste auf: »Mensch, Wegmann, warum zum Teufel lassen Sie sich auf Pommers Vorschlag ein? Kennen Sie keinen Kollegen, dem *Sie* vertrauen können?«

»Nein, wieso? Was haben Sie gegen Seberich?«

»Halten Sie Pommer und Seberich an der kurzen Leine!«

»Sie müssen mir schon erklären, was los ist.«

Der Lange schlüpfte in seinen Regenmantel. »Der Tod Ihres früheren Partners Thomas Eberhard.«

»Was ist damit?«, fragte Bruno, obwohl er wusste, was kommen würde.

»Max Pommer und Markus Seberich meldeten am 27. November letzten Jahres um 20.38 Uhr, dass sie den BMW des Polizistenmörders Michael Helmer auf einem der Parkplätze der Grafenberger Rennbahn gefunden hätten. Man munkelt, die beiden hätten den Mörder gestellt und hingerichtet. Die Ermittler vom Inneren Dienst konnten Pommer und seinem Spezi nichts nachweisen, aber die Sache bleibt dubios.«

Noch ein Gerücht. Wenn es stimmt, gratuliere ich euch beiden von Herzen, dachte Bruno.

Engel wühlte in den Manteltaschen, als suche er etwas. Er fand seinen Schal unter dem Stuhl und schlang ihn um den Hals.

»Der Innere Dienst wurde aufgelöst, bevor er richtig loslegen konnte. Die Sache stinkt zum Himmel. Dieser Pommer wird gedeckt.«

»Warum haben Sie ihn für diese Sonderermittlung ausgesucht, wenn Sie ihm misstrauen?«

»Ich hab ihn nicht ausgesucht. Das ist es ja gerade. Der Bursche hat Drähte. Er wusste bereits von der Sonderermittlung, bevor der Kripochef mir Bescheid gab. Er hat sich in diese Sache hineingedrängt. Und ich muss wissen, warum. Das ist die Aufgabe, für die ich Sie engagiert habe. Enttäuschen Sie mich nicht!«

Teil III

Sonderermittlung

27.

Auch jetzt kein Licht hinter den Fenstern. Bruno stieg die Treppen hoch. Mit jeder Stufe fühlte er sich einsamer. Ohne Karen war ihm, als stünde die Zeit still.

Im Schrank fehlten zwei Koffer und ein Teil ihrer Kleidung. Den Schreibtisch hatte sie bis auf Kleinkram und ein paar Ordner geleert. Im Badezimmer war ihre Hälfte des Spiegelschranks ausgeräumt. Bruno fand den kupfernen Spatel, mit dem sich Karen nach dem Aufstehen die Zunge abschabte. Er feuerte den Ayurvedascheiß in den Abfalleimer. Eine Nachricht hatte seine Frau nicht hinterlassen.

Auf dem Anrufbeantworter war die Stimme von Ariane Klee. Freds Stiefschwester verspürte das Bedürfnis, sich über den Mord an ihren Familienangehörigen auszuweinen.

Bruno fühlte sich zu matt, um jemanden zu trösten.

Er konnte lange nicht einschlafen.

Das Frühstück bestand aus Tee, vertrocknetem Brot und einem Rest Marmelade. Danach schmerzte Brunos Magen. Er vergewisserte sich, dass sein Handy geladen war, und verließ die Wohnung.

Der Tag war grau, Nieselregen begleitete Bruno auf dem Weg zur Festung.

Die piepsstimmige Kaffeetante mit den auftoupierten Dauerwellen, die in der Datenstation Dienst schob, war schon von Engel auf Brunos Besuch vorbereitet worden. Der Kriminalrat hatte ihm freien Zugriff auf die Datenbank versprochen und auf Hunderttausende von Hängeordnern, die in den Schränken der Kriminalaktenhaltung lagerten.

Bruno ließ sich den PC zeigen, an dem er arbeiten konnte. Das Telefon klingelte und die Angestellte eilte zurück an ihren Platz, um die Anfrage eines Kollegen zu bearbeiten. Bruno knipste Schreibtischlampe und Monitor an und tippte das Passwort in die Tastatur. Es stand in den Unterlagen, die Engel ihm ausgehändigt hatte.

In seiner Dienststelle verfügte Bruno lediglich über die Daten von Einwohnermeldeamt und Straßenverkehrsbehörde. Wenn ein Beamter Einblick in Kriminalakten brauchte, musste er bei der Datentante anrufen und sich mit einem Kennwort ausweisen, das jede Woche aktualisiert wurde. Dann bekam er zu den Namen, die er überprüfen wollte, die zugehörigen Aktennummern. Damit konnte er zur Kriminalaktenhaltung tigern und die Dossiers einsehen, die über die betreffenden Personen existierten. Er durfte sich Kopien anfertigen, die Akten aber nicht mitnehmen. Jede Einsichtnahme wurde vermerkt.

Jetzt hatte Bruno direkten Zugriff. Er war Herr über Unmengen von Erkenntnissen. Er konnte in der INPOL-Datei des Bundeskriminalamts stöbern. Jede Person, die seit Ende der achtziger Jahre erkennungsdienstlich behandelt worden war, durfte er unter die Lupe nehmen. Dazu jeden Verdächtigen oder Zeugen, über den ein Düsseldorfer Kollege auch nur einen Vermerk angelegt hatte.

Ein Suchformular erschien auf Brunos Bildschirm.

Bruno ließ die Tasten klicken. Probehalber.

Name: *H-ö-v-e-l.*

Vorname: *G-e-r-n-o-t.*

Nichts. Der Staatskanzleichef schien sauber – noch nie polizeilich aufgefallen.

Bruno wiederholte das Spielchen. Er gab die Namen einiger Politiker ein, die ihm in den Sinn kamen. Innenminister, Ministerpräsident, Oppositionschef. Das gleiche Ergebnis. Gegen keinen von ihnen war jemals ermittelt worden, schon gar nicht in Drogensachen.

Bruno machte sich ernsthaft an die Arbeit. Über INPOL wählte er das Aktenerschließungssystem DOK. Sämtliche Erkenntnisse nach Sachbereichen erfasst. Staatsschutz, Waffenhandel, Organisierte Kriminalität … Rauschgift.

Er grenzte das Suchgebiet auf die Landeshauptstadt ein

und surfte durch ein Geflecht aus Fällen, Personen und Örtlichkeiten. Es dauerte eine Weile, bis er begriff, dass ihm Suchhilfen zur Verfügung standen: *analyst's notebook, data-mining-tool.*

Das Drogengeschäft lag zum großen Teil in der Hand ausländischer Dealerbanden. Türken, Kurden, Albaner, Nigerianer. Bruno sortierte die Ausländer aus. Die Datenflut wurde etwas überschaubarer.

Rauschmittel Kokain.

Er überflog Namen, Adressen und Aktennummern. Vermerke über Beobachtungen und Anhaltemeldungen, Zeugenaussagen und vorläufige Festnahmen. Erkennungsdienstliche Maßnahmen, Haftnotizen. Personenbeschreibungen, Spitznamen, Autokennzeichen. Immer wieder Abkürzungen und Ziffernkombinationen, die Bruno nicht verstand.

Die dauergewellte Angestellte brachte Kaffee und Kekse – sie war netter, als sie auf den ersten Blick wirkte.

Bruno stieß auf eine Liste von Gewährspersonen des KK 34. Ebi hatte ihm erzählt, dass die Süchtler ihre V-Leute als *Johnnys* bezeichneten. Bruno überflog Angaben über den Judaslohn, den die Informanten von ihren Führungsbeamten erhielten. Vermerke, ob die Johnnys selbst an der Nadel hingen. Wie glaubwürdig sie waren. In welchem Umfeld sie lebten.

Nichts als Dreck.

Morphinspritzer verkauften den eigenen Dealer für drei Zehner und eine Fluppe. Heroinhuren boten sich als Informanten an, wenn sie auf der Charlottenstraße keinen Freier aufreißen konnten – die Furcht vor dem kalten Entzug löste Spitzelzungen. Haschinhalierer redeten, weil sie Heidenangst vor den harten Typen im Knast hatten. Manche waren von ihrem Dealer übers Ohr gehauen worden und schoben Brass. Einige machten sich nur wichtig.

Dreck – wie die gesamte Sonderermittlung gegen Hövel und Engels Spitzelauftrag gegen Ebis Schwager. *Das ist der Job, für den ich Sie engagiert habe.*

Bruno studierte zahllose Namen. Keiner, den er auf den Monitor holte, rief ihm zu: Ich weiß, ob der Leiter der Staatskanzlei dem Koks, der *White Lady,* verfallen ist.

Mit einer langen Liste ging Bruno nach nebenan. In den Schränken grub er nach den Ordnern zu Fällen, in denen er hoffte, auf eine Spur zu Hövels Umfeld zu stoßen.

Er häufte Akten auf seinen Tisch und bildete Stapel. Er schluckte Staub. Irgendwo in diesen Unterlagen waren die Kokser verborgen, die er zu seinen Informanten machen musste.

Eigene Johnnys.

Brunos Handy schrillte. Es war Karen. Ihre Stimme klang unterkühlt. »Wir haben etwas zu besprechen. Wo steckst du?«

»In der Festung.«

»Jetzt, am Vormittag? Kannst du frei reden?«

Er warf einen Blick zur Datentante hinüber, die ebenfalls telefonierte. Leise sprach er in seinen Apparat: »Ich weiß nicht, was es noch zu besprechen gibt. Wenn es mit dem Mord an Freds Familie zu tun hat, wende dich besser ans KK 11.«

»Es hat mit uns zu tun.«

»Vergiss es. Ich frag mich nur, warum es dazu kommen musste.«

»Wir sind eben zu verschieden.«

»Das fällt dir recht früh ein.«

»Wir haben uns ganz einfach Illusionen gemacht, du und ich. Das ist mir in der letzten Zeit klar geworden. Ist es dir nicht auch aufgefallen?«

»Doch. Vorletzte Nacht, in diesem Hotel«, erwiderte Bruno und drückte die Verbindung weg, bevor er laut wurde.

Illusionen gemacht.

Sein halbes Leben lang hatte er für diese Frau geschwärmt. Schon damals, als sie noch mit Fred ging. Mit der Hochzeit im letzten Herbst war ein Traum wahr geworden. Hatte er zumindest geglaubt.

Bruno nahm die erste Akte vom Stapel und versuchte sich zu konzentrieren.

Je länger die Wühlerei dauerte, desto sinnloser kam sie Bruno vor. Offizielle Spitzel konnten Pommer und er nicht befragen. Die Johnnys würden zu ihrem Kontaktmann aus der Rauschgiftfahndung laufen, die Süchtler einen Fall wittern und die Staatsanwaltschaft einschalten. Die Medien würden umgehend zur Hatz auf Hövel blasen und die Landesregierung wäre pünktlich zum Wahlkampfauftakt blamiert bis auf die Knochen – um das zu vermeiden, war Bruno schließlich engagiert worden.

Wer jedoch nicht zu den Informanten des KK 34 gehörte, würde vermutlich nicht viel als Zeuge taugen. Zu unzuverlässig, nicht kooperativ genug – sonst hätten die Süchtler die betreffende Person selbst längst als Johnny rekrutiert.

Bruno wischte seine Bedenken beiseite.

Der Deal mit Engel war sein Ticket zur *richtigen* Kripo.

Er sortierte die neueren Ordner aus und widmete sich den angegilbten Akten – Fälle aus den neunziger Jahren. Immer dichter flirrte der Staub unter der Schreibtischlampe. Bruno konzentrierte sich auf ›ordentliche Leute‹: Modetussis, Fernsehfuzzis, Werbefritzen. Banker und Edelgastronomen. Bosse aus Wirtschaft und Verwaltung. Koks war die Egodroge Nummer eins, Schickeria und Macht die Tummelplätze der Egomanen. Hövel mittendrin – eine Vorstellung, die Bruno beflügelte.

Ordentliche Leute wandern nicht ins Gefängnis. Sie dealen nicht. Sie sind nur in Besitz geringer Mengen. Besagten ordentlichen Leuten gehören gar keine Drogen, weil sie sofort wegschnupfen, was der Dealer des Vertrauens vorbeibringt. Sie konsumieren nicht, sondern sind rein zufällig zugegen. Sie fungieren als Zeugen, die andere ordentliche Leute entlasten. Allenfalls bringen sie es zu einem Vermerk.

Bruno sammelte viel versprechende Personen. Er sondierte ihre Schwachstellen. Fakten, die sie erpressbar machten, damit sie freimütig antworteten und nicht von der Fahne gehen konnten. Nach drei Stunden umfasste seine Liste vierundzwanzig Namen. Hochkaräter mit Kontakten. Schickeriatypen – im Dunstkreis der Macht.

Die Datentante warf Bruno mitleidige Blicke zu. Er fragte sich, was Engel ihr über seine Recherchen erzählt hatte.

Er rief noch einmal das Informanten-Verzeichnis des KK 34 auf. Drei seiner Namen musste er streichen, weil sie dort bereits als Gewährspersonen geführt wurden. Vier weitere, bei denen der Abgleich mit den Daten des Einwohnermeldeamts ergab, dass sie verstorben oder weggezogen waren.

Er hievte die Akten zurück in die Schränke und knipste den Computer aus.

Blieben siebzehn Personen – Bruno fühlte sich, als bräuchte er eine Dusche.

Das KK 33 für Glücksspiel und Falschgeld lag im zweiten Stock, Max Pommers Büro am Ende des Gangs. Die Sekretärin hatte Mittagspause. Ebis Schwager empfing ihn mit frisch gebrühtem Kaffee.

Der Grauschopf kaute Weintrauben und spuckte die Kerne in Richtung des Papierkorbs. »Ist dir klar, dass wir für ein paar Tage die politischen Geschicke Nordrhein-Westfalens in der Hand haben?«

»Machst du deshalb mit? Um am ganz großen Rad zu drehen?«

»Ach was!« Pommer holte Sahnedöschen und Zucker aus der Schublade. »Weißt du, Wegmann, ich hab drei Jahre lang als Bodyguard für Lemke gearbeitet, als er noch Bauminister war. Das schweißt zusammen. Er vertraut mir, und wenn er mich um einen Gefallen bittet, schlag ich ihm das nicht ab. Das hat mit Politik und all dem Kram nichts zu tun.«

»Du bist mit dem Innenminister befreundet?«

»Freundschaft ist ein zu großes Wort. Er ist ein hohes Tier und ich nur ein einfacher Kommissariatsleiter. Nenn es meinetwegen Loyalität.«

Pommer griff nach dem Hörer und wählte eine vierstellige Nummer. »Richie, kommst du mal rüber zur Besprechung? Es wird Ernst mit unserer Sonderermittlung!« Er legte auf. Mit einer Geste bot er Bruno Weintrauben an, die auf einem Teller lagen. »Schlimm, das mit deiner Frau. Ebi hat mir erzählt, wie verliebt der Kriminalwachen-Champion in seine hübsche Journalistin war.«

»Vielleicht passten wir tatsächlich nicht zusammen. Sie ist mit meinem Schichtdienst nicht zurechtgekommen. Und wenn ich freie Tage hatte, war sie für irgendwelche Reportagen unterwegs. Beim Thema Polizei dachte sie immer gleich an Mauscheleien und Verletzung von Bürgerrechten, als sei sie nicht mit einem Bullen verheiratet.«

»Ein Jammer ist das mit den Weibern. Nirgendwo ist die Scheidungsrate so hoch wie in unserem Job. Ich habe Glück mit meiner Cosima. Lara ist auch anders, wir stammen eben aus altem Polizistenadel.«

»Richte Lara schöne Grüße aus. Ich hoffe, sie hält mich nicht mehr für einen Mörder. Ihr Mann war der beste Kumpel, den ich in dieser Behörde hatte.«

»Besuch uns doch mal!«

»Ich weiß nicht ...«

»Das Mädel hat Abstand gewonnen. Ich werde mit ihr reden. Dass du ihr die Pralinen in die Klinik gebracht hast, war wirklich nett von dir.«

Pommer nahm das Haargummi ab und ordnete den Pferdeschwanz neu. Er zwinkerte. »Du fragst dich, warum ein Bulle, der beim SEK war, eine solche Frisur hat? Weil meine Mutter lange Haare nie leiden konnte.« Der Grauschopf lachte. »Und inzwischen bin ich eindeutig zu alt, um nachzugeben.«

Die Tür schwang auf, ein Schrank von Kerl walzte in das Zimmer. Breite Hosenträger umspannten eine Mischung aus Bierbauch und Muskeln. Ein Schnauzbart hing fast über den Mund. Mit ausgestreckter Pranke schritt er auf Bruno zu. »Markus Seberich. Sag Richie zu mir.«

Pommers Stellvertreter im KK 33. Der Dritte im Bunde. Ein Schraubstockgriff – Bruno bemühte sich, nicht das Gesicht zu verziehen.

Seberich ließ endlich los und schenkte sich Kaffee ein. Bruno öffnete die Tasche und packte die Liste auf den Tisch.

Das Walross ließ sich auf dem zweiten Besucherstuhl nieder. »Was hast 'n da? Schon fleißig gewesen?«

Bruno erläuterte: »Zeugen und Beschuldigte aus abgeschlossenen Ermittlungen. Personen aus seriösen Kreisen. Keiner von diesen Leuten arbeitet mit der Drogenfahndung zusammen, aber jeder hat Angriffspunkte. Sozusagen eigene Johnnys. Es müsste zu schaffen sein, sie zur Kooperation zu überzeugen.«

Der Grauschopf zwinkerte. Das Walross ließ die Hosenträger schnalzen. Bruno war irritiert.

Pommer bemerkte: »Richie und ich hätten es auf exakt die gleiche Weise angestellt. So knacken wir den Staatskanzleichef. Wir drei werden prächtig harmonieren!«

Sie besprachen die Aufgaben. Bruno machte die Computerarbeit und würde die Berichte an Engel weiterleiten. Seine Partner sollten sämtliche Johnnys über Gernot Hövel ausquetschen – diskret, aber zielstrebig. Pommer und Seberich hatten nichts dagegen, Bruno die Vernehmungsarbeit abzunehmen.

Er konnte die beiden Kollegen auf Anhieb gut leiden. Besser jedenfalls als den langen Kriminalrat mit seinem Gerede von Querdenkerei und Boxerehrlichkeit.

28.

Die Datenstation hatte es Bruno angetan. Er kehrte zurück und setzte sich noch einmal an den Bildschirm. Die Flut an Informationen, auf die er Zugriff hatte, hatte seine Neugier geweckt. Er fuhr den Computer hoch und ließ die Tasten klappern.

Name: *H-e-l-m-e-r*
Vorname: *M-i-c-h-a-e-l*

Ein ganzes Verzeichnis an Eintragungen. Bruno surfte durch Vermerke, Protokolle, Zeugenaussagen.

Ebis Mörder, eine verkrachte Existenz. Überall war der Amokläufer rausgeflogen: bei der Bundeswehr, bei einem Händler für Autoteile, der ihn im Lager beschäftigt hatte, bei einem Funkkurier-Unternehmen, wo Helmer zuletzt gearbeitet hatte. Das Waffenarsenal, das man in seiner Bruchbude gefunden hatte, hätte für einen kleineren Bürgerkrieg ausgereicht. Über dem Bett hatte die Reichskriegsflagge neben einem Transparent mit RAF-Symbol gehangen. Er hatte Zeitungsausschnitte über Osama Bin Laden und die Milzbrandanschläge in den USA gehortet. Als politisch hatten ihn die Kollegen dennoch nicht eingestuft – sie wussten mit der Kombination der Sammelstücke nichts anzufangen.

Helmer hatte Unfallflucht begangen und deshalb den Führerschein verloren. Weil man ihn kurz darauf beim Fahren ohne Pappe erwischt hatte, war ihm eine Geldstrafe aufgebrummt worden und Helmer galt seitdem als vorbestraft. Ansonsten war er bis zum 26. November des letzten Jahres nicht aufgefallen.

Die Welt war voller potenzieller Amokläufer. Psychos, die bis zum Tag ihrer Tat unerkannt blieben. Vielleicht war Helmer tatsächlich nur ein frustriertes Würstchen gewesen. Aber er hatte Ebi erschossen.

Bruno schloss das Datenfenster. In seinem Magen kaute der Hass. Er suchte nach Abwechslung.

Name: *P-o-m-m-e-r*
Vorname: *M-a-x*

Der Grauschopf hatte Helmer aufgestöbert. Kriminalrat Engel hielt Ebis Schwager für einen schlimmen Finger. In den allgemeinen Daten fand Bruno nichts.

Er hackte sich durch die Dokumente. Überraschend stieß er auf Protokolle des Inneren Dienstes. Die Schnüffler gab es nicht mehr. Ihre Berichte überdauerten im Computersystem.

Datensammlung Innerer Dienst 1996–2002 – Streng vertraulich – Darf nur mit Zustimmung des Polizeipräsidenten eingesehen werden.

Das letzte Dossier hatte den KK-33-Leiter zum Thema.

Ein Prickeln überkam Bruno. Unwillkürlich sah er sich um. Er fing das Lächeln der Dauergewellten auf, die gerade an einem Müsliriegel knabberte. Die Datentante fegte sich Krümel vom Ausschnitt und hielt fragend einen zweiten Riegel hoch.

Bruno lehnte dankend ab. Er fragte sich, ob sie von ihrem Terminal aus mitverfolgen konnte, welche Dateien er aufrief.

Sein Handy schrillte. Es war erneut Karen. »Ich versteh schon, dass du sauer bist. Aber ich möchte, dass wir gute Freunde bleiben.«

»Moment.« Bruno schloss das Fenster. Der Bildschirm zeigte jetzt eine blaue Oberfläche mit unverfänglichen Symbolen. Nichts, was tabu war.

Er ging hinaus auf den Gang. Gute Freunde bleiben – das fehlte noch. »Was willst du?«

»Wir müssen klären, wie wir das abwickeln. Die Wohnung, die Sachen, die wir gemeinsam …«

»Kannst du haben. Gib mir zwei Wochen, dann könnt ihr einziehen.«

»Ihr?«

»Du und Fred.«

»Es ist nicht, wie du denkst.«

»Ach ja? Wie oft hast du mich mit ihm betrogen?«

»Das spielt doch keine Rolle, Bruno.«

»WIE OFT?«

Zwei Uniformierte schlurften den Gang entlang. Sie starrten Bruno an.

Karen antwortete: »Nur das eine Mal. Es tut mir Leid. Wir kennen uns seit ewigen Zeiten. Da ist noch viel Sympathie, aber wir sind kein Liebespaar.«

Bruno zischte ins Handy: »Das hab ich gesehen!«
Ein paar Sekunden war Stille im Apparat. Dann sagte Karen: »Ich hab deinen Kollegen übrigens klar gemacht, dass du kein Mörder bist.«
»Mörder?«
»Der, mit dem ich zu tun hatte, machte den Eindruck, er hielt es für möglich, dass du Freds Familie …«
»Das ist doch absurd!«
»Hab ich ihm auch gesagt. Du bist ein wenig impulsiv, aber im Grunde ein guter Kerl.«
Bruno hatte genug. Er drückte die Aus-Taste.
Im Grunde ein guter Kerl. So etikettierte man Idioten. Wenn das alles war, konnte er sich gleich einen Strick nehmen.
Er drückte die Tür auf und ging an seinen Platz zurück.
»Ärger?«, fragte die Angestellte mit den Dauerwellen.
Bruno ließ sich vor seinem Monitor nieder und versuchte sich zu erinnern, wie er auf die Dokumente des Inneren Dienstes gestoßen war. Er klickte sich durch das Menü, vertippte sich und öffnete andere Fenster. Schließlich fand er die Seite wieder.
Darf nur mit Zustimmung des Polizeipräsidenten eingesehen werden.
Streng tabu – ein Kribbeln lief bis in Brunos Fingerspitzen. Er schielte zu der Angestellten hinüber, bereit, das Programm sofort zu schließen. Die Tussi verstand ihn falsch. Sie winkte mit der Kaffeekanne.
Bruno konzentrierte sich auf seinen Bildschirm. Er klickte weiter, ohne dass das System ein weiteres Kennwort von ihm verlangte. Offenbar erschloss ihm Engels Passwort auch diese Inhalte.
Er las die Aufzeichnungen über Max Pommer. Die internen Schnüffler hatten die Ermittlungen gegen den Grauschopf am zehnten Dezember letzten Jahres begonnen, zwei Wochen nach der Schießerei. Thanns Truppe hatte Aussagen von zahllosen Kollegen gesammelt. Niemand hatte den Schuss gehört, der zu Helmers Tod geführt hatte.

Bruno klickte weiter und stieß auf Max Pommers eigene Aussage: Er habe sich an der Suche nach dem Amokläufer beteiligt, weil eines der Opfer sein Schwager war. Dass er und Seberich das Fluchtauto fanden, sei Zufall gewesen. Sie hätten sich dem Fahrzeug nicht genähert, da Helmers Wohnung in Neuss zu diesem Zeitpunkt bereits aufgestöbert worden war und man aufgrund der Waffenfunde annehmen musste, dass der Täter über genügend Handgranaten und Know-how verfügte, um sich hinter Sprengfallen zu verschanzen. Dass Helmer tot war, hatten die Kollegen erst später festgestellt.

Kriminalrat Engel sah Gespenster. Es gab keine Anhaltspunkte, an der Selbstmordthese zu zweifeln. Für die Mordermittler war die Sache klar gewesen. Nur die internen Schnüffler hätten gern noch weiter geforscht.

Der letzte Eintrag stammte vom 17. Januar. Er handelte von einem Verkehrsunfall mit Todesfolge. Offenbar hatten die Schnüffler in ihrer Verzweiflung in uralten Geschichten gegraben.

Wir schreiben das Jahr 1991: Bodyguard Pommer kutschiert den damaligen Bauminister durch das Bergische Land. Ein nicht ermittelter Raser schneidet beim Entgegenkommen die Kurve und drängt ein Auto, das dem Minister vorausfährt, in den Graben. Die Fahrerin stirbt, ihr Kind ist schwer verletzt. Es überlebt, weil Pommer erste Hilfe leistet.

»Noch einen Kaffee?« Die Piepsstimme der Datentante. Sie näherte sich, einen Porzellanbecher auf einem Teller balancierend.

Bruno fuhr mit der Maus auf das Feld *Minimieren.* Ein Fehler. Auf dem Bildschirm erschien: *Datensammlung Innerer Dienst 1996–2002 – streng vertraulich.*

Bruno klickte auch dieses Feld weg. Die Angestellte lugte über seine Schulter.

»Milch und Zucker?«

»Nein, danke.«

»Sie sehen müde aus.«

Ihr Busen streifte ihn, als sie den Becher abstellte. Ihr Telefon klingelte. Sie reagierte nicht. Die Angestellte wollte mit Bruno plaudern.

»Ich hab mir schon gedacht, dass der Innere Dienst im Geheimen weiter besteht. Ich kenn mich da aus. Karl Thann hat auch oft hier gesessen. Sie also sind sein Nachfolger?«

»Nein, das ist ein Missverständnis. Ich ...«

»Pssst«, unterbrach sie ihn. »Bei mir sind Geheimnisse gut aufgehoben. Ich werde Sie nicht verraten.«

Sie kreuzte die Finger über den Lippen zum Zeichen ihrer Verschwiegenheit. Endlich kehrte sie an ihren Platz zurück.

Brunos Nerven vibrierten. Er reaktivierte das Fenster. Die Dossiers des Inneren Dienstes. Tabu, tabu, tabu. Er tippte.

Name: *W-e-g-m-a-n-n*

Vorname: *B-r-u-n-o*

Die Liste der Vernehmungsprotokolle war schier endlos. Die Schnüffler hatten nicht nur die Zeugen der Schießerei am S-Bahnhof noch einmal befragt. Sämtliche Kollegen seiner Schicht hatten sich über Bruno ausgelassen. Er wollte nicht wissen, wie sie sich geäußert hatten. Es genügte, ihre Namen zu lesen.

Sogar Marietta und Onkel Jürgen – in seiner eigenen Dienststelle war Bruno umgeben von Spitzeln einer polizeieigenen Stasi. Dass der Innere Dienst aufgelöst worden war, machte diesen Gedanken nicht erträglicher.

Und ausgerechnet ihn hielt die piepsstimmige Angestellte für Thanns Nachfolger.

Name: *E-b-e-r-h-a-r-d*

Vorname: *T-h-o-m-a-s*

Noch mehr Dokumente, in zahllosen Ordnern zusammengefasst. Das Umfeld seines alten Partners war ausführlich durchleuchtet worden. Bruno staunte, was die Schnüffler alles unter die Lupe genommen hatten, um Ebi die unterstellte Korruption nachzuweisen: Freunde, Verwandte, Ebis Steuererklärungen, Aktiengeschäfte, sogar die Klamottendeals. Thanns Leute hatten alle Einsätze überprüft, zu denen Brunos Partner während seiner letzten drei Wochen gefahren war. Bruno las Querverweise – die Schnüffler hatten auch seine und Karens Bankkonten durchforstet. Der ganze Aufwand war ergebnislos geblieben. Keine Klärung, woher das Geldbündel stammte, das Ebi bei seiner Ermordung mit sich führte. Knapp vierzehntausend nach neuer Währung.

Erinnerungen: der letzte Tag mit Ebi, die Stunden vor der Schießerei.

Eine Ruhestörung – die Geburtstagsparty eines schmierigen Kleindealers.

Bruno kehrte zurück zu den allgemeinen Daten.

Name: *K-a-s-i-m-i-r*

Weil Bruno nicht gleich der Vorname einfiel, sprang zuerst ein Frank Kasimir auf den Bildschirm, der vor acht Jahren auf der Autobahn nach Köln eine Fahrerin geschnitten hatte, die sich genötigt fühlte, ihn anzeigte und Recht bekam.

Der Nächste im Alphabet war Herbert Kasimir.

Bruno rief sich die Situation ins Gedächtnis: ein Einsatz, der den Kollegen Müller-Kaiserswerth mal wieder überfordert hatte. Ein halbes Dutzend aufgekratzter Gäste auf einer Nachmittagsparty. Zwei aufgetakelte Schnepfen aus Minsk mit Touristenvisum. Pornokassetten und billiger Sekt. Der möchtegern-coole Anzugträger mit Goldkettchen, der den Gastgeber gespielt hatte. Das Koks, das Ebi in Kasimirs Wohnung gefunden hatte.

Bruno studierte Aussagen, Aktennotizen, Prozessunterlagen der Süchtler, die den Fall übernommen hatten. Die Drogenmenge, die Ebi gefunden hatte, betrug knapp das Doppelte von dem, was üblicherweise als Eigenbedarf galt. Die Staatsanwaltschaft klagte auf Handel mit verbotenen Betäubungsmitteln. Das Gericht erkannte auf Bewährungsstrafe, weil Kasimir bis dahin nicht aufgefallen war.

Noch einer, der bis zum 26. November unerkannt geblieben war.

Bruno begann zu begreifen, woher die Scheine stammten,

die sein Partner bei sich gehabt hatte. Ebi hatte gewusst, wo er suchen musste. Er hatte nicht nur Koks gefunden. Der schmierige Dealer hätte ihn niemals wegen Diebstahls belangen können – Kasimir wäre sonst nach der Herkunft der siebenundzwanzigtausend Mark befragt worden. Die Kohle hätte vor Gericht als Beleg für einen schwunghaften Rauschgifthandel gegolten und Kasimir wäre zu einigen Jahren Knast verdonnert worden an Stelle der Bewährungsstrafe.

Ebi hatte Drogengeld unterschlagen.

29.

Im Foyer lief Bruno dem Zitronenfalter in die Arme. Kriminalrat Geißler trug einen Trenchcoat über dem Arm. Der Leiter der Kriminalgruppe vier war auf dem Sprung nach Hause zu Frau und Kindern.

»Wegmann, Sie suche ich! Wo stecken Sie den ganzen Tag? Ich hab mindestens ein Dutzend Mal bei Ihnen anrufen lassen.«

Der Gruppenleiter lotste Bruno ein Stockwerk höher, wo sein Büro lag. Er schloss auf, knipste die Deckenlampe an und warf den Mantel über einen Stuhl.

»Was ich Sie fragen wollte: Was macht der Sport?«

Es war kalt in dem engen Raum. Ein Regal mit Aktenordnern. Auf einem Sideboard Dutzende von Oldtimerminiaturen aus Blech. Geißler setzte sich hinter den Tisch und ließ Bruno davor Platz nehmen. Neben der Lampe parkte ein Mini-Straßenkreuzer in Rosa. Heckflossen und groteske Schnauze. Kinderspielzeug.

»Ich habe gehört, Sie waren mal Deutscher Meister.«

»Nein, nur Niederrheinmeister. Das ist ein Jahr her. Ich habe aufgehört zu boxen.« Bruno fragte sich, was der Zitronenfalter bezweckte.

»Aber Sie trainieren und halten sich fit?«

»Das ist etwas anderes.«

Geißler legte die Fingerspitzen aneinander, als wolle er beten. »Bald ist es ein halbes Jahr her, dass Ihr Partner diesem Amokläufer zum Opfer fiel.«

Die alte Leier.

»Und da wir noch einen weiteren hervorragenden Amateurboxer in unseren Reihen haben, ist der Polizeipräsident auf eine Idee gekommen, wie wir der Sache gedenken und zugleich den Hinterbliebenen etwas Gutes tun könnten. Sie kennen den Kollegen Janosch?«

Thorsten Janosch war damals ebenfalls Niederrheinmeister geworden, im Schwergewicht. Bruno hatte ihn kämpfen sehen. Ein ungehobelter Kraftbolzen, der die Halbdistanz suchte. Soweit Bruno wusste, hatte Janosch vor ein paar Wochen sogar die Meisterschaft des Landesverbands gewonnen. Der Junge war fünfundzwanzig Jahre alt und Polizeiobermeister in der Kradgruppe der Polizeiinspektion Mitte. Die große Hoffnung des Boxclubs Kamp-Lintfort – offenbar wohnte Janosch draußen am Niederrhein.

Der Gruppenleiter fuhr fort: »Der Polizeipräsident ist ein großer Bewunderer Ihres Sports. Hat sämtliche Fights von Muhammad Ali auf Video. Und 'ne Menge Kämpfe anderer Boxer, deren Namen mir nichts sagen. Er hat mir seine Sammlung gezeigt.«

Der Zitronenfalter entrollte ein Poster. Der Entwurf eines Boxplakats. Stilisierte Handschuhe zu beiden Seiten. Großbuchstaben in schreiendem Rot.

›DER HAMMER‹ Thorsten Janosch –
›DER PUMA‹ Bruno Wegmann
Donnerstag, 25. April
Philipshalle Düsseldorf
In memoriam T. Eberhard, M. Groll, I. Luckner
Eine Benefizveranstaltung des Polizeipräsidiums
Düsseldorf und der Kreispolizeibehörde Neuss
zugunsten der Hinterbliebenen der ermordeten
Polizeibeamten

Bruno war sprachlos. Was bildeten sich diese Obermuftis ein? Unter dem Deckmantel des guten Zwecks verplanten sie ihn für einen Schaukampf. Sie verpassten ihm einen dämlichen Beinamen. Wie selbstverständlich ging die Behördenleitung offenbar davon aus, dass er zustimmen würde.

Er schüttelte den Kopf. »Die Vorbereitungszeit wäre viel zu kurz. Außerdem ist es erst im Mai ein halbes Jahr her, dass mein Partner gestorben ist.«

»Im Mai ist die Halle nicht zu kriegen.«

»Wie gesagt, ich nehme nicht mehr an Kämpfen teil. Und dabei bleibe ich.«

»Janosch hat bereits zugesagt. Wir werden landesweit für die Veranstaltung werben. Die Destination Düsseldorf wird den Kampf sponsern. *Der Puma* – der PP ist richtig stolz darauf, dass ihm ein passender Spitzname für Sie eingefallen ist. Er meint, Sie umschleichen den Gegner wie eine Raubkatze und schlagen blitzschnell zu.«

»Das ehrt mich, aber es wird diesen Kampf nicht geben.«

»Wenn ich den PP richtig verstanden habe, räumt er Ihrem Gegner die größeren Chancen ein. Natürlich haben Sie das Recht zu kneifen, aber …«

»Das hat mit Kneifen nichts zu tun. Abgesehen davon boxt Janosch in einer anderen Gewichtsklasse.«

»Der Landesverband der Amateurboxer macht ’ne Ausnahme, wenn der Unterschied nicht größer als …«

»Schon gut, Herr Geißler, aber ich mach da nicht mit.«

Der Zitronenfalter rollte das Plakat wieder zusammen. Er streifte ein Gummiband darüber und legte es neben das rosafarbene Modellcabrio.

Geißler sagte: »Sie sollten die Videosammlung mal sehen. Der PP hatte glänzende Augen, als er sie mir zeigte. Er rechnet mit Einnahmen in sechsstelliger Höhe. Denken Sie an die Witwe Ihres Partners.«

Bruno stand auf.

»Wegmann, ich will Ihnen noch etwas verraten. Kripochef Dresbach blockiert Ihren Versetzungsantrag. Ich bin sicher, der Polizeipräsident wird sich über den Kripochef hinwegsetzen und Ihnen jeden Wunsch erfüllen, wenn Sie den Kampf gewinnen. Überlegen Sie es sich noch mal.«

»Danke. Aber meine Boxerlaufbahn ist definitiv beendet.«

In der einsetzenden Dämmerung joggte Bruno den Rhein entlang. Er arbeitete für Engel. Die Blockade des Kripochefs war bereits aufgehoben. Dresbachs rechte Hand hatte Zusagen gemacht. Bruno hatte es nicht nötig, sich für die Versetzung mit einem jungen Schwergewichtler zu prügeln.

Nach der Dusche legte er sich aufs Ohr, ohne einschlafen zu können. Er dachte an Karens Worte: *Illusionen. Zu verschieden.*

Ab heute arbeitete seine Gruppe in der Nachtschicht. Bruno hatte noch eine gute Stunde. Er verließ die einsame Wohnung und setzte sich in sein Auto.

Der Mond hing über dem Rhein. Bruno steuerte den Stadtteil Derendorf an. In der Tannenstraße hielt er unter Bäumen am Rand eines Kinderspielplatzes. Durch die Windschutzscheibe beäugte er die Straße. Ein Mehrfamilienhaus auf der anderen Seite, das vor längerer Zeit saniert worden war. Im Erdgeschoss die Eckkneipe.

Das *Palumbo* – halbhohe, vergilbte Gardinen hinter matt erleuchteten Fenstern. Bierreklame über dem Eingang. Im Kasten neben der Tür ein fotokopierter Zettel. Bruno musste ihn nicht lesen, um zu wissen, was in einer solchen Spelunke feilgeboten wurde: Doppelkorn und Altbier, Frikadellen ohne Fleischanteil und Käsebrote für kleines Geld. Edamer, der schwitzte und sich wellte. Eine Kaschemme für die Frührentner und Sozialamtskunden aus der Nachbarschaft. Abgestandene Witze und Würfeln mit dem Wirt als letzter Spaß am Leben.

Kein Lokal, in dem ein Antiquitätenhändler verkehrte, der die oberen Zehntausend des Rheinlands und des Ruhrgebiets mit Kunstschätzen aus Asien und Afrika versorgte.

Genauso wenig die Adresse, an die sich jemand wenden

würde, der einen Haufen Heroin loswerden wollte, vermutete Bruno.

Ein Toyota mit zertrümmertem linkem Scheinwerfer stand vor der Kneipe, dahinter ein Taxi. Zwei Motorräder auf einem Behindertenparkplatz. Daneben ein Altglascontainer. Eine Oma mit schwerem Einkaufsnetz wackelte vorbei. Zwei Türkinnen, die eine in langem Mantel und mit Kopftuch. Ein Mann mit Hut und schwankendem Gang – seine Aktentasche hielt ihn im Gleichgewicht. Keiner betrat oder verließ die Kneipe. Bruno wartete fast eine halbe Stunde, dann drehte er den Zündschlüssel und verließ den Posten.

Bruno verfluchte sich, dass er nicht blaugemacht hatte. Kästner giftete ihn an. Ritter war zu faul, um die Teams neu zu ordnen. Es blieb ruhig in der Stadt, eine halbe Stunde verging ohne jede Meldung. Marietta sammelte Bestellungen für den *Asia-Imbiss*. Bruno hatte keinen Appetit.

Er bekam mit, wie Kästner Witze erzählte.

»Ich frag ihn, wie seine Frau im Bett sei. Antwortet er: Keine Ahnung. Die einen sagen so, die anderen so.«

Onkel Jürgen kriegte sich vor Lachen nicht ein.

Kurz nach elf gab es endlich einen Anlass, frische Luft zu schnuppern. Ein Selbstmordkandidat drohte, von der Rheinkniebrücke zu springen. Der Kerl hielt die Feuerwehr auf Trab. Bruno und sein Partner warteten bei ihrem Dienstfahrzeug. Schließlich kletterte der Tünnes zurück auf den Fußgängerstreifen. Kästner motzte, dass Bruno und er umsonst hinausgefahren waren.

Gegen Mitternacht führte ein Schupo einen Festgenommenen in den Wachraum. Die Beamten der Kriminalwache waren dafür zuständig, mutmaßliche Täter aller Art ins Polizeigewahrsam zu bringen, wo ihnen die Fingerabdrücke abgenommen wurden.

»Schlägerei, Körperverletzung«, erklärte der Uniformierte. »Der Kerl behauptet, er sei Kroate und hätte eine Aufenthaltsgenehmigung.«

Der Festgenommene ergänzte: »Heiße Drakulic, Goran. Sie können prüfen. Hab Pass zu Hause. War keine Schlägerei. Nur Missverständnis.«

»Du erst mal hinsetzen«, befahl Onkel Jürgen.

Körperverletzung. Bruno erinnerte sich an Lauffer, das Narbengesicht, das er im Fitnesscenter am S-Bahnhof festgenommen hatte, und an dessen *Lederschätzchen* – der junge Schläger war ohne Strafverfolgung davongekommen, weil die Waffe verschwunden war und das Opfer offenbar auf eine Anzeige verzichtet hatte.

Ritter gratulierte dem Uniformierten wegen einer gelungenen Verkehrskontrolle. Der Schichtleiter kicherte und gluckste.

Brunos kahler Partner wurde hellhörig. »Erzähl mal!«

Mit der Routine der x-ten Wiederholung gab der Schupo zum Besten, wie er im Rahmen einer Alkoholkontrolle einen Mercedes gestoppt hatte, der mit geringer Geschwindigkeit und im Zick-Zack die Corneliusstraße entlanggefahren war. Die Beifahrerin hatte auf dem Schoß des Fahrers gesessen. Sie hatte dem Benzbesitzer die Sicht geraubt und ihre Bewegungen hatten ihn mächtig abgelenkt. Der Kuttenträger ging in die Details.

»*Verkehrs*-Kontrolle!«, prustete Marietta. Der Onkel schlug sich auf die Schenkel, sogar der Kroate lachte mit.

»Die Dame hieß nicht zufällig Karen Wegmann?«, fragte Kästner, Tränen im Auge.

Die Kollegen verstummten. Bruno wollte sich auf den Kahlen stürzen. Ritter stellte sich in den Weg.

Kästner verschanzte sich hinter dem Tisch mit dem Drucker. »Kollege Wegmann hat nämlich an einer ganz ähnlichen Verkehrskontrolle teilgenommen«, erklärte er dem Mann in der Kutte. »Nur dass er seine eigene Frau erwischt hat.«

»Hab davon gehört«, antwortete der Schupo.

»Jetzt reicht's«, ermahnte Ritter.

Der Kahle grinste unsicher. »Was ist los? Habt ihr Schiss vor dem Waschlappen?«

Ritters Finger gruben sich in Brunos Arm. Er riss sich los. Kästner verschwand, den uniformierten Kollegen und den Kroaten im Schlepptau.

Das Funkgerät krächzte. Der Monitor zeigte nichts Neues an. Die Telefone blieben stumm.

Marietta sortierte Formulare. Der Onkel tippte sinnloses Zeug in den Computer. Der Schichtleiter scharrte mit den Füßen.

Bruno holte seine Jacke aus dem Spind.

»Viel Spaß noch«, wünschte er und stürmte hinaus.

30.

Das Telefon weckte ihn. Es war Mittag. Der Anrufbeantworter war nicht eingeschaltet. Es klingelte immer weiter.

Vielleicht war es Karen. Bruno legte sich Sätze zurecht. Er war nicht *im Grunde ein guter Kerl.* Seine Frau war zynisch und kaltschnäuzig. *Wir haben uns Illusionen gemacht.* War Liebe eine Illusion? Vielleicht. Aber es lebte sich gut damit, solange beide an sie glaubten.

Die Stimme seiner Mutter war in der Leitung. Sie wollte wissen, ob er am Wochenende zu Besuch kommen würde. Bruno schnauzte sie an und knallte den Hörer hin.

Er stellte den Anrufbeantworter auf Bereitschaft. Gestern hatte ihm Ariane Klee zum zweiten Mal aufs Band geheult, dass Fred sie schlecht behandle und sie niemanden habe, mit dem sie reden könne.

Bruno kaufte ein und bereitete sich ein spätes Frühstück mit allen Schikanen. Als er satt war, telefonierte er. Er verabredete sich mit Ariane und wollte seine Mutter besänftigen, doch dort war besetzt.

Schließlich wählte er Pommers Nummer und erfuhr, dass Max und Richie die ersten zwei Kandidaten auf der Liste ausgehorcht hatten. Dezent, ohne die Pferde scheu zu machen. Zugleich mit Nachdruck – was Bruno aus den Akten in Erfahrung gebracht hatte, machte die Johnnys gefügig. Sie plauderten und würden gegenüber Dritten stillhalten.

Hinweise auf Hövel hatten die Kollegen noch nicht bekommen.

Bruno machte sich auf den Weg nach Lohausen.

Am dritten Tag nach dem Mord war die Absperrung des Tatorts aufgehoben worden. Kein Flatterband mehr – von außen war der Nagelsweg 39 nun wieder ein Haus wie jedes andere in der Nachbarschaft. Die Blütenpracht der Magnoliensträucher im Garten war explodiert, als wolle die Natur beweisen, dass das Leben weiterging.

Bruno schloss den Saab ab. Er war neugierig.

Die junge Frau wartete an der Eingangstür. Sie trug einen Anorak über einem einfachen Baumwollkleid mit Blumenmuster.

»Tut mir Leid, dass ich dich damit belästige, aber ich …«

Ariane begann zu weinen. Bruno nahm sie in den Arm.

»Ich hab niemanden mehr«, schluchzte sie.

Er fühlte sich hilflos. Er konnte ihr die Trauer nicht abnehmen. Nach einer Weile löste sie sich von ihm. »Entschuldige, Bruno.«

»Schon gut.«

Sie entdeckte Wimperntuscheflecken auf seiner Jeansjacke und rieb mit Taschentuch und Spucke. Bruno ließ sie gewähren. Ariane bat noch einmal um Verzeihung. Sie beklagte sich über Fred.

»Wo steckt dein Bruder?«, fragte Bruno.

»In Thailand. Er ist zurückgeflogen zu seiner Familie. Zur Beerdigung will er wieder da sein. Noch sind die Eltern und Stefanie nicht freigegeben. Aber scheiße ist es schon, dass Fred mich gerade jetzt allein lässt.«

Vielleicht hatte er von dem Heroin gewusst, dachte Bruno. Vielleicht hatten Fred und Silberkuhl es gemeinsam in die Statue gepackt. Die Mordermittler hätten Arianes Stiefbruder nicht ausreisen lassen dürfen, auch nicht für wenige Tage.

Die junge Frau bereitete in der Küche Tee. Bruno musste an die Leiche ihrer Mutter denken, die hier gelegen hatte. Er berichtete über die Statue. Dass er und Fred den Vishnu aus Kambodscha geholt hatten. Dass Silberkuhl am Mittwochvormittag in Klees Laden aufgetaucht war. Die Fingerabdrücke des Einkäufers auf der Schere.

Von all dem hatte Ariane noch nichts gehört. Bruno fragte sich, warum Fred ihr nichts erzählt hatte. Sicher nicht, weil er sich wegen der Affäre mit Karen schämte.

Fred bei seiner Familie in Thailand. Das bedeutete, dass Karen nicht mit ihm zusammen war.

Ariane war enttäuscht, dass die Tätersuche nicht Brunos Baustelle war. An Silberkuhl hatte sie keine Erinnerung. In all den Jahren hatte Heinz Klee den Namen nie erwähnt. Auch das *Palumbo* war ihr kein Begriff.

Das Mädchen stieg die Treppe hoch und betrat das Arbeitszimmer ihres Stiefvaters. Bruno folgte zögernd.

»Setz dich doch«, forderte Ariane ihn auf und wies auf den Sessel. Bruno zog es vor, stehen zu bleiben. Erst jetzt wurde sich Ariane der Flecken auf dem Leder bewusst – der Platz, an dem der alte Klee gestorben war.

Sie biss sich auf die Lippen. Ihre Augen schimmerten. »Ach Scheiße, Bruno! Tut mir Leid. Ich bin ganz durcheinander!«

Sie widmete sich der Post, die sie aus dem Briefkasten genommen hatte. Nach einer Weile sagte sie: »Weißt du, was völlig crazy ist? Am Tag vor ihrem Tod haben sie ein Auto bestellt. Ich konnte es zum Glück noch rückgängig machen. Stell dir vor, Bruno! Ein *Lexus* für fast vierzigtausend Euro. Dabei waren sie so gut wie pleite!«

Bruno fühlte sich wie elektrisiert. *Die Klees haben von dem Heroin gewusst. Sie haben es in ihren Besitz gebracht.*

Die Stieftochter hielt ein Schreiben hoch. »Ein Möbelhändler, der den Liefertermin einer Sitzgarnitur ankündigt. Mehr als zweiundzwanzigtausend Euro. Was für ein Film läuft da ab?«

Ariane blätterte in Kontoauszügen und Geschäftspapieren. Die Bank hatte ihr und Fred geraten, das Haus zu verkaufen. Ariane erzählte von einer eisernen Reserve für Krisenzeiten, von der ihre Eltern gesprochen hatten. Aktien – die Kurse waren jedoch im Keller, das meiste bereits mit Verlust abgestoßen.

Das Mädchen sagte: »Das macht mich alles ganz nervös. Ich weiß nicht, was ich zuerst tun soll.«

Bruno behielt für sich, was ihm durch den Kopf ging. Heinz Klee als Einbrecher, der Silberkuhl zuvorgekommen war. Die Klees als Besitzer eines Haufens Heroin.

Neuwagen, Möbel – der Erlös verplant, bevor sie ihn erzielt hatten.

Arianes Überraschung schien nicht gespielt zu sein. Bruno fragte sich, ob jetzt Fred auf dem Stoff saß.

Das Mädchen wühlte im Schreibtisch. Es kramte Briefe aus den Tiefen einer Schublade. »Du und Manfred – ihr wart doch früher die dicksten Freunde. Was ist eigentlich vorgefallen, dass ihr nichts mehr voneinander wissen wollt?«

Bruno fror. Ein schreckliches Zimmer. Ungeheizt. Wenigstens waren die Leichen nicht mehr zu riechen.

Ariane fand noch mehr Briefe, Rechnungen, Fotos. Sie stand mit dem Rücken zu Bruno und schniefte. Ihre Schultern bebten. Bruno versuchte wieder, sie zu trösten. Sie wühlte in ihrem Rucksack nach einem Taschentuch.

Bruno griff nach den Fotos. Ein Stapel alter Aufnahmen. Heinz Klee im Alter von etwa vierzig Jahren. Seine zweite Frau, sogar beim Radausflug im Kostüm. Die beiden Mädchen beim Musizieren. Unsortierte Schnappschüsse. Der Antiquitätenhändler mit vollem dunklem Haar – lange her. Klee strahlte Erfolg und Zufriedenheit aus.

Ariane tupfte Tränen weg. »Hat es mit Paps zu tun, dass ihr keinen Kontakt mehr habt?«

Das letzte Foto im Stapel zeigte eine Gruppe fröhlicher Menschen. Zwei Frauen, die Bruno nicht kannte, jung und ziemlich aufgedonnert. Sie prosteten mit Sektgläsern der

Kamera zu. Drei Männer drückten sich gegen sie, damit alle aufs Bild kamen.

Heinz Klees buschige Augenbrauen, Axel Lemkes Ministervisage und ein jüngerer Typ mit Brille und Geheimratsecken: Gernot Hövel, der heutige Staatskanzleichef.

Die Zielperson der Sonderermittlung.

Das Foto war leicht verwackelt, der Bildausschnitt schief. Der Raum wirkte rustikal: Holz an den Wänden, Geweihe links und rechts des dunklen Fensters, in dem sich als heller Fleck der Blitz spiegelte. Die Blonde schmiegte sich an den Minister. Die Brünette machte hinter Hövel das Eselszeichen. Lachende Gesichter, von zu viel Sekt gerötet.

Bruno rückte seine Erinnerung zurecht. Klee und der Minister waren Schulfreunde. Der junge Hövel arbeitete als Büroleiter Lemkes, als dieser noch das Bauministerium anführte.

Die Rückseite. Elegante Handschrift, verblasste Tinte: *Axels Zweiundvierzigster – fahren und fahren lassen.*

Lemke war heute 53 Jahre alt. Das Foto stammte also aus dem Jahr 1991.

Ariane lehnte sich gegen die Schreibtischkante. »Ey, ich hab dich was gefragt!«

»Ja?«

»Warum ihr euch zerstritten habt. Sei ehrlich, Bruno. Stand mein Stiefvater auf kleine Mädchen? War er ein verdammter Kinderficker?«

Bruno ließ das Foto sinken. »Wie bitte?«

In ihren Augen standen neue Tränen. »Weißt du nicht, warum sie mich ins Internat gesteckt haben? Paps hat mich angeblich angefasst. Mama hatte tierischen Zoff mit ihm.«

»Er hat dich missbraucht?«

»Ich weiß nicht. Eigentlich kann ich mich nur an einen Klaps auf den Po erinnern, über den Mama sich aufgeregt hat. Das Internat war schrecklich. Paps hat mich mit Geschenken überhäuft. Entweder hatte er ein schlechtes Gewissen oder Mama hat es ihm eingeredet. Ich hab mich später nie getraut, mit jemandem darüber zu reden. Du kanntest ihn doch, als ich noch klein war.«

»Mir ist nie etwas aufgefallen, aber das sagt nicht viel. Wenn er pädophil war, müsstest du entsprechende Pornos finden. Bilder oder Filme. In irgendeinem Geheimfach, im Safe oder als Datei im Computer.«

»Der Safe war leer und die Festplatte haben deine Kollegen mitgenommen.«

Bruno sagte: »Wahrscheinlich war es wirklich nur ein dummer Klaps.«

»Meinst du?«

»Ja.« Wie er ihre Mutter kannte, hatte sie die jüngste Tochter einfach abgeschoben. Sicher auch kein angenehmer Gedanke für Ariane.

»Danke, Bruno.«

Den Schnappschuss von Lemkes Geburtstagsfeier ließ er in seiner Jackentasche verschwinden.

Im Auto kramte Bruno das Handy hervor und wählte die Nummer Thilo Beckers. Der Mordermittler ging sofort ran. Auch am Samstag im Dienst.

»Ich hab einen Tipp für dich, Thilo. Du erinnerst dich an den Einbruch bei Wachtendonk?«

»Die Akte liegt auf meinem Tisch.«

»Mein Partner hat einen Ohrabdruck an der Wohnungstür sichergestellt.«

»Moment ... Ja, hab ich. Ein bisschen schlampig, aber verwendbar.«

»Vergleich ihn mit den Ohren der Mordopfer.«

»Du meinst, einer der Klees hat die Tür geknackt?«

»Möglicherweise waren sie nicht die Unschuldslämmer, für die wir sie gehalten haben.«

31.

Die Tannenhof-Siedlung war in den zwanziger Jahren als Vorort angelegt worden, nur einen Katzensprung vom Gerresheimer Glashüttenviertel entfernt, in dem Bruno aufgewachsen war. Nach ihrer zweiten Heirat war seine Mutter hierher gezogen.

Kleine Häuschen, zum Teil renoviert. Hübsche Gärten, Blumenbeete voller Tulpen und Narzissen, Sandkisten und Schaukeln – die Siedlung war seit ein paar Jahren begehrt bei Familien mit Kindern. Die Grundstückspreise kletterten entsprechend. Julia Wegmann-Winterscheidt hatte das Haus vom Gatten Nummer zwei geerbt. Ihre Altersversorgung, wie sie gern betonte.

Bruno klingelte. Hinter den Glasbausteinen hopste die Töle. Mutter öffnete. Der Hund sprang an Brunos Beinen hoch.

»Tut mir Leid, dass ich dich am Telefon so grob abgefertigt habe.«

»Grobheiten bin ich von dir gewohnt.«

»Du hast mich geweckt. Ich hatte Nachtschicht.«

»Du musst dich nicht entschuldigen. Ich kann mir vorstellen, dass es dir zurzeit nicht so gut geht.«

Bruno sah, dass seine Mutter für zwei gedeckt hatte. Sie erwartete Herrn Farthmann zum Abendessen – Bruno hatte keine Lust, dem Nachbarn zu begegnen. Farthmann hatte ein paar Jahre in den USA gelebt. Er nervte Bruno mit seinem Halbwissen über Polizeiarbeit in Amerika. Mit Geschichten über Sheriffs, die erst schossen und dann Fragen stellten. Über Cops, die den Partner nie im Stich lassen würden.

Mutter war enttäuscht, dass Bruno nicht bleiben wollte. »Ich kann dir auch einen Yogi-Tee machen.«

»Bitte verschon mich mit dem Zeug.«

»Wollt ihr euch wirklich trennen, Karen und du?«

»Ja. War wohl nicht das Richtige.«

»Ich hab's vorausgesehen. Diese Frau hat immer nur an ihren Job gedacht und ständig so getan, als sei sie was Besseres. Eure Wohnung in Oberkassel. Dieses seltsame Gemälde, für das sie ein Vermögen ausgegeben hat. Dauernd neue Kostüme, nur vom Feinsten. Und ihr intellektuelles Getue, mit dem sie es schafft, dass man sich ganz doof vorkommt. Weißt du was? Diesen Ayurveda-Tee mag ich auch nicht leiden.«

Sie nötigte Bruno nach oben, um ihm zu zeigen, was sie aus seinem alten Zimmer gemacht hatte. Ihr zweiter Mann hatte einst das Dachgeschoss in Eigenarbeit ausgebaut. Als Bruno aus Kambodscha zurückgekehrt war, hatte er hier ein komplett eingerichtetes Jugendzimmer vorgefunden, es aber nur wenige Wochen bewohnt, bis er eine eigene Bude in Uninähe gefunden hatte.

Bruno hatte nichts gegen den alten Winterscheidt gehabt, wie Mutter fälschlicherweise annahm. Es war das Haus – der Mief von Zimmerspringbrunnen und Häkeldeckchen.

Mutter hatte umgeräumt. Sie nannte es jetzt das Gästezimmer. Sie drückte Bruno einen Karton in die Hand. Schulhefte, Briefe, eine Art Tagebuch. Andenken an die Kindheit, die er nach Mutters Meinung aufbewahren sollte.

Felix, der Köter, kam angelaufen. Im Maul trug der Westie seine Leine. Das Zeichen, dass Bruno ihn ausführen sollte. Eigentlich ein nettes Vieh. Bruno musste die Töle enttäuschen.

»Nimm dir einen guten Scheidungsanwalt«, beschwor ihn Mutter beim Abschied. »Sonst haut dich diese Frau noch übers Ohr.«

Bruno fuhr zurück durch die Stadt und über den Fluss. Es dämmerte. Die Straßen waren leer wie selten. Als Bruno in der Achillesstraße aus dem Auto stieg, prüfte sein Blick die Fenster seiner Wohnung.

Kein Licht im dritten Stock. So würde es jetzt jedes Mal sein, wenn er nach Hause kam.

Im Briefkasten nichts als Werbezettel und Presseinfos, die für Karen bestimmt waren.

Er trug den Karton mit seinen alten Sachen nach oben. Er gehörte nicht zu den Leuten, die jeden Mist aufhoben. Ein Erinnerungsstück nach dem anderen landete im Papierkorb: ein Jahrbuch der Schule mit Fotos seines Abiturjahrgangs, dilettantische Arbeiten aus dem Kunstunterricht, die Korrespondenz seiner Brieffreundin aus Haifa – sie hatte ihn in den Ferien besucht und sich am zweiten Tag in einen Jungen aus der Nachbarschaft verknallt.

Ein graues Heft mit der Aufschrift *Albatros* – Bruno blätterte. Es waren tatsächlich die Aufzeichnungen seiner Flugstunden.

Die Freude war riesig gewesen, als sein Vater ihm zum neunten Geburtstag das Flugzeug geschenkt hatte. Bausatz, Motor und Fernsteuerung. Mutter schimpfte über das Heidengeld, das der Flieger gekostet hatte. Sie hielt Klein-Bruno für zu jung, um das Flugzeug beherrschen zu können. Sie nannte ihn Quax, der Bruchpilot.

Das spornte ihn an. Vater bestärkte ihn. Sie hatten viel Spaß zusammen. Ein ganzes Wochenende lang hielten sie das Wohnzimmer mit den Teilen aus Balsaholz in Beschlag. Sie klebten und feilten und schliffen. Auf der Schachtel hatte *Taxi* gestanden. Der Name *Albatros* war die Idee seines Vaters gewesen.

Bruno las runde Kinderschrift mit leichten Rechtschreibschwächen.

Donnerstag, 21.5.: Erstflug, Start und Landung mit Papa, meine Landung! Wenig Wind. Albatros steigt nach oben weg, mit der Trimung muss gegen gehalten werden.
Samstag, 23.5.: 3 Starts und Landungen, Motor geht im Flug immer aus. Papa sagt, mein Flugstiel fällt auf.

Sonntag 31.5.: Wind zu stark. Albatros schwer zu steuern. Aufregend!
Sonntag 7.6.: 5 Starts und Landungen. Neue Lektion: Luping einfach und dreifach. Super Spaß!

Bruno schlug das Heft zu. Er konnte sich an jeden einzelnen Flugtag erinnern. Mit seinem Vater auf dem Apelter Feld hinter dem Deich bei Meerbusch die Maschine auszuprobieren war für ihn das Größte gewesen.

Irgendwann in jenem Juni war sein Vater von Zuhause ausgezogen.

Das Heft warf Bruno nicht weg.

32.

Er ließ sich in den Sessel fallen und zappte ziellos durch die Glotze. Volksmusik im Ersten, eine Show im Zweiten. Auf RTL ein Frage-Antwort-Spiel. Auf Eurosport die Wiederholung des Sven-Ottke-Fights gegen James Butler. Bruno kannte das Ergebnis.

Er rief seine Dienststelle an und hatte einen Kollegen der Spätschicht in der Leitung. Bruno bat den Kollegen, ihn bei Ritter zu entschuldigen – wegen einer Magenverstimmung.

Es klingelte. Aus der Gegensprechanlage tönte eine knorrige Stimme: »Komm runter, Champion! Lass uns einen auf die Partnerschaft trinken! Oder hast du heute noch Schicht?«

Bruno knipste die Glotze aus. Er schlüpfte in Schuhe und Jacke und lief hinunter.

Grauschopf Pommer öffnete die Beifahrertür seines alten Mazda-Kombi. Hinten saß Seberich und grinste.

»Steig ein!«, kommandierte Pommer. »Zu Hause fällt dir doch nur die Decke auf den Kopf.«

Sie kümmerten sich. Wie gute Freunde.

Bruno war gespannt, wohin ihn die Kollegen entführten.

Pommer jagte das Auto über die Rheinkniebrücke in den Süden der Stadt.

Seberich verteilte Bierflaschen. Er ließ den Porzellanverschluss knallen. Sie tranken auf die Zusammenarbeit. Auf Staatskanzleichef Hövel, falls die Gerüchte sich als haltlos herausstellen würden. Auf Hövels nächsten Job, falls sie zutrafen. Sie malten sich aus, was einer werden konnte, der als Politiker wegen Schneeschnupfens nicht zu halten war: Fußballtrainer in der Türkei, EU-Beauftragter für Kolumbien – heiteres Beruferaten.

Sie passierten die Felder von Himmelgeist, die Henkel-Werke, den Stadtteil Benrath. Kurz vor der Autobahn nach Leverkusen verließ Pommer die Schnellstraße und kurvte durch ein Wohngebiet. Bruno spähte nach Schildern, um zu erkennen, wohin es ging: Urdenbach, die Rheinfähre nach Zons. Kurz davor bogen sie noch einmal ab und gondelten an den letzten Häusern der Stadt entlang.

Vor einem verwilderten Garten stoppte Pommer. »Willkommen daheim.«

Durch die Hecken blinkten erleuchtete Fenster. Das Haus wirkte windschief. In die Jahre gekommen, aber gemütlich. Neben dem Eingang brannte eine Laterne.

Der fast volle Mond schwamm sich hinter den Wolken frei. Vom Grundstück aus ging der Blick auf Wiesen, Wald und einen Wanderweg, der vermutlich zum Fluss hinüberführte. Ab vom Schuss – perfekt, wenn man auf Natur und Ruhe stand.

Pommer schloss auf. Im Wohnzimmer lief der Fernseher. Mit den Locken und der golden schimmernden Jacke sah Thomas Gottschalk aus wie vom anderen Ufer. Er quasselte hemmungslos, als teile er Hövels mutmaßliche Leidenschaft fürs Nasenpulver.

Cosima knabberte Chips. Ihr Minirock ließ jede Menge Schenkel sehen. Neben ihr saß Lara.

Die Frauen bemerkten die Ankömmlinge. Pommers ziegelrot gefärbte Gattin winkte. »Hallo, Jungs! Hallo, Champion!«

Lara sah gut aus. Nicht mehr so dürr, weniger streng. Sie trug das Haar offen. Die Witwe schenkte Bruno einen kurzen Blick. Farbe auf ihren Lippen – der Kirschmund kam zur Geltung. Dann wandte sie sich wieder der Mattscheibe zu.

Der Grauschopf gab seiner Frau einen Kuss. Cosima schlang ein Bein um ihn. Pommer rief herüber: »Geht schon mal voraus!«

Seberich öffnete eine Stahltür und ließ einen Lichtschalter klacken. »Vorsicht, stoß dir nicht den Kopf!«

Das Kellerkabuff erinnerte Bruno an den Aufenthaltsraum der Kriminalwache: ausrangierte Sessel, die nicht zusammenpassten, ein Teppichboden aus verschiedenen Stücken. An einer Wand eine Alpenlandschaft, an den anderen Popstar-Poster: Madonna, Robbie Williams, die Mannschaft des FC Bayern. Die niedrige Decke war mit Eierkartons verkleidet.

Das Walross inspizierte den Kühlschrank und packte aus: Bier und Wodka.

Bruno fläzte sich auf einen Sack aus orangefarbenem Kunstleder.

Die Tür schwang auf. Pommer schleppte eine Kiste Pils herein. »Ich hoffe, du störst dich nicht am Ambiente, Bruno.«

»Kommen die Mädels nach?«, fragte Seberich.

»Die Lockenschwuchtel hat Ramazotti zu Gast. Dagegen können wir nicht anstinken.«

Der Öffner machte die Runde. Das Bier war kalt und schmeckte. Der Grauschopf kramte in einem Stapel Langspielplatten. Echtes, altes Vinyl in Papphüllen. Er reichte Bruno ein Cover rüber.

»Kennst du das?«

Deep Purple in Rock. Alte Zeiten: Sein Vater hatte die Scheibe besessen. Bruno starrte auf die Köpfe der Hardrocker – als steinerne Monumente. Die Vishnustatue fiel ihm ein.

Gleich darauf fegten dröhnende Gitarrenriffs das Bild aus seinem Kopf.

Pommer drehte die Lautstärke etwas zurück. »Cosima mag diese Musik nicht. Ich darf sie nur hier unten hören.« Er grinste, als hätte er im Dutzend Glückspillen geschluckt.

Speed King begleitete Seberich auf der Luftgitarre. Das Walross stieß sich den Kopf und dellte Eierkartons ein. *Child in Time* sangen sie zu dritt mit – Bruno musste nach wenigen Zeilen passen. Die Kollegen krähten den Refrain. Ein Altrocker mit Pferdeschwanz und ein Koloss mit Hosenträgern im *Stars-and-Stripes*-Design. Sie stießen auf alte Zeiten an.

Freunde – die einzigen, die Bruno zurzeit hatte.

Er dachte an Lara und fragte sich, ob Pommers Schwester ihn noch verachtete.

Nach dem ersten Wodka spürte Bruno Lust auf den nächsten. Max ermunterte ihn. Bruno tat sich keinen Zwang an.

Die Männer zogen über die Festung her. Bruno erklärte den Begriff des Zitronenfalters. Sie lachten und tranken. Bruno tat kund, dass ihm Benedikt Engel nicht geheuer war.

Max wusste mehr über den Kriminalrat: Der Lange produziere jeden Tag ein neues Strategiepapier – Bürgernähe, Transparenz, gequirlter Dünnschiss. Am liebsten würde Engel sogar den Inneren Dienst wieder einrichten. Der Kripochef gehe bereits auf Distanz zu ihm.

Engel nerve. Engel stehe auf der Abschussliste.

Büromarionette, spottete Richie. Parfümierter Kleiderständer, höhnte Max. Druck *Versace* auf sein T Shirt und du machst ihn glücklich. Druck *Schwuchtel* drauf und du triffst ins Schwarze.

Bruno musste seine Blase entleeren. Er stemmte sich aus den Tiefen des Sitzmöbels hoch. Sein Scheitel schrammte Eierkartons. Er benötigte einen Ausfallschritt, um gerade zu stehen. Der Wodka setzte ihm zu.

»Da geht's in die Waschküche«, korrigierte ihn der Gastgeber. »Andere Tür und zurück, wie du gekommen bist. Eins höher und rechts neben dem Hauseingang.«

Im Wohnzimmer war das Licht aus – die Show war vorbei. Die Frauen waren schlafen gegangen oder fort. Bruno bemühte sich, leise zu sein.

Als er zurückkam, lief die Woodstockplatte. Joe Cocker, der die Beatles coverte, besoffen und brillant – auch diese Scheibe hatte sein Vater oft gespielt.

Richie und Max schenkten sich nicht mehr nach. Bruno beschloss, dass ihm noch ein Schluck aus der Pulle nicht schaden würde.

Irgendwann verzog sich Seberich. Pommer begleitete ihn, um ein Taxi zu rufen.

Bruno drehte die Platte um. Er bugsierte die Nadel in die Rille. Die Scheibe knisterte vor Staub und Kratzern.

Drogenkopf Hendrix sang: *Scuse me while I kiss the sky.*

Bruno dachte an Fred und an Heroin, das aus Kambodscha stammte.

Er musste wieder pinkeln. Er stemmte sich hoch und schwankte. Die Tür war abgeschlossen.

»Was willst du schon wieder in der Waschküche?«, fragte Pommer. Er stand im Ausgang zur Treppe und hatte eine Decke und Kissen für Bruno mitgebracht. Er zwinkerte. »Ich hoffe, das alte Sofa ist okay für dich, mein Junge.«

»Ich ... muss dir was sagen, Max.« Bruno hoffte, dass er nicht zu sehr lallte.

»Ja?«

»Alle denken, ich hätte Ebi im Stich gelassen.«

»Schon gut, Bruno. Beruhig dich.«

»Deine Schwester hat gesagt, ich sei nicht besser als ein Mörder.«

»Vergiss diesen Unsinn. Ich werde mit ihr reden. Ich versprech's dir, Bruno.«

»Es geht ihr gut, finanziell, meine ich?«

»Ja, *Champ* Mach dir keine Sorgen.«

Bruno hielt sich am Kühlschrank fest. Das Gerät wackelte. »War 'n schöner Abend mit euch beiden. Die Musik hab ich seit ewigen Zeiten nicht mehr gehört.«

Pommer legte Kissen und Decke aufs Sofa. Er sah auf die Flasche, als überlege er, sie aus Brunos Reichweite zu entfernen.

»Max …« Bruno musste es loswerden.

»Ja?«

»Der Lange denkt, wenn er mir die Beförderung verspricht, tu ich, was er von mir erwartet.«

»Und?«

»Er verlangt, dass ich dich überwache. Er hält dich für korrupt.«

Der Grauschopf lachte.

Der Krampf in Brunos Magengegend löste sich. Bruno fiel in Pommers Lachen ein. Sie steigerten sich in hysterisches Gekicher.

Als Bruno wieder Luft bekam, sagte er: »Das arrogante Arschloch glaubt, ich hätte kein Rückgrat. Der Scheißkerl täuscht sich.«

»Zerbrich dir darüber nicht den Kopf. Die Krawattenschwuchtel hat mich schon lang auf dem Kieker. Der Kriminalrat ist krank. Ein fanatischer Karrierist, dem einer abgeht, wenn er andere in die Pfanne hauen kann. Tu einfach so, als ob du mitspielst, und ruf mich an, wenn er wieder was von dir will.«

Die Nadel blieb am Ende der Rille hängen. Knacken und Knistern. Der Grauschopf hielt den Plattenteller an und packte die Woodstockscheibe weg.

»Ich weiß nicht, ob du …«

»Was denn, *Champ*?«

»Ob du Helmer erschossen hast. Wenn ja, dann hast du es auch für mich getan. Eins ist klar: Gegen dich und Richie ermittle ich nicht.«

Max umarmte ihn. »Du bist in Ordnung, Bruno.«

Der Grauschopf wünschte gute Nacht. Die Stahltür fiel hinter Pommer ins Schloss.

Die halb volle Wodkaflasche blinzelte Bruno zu.

Sein Schädel dröhnte. Es war stockdunkel. Die Leuchtziffern an Brunos Armbanduhr glommen zu schwach, um die Zeit erkennen zu lassen. Er stolperte über ein Hindernis. Bierflaschen klirrten. Endlich fand Bruno den Lichtschalter.

Er sah doppelt. Madonna und die Mannschaft des FC Bayern an der Wand schwankten auf ihn zu. Die Eierkartons an der Decke bewegten sich in Wellen. Bruno trat auf Papphüllen für Vinylplatten, die über den Fußboden verstreut lagen. Er hatte Durst, seine Zunge klebte am Gaumen. Im Kühlschrank lag nichts als Bier.

Bruno faltete die Decke zusammen. Er schüttelte seine Schuppen aus dem Kissen, packte die Plattenhüllen ins Regal und stellte Flaschen in die Bierkiste zurück. Er fand seine Jacke und die richtige Tür.

Die anderen schienen noch zu schlafen. Bruno schlich die Treppe hoch und war froh, niemandem zu begegnen. Er schämte sich für seinen Kater.

Minutenlang irrte er durch Urdenbach, bis er eine Bushaltestelle entdeckte.

Für die Rückkehr nach Oberkassel benötigte er über eine Stunde. Sonntagmorgen: Öffentliche Verkehrsmittel fuhren in großen Zeitabständen, beim Umsteigen musste Bruno lange warten. Die Melodie von *Child in Time* ging ihm durch den Kopf. Er hatte Freunde gefunden.

Als er die Achillesstraße entlangstiefelte, erkannte er schon von weitem Ela Bach und ihren blonden Kollegen. Sie lehnten an seinem Saab, als hätten sie auf ihn gewartet. Fasziniert verfolgte Bruno, wie das doppelte Bild der beiden Kollegen im Näherkommen zu jeweils einem verschmolz. Scheißwodka.

»Wie siehst du denn aus?«, fragte die Chefin des KK 11.

»Was 'n los?«

»Wir haben Silberkuhl gefunden.«

33.

Sie füllten ihn mit abgestandenem Mineralwasser ab, hörten ihm zu, ließen ihn warten, kamen mit weiteren Fragen wieder. Sie hatten ihn nicht in den Raum mit dem venezianischen Spiegel verfrachtet, sondern in ein normales Büro. Bruno bildete sich ein, dass das ein gutes Zeichen war.

Silberkuhls Leiche war gestern Abend bei Emmerich aus dem Rhein gefischt worden, kurz vor der holländischen Grenze. Nach geschätzten drei Tagen im Wasser sah Klees einstiger Einkäufer übel aus – die Mordermittler hatten Bruno Polaroidfotos gezeigt: Kopf und Hände aufgeschrammt von Flusskieseln, der Rücken zerschnitten von Schiffsschrauben. Anhand der Fingerabdrücke hatten ihn die Kollegen der Klever Kripo identifiziert. Seit dem frühen Morgen lag Silberkuhl in der Düsseldorfer Rechtsmedizin.

Die Fragen der Mordermittler drehten sich im Kreis. Becker kritzelte Notizen, obwohl ein Bandgerät mitlief. Schmallippen-Fischer nervte mit seinem Gesieze. Ela Bach blickte Bruno finster an. Pickelkinn Wiesinger trommelte mit den Knöcheln auf den Tisch, bis Ela ihn deshalb anschnauzte. Nach einer Stunde zogen alle vier wieder ab, zu einer Besprechung oder um Bruno ganz einfach schmoren zu lassen.

An einer Pinnwand hingen Ansichtskarten. Nichts als nackte Frauen am Strand. Pralle Brüste, sandige Hintern. Bruno fragte sich, wer so ein Zeug verschickte und welcher Idiot das aufhing.

Allmählich konnte er wieder klarer denken. Es hatte mit Kästner zu tun. Der Kahle hatte plötzlich Brunos Angaben widersprochen. Nicht um zehn hätten er und sein Partner in der Mordnacht die Kriminalwache verlassen, sondern mindestens zwanzig Minuten eher. Und Kästner hatte noch eins draufgesetzt: Sein Partner habe ihn zur Falschaussage gedrängt. Um ein Alibi gefleht. Doch Kästners Gewissen lasse nicht locker.

Der Kahle war ein Scheißkerl, wie er im Buche stand.

Zwanzig Minuten machten den entscheidenden Unterschied. Die Mordermittler hielten es offenbar für möglich, dass Bruno sowohl die Klees als auch Silberkuhl getötet hatte. Dass er die Fingerabdrücke des Exknackis auf die Gartenschere gedrückt hatte, um eine falsche Spur zu legen. Die Kollegen tappten seit Mittwochabend im Dunkeln. Jede neue Entwicklung musste ihnen als Silberstreif am Horizont erscheinen.

Bruno wartete. Er fror. Das Mobiltelefon schrillte.

Es war Ritter. »Wie geht's deinem Magen?«

»Besser«, antwortete Bruno. »Besser, du fragst nicht.«

»Ich wollte nur hören, ob du heute Nacht wieder fit bist.«

»Weiß ich noch nicht.«

»Stimmt es, dass die Mordkollegen dich verdächtigen?«

»Sieht fast so aus. Das hab ich Kästner zu verdanken. Er hat ihnen eingeredet, ich hätte die Klees auf dem Gewissen.«

»Werden sie dich suspendieren?«

»Dir geht's nur um den Dienstplan, was? Dass mein eigener Partner mir einen Mord anhängen will, kümmert dich nicht?«

»Ich weiß, du siehst das anders, aber ich hab die ganzen letzten Monate zu dir gehalten. Es war nicht einfach, die anderen dazu zu bewegen, mit dir auf Tour zu gehen. Das kann ich dir flüstern. Kästners Hin und Her gefällt mir auch nicht. Aber es steht Aussage gegen Aussage und da misch ich mich nicht ein. Verlang bitte nicht von mir, dass ich dir aus Gefälligkeit ein Alibi gebe!«

»Ich verlange nur, dass ihr ehrlich seid!«

Stille im Äther. Ritter hatte aufgelegt.

Bruno knallte sein Handy auf den Tisch. Er fegte Formulare von der Platte und trat den Papierkorb um. Er harrte weiter aus. Immer wieder traf sein Blick die Urlaubsgrüße an der Wand – Titten und sandige Weiberärsche.

Die Tür wurde aufgestoßen, Ela Bach rauschte in das Büro, Becker und Fischer im Schlepptau. Der Kaffeebecher in ihrer Hand dampfte. Ela stutzte, als sie Bruno sah.

»Was macht *der* noch hier?«, fragte sie ihre Begleiter.

Fischer kniff die schmalen Lippen zusammen. Becker sagte nichts. Ela starrte auf den Papierkorb, der gegen eine Hydropflanze gerollt war.

Becker stellte ihn auf. Der Blondschopf bückte sich nach der Unordnung auf dem Boden und sammelte den Müll ein.

»Dein Büro ist das also?«, fragte Bruno. »Hübsche Ansichtskarten hast du da.«

Ela sagte: »Mach, dass du nach Hause kommst, Wegmann! Halt dich zu unserer Verfügung. Wir sind noch längst nicht fertig mit dir.«

»Was soll das heißen? Beschuldigt ihr mich des Mordes? Wollt ihr mich observieren? Mein Telefon anzapfen?«

Die Mordermittler ignorierten ihn. Sie blätterten in Unterlagen.

»Ich werde mir einen Anwalt nehmen, wenn ihr mir nicht sofort sagt, was los ist!«

Ela drehte ihm den Rücken zu und nippte von ihrem Kaffee.

Bruno rannte hinaus. Er kannte keinen Anwalt, zumindest keinen guten.

Er fuhr in die Achillesstraße und kreuzte zehn Minuten, bis er eine Parklücke im Halteverbot fand. Im Briefkasten lag ein brauner Umschlag.

Im Flur blinkte der Anrufbeantworter. Bruno drückte die Wiedergabetaste. Gruppenleiter Geißler fragte: »Na, *Puma,* haben Sie es sich überlegt?«

Bruno riss die Fenster auf. Er hatte keine Lust wegzuziehen. Sollte Karen sich was Neues suchen. Bruno würde die Miete für drei Zimmer in Oberkassel auch allein berappen können. Er hatte keine hohen Kosten für Essen und Klamotten.

Hauptsache, er wurde nicht vom Dienst suspendiert. Der Verdacht gegen ihn war haltlos. Kriminalrat Engel würde ihm den Rücken freihalten. Die Krawattenschwuchtel hatte einen Narren an ihm gefressen.

Bruno musste sich den Langen warm halten. In Sachen Sonderermittlung Ergebnisse bringen.

Bruno besah den großen braunen Umschlag. Kein Absender. Nur ein Songtitel, mit Bleistift in ausholenden Lettern: *Smoke on the Water.* Er wusste sofort, wer den Brief gebracht hatte.

Der Kühlschrank war so leer wie gestern. Bruno wühlte im Abfall und fand einen Reklamezettel mit grün-weiß-roter Umrandung. Bruno wählte die Nummer.

Pizza Hawaii mit Extrakäse und eine Flasche Chianti.

Pronto, versprach der Italiener am anderen Ende.

Bruno riss das braune Couvert auf. Ein Klebezettel hing an vier aneinander getackerten DIN-A4-Bögen. Das Ergebnis der Sonderermittlung an diesem Wochenende. Die ersten Vernehmungen. Vier mögliche Johnnys, die Bruno aus der Datenbank gefischt hatte.

Bruno las, was auf dem kleinen Zettel stand:

Fand auch, dass es ein schöner Abend war. Sollten das bald wiederholen. Lara wird das Kriegsbeil begraben, keine Sorge. Anbei unsere Ausbeute vom Wochenende. Bislang nichts als Rauch auf dem Wasser. Aber wir tasten uns ran.

Gruß an den Hauptkommissar in spe – Max.

Der Pizzabote brachte das Bestellte. Bruno ließ den Wein ungeöffnet. Eine Flasche war zu wenig, um sich zu besaufen. Zudem schwirrte ihm noch der Schädel von gestern.

34.

»Wollen Sie mir weismachen, dass das alles ist?«, schnauzte ihn der Kriminalrat an und steckte die Seiten in den Umschlag zurück. Engel trug einen grauen Schlips mit kleinen gelben Sternchen. Eingewebt, nicht aufgedruckt. Dazu einen Anzug in hellerem Grau und ein weißes Hemd mit gelben Streifen. »Mehr ist bis jetzt nicht herausgekommen?«

»Das ist auch ein Ergebnis. Sommerfeld, dieser Restaurantchef, kennt immerhin die Zielperson. Hövel ist praktisch Stammgast bei ihm. Wenn Sommerfeld ihn entlastet, sagt das etwas aus. Natürlich sind die vier Protokolle erst der Anfang.«

»Protokolle? Haben Sie *Protokolle* gesagt? Wer hat diesen oberflächlichen Kinderkram eigentlich verfasst?«

»Pommer und Seberich.«

»Und was ist Ihr Eindruck? Sagt der Gastronom die Wahrheit oder nicht?«

Bruno schwieg.

Der Lange lehnte sich in seinem Drehsessel zurück. »Mein Gott, Wegmann! Sie haben an den Befragungen gar nicht teilgenommen? Ich dachte, Sie wollen Hauptkommissar werden und die Dienststelle wechseln!«

»Was soll ich machen, wenn ich den ganzen Tag als Mordverdächtiger im Präsidium festgehalten werde?«

»Ich habe mit Ela gesprochen. Natürlich kann ich mich nicht in die Ermittlungen des KK 11 einmischen, aber die Kollegen werden Sie vorläufig an der langen Leine lassen.«

»Am Mordabend war ich bis zehn Uhr in der Dienststelle. Im Autoradio liefen gerade die Staudurchsagen, als ich losfuhr. Mein Partner lügt, weil wir uns gestritten haben.«

»Sie haben ein seltsames Talent, sich Feinde zu machen.« Engel stand auf und nahm einen Wasserfilter aus dem Bürokühlschrank. »Espresso?«

»Nein, danke.«

Der Lange löffelte Kaffeepulver in das Sieb einer kleinen blau lackierten Maschine, drückte das Pulver fest und klemmte das Sieb in die Halterung. Mahagonietage nannten die Beamten des Präsidiums diesen Teil der Festung. Hier gab es Teppichboden, Designerlampen und Kaffeemaschinen *made in Italy*.

»Konzentrieren Sie sich auf die Sonderermittlung, Wegmann! Die Zeitungen werden bald ihre Skrupel verlieren. Keiner will auf Gerüchte reinfallen, keiner will aber auch der Letzte sein, der sie druckt. Stellen Sie sich die Schlagzeilen vor: Kokain in der Staatskanzlei! Kein Mensch würde unsere Demokratie noch ernst nehmen. Wir müssen schneller sein als die Medien. Wir brauchen Gewissheit, damit Hövel entfernt werden kann, bevor es einen Skandal gibt.«

Die Maschine brummte, brodelte und duftete.

»Und was ist Ihr Eindruck von Pommer?«

»Er ist in Ordnung.«

»Keine Hinweise darauf, dass er zum Beispiel Glücksspiel duldet und sich schmieren lässt? Dass er womöglich die Ermittlung gegen Hövel nutzt, um sein eigenes Süppchen zu kochen?«

»Pommer hat sich nicht in die Sonderermittlung gedrängt. Minister Lemke hat ihn gebeten teilzunehmen.«

Engel trug seinen Espresso zum Schreibtisch herüber. »Welches Interesse sollte der Innenminister haben, Pommer in die Untersuchungen einzubinden?«

»Pommer war mal sein Bodyguard. Er besitzt das Vertrauen des Ministers. Das ist alles.«

»Sind Sie sicher? Für mich riecht das nach Seilschaft. Da soll etwas an den offiziellen Kanälen vorbeilaufen.«

»Gilt das nicht für die gesamte Sonderermittlung? Für die Arbeit des Inneren Dienstes, die Sie so geschätzt haben?«

»Wussten Sie, dass Pommer Kommissariatsleiter wurde, ohne jemals die Fachhochschule besucht zu haben?«

»Worauf wollen Sie hinaus? Ich war bei ihm zu Hause.

Ein bescheidenes, kleines Haus. Keinerlei Luxus. Er fährt einen altersschwachen Mazda. Pommer ist ein Familienmensch. Er unterstützt seine Schwester Lara Eberhard. Er ist nicht korrupt.«

»Was wissen Sie schon! Bleiben Sie an ihm dran. Nehmen Sie ab jetzt an den Befragungen teil, Wegmann! Diesen Restaurantchef knöpfen Sie sich noch einmal vor. Und bekommen Sie alles über Hövel heraus, wo er seine Anzüge kauft, wo er sich die Haare schneiden lässt, wer ihm die Nägel manikürt. Quetschen Sie die Leute aus, die ihn kennen. Enttäuschen Sie mich nicht, Wegmann. Strengen Sic sich an, verstanden?«

Bruno nickte.

Der Kriminalrat pustete in seine Tasse und schlürfte. »Sie werden Hauptkommissar und bekommen die nächste frei werdende Stelle in der Kriminalgruppe eins oder zwei. Aber nur unter drei Prämissen. Kommen Sie voran in Sachen Hövel und fühlen Sie Ihrem neuen Partner Pommer gründlich auf den Zahn. Kommen Sie endlich zu Potte!«

»Und drittens?«

»Bringen Sie sich im Mordfall Klee aus der Schusslinie. Sonst kann ich gar nichts für Sie tun.« Engel süffelte Espresso und schmatzte wie ein Feinschmecker.

Drei Prämissen – die Krawattenschwuchtel zog die Schrauben an.

35.

Die *Fischerstube* lag im Erdgeschoss eines Hotels, das in einer der alten Villen des Stadtteils Golzheim untergebracht war. Ein gediegenes Haus aus den zwanziger Jahren, umgeben von einem kleinen Park. Das Lokal machte erst am Mittag auf. Bruno erkundigte sich an der Hotelrezeption. Die Empfangsfrau zeigte ihm den Verbindungsgang. An den Toiletten vorbei erreichte Bruno den Fresstempel.

Ein Lehrling deckte die Tische ein. Stoffservietten und pro Platz mehr Besteckteile, als Bruno in den letzten Tagen in die Hand genommen hatte. Altes Mobiliar, viel dunkles Holz. Was die Menüpreise vermutlich am stärksten in die Höhe trieb, war die Aussicht auf den Rhein.

Die Tür zur Küche stand offen, dahinter bellten sich zwei Männer an. Ein korpulenter schwarz gelockter Kerl stürmte heraus und entdeckte Bruno.

»Ich kaufe nichts! Wie bist du hier reingekommen?«

Mit Hilfe seines Dienstausweises zauberte Bruno ein verlegenes Lächeln in das Gesicht des feisten Kerls. Es war Sommerfeld, der Wirt.

Er entschuldigte sich. Sein Koch sei krank. Die Aushilfe habe falsch eingekauft. Als Wirt habe man nichts als Ärger.

Dass in seinem Lokal gekokst werde, sei nichts als Geschwätz. Ein Kellner habe mal gedealt. Ein Konkurrent habe Sommerfeld verleumdet. Der Kellner flog raus und der Konkurrent kassierte eine Anzeige wegen übler Nachrede. Sommerfeld hatte seine Lizenz behalten.

Der Gastronom versicherte: Stammkunde Hövel sei rein wie ein getauftes Baby.

Bruno konnte den Wirt auf Anhieb nicht leiden. Sein Lächeln war so falsch wie seine schwarzen Locken. Bruno überlegte, ob es an der Beleuchtung lag, dass ihm die Pupillen des Kerls unnatürlich geweitet vorkamen.

Ohne Telefonüberwachung kam er an den Wirt nicht ran. Doch eine richterliche Genehmigung konnte Bruno sich abschminken.

Mit dem Gefühl, etwas verpatzt zu haben, stieg er in den Saab.

Wenn es so weiterging, würde Engel ihm die Versetzung verweigern. In Sachen Hövel musste Bruno Ergebnisse liefern. In Sachen Pommer musste er so tun als ob – am besten in Absprache mit Max.

Bruno ließ die Ventile rasseln und brachte die Zylinder auf Touren. Er schlängelte sich durch Einbahnstraßen. Kein

Villenbesitzer ließ sich blicken. Nur Kleinwagen parkten vor den Hecken – Gärtner und Putzfrauen waren am Werk.

Sein Handy gab Laut.

»Ich bin's, Thilo Becker.«

»Du kannst mich mal«, sagte Bruno. »Ich war's nicht.«

»Ich weiß. Kollege Kästner rief eben an. Er ist zur ersten Version seiner Aussage zurückgekehrt. Er behauptet, er hätte da etwas durcheinander gebracht. Jedenfalls hast du dein Alibi wieder.«

»Und wen habt ihr jetzt im Visier? Bambi? Lurchi? Den Oberbürgermeister?«

»An deiner Stelle würde ich gegen Kästner Beschwerde einlegen. Der Kerl hat versucht, dich in die Kacke zu reiten. So übel kannst nicht einmal du ihm mitgespielt haben.«

»Nettes Kompliment.«

»Stimmt es, dass er am ganzen Körper kein Haar mehr hat?«

»Ich hab's noch nicht überprüft. So intim sind wir noch nicht geworden.«

»Der Ohrabdruck, den dein Freund Kästner gesichert hat, zeigt übrigens eine klare Übereinstimmung. Und zwar mit Silberkuhl, nicht mit Klee oder seiner Frau. Wir gehen davon aus, dass unser Buddhaschmuggler den Einbruch bei Wachtendonk begangen und das Steinmonster aufgemeißelt hat. Entsprechend deiner ursprünglichen Theorie.«

»Wie viel Heroin könnte in der Statue versteckt gewesen sein?«

»Schwer zu sagen. Rund einhundert Kilo. Warum interessiert dich das?«

»Schon gut.«

»Ela ahnt, dass du eigene Nachforschungen anstellst. Sie sagt, du sollst dich melden, sobald dir was einfällt.«

»Klingt ja fast wie eine Entschuldigung.«

»Ich würde sagen, für einen von der bewaffneten Verwaltung ist es mehr als das. Erst recht für einen, der seinen Partner im Stich gelassen hat.«

»Du kannst mich kreuzweise.«

»Schön zu hören, dass es dir wieder gut geht. Ich darf dir verraten, dass die Auswertung der Blutspuren im Tatortanwesen vorliegt.«

»Und?«

»Mit der Tatwaffe wurden Blutpartikel vom einen Opfer auf das nächste übertragen. Daher wissen wir, dass zuerst die Tochter erstochen wurde, dann die Mutter. Mit der gleichen Waffe wurde schließlich dem Stiefvater die Wunde in der Brust zugefügt, die zum Tod geführt hat. Das war ein rund achtzehn Zentimeter langes dreikantiges Werkzeug, das offenbar nicht aus dem Tatanwesen stammte. Weitere Verletzungen wurden mit einem zweischneidig geschliffenen Messer mit etwa fünfzehn Zentimeter langer Klinge zugefügt. Abdrücke von zwei Paar Sohlen konnten wir nicht zuordnen, weder deinen Tretern noch irgendwelchen Schuhen aus dem Haus. Wir nehmen an, dass es zwei Täter gewesen sind, die den Alten mit der Gartenschere folterten, dann gestört wurden, die Frauen umbrachten und zu Heinz Klee zurückkehrten. Was sie von ihm wollten und ob sie es bekamen, wissen wir nicht.«

»Sie bekamen es. Das Heroin aus dem Safe. Die Mörder wollten die Kombination. Der Safe war offen, als wir eintrafen.«

»Das Heroin? Das hatte sich doch dieser Silberkuhl beim Einbruch in der Lambertusstraße beschafft!«

»Was ist mit Klees letztem Telefonat? Habt ihr den Anschluss im *Palumbo* angezapft?«

»Der Staatsanwalt hat die technische Überwachung nicht einmal beantragt. Kein begründeter Anfangsverdacht, sagt er. Der Wirt steht in keinerlei Beziehung zu den Mordopfern. Klee könne sich verwählt haben.«

»Und aus Versehen wurde die falsche Familie abgestochen.«

»Vielleicht.«

»Mein Gott, seid ihr Luschen! Kein Wunder, dass ihr

noch immer im Dunkeln tappt. Notfalls kann man ja einem Kollegen die Mordsache anhängen, was?«

»Du mich auch«, antwortete Becker und legte auf.

Kästner wohnte in Derendorf. Er besaß einen Köter und musste die Töle Gassi führen. Mittagszeit – ein Nachtschichtler der K-Wache würde jetzt aufstehen.

Es tröpfelte aus dunklen Wolken. Die Autos fuhren mit Licht an Brunos Saab vorbei.

Bruno dachte über Engel nach. Der Lange hielt die Zügel straff. Bruno musste *zu Potte kommen.*

Prämisse eins hatte sich erledigt – der Mordverdacht gegen ihn hatte sich in Luft aufgelöst. Kästner änderte seine Aussage von Tag zu Tag.

Bruno stellte den Rückspiegel ein und behielt den Hauseingang im Blick.

Richtig getippt: Das Licht ging an. Kästner trat ins Freie. Sein schwarzer Pudel schoss heraus, zerrte an der Leine und beschnüffelte die Bordsteinkante. Das Tier pinkelte und trottete weiter. Kästner schlug den Kragen hoch. Er wirkte müde, als er auf Brunos Auto zuschlurfte.

Bruno ließ die Knöchel knacken. Sein Partner kam näher. Er zog ein Bein nach und hatte die Hand verbunden. Ein Pflaster auf der Platte. Der Kahle humpelte vorbei, ohne Brunos Saab zu erkennen.

Kästner war vermöbelt worden. Fragte sich nur, von wem. Außer dem Bruder der Dönerbudenschönheit Layla fiel Bruno eigentlich nur einer ein.

Er tippte die Nummer des Kommissariats für Glücksspiel und Falschgeld in sein Handy. Max war außer Haus. Die Sekretärin verriet ihm Pommers Handynummer.

Bruno probierte sie aus und bekam den Grauschopf an den Apparat. »Die Krawattenschwuchtel ist unzufrieden.«

»Was will der Kerl?«

»Es geht ihm nicht schnell genug. Die Protokolle sind ihm zu dünn. Ab sofort soll ich an jeder Vernehmung teilnehmen.«

»Die Schwuchtel traut uns nicht.«

»Sieht so aus.«

»Ich hab gehört, du weigerst dich, den Benefizboxkampf zu bestreiten.«

»Ich mach nicht den Deppen für eine Show, bei der es nur in zweiter Linie um die Hinterbliebenen der Opfer geht. Du hast doch gesagt, dass Lara finanziell auf festem Boden steht, oder?«

»Es wär trotzdem 'ne Geste.«

»Mit mir in der Rolle des Buhmanns. Nein, danke. Ich hab das Boxen aufgegeben.«

»Du wärst die Verpflichtungen gegenüber Engel los.«

»Keine Angst. Ich spiel nicht den internen Schnüffler. Ich war selbst mal Opfer dieser Wichser. Und du weißt, wie ich über Helmers Tod denke.«

»Du hast Recht, *Champion.* Gibt's Neuigkeiten in Sachen Alibi?«

»Hab ich dir das zu verdanken?«

Der Kahle wartete am Ende des Blocks auf den Pudel. Es schien, als habe die Töle ihn an der Leine statt umgekehrt.

Max antwortete: »Auf der Kommissariatsleitersitzung hab ich erfahren, was dieser Glatzkopf mit dir treibt. Richie und ich haben unseren speziellen Charme spielen lassen. Man schwärzt seinen Partner nicht ungestraft an.«

»Danke, Max.«

»War doch selbstverständlich.«

36.

Die Datentante strahlte Bruno an. Sie hatte knallroten Lippenstift aufgetragen und zupfte ihre Dauerwelle zurecht. Bruno nahm am zweiten Computer Platz.

Eigene Nachforschungen. Bruno loggte sich ein.

Durch den Einbruch bei Wachtendonk hatte Silberkuhl versucht, das Heroin in seinen Besitz zu bringen, das er im

Leib der alten Statue von Kambodscha nach Deutschland geschmuggelt hatte. Ein Fehlschlag, vermutete Bruno. Als Silberkuhl den Vishnu öffnete, war nichts mehr drin außer billigem Gips. Die Klees hatten das Rauschgift bereits an sich gebracht.

Das Ehepaar plante größere Anschaffungen. Ein Auto, teure Möbel. Sie erzählten ihrer Tochter von einer eisernen Reserve für Krisenzeiten. Bruno vermutete, dass die zugespachtelte Fläche im Rücken der Figur den Händler vermutlich schon vor zwölf Jahren hatte stutzig werden lassen. Klee war Kunstexperte. Er hatte nachgesehen, als die Statue frisch aus Asien eingetroffen war, und dabei die Manipulation seines Einkäufers entdeckt. Aber Klee war Laie im Rauschgiftgeschäft. Er wusste mit dem Fund nichts anzufangen.

Brunos These: Der Antiquitätenhändler bewahrte das Heroin in seinem Safe auf. Erst als seine Schulden überhand nahmen, überwand er die Scheu und versuchte, den Stoff zu versilbern. Er geriet an Profis. Besagte Profis töteten die Klees. Silberkuhl kam den Tätern dabei in die Quere und war als Sündenbock willkommen.

So konnte es gewesen sein.

Daraus folgte Hypothese Nummer zwei: Die Mörder hatten das Heroin an sich gebracht und würden es in den nächsten Tagen auf den Markt bringen. Einhundert Kilogramm, so die Schätzung der Mordermittler. Vermutlich unverschnitten. Dreißig Euro kostete das Gramm derzeit auf der Straße. Dort war der Stoff bereits fünfmal gestreckt. Bruno rechnete hoch und landete mit einer vorsichtigen Schätzung bei rund fünfzehn Millionen Euro Verkaufswert.

Eine solche Menge würde den Markt in Turbulenzen versetzen. Bruno sagte sich, dass er den Stoff aufspüren musste, um auf die Täter zu stoßen. Die Unbekannten, die Heinz Klee gefoltert und dessen Frau und Stieftochter abgeschlachtet hatten. Die Silberkuhls Fingerspuren auf die Gartenschere gebracht und den Schmuggler im Rhein versenkt hatten.

Bruno surfte durch die Daten. Er schleppte Akten und schluckte Staub. Neue und alte Fälle. Keine Ausländer. Keine abgefuckten Straßenjunkies. Ausschließlich Personen, die in besseren Kreisen verkehrten. Ordentliche Leute. Eigene Johnnys, die nicht auf der Informantenliste der Drogenfahndung standen.

Heroin statt Koks.

Eine eigene Sonderermittlung in Sachen Klee, die Bruno allein durchziehen würde.

Die Aktenlage war dünn. Ordentliche Leute fixten nicht. Bruno kam auf nicht mehr als drei Namen. Junge Banker und Werber, die im Dunstkreis des Hauptbahnhofs überprüft worden waren. Magere Ausbeute, keine cleveren Leute – Bruno spürte, dass er einen Holzweg eingeschlagen hatte.

Er schaltete den Computer aus und trug den letzten Ordner in die Kriminalaktenhaltung zurück. Seine Augen brannten. Er wischte sich staubigen Schweiß von der Stirn.

Die Angestellte machte ebenfalls Feierabend. Eine Leinentasche mit Katzenmotiv baumelte von ihrer Schulter. Sie wartete auf ihn an der Tür.

Ihr Versuch, der Piepsstimme einen dunklen Klang zu geben, misslang gründlich. »Mein Gott, Bruno! Sie schuften ja wie ein Besessener. Sind Sie bei allem so beharrlich?«

Die Datentante hatte ihren Lippenstift nachgezogen. Sie kannte seinen Vornamen.

Sie zupfte sich eine Locke aus der Stirn. »Mein Auto steht in der Werkstatt. Ich muss auch auf die andere Rheinseite. Könnten Sie mich ein Stück mitnehmen?«

»Woher wissen Sie, wo ich wohne?«

»Was glauben Sie, warum man mich hier die Datentante nennt?«

Die Wohnung war voller Katzenbilder. Siamkaterfotos im Flur, ein Garfieldposter am Kühlschrank. Fritz the Cat auf der Toilettentür.

Die Frau hieß Svenja und knutschte Bruno ab, kaum dass sie die Wohnungstür geschlossen hatte.

»Moment«, hauchte sie und machte sich am Schloss zu schaffen. Zwei Querriegel schnappten ein. »Man wird misstrauisch, wenn man den ganzen Tag mit euch Kriminalisten zu tun hat.« Svenja saugte sich wieder an ihm fest und steckte ihm die Zunge in den Hals.

Sie schob ihn in ihr Schlafzimmer. Plüschkatzen auf dem Bett – Svenja fegte sie von der Tagesdecke.

Sie zogen sich aus. Svenja signalisierte, dass sie nicht auf lange Vorspiele stand. Bruno war hungrig und heiß. Die Datentante hörte nicht auf zu reden. Es klang wie aus einer Anleitung für *dirty talk* in einem *Allegra*-Heft. Die Piepsstimme irritierte Bruno. Er legte ihr die Hand auf die Lippen.

Sie leckte seine Finger. Sie biss hinein und stöhnte. Bruno konzentrierte sich. Er stellte sich Karen vor.

Svenja zappelte unter ihm. Sie feuerte ihn an. Er hielt ihr den Mund zu. Karen wurde zu Lara. Sie trug schwarze Klamotten und hatte das zimtbraune Haar zum strengen Knoten gebunden. Das Fantasieren half – er wurde tatsächlich steif.

Lara lag unter ihm. Sie bewegte sich heftig. Die Witwe stöhnte und biss in Brunos Finger. Bruno explodierte und keuchte.

Svenja war noch nicht fertig. Sie hockte sich auf ihn und rieb ihr Becken an seinem. Sie forderte ihn auf, ihre Brüste zu kneten. Endlich blieb sie still und schloss die Augen. Ihre Brustwarzen schwollen an.

Danach kramte sie nach einem Zippo. Sie steckte eine Kippe in Brand und verqualmte das Schlafzimmer. Bruno lehnte die Zigarette ab, die sie ihm anbot. Sie pustete zur anderen Seite.

»Mein Gott, Bruno. Du hast mich fast erstickt. Ich dachte schon, ich hätte einen Triebtäter abgeschleppt.«

Bruno küsste ihre Brüste, ihren Nabel, ihre Wangen. Er fragte sich, ob er sich an die Stimme gewöhnen könnte.

Nach einer Weile zog er sich an. Als Svenja für Bruno die Riegel der Wohnungstür zurückschob, bemerkte sie: »Ich hab gehört, dass du und deine Frau …«

»Es stimmt, was die Leute reden«, antwortete Bruno. »In allen schmutzigen Details.«

»Ruf mich an, wann immer du möchtest.«

37.

Bruno rollte vor das *Palumbo.* Es war dunkel geworden. Unter den Bäumen auf der gegenüberliegenden Seite war ein Parkplatz frei. Bruno rangierte das Heck zur Bordsteinkante, damit er sich nicht verrenken musste, um das Lokal im Blickfeld zu haben.

Eigene Nachforschungen.

Heinz Klees letzter Anruf – besagte Eckkneipe. Die gleichen trüben Fenster wie am Samstag, von Funzeln dämmrig beleuchtet.

Bruno kramte das Foto aus der Jackentasche. Klee, Lemke, Hövel. Zwei unbekannte Frauen. Die Schönschrift des Antiquitätenhändlers: *Axels Zweiundvierzigster – fahren und fahren lassen.*

Bruno ließ sich tief in den Sitz sinken und behielt den Bürgersteig vor der Kaschemme im Auge.

19.14 Uhr. Ein älteres Pärchen betrat das Lokal.

Bruno kurbelte das Fenster herunter – frische Luft gegen die Müdigkeit.

19.38 Uhr. Ein Mann mit Mütze und steifem Bein humpelte am *Palumbo* vorbei, lugte durch die Gardinen und überlegte es sich anders. Er drehte um und ging hinein.

Ein Auto neben Bruno wurde gestartet, der Anlasser soff ab, orgelte weiter, schließlich schob sich der Wagen aus der Lücke. Abgase wehten durch das Fenster.

19.52 Uhr. Ein Taxi hielt. Zwei Männer in Mänteln stiegen aus und stiefelten geradewegs in die Kneipe.

Bruno fror. Er schloss das Fenster. Er drehte den Zündschlüssel, ließ die Heizung arbeiten und schaltete das Radio ein – Operngejaule auf WDR 3. Bruno wechselte das Programm.

19.54 Uhr. Ein Mann in Schürze kam heraus. Der Wirt, vermutete Bruno. Der Schürzenträger bohrte in der Nase, schnippte das Fundstück auf den Asphalt und kehrte an den Arbeitsplatz zurück.

Ein Bericht über das Schauspielhaus auf WDR 5 – eine Premiere hatte miese Kritiken bekommen. Karen hatte das Theater als Vorwand für ihr Schäferstündchen mit Fred benutzt. Bruno schlug auf den Sendersuchlauf und landete beim Dudelfunk.

Regen setzte ein. Alle paar Sekunden musste Bruno den Scheibenwischer antippen, um erkennen zu können, was sich vor der Kneipe tat.

Ein cremefarbener Mercedes rollte in die Lücke neben ihm. Türenschlagen. Ein junger Bursche, der sich umsah, bevor er die Straße überquerte. Bruno erkannte tiefe Narben auf einer Gesichtshälfte – Lauffer, der junge Schläger aus dem Fitness-Studio, der trotz seines Lederschätzchens ohne Anzeige davongekommen war. Das Narbengesicht stiefelte schnurstracks in die Kneipe.

20 Uhr – die Nachrichten. Bruno blieb sitzen, als er mitbekam, dass es in der ersten Meldung um den Staatskanzleichef ging.

Er drehte die Lautstärke auf.

... teilte der Regierungssprecher am Nachmittag mit. Der Ministerpräsident bedauere Hövels überraschenden Wechsel in die freie Wirtschaft und werde schon morgen einen Nachfolger für die Leitung der Staatskanzlei vorstellen. Als aussichtsreiche Kandidaten gelten ...

Nichts als Überraschung und Bedauern. Keine Kokaingerüchte. Sie hatten gehandelt, ohne das Ergebnis der Sonderermittlung abzuwarten.

Bruno fragte sich, was das für ihn selbst bedeuten würde.

Er stieg aus. Ein Fiesta spritzte ihn nass. Bruno betrat die Kneipe.

Fünf Holztische, über jedem eine bräunliche Kugellampe, die kaum Licht spendete. Das ältere Paar saß am Tresen und plauderte mit dem Wirt. Der Mann mit der Mütze hielt sich an einem Spielautomaten fest und fütterte ihn mit Centstücken.

Von den Männern in Mänteln war nichts zu sehen. Von Lauffer keine Spur.

Die Zecher an der Theke diskutierten den Mordfall Klee. Bruno spitzte die Ohren. Er setzte sich an einen Tisch in ihrer Nähe und stellte fest, dass das Pärchen und der Wirt nur die Meldungen der Boulevardpresse wiederkäuten – keiner von ihnen schien die Familie des Antiquitätenhändlers persönlich gekannt zu haben.

Bruno bestellte einen Kaffee. Die Reaktion des Schürzenträgers ließ darauf schließen, dass das hier selten vorkam. Die Zecher beklagten unterdessen das Versagen der Parteien. Gerade in Düsseldorf treibe das Verbrechen schreckliche Blüten. Der Kannibale von Heerdt, der Saunamord in Pempelfort vor zwei Jahren. Und im letzten Herbst dieser Amokläufer.

Außer dem Eingang gab es nur die Tür zu den Toiletten.

Bruno trat den Weg an, den Blick des Wirts im Rücken. Ein gekachelter Flur, nackte Glühbirnen an der Decke, Klosteingeruch. Türen mit *D* und *H.* Eine Besenkammer voller Putzkram. Am Ende zwei Stufen und eine Tür mit der Aufschrift *privat.* Bruno rüttelte – verschlossen.

Als er zurückkam, dampfte der Kaffee auf seinem Tisch. Der Daddelautomat klingelte. Der Typ, der ihn fütterte, trug Pantoffeln. Der Wirt und das Rentnerpaar analysierten jetzt die Misere der Fortuna.

Bruno zog Handy und Notizbuch aus der Jackentasche. Er schaltete das Mobiltelefon ein. Das Batteriesymbol blinkte, aber noch hatte der Apparat genug Saft. Bruno gab die Nummer ein, die Heinz Klee zuletzt gewählt hatte.

Bruno verbarg das Gerät unterhalb der Tischkante. Das Display leuchtete. Ein Pfeil zeigte an, dass die Verbindung aufgebaut wurde.

Brunos Blick suchte das Kneipentelefon und fand es an der Wand hinter dem Tresen – ein alter Apparat mit Wählscheibe. Eine Linie löste den Pfeil auf dem Display des Handys ab. Jetzt musste es irgendwo klingeln.

Der Wirt zapfte Pils. Das Pärchen schwieg sich an. Der Pantoffelträger ließ sich von den Blinklichtern am Daddelkasten hypnotisieren. Das Telefon hinter dem Tresen blieb stumm.

Ein zweiter Festnetzanschluss. Irgendwo hinter der Tür am Ende des Flurs.

Bruno hob das Handy ans Ohr. Seine Finger zitterten.

»Ja, hallo?« Eine knorrige Stimme, die Bruno bekannt vorkam.

Er antwortete nicht. Das Handy piepste leise in Abständen. Es quengelte nach dem Ladegerät.

Die Stimme wurde ungehalten: »Wer ist da?«

Bruno wartete. Der andere brach die Verbindung ab.

Insgesamt fünf Worte eines Mannes, der älter und schwerer geklungen hatte als der Taxifahrer. Nicht Lauffers Stimme.

Bruno schlürfte Kaffee. Auch in der folgenden Stunde ließ sich das Narbengesicht nicht blicken. Die beiden Mantelträger blieben ebenfalls verschwunden. Bruno fand eine alte Ausgabe des *Blitz* und blätterte durch den Sportteil. Schließlich bezahlte er.

Er setzte sich ins Auto und observierte die Kneipe weiter. Nebenan lag der Hauseingang, durch den man in die darüber liegenden Wohnungen gelangte. Eine Gaslaterne sorgte für halbwegs gute Sicht. Der Regen ließ nach.

Das Radio unterbrach das Musikprogramm für ein Interview. Der Moderator fragte einen Kollegen aus der landespolitischen Redaktion nach Hövel aus. Der Reporter zählte auf – Stationen eines Politikerlebens: Referent des Bauministers, Landtagsabgeordneter, Staatskanzleichef im Ministerrang. Steile Karriere. Hövel sei Medienexperte, habe beste Kontakte zu Wirtschaftskreisen, gelte als ideologiefreier Macher – in der Stimme des Reporters lag Bewunderung.

Völlig unerwartet hatte Gernot Hövel als Manager bei einem US-Konzern angeheuert, der unlängst der Telekom einen Teil des Kabelnetzes abgekauft hatte. Die Amerikaner hatten dem bisherigen Staatskanzleichef ein Angebot gemacht, das er nicht hatte ablehnen können. Der Hörfunkmann zitierte die Formulierung aus dem *Paten* in aller Unschuld.

Selbst wenn ein WDR-Mitarbeiter von Kokaingerüchten gehört hätte, würde er sich hüten, sie zu verbreiten. Vielleicht war Hövel doch sauber und allein die Höhe des versprochenen Gehalts hatte ihn bewogen, die Branche zu wechseln.

Nein, dachte Bruno. Hövels Rücktritt am dritten Tag der Sonderermittlung konnte kein Zufall sein.

Er kalkulierte die Folgen: ganz klar, eine Niederlage. Er war nicht *zu Potte* gekommen. Die eine Prämisse dank Max Pommer erfüllt, die andere durch den Rücktritt des Politikers vergeigt. Die dritte kam für Bruno nie und nimmer in Frage.

Engel würde behaupten, dass die Sonderermittlung umsonst gewesen sei. Der Lange würde Bruno in der Kriminalwache versauern lassen.

Das Pop-Gedudel des Senders ging Bruno auf den Geist. Er drückte den Suchlauf. Nichts über Hövel in den anderen Programmen.

Bruno hörte Stimmen von draußen. Vor der Kneipe stand Lauffer und verabschiedete sich von den beiden Männern in den Mänteln. Ein weiteres Taxi hielt. Die Männer stiegen ein. Lauffer kehrte ins Haus zurück. Er nahm den Eingang, der zu den Wohnungen führte. Eine braun lackierte Tür, gegen die sich der Junge stemmen musste, um sie aufzukriegen. Grelles Neonlicht im Treppenhaus dahinter.

Bruno schlug auf das Lenkrad. Ihm fiel ein, woher er das Narbengesicht kannte. Vor etwa einem Jahr: Bruno war neu in der Kriminalwache. Ebi erhielt einen Anruf seines Schwagers. Das KK 33 hatte eine Zockerbude ausgehoben. Die Kollegen feierten den Erfolg an Ort und Stelle. Max lud Ebi und seinen neuen Partner ein.

Hierher. In die Wohnung über der Kneipe. Bruno erinnerte sich an die braune Tür, die nur mühsam zu öffnen war, und an das grelle Licht im Treppenaufgang.

Ebi und er waren in eine Feier gestolpert, wie Bruno sie noch nie erlebt hatte. Die Beamten des KK 33 vertilgten die vorgefundenen Alkoholvorräte. Cognac und französischer Rotwein vom Feinsten – keine Spielhölle für Habenichtse. Die Kollegen tranken *Grand Crus* aus der Magnumflasche. Sternhagelvolle Bullen spielten Black Jack an grünen Filztischen.

»Immer diese Überstunden!«, hatte Max gerufen und lauthals lachend die Karten gemischt.

Auf der Suche nach der Toilette hatte sich Bruno in einen Nebenraum verirrt. Dort warteten die Festgenommenen auf den Abtransport, nebeneinander mit Handschellen an ein Heizungsrohr gekettet.

Einer von ihnen war Lauffer gewesen.

Regen fiel und lief in Schlieren über die Scheibe. Die Wischblätter schrammten. Das ältere Pärchen verließ das Lokal. Der Wirt trat in die Tür und schnäuzte sich. Bruno spürte, wie der Blick des Schürzenträgers für Sekunden voller Argwohn auf ihm ruhte.

Bruno suchte nach einer Erklärung. Möglicherweise war die Zockerbude wieder in Betrieb genommen worden. Männer in Mänteln. Der narbengesichtige Taxifahrer, der wie vor einem Jahr seine Einnahmen beim Black Jack zu vermehren suchte. Und ein mittelalter Bursche mit knorriger Stimme, der ranging, wenn man die besagte Nummer wählte – der Chef des Ganzen.

Was hatte Heinz Klee mit der Wohnung im ersten Stock verbunden?

22 Uhr. Die erste Meldung der Nachrichten im unveränderten Wortlaut.

Engels Versprechungen: der dritte Stern, mehr Gehalt und eine neue Dienststelle – aus der Traum. Bruno fiel ein, dass Max wissen würde, wie es weiterging. Der Grauschopf hatte schließlich Beziehungen.

Bruno drückte die Wahlwiederholungsfunktion. Das Display leuchtete und zeigte die Liste der zuletzt gewählten Nummern. Das Batteriesymbol blinkte. Bruno suchte Pommers Mobilfunknummer und drückte die Wähltaste. Nach dem dritten Summton kam die Verbindung zustande. Leises Piepsen – der Akku war kurz davor, den Geist aufzugeben.

»Ja, hallo?«

Bruno stutzte. Er fand, dass Pommers Stimme fast wie die des Unbekannten im *Palumbo* klang.

Er sagte: »Unsere Zielperson hat ihren Rücktritt erklärt. Offenbar haben unsere Auftraggeber kalte Füße bekommen, ohne ein Ergebnis abzuwarten.«

»Angst um deine Beförderung?«

»Engel wird die Sonderermittlung für gescheitert erklären.«

»Bei dir piepst etwas.«

»Der Akku.«

»Lass uns morgen über alles reden. Keine Panik, mein Junge.«

Bruno beendete das Gespräch.

Wahlwiederholung – jetzt die *Palumbo*-Nummer.

Wähltaste. Freizeichen. Bruno ignorierte das nervöse Piepsen.

»Ja, hallo?«

Es *war* die Stimme.

»Max? Was machst du da oben?«

»Ich kann dir alles erklären.«

Das Handy schaltete sich ab. Das Display war erloschen. Brunos Hände zitterten.

Er startete den Saab und machte, dass er wegkam.

38.

Bruno jagte durch die Stadt. Die Autos vor ihm nahm er wie durch einen Schleier wahr. Er dachte an Leute, die Karriere gemacht hatten. An Leute, die auf der Strecke geblieben waren.

Die Ampel vor dem Rheinufer sprang auf Rot. Bruno fingerte den Schnappschuss aus der Jackentasche. Fettige Abdrücke auf dem Hochglanzpapier. Eine Ecke war geknickt.

Widersprüche und Übereinstimmungen: Klee und Lemke, Lemke und Pommer – als der Statuenhändler und der Minister noch dicke Freunde waren, fungierte Max als Leibwächter Lemkes. Die fröhliche Feier – Hövel war mit von der Partie gewesen, als Büroleiter des Ministers. Sie kannten sich alle vier.

Ebis Worte: *Die einen werden ausgezählt, die anderen steigen auf.*

Aufgestiegen: Minister, Manager, Kommissariatsleiter für Glücksspiel und Falschgeld.

Ausgezählt: Die Leiche des Vierten lag in der Kühlkammer des Rechtsmedizinischen Instituts der Heinrich-Heine-Universität.

Hinter Bruno hupte es. Grün. Er trat das Gaspedal durch und ließ die Reifen quietschen.

Bruno hatte dieses Mal nicht auf Licht in den Fenstern geachtet.

Als seine Wohnungstür aufsprang, ohne dass er den Schlüssel zweimal drehen musste, registrierte Bruno, dass seine Frau zu Hause war.

Sie war nicht allein. Gemeinsam mit ihrer Freundin Irene

stopfte sie die restliche Kleidung in den Lederkoffer, den Bruno für die Flitterwochen angeschafft hatte.

Er stolperte über einen Umzugskarton voller Bücher. Obenauf lag ein kleines Aquarell, das Karen auf dem Markt in Victoria erstanden hatte. Seychellenstrand mit Granitfelsen.

»Hast du meinen Zungenschaber gesehen?«, fragte Karen. »Das kleine Ding aus Kupfer?«

Irene setzte sich auf den Koffer, damit Karen ihn zubekam.

»Soll ich helfen?«, fragte Bruno.

»Wir schaffen das schon«, antwortete Irene, ohne ihn anzusehen.

Bruno bemerkte, dass Karen ihren Ehering noch trug. Er zeigte seine Hand. »Ich krieg ihn auch nicht ab.«

»Du musst Duschgel nehmen«, riet Irene ihrer Freundin. »Dann flutscht das Ding.« Sie war Studienrätin. Zweimal geschieden.

Die Frauen mühten sich mit Kiste und Koffer. Im Durchgang zum Wohnzimmer setzte Irene ab und deutete auf den Isle. Die traurige Frau mit den blau-roten Flügeln.

»Wir könnten das Gemälde bei mir auf dem Dachboden deponieren.«

Karen warf Bruno einen fragenden Blick zu.

»Ich lass meine Wut nicht an Bildern aus«, sagte er.

»Irgendwann müssen wir über alles reden.«

»Ja, vielleicht.«

Die Frauen rumpelten das Treppenhaus hinunter.

Bruno öffnete den Chianti, den ihm der Pizzabote am Abend zuvor gebracht hatte. Billigwein im Korbgeflecht. Er schenkte sich ein. Das Zeug brannte im Magen.

Er zappte durch die Spätnachrichten. Den öffentlich-rechtlichen Sendern war Hövels Abgang eine kurze Meldung wert. Wenn die wüssten, dachte Bruno. Er trank zügig und sah den Profiboxern auf Eurosport zu, ohne sich konzentrieren zu können.

Zur Kriminalwache würde er nicht zurückkehren. Andere Dienststellen wollten ihn nicht. Er war nicht *zu Potte* gekommen.

Ein lustloses Geboxe auf der Mattscheibe. Keiner der beiden machte Anstalten, *Dominanz auszuüben.*

Bruno schüttelte den letzten Tropfen ins Glas. Er stöberte in der Wohnung nach irgendetwas Alkoholischem.

Das graue Heft fiel ihm in die Finger. *Albatros.* Er blätterte und wurde sentimental.

Sonntag, 28.6.: Windig. Kein Start, da ich alleine war.
Samstag, 11.7.: Kein Wind. Super-Lupings.
Montag, 13.7.: Beim Landeanflug durchgesackt. Propeller gebrochen. Leider kein Ersatz dabei.
Sonntag, 19.7.: Ein Mann hat mir den Imelmann-Törn gezeigt. Das ist ein halber Luping mit einer halben Rolle, wenn das Flugzeug mit dem Bauch oben ist. Schade, dass Papa das nicht sehen konnte. Imelmann war ein Fliegerass.

Klein-Brunos Erlebnisse mit dem Modellflugzeug waren unvollständig. Der letzte Tag fehlte.

Er hatte gelernt, den Flieger zu beherrschen. Mit Hilfe älterer Modellflugfans hatte er Tricks geübt. Der Immelmann-Turn hatte in Brunos Bauch ein Kribbeln verursacht, als säße er selbst im Cockpit.

Bruno erinnerte sich: Er hatte Pilot werden wollen, nicht Polizist.

In den Sommerferien fuhr Klein-Bruno häufig zum Apelter Feld hinaus. Wenn *Albatros* durch die Luft surrte, stellte er sich vor, sein Vater stehe hinter ihm.

Mutter hatte gesagt, Vater sei zu seiner Schlampe in die Grunerstraße gezogen. Immer wieder radelte Bruno in die Gegend im Norden des Zooviertels.

An einem Sonntag Ende Juli entdeckte er den Ford Granada, den sein Vater fuhr. Er stand vor einem grün gestrichenen Mehrfamilienhaus. Bruno versteckte sich hinter einem VW-Käfer, der auf der anderen Straßenseite geparkt war.

Es war heiß. Bruno litt Durst. Ein Passant quatschte ihn dumm an. Ein Hund schnupperte an seiner Hose und knurrte. Bruno harrte aus.

Schließlich hörte er die Stimme, die er sofort erkannte. Sein Vater stand im Eingang und hielt die Tür auf. Albert Wegmann trug einen kleinen Kasten in der Hand.

Eine Frau im knielangen Kleid trat ins Freie. Sie war etwa so alt wie Brunos Mutter und sah ihr sogar ähnlich. Das musste die Schlampe sein. Sie schritt auf Papas Granada zu.

Brunos Herz klopfte heftiger: Ein Junge kam aus der Tür, ein wenig älter als Bruno. Er trug ein Flugzeug unter dem Arm, ein rot-weißes Modell vom Typ *Taxi.* Sie luden es in den Granada-Kombi. Bruno erkannte das Kästchen in Vaters Hand – die Fernsteuerung.

Er raste nach Hause, um nachzusehen, ob sein *Albatros* auf seinem Schrank lag. Nichts auf der Welt schien ihm noch gewiss, wenn sein Vater dem Sohn der Schlampe das gleiche Flugzeug wie ihm schenkte.

Mitternacht. Kein Alkohol in der Wohnung. Zu müde, um auszugehen. Das Telefon klingelte. Der Anrufbeantworter sprang nicht an. Bruno wollte für niemanden zu sprechen sein. Nicht für Max, nicht für Engel, auch nicht für Karen. Nach dem achten Läuten blieb der Apparat stumm.

Bruno hob ab und wählte Geißlers Privatnummer.

Die letzte Chance.

Sein Gruppenleiter meldete sich und klang hellwach. Bruno stellte sich den Zitronenfalter vor – umgeben von Spielzeugautos, die er auf dem Teppich ein- und ausparkte.

»Was gibt's, Wegmann?«

»Teilen Sie dem Polizeipräsidenten mit, dass ich zum Benefizkampf antrete. Befreien Sie mich bis dahin vom Dienst in der Kriminalwache, damit ich mich vorbereiten kann. Ich rate Ihnen, jede Wette gegen den Präsidenten anzunehmen, Herr Geißler. Der *Puma* wird den *Hammer* durch die Seile prügeln. Sagen Sie dem Präsidenten, dass er mir dafür die Versetzung und den dritten Stern schuldet.«

»Ich dachte mir, dass Sie nicht kneifen würden.«

39.

Nichts Neues in den Morgennachrichten. Eine Stunde Lauf durch die Rheinwiesen vor dem Frühstück. Quälende Gedanken belagerten Brunos Kopf.

Klee – beinahe stinkreich durch Drogengeld. Hövel – Koksnase mit weißer Weste. Ebi, der hinter seinem Rücken einen Dealer ausgenommen hatte. Max, dessen doppeltes Spiel Bruno den Rest gegeben hatte.

Er sah ein, dass er keine Freunde hatte. Die eigene Frau hatte ihn hintergangen. Partner verkauften ihn für dumm. Er konnte sich auf niemanden verlassen.

Eine private Ermittlung, um hundert Kilo geschmuggeltem Heroin nachzuspüren – die größte Schnapsidee aller Zeiten. Für Tötungsdelikte war Ela Bachs Truppe zuständig. Der Mordfall hatte ihm ohnehin nicht als Sprungbrett gedient. Bruno war den Toten zu nichts verpflichtet.

Er musste sich auf den Kampf konzentrieren. Nur neun Tage für die Vorbereitung – eigentlich glatter Wahnsinn.

Als er vor gut einem Jahr Niederrheinmeister geworden war, hatte auch Thorsten Janosch das Finale im Schwergewicht für sich entschieden. In Runde eins hatte der *Hammer* die Deckung des Gegners durchbrochen. Zwei Aufwärtshaken gegen den Kopf, die dem Schwergewichtler genügt hatten – zu Beginn der zweiten Runde warf Janoschs Gegner das Handtuch. Der Schupo-Kollege war ein Kraftpaket. Jung und voller Selbstbewusstsein. Aber er war nicht unbesiegbar. Bruno musste nur den Trainingsrückstand aufholen.

Er wollte siegen. Nicht knapp, sondern deutlich. Er wollte

alle zum Verstummen bringen, die ihn einen Feigling nannten. Wenn er den Polizeipräsidenten überzeugte, konnte Kriminalrat Engel ihm gestohlen bleiben. Bruno war auf das Wohlwollen der Krawattenschwuchtel nicht angewiesen.

Der Benefizkampf war seine Chance – in mehrfacher Hinsicht.

Bruno fuhr zur Heyestraße. Unterwegs hielt er an einer Muckibude und deckte sich ein: zwei Kartons Proteinpulver, eine Schachtel Amino-Trinkampullen und eine Großpackung Mineralstoffkonzentrat mit Grapefruitgeschmack zum Mixen eigener Elektrolyt-Drinks.

Im Kraftraum des Vereinsheims ließ er die Geräte klappern. Die Auswahl war gering und veraltet. Der TuS Gerresheim war ein Arbeiterverein ohne Kohle für moderne Maschinen. An die Zeit der Triumphe erinnerten sich nur noch Janssen und eine Hand voll Funktionäre, die allesamt im Rentenalter waren. Bruno schwitzte einsam vor sich hin. Nach der vierten Runde schmerzten die Muskeln. Nach der sechsten zitterte Bruno am ganzen Leib.

Er wusste, dass er gegen die Regeln des Trainers verstieß. Janssen durfte ihn nicht erwischen. Der Alte lehnte forciertes Bodybuilding ab. Aber Bruno wollte sich nicht allein auf seine Schnelligkeit und Technik verlassen.

Dehnübungen und Auslaufen auf der Aschenbahn. Zurück nach Hause. Bruno briet sich ein Steak und kochte einen Berg Nudeln.

Als er satt war, trug er Karens Garderobenspiegel ins Wohnzimmer und übte Schlagtechnik bis zur Erschöpfung.

Mittagsschlaf, danach erneut zum Vereinsheim. Die Fahrt quer durch die Stadt zog sich hin.

Sein Handy spielte den Hummelflug.

Es war die Sekretärin des Behördenleiters. Sie richtete aus, dass Bruno sich am nächsten Nachmittag um drei im Büro des Polizeipräsidenten einfinden solle, um die Einzelheiten des Benefizkampfs zu besprechen. Er dürfe seinen Trainer mitbringen. Sein Gegner werde auch da sein.

Die Sekretärin sagte: »Herr Bewerunge hat Ihnen bereits zu Hause auf den Anrufbeantworter gesprochen. Er lässt fragen, ob es Ihnen etwas ausmacht, über sechs Runden zu gehen und auf den Kopfschutz zu verzichten.«

»Es macht mir nichts aus«, antwortete Bruno. »Aber zu sechs Runden wird es nicht kommen. Sagen Sie ihm, dass ich Janosch spätestens in der dritten Runde auf die Bretter schicken werde.«

Die Stimme der Sekretärin blieb kühl und distanziert. »Der Spruch wird ihm gefallen. Janosch nannte übrigens die erste Runde.«

Janssen wirkte müder als sonst, aber seine Augen strahlten. Der alte Trainer genehmigte sich einen heimlichen Schluck aus dem Flachmann und spulte die Ich-hab's-ja-gewusst-Nummer ab – sein bester Kämpfer hatte sich zurückgemeldet.

Bruno bekam einen Aufbauplan verpasst: Wochentags Training in der Halle, der Samstag war Lauftag, am Sonntag war gutes Essen angesagt. Bruno nahm sich vor, jeden Tag zu laufen und keine Pause zu machen.

Er schlug den Sandsack und klatschte den Medizinball gegen die Wand. Er sprang Seil und verprügelte die Maisbirne. Bauchtraining für das Einstecken. Trommeln gegen die Matte für die Schnellkraft. Die *Pyramide* – Intervalltraining bis kurz vor dem Zusammenbruch. Janssen hielt ihn auf Trab.

Wenn du keine Luft mehr hast, musst du Gas geben.

Wenn du glaubst, du bist der Schnellste, musst du an Tempo zulegen.

Wenn deine Muskeln schwer werden, hast du dich noch nicht wirklich verausgabt.

Als Brunos Sparringspartner hatte der Trainer Joe ausgeguckt, einen jungen Asylbewerber aus dem Kongo. Der Schwarze war der einzige aktive Schwergewichtler des TuS Gerresheim mit Wettkampferfahrung – der alte Coach glaubte, dass Joes Kampfweise der des *Hammers* ähnelte.

Im Sparring übte Bruno Kombinationen. Technik und Taktik. Janssen feuerte Bruno an. Er schimpfte. Es ging ihm nicht schnell genug, die Deckung stimmte nicht. Bruno wechselte zu zögerlich von der Defensive in den Konterangriff. Er tänzelte nur und übte keine Dominanz aus. Janssen tobte zehn Runden lang. Als er das Training für beendet erklärte, war Joe außer Atem und Brunos T-Shirt klebte am Leib.

Jetzt lobte der alte Trainer und sprach Bruno Mut zu. Janssens alte Masche: Zuckerbrot und Peitsche. Bruno wollte weitersparren. Janssen widersprach: »Wir müssen es behutsam angehen, Junge. Auf den Punkt trainieren. Sonst stehst du im Ring wie ein nasser Sack.«

Joe runzelte seine schwarze Stirn und riss die Augen weit auf. »Hab gehört, Sauerland war an Janosch dran. Wollte den *Hammer* ins Profilager abwerben. Der Kerl schlägt nicht einfach zu. Der schmeißt mit Steinen.«

»Wir lassen uns nicht verrückt machen«, antwortete Janssen. »Janosch ist ein Schläger. Er hat nichts außer seinem rechten Haken. Er bricht ein, sobald er an einen guten Techniker gerät. Unser einziges Problem ist die kurze Vorbereitungszeit.«

In der Abenddämmerung joggte Bruno noch einmal durch die Rheinwiesen. Seine Arme und Beine waren schwer wie Blei. Ihm wurde kalt und schwindlig. Die Finger waren eingeschlafen – Dehydration durch zu viel Training.

Zu Hause ließ Bruno die Wanne voll laufen. Im Badezimmerschrank fand er unter Karens Resten eine Flasche mit Lavendelöl. Er kippte den Inhalt in die Wanne – *nervenentspannend und muskellockernd für das Vata-Dosha.*

Der Anrufbeantworter blinkte. Drei Nachrichten. Bruno drückte die Wiedergabetaste, drehte die Lautstärke auf und ging ins Bad. Er ließ sich ins heiße Wasser gleiten und spürte sofort, wie gut es ihm tat.

Der Polizeipräsident drückte seine Freude über Brunos Zusage aus und lud Bruno persönlich zur Vorbesprechung ein – der Anruf, von dem Bewerunges Sekretärin ihm bereits erzählt hatte.

Max Pommer hatte als Zweiter auf das Band gesprochen. *Ich glaub, ich muss dir was erklären. Ruf mich bitte zurück. Meine Handynummer hast du ja.*

Bruno dachte an Lauffers Festnahme vor einer Woche. Jemand, der das Narbengesicht schützen wollte und sich in der Festung auskannte, hatte die beschlagnahmte Waffe geklaut. Der junge Schläger hatte bei seiner Festnahme Insiderwissen offenbart: *Niederrheinmeister im Partner-im-Stich-Lassen.* Eine Erkenntnis aus der *Palumbo*-Observation: Lauffer hatte Max besucht. Der Grauschopf wiederum hatte Beziehungen und bereits vor dem Kriminalrat von der geplanten Sonderermittlung gegen Staatskanzleichef Hövel erfahren.

Bruno wünschte sich, mit allem nichts zu tun zu haben.

Er hörte dem letzten Anruf zu, der von Engel stammte.

Sicher haben Sie die Nachrichten vernommen. Ziehen Sie aus gewissen Meldungen keine falschen Rückschlüsse. Teile unserer Abmachung bleiben aktuell. Ich weiß nicht, wer dieses Band außer Ihnen abhören kann, deshalb nur so viel: Es gibt weitere Neuigkeiten, über die wir reden müssen. Morgen Nachmittag um zwei in meinem Büro.

Schaum umspielte Brunos Knie. Schweiß war auf seine Stirn getreten. Die Nachricht des Langen beunruhigte ihn. *Weitere Neuigkeiten.*

40.

Bruno rubbelte sich trocken. Er sehnte sich nach dem Bett, aber er zog sich an, lief zu seinem Auto hinunter und fuhr zum Präsidium.

Der Glaskasten des Pförtners war um diese Uhrzeit verwaist. Um die Festung zu betreten, tippte Bruno den Zifferncode in das Kästchen am Eingang. Es summte.

Kein Mensch im Foyer. Leere Flure. Die Tür zur Datenstation war unverschlossen. Svenja war nachlässig gewesen – er konnte die Lock-Picking-Tools in der Tasche lassen.

Schritte schallten durch den Gang. Bruno schlüpfte in den Raum und zog die Tür hinter sich zu. Er ließ das Licht ausgeschaltet – ein paar Zimmer weiter arbeiteten die Kollegen der Kriminalwache: Ritter, Marietta, der Kahle.

Bruno schlich zum zweiten Terminal und schaltete die Geräte ein. Der Computer summte, der Monitor strahlte bläulich. Das Passwort verschaffte Bruno noch immer Zugang. Es war nur eine Frage von Stunden, bis Engel es ändern lassen würde.

Vielleicht der letzte Zugang zum Datenwunderland.

Fieberhaft tippte Bruno.

Name: *L-a-u-f-f-e-r*

Vorname: *T-o-b-i-a-s*

Vermerke, Notizen, Protokolle: Der Taxifahrer war einundzwanzig, gerade alt genug für den Personenbeförderungsschein. Er war nicht vorbestraft, aber die Liste der Anhaltenotizen aus seiner Jugendzeit war beachtlich. Mit dreizehn hatte er Mitschüler abgezockt und ihre Turnschuhe an Aussiedlerbanden verscherbelt. Mit vierzehn brachten ihn die Kollegen nach Hause, weil er sich zugedröhnt auf die Treppe am Burgplatz gelegt hatte. Mit fünfzehn schloss er sich den Autonomen an und schmiss Steine gegen Kundgebungen der Neonazis.

Die üblichen Hinweise auf ein schwieriges Elternhaus. Lauffer senior, Besitzer einer Reinigungsfirma in der Ackerstraße, trank und galt als NPD-Aktivist. Vorstrafen wegen Körperverletzung, Berichte über Ruhestörungen. Nachbarn munkelten, der Alte verprügle Frau und Sohn.

Vernehmungen, Querverweise: Mit achtzehn trieb sich Tobias Lauffer im Zockermilieu herum.

Brandheiß: Das Kommissariat für Glücksspiel und Falschgeld führte den Jungen als Informant. Bruno fand die VP-Akte: seitenweise Notizen über Treffen mit der Kontaktperson Lauffer. Er las den Namen des V-Mann-Führers: Max Pommer, der Dienststellenleiter höchstpersönlich.

Bruno surfte durch die Fälle des KK 33. Er fand den Aktenvorgang zur Razzia in der Bude über dem *Palumbo*. Der 17. Mai des letzten Jahres – kein Lauffer auf der Liste der Festgenommenen.

Klarer Fall: Der Junge hatte den Glücksspielermittlern den Hinweis auf den Zockertreff gegeben. Pommer hatte Tobias Lauffer zum Schein an die Heizung fesseln lassen, damit die anderen Zocker nicht ahnten, auf welcher Seite das Narbengesicht stand.

Bruno suchte weiter und fand noch mehr heraus. Lauffer senior und seine Frau waren nicht die leiblichen Eltern des Jungen. Das Klamottenwäscherpaar hatte Tobias adoptiert. Das Kinderheim St. Antonius war des Ärgers mit dem Knaben überdrüssig gewesen. Die Ordensschwestern waren der Meinung, er brauche die starke Hand eines Vaters. Bruno wunderte sich, dass sie für das schwierige Kind überhaupt Pflegeeltern gefunden hatten.

Die wirkliche Mutter: Maria Buchmüller, geboren am 6. April 1960. Ihre Berufsangabe lautete Fremdsprachenkorrespondentin. Den leiblichen Vater von Tobias hatte sie verheimlicht. Eine allein erziehende Mutter, die auf Unterhalt verzichtete und sich und ihr Kind als Teilzeittippse über Wasser gehalten hatte.

In der Datei des Einwohnermeldeamts fand Bruno nur eine knappe Eintragung: Maria Buchmüller war am 27. Februar 1991 bei einem Verkehrsunfall gestorben. Sie hatte ihren einunddreißigsten Geburtstag nicht mehr erlebt. Tobias war zum Zeitpunkt ihres Todes neun Jahre alt gewesen – so alt wie Bruno, als sein Vater die Familie verließ.

Der Unfall. Das Datum.

Ein Schuss ins Blaue – Bruno versuchte sich zu erinnern, auf welche Weise er am Freitag die alten Unterlagen des Inneren Dienstes aufgestöbert hatte.

Verbotene Pfade, jeder Schritt tabu.

Name: *P-o-m-m-e-r*
Vorname: *M-a-x*
Die Erkenntnisse der internen Schnüffler. Die letzten Eintragungen über Grauschopf Max, bevor Thanns Dienststelle aufgelöst worden war. Anschwärzungsversuche und uralte Geschichten.

Hier: der Unfall mit Todesfolge. Das gleiche Datum. Bruno sah sich den Vermerk genauer an.

Max kutschiert seinen Minister gegen drei Uhr morgens durch das Bergische Land. Nur Lemke und sein Leibwächter. Eine Nebenstraße, gottverlassen. Mitten im Wald entdecken sie ein demoliertes Auto im Graben. Pommer verständigt den Notarzt und die Kollegen. Die Fahrerin des Unfallwagens verblutet. Ihr neunjähriger Sohn überlebt schwer verletzt.

Die Polizei analysiert Bremsspuren. Das Ergebnis: Jemand war Maria Buchmüllers Fahrzeug mit überhöhter Geschwindigkeit entgegengekommen und hatte die Frau von der Straße gedrängt. Das Schwein hatte Unfallflucht begangen. Wären Max und der Minister nur wenige Minuten eher eingetroffen, hätte die Mutter wahrscheinlich überlebt.

Die Eintragung endete mit der Feststellung, dass der Unfallverursacher nie gefunden worden war.

Bruno wechselte die Datei. Er surfte durch die Unterlagen der Straßenverkehrsbehörde und holte das Geburtsdatum des Ministers auf den Schirm.

Der 26. Februar 1949.

Treffer: Am Vorabend des Unglücks hatte Lemke seinen Zweiundvierzigsten gefeiert. Bruno trug das Erinnerungsfoto in seiner Tasche.

Widersprüche und Übereinstimmungen.

Waisenkind Tobias, Unfallzeuge und Helfer: Max. Eine Verbindung, die der Zufall in einer Winternacht hergestellt hatte und die bis heute hielt.

Pommer hatte dem Jungen das Leben gerettet. Lauffer hatte dem KK 33 als Informant gedient und die Glücksspielbude über dem *Palumbo* verraten, wo der Spitzel noch immer ein und aus ging. Und wenn man dort anrief, meldete sich Max.

Kriminalrat Engel erwartete, dass Bruno mit Erkenntnissen über Pommer zu ihm kam. Die Krawattenschwuchtel verlangte, dass er Belastungsmaterial beibrachte. Engel hatte von *weiteren Neuigkeiten* gesprochen.

Bruno entschied sich, kein Verräter zu sein.

In der Nacht wachte er auf. Hubschrauber hatten ihn gejagt. Achtarmige Steingötzen waren auf ihn gestürzt. Ein Kerl mit Sonnenbrille hatte ihn mit Schüssen verfolgt.

Bruno schlurfte durch die Wohnung. Er fand eine Tube *Mobilat*-Gel und verrieb eine Hand voll auf Brust und Oberarmen gegen den Muskelkater. Ein Schluck Leitungswasser gegen den Durst.

Er kroch unter die Decke zurück. Er lauschte dem Rauschen der Autos auf der Luegallee und sehnte sich nach Schlaf und nach seiner Frau, die er verfluchte.

41.

Ein ausgedehnter Lauf mit nüchternem Magen. Fünfzig Minuten mit kurzen Sprints zwischendurch. Er konzentrierte sich auf Atmung und Pulsfrequenz. Sein Muskelkater war schwächer, als er befürchtet hatte.

Zu Hause übte er Liegestütze und Klappmesser. Tanzschritte und Kombinationen vor dem Spiegel, bis die Nachbarin in der Wohnung unter ihm gegen die Decke klopfte.

Auf der Fahrt ins Vereinsheim klingelte das Handy. Der Grauschopf war dran.

»Warum rufst du nicht zurück, Bruno?«

Bruno stoppte am Straßenrand. »Sei ehrlich, Max! Was hast du mit dem Mord an den Klees zu schaffen?«

»Mach mal halblang!«

»Die letzte Nummer, die Heinz Klee in seinem Leben wählte. Als ich sie anrief, hatte ich dich in der Leitung!«

»Ja, ich weiß.«

»Und? Worum ging es?«

»Klee wollte, dass ich die Telefonnummer des Innenministers rausrücke. Nur weil die beiden mal befreundet waren. Ich hab Klee gesagt, er soll sich an Lemkes Büro in der Haroldstraße wenden. Nicht umsonst hat Lemke privat eine Geheimnummer.«

»Was wollte er vom Minister?«

»Das hat er mir nicht verraten. Der Kerl wurde lästig. Ich musste ihn regelrecht abwimmeln. Meinst du, es hat womöglich mit dem Mord zu tun?«

»Was ist das für eine Bude im Stockwerk über dem *Palumbo* an der Tannenstraße?«

Die Stimme Pommers kam zögerlich. »Was weißt du darüber?«

»Ich hab zuerst gefragt. Oder hast du Geheimnisse vor mir?«

Max sprach leise: »Ich kann jetzt nicht offen reden. Es hat mit Lara zu tun. Ist es dir recht, wenn ich morgen zum Frühstück zu dir komme? Ich bring Brötchen mit. Ich werde dir alles erklären.«

Bruno plagte sich an den Maschinen. Er legte sich auf die Bank und stemmte die Langhantel, bis seine Arme versagten. Er fragte sich, wie er mit dem Minister in Kontakt treten konnte.

Von draußen hörte er Schritte und Fluchen. Die Tür schwang auf und schlug gegen die Wand. Coach Janssen und sein Gehilfe Wilfried schleppten ein Gestell herein. Sie ächzten und ließen das schwere Ding auf den Boden krachen.

Der alte Trainer bemerkte Bruno. Er fuhr ihn an: »Was machst du hier? Wozu soll das gut sein?«

Bruno legte die Hantel ab. Er sah Wilfried zu, der eine neue Maschine aufbaute. Eine Art Galgen mit einem Lederband.

Janssen stampfte mit dem Fuß auf. »Was hab ich dir in den Trainingsplan geschrieben? Du warst gestern schon hier, hab ich Recht? Wie oft soll ich es noch sagen? Zu dicke Muskeln machen langsam. Zu viel Training laugt aus. Bist du Boxer oder Bodybuilder? Antworte mir!«

Wilfried verließ den Raum und kehrte mit Gewichten zurück. Zu zweit befestigten sie die Eisenscheiben an dem Gestell.

»Was wird das?«, fragte Bruno.

Der Assistent verschraubte einen Sitz mit dem Galgenapparat. »Janosch ist kein Hammer, sondern eine Interkontinentalrakete.«

Der Trainer zog seine viel zu weite Hose hoch und setzte sich zu Bruno auf die Bank. »Wilfried hat sich das Training deines Gegners angesehen. Er übertreibt, aber eventuell wirst du einiges einstecken müssen. Das Ding wird deinen Nacken stärken.«

»Und das fällt nicht unter Bodybuilding?«

»Wer von uns ist hier der Trainer?«

Janssen schickte Wilfried nach Getränken. Bruno sah die Ringe um die Augen des alten Trainers. Hohle Tränensäcke, Furchen in der Stirn. Sein Atem roch neutral – noch kein Schnaps heute Morgen.

Bruno sagte: »Ich dachte, du bist um diese Zeit in der Fabrik.«

»Sie haben mich rausgeschmissen.«

»Tut mir Leid.«

»Ich bin ganz froh, nicht mehr malochen zu müssen.«

»Wer hat diese Maschine bezahlt?«

»Wir haben gesammelt. Jeder hat was dazugegeben. Der Verein ist stolz auf dich, mein Junge.«

Zu Hause blinkte schon wieder der Anrufbeantworter. Svenja teilte mit, dass der Kriminalrat ein neues Passwort veranlasst hatte. Brunos Zugang zum Datenwunderland war versiegelt worden – er hatte es vorhergesehen. Die Datentante verkniff sich die Bitte um Rückruf. Bruno wusste, dass sie sich gemeldet hatte, weil sie ihn wieder sehen wollte.

Den Mittagsschlaf ließ Bruno ausfallen. Die Krawattenschwuchtel erwartete ihn um 14 Uhr. *Weitere Neuigkeiten.*

Bevor Bruno aufbrach, rief er Thilo Becker in der Festung an. Eine Kollegin ging ran und versprach, dem Blondschopf auszurichten, dass er zurückrufen solle. Dann wählte Bruno die Nummer des Innenministeriums.

Nach dem zweiten Läuten knallte er den Hörer hin. Der Minister würde für einen einfachen Kripomann ohnehin nicht zu sprechen sein.

Bruno überlegte. Becker zu berichten, dass Heinz Klee sich vor seinem Tod an Lemke wenden wollte, war eine Schnapsidee. Der Mordermittler würde wissen wollen, woher die Information stammte. Mit dem *Palumbo* war etwas faul. Bruno musste Max raushalten.

Er drückte die Wahlwiederholung.

Nach dem sechsten Klingeln hatte er den Telefonisten in der Leitung.

»Ich hätte gern den Minister, bitte.«

»Den geben wir nicht her.« Der Mann am anderen Ende kicherte. Ein Band spielte Klaviermusik. Die Sekretärin meldete sich. Bruno nannte seinen Namen und stellte sich einen Drachen vor, der geübt darin war, Leute abzuwimmeln.

Eine freundliche Stimme bedauerte, nicht durchstellen zu können. »Herr Dr. Lemke ist außer Haus. Termine bis zweiundzwanzig Uhr. Bei ihm geht das jeden Tag so.« Es klang, als würde sie das aufrichtig bedauern.

»Richten Sie ihm aus, es geht um seinen alten Schulfreund Heinz Klee. Es ist wichtig.«

»Wie gesagt, ich werde ihn heute gar nicht mehr sehen. Können Sie es denn nicht schriftlich machen?«

Bruno legte auf.

42.

Unter dem dunkelgrauen Anzug trug Engel eine schwarze Krawatte mit hellblauen Punkten zum blauen Hemd – mal wieder wie aus dem Ei gepellt. Der Lange stellte Bruno einen Kollegen der Polizeiinspektion Ost vor, einen jungen Uniformierten mit einem Silberstern auf der Schulter. Der Kommissar hieß Holger Breitling, war Mitte zwanzig und sichtlich nervös.

Der Kriminalrat wiegte sich in seinem Drehsessel. »Erzählen Sie dem Kollegen Wegmann, wie Sie den 26. November letzten Jahres erlebt haben, Herr Breitling.«

»Wir waren alle sehr aufgebracht. Der Amokläufer hatte drei Kollegen ermordet.«

»Weiter«, forderte Engel. »Das wissen wir.«

Breitling knetete seine Mütze. Der Blick des Uniformierten wanderte ziellos durch den Raum. Bruno bemerkte, dass Breitling es vermied, ihn anzusehen. Offenbar ängstigte sich der junge Beamte vor ihm genauso wie vor dem Kriminalrat.

»Ein paar von uns beteiligten sich nach Feierabend an der Suche.«

»Darunter Sie.«

»Ja.«

»Allein in Ihrem Privatwagen?« Bruno erkannte, dass Engel die Fragen nur für ihn stellte. Der Lange kannte Breitlings Antworten bereits.

»Ja. Wir hatten Handfunkgeräte dabei.«

»Waren Sie bewaffnet?«

Der Kuttenträger zögerte. Leise gestand er: »Ja.«

»Was geschah gegen 20.30 Uhr?«

»Ich fuhr die Bergische Landstraße entlang, aus Richtung Mettmann kommend. Die Beschreibung des Fluchtfahrzeugs war im Radio verbreitet worden. Es gab ständig Hinweise von Bürgern, die den BMW gesehen haben wollten.

Das meiste davon war Mist. Etwa um halb zehn kam mir ein Fahrzeug entgegen, das der Beschreibung entsprach. Das Kennzeichen konnte ich nicht erkennen. Ich wendete und verlor das Auto aus den Augen. Ich gab meine Beobachtung an den Kollegen in der PI Ost durch, der unseren Einsatz koordinierte.«

»Ein privates Suchkommando von Kollegen, die auf eigene Faust nach dem Täter fahndeten«, warf Engel ein.

»Wir waren wütend und aufgebracht. Der Täter hatte es auf Polizisten abgesehen.«

»Weiter!«

»Ich suchte die Parkplätze an der Rennbahn ab. Etwa um zwanzig vor zehn hörte ich einen Knall wie von einer Schusswaffe. Als ich den hinteren Parkplatz erreichte, bemerkte ich den BMW und einen Mazda-Kombi. Zwei Kollegen waren vor mir eingetroffen. Einer setzte den Mazda zurück, der andere machte sich an dem BMW zu schaffen.«

»Haben Sie die beiden erkannt?«

»Ja.«

»Fahren Sie fort«, drängte der Lange, sich aus dem Ledersessel nach vorn lehnend. »Ich hab nicht viel Zeit.«

»Es waren Max Pommer und Markus Seberich vom KK 33.«

»Gehörten die beiden zu Ihrem Suchkommando?«, fragte Engel.

»Nein, aber es waren an dem Abend verschiedene Gruppen unterwegs. Fast jeder Kollege war auf den Beinen.«

»Was taten die beiden genau?«

Breitling blickte Bruno an und zögerte.

Engel wurde ungeduldig. »Kommen Sie schon!«

Es klopfte. Die Sekretärin des Kripochefs schaute herein. »Sie müssen jetzt los, Herr Engel, wenn Sie den Flieger nicht verpassen wollen.«

Der Lange stand auf und packte Unterlagen in eine lederne Aktentasche. Er zog Schubladen auf und blätterte in Papieren.

Zugleich redete Engel für den jungen Beamten weiter: »Pommer präparierte die Tatwaffe. Er wischte seine eigenen Fingerabdrücke ab und legte die Pistole in Helmers Hand. Seberich beseitigte die Reifenspuren. Sie, Breitling, halfen dabei. Dann verständigte Pommer die Kollegen und erfand das Märchen, Sie hätten sich aus Angst vor Sprengfallen dem Wagen des Amokläufers nicht genähert. Aus falsch verstandener Solidarität blieben Sie bei dieser Version auch, als Sie von den Kollegen vom Inneren Dienst vernommen wurden. Stimmt's?«

Der Uniformierte schwieg.

»Pommer hat den mutmaßlichen Amokläufer erschossen. Sie und Seberich haben ihm geholfen. So war's doch, Kollege Breitling?«

»Ja«, antwortete der Schupo leise.

»Ich erwarte einen detaillierten schriftlichen Bericht von Ihnen. Und Sie, Wegmann, wissen, was Sie zu tun haben. Entschuldigen Sie mich jetzt. Ich konnte den Kongress in Hannover nicht absagen. Wir sprechen uns am Freitag.«

Der Lange hielt ihnen die Tür auf. Sie verließen sein Büro. Der Kriminalrat stürmte den Gang hinunter.

Breitling vermied es, Bruno in die Augen zu schauen. Er leckte sich die Lippen – wie ein Tünnes, der beim Diebstahl erwischt worden ist, dachte Bruno.

»Sie müssen das verstehen, Herr Wegmann. Der Kerl hatte drei Kollegen auf dem Gewissen. Und als der Innere Dienst aufkreuzte ... Ich meine ... Was sollte ich tun? Jeder von uns war an dem Abend ...«

»Aufgebracht.«

»Ja. Was werden Sie jetzt gegen Pommer und Seberich unternehmen?«

»Sag du zu mir. Ich heiße Bruno. Nichts werde ich unternehmen. Wie kommst du darauf?«

»Sind Sie nicht ... Ich meine ... Ich dachte, du bist der neue Leiter des Inneren Dienstes.«

»Hat der Kriminalrat das behauptet?«

»Er hat Andeutungen gemacht.«

»Unsinn. Den Inneren Dienst gibt es nicht mehr und du hast völlig Recht. Jeder von uns hätte Helmer damals erschossen. Was hat Engel dir eigentlich versprochen, damit du Pommer und Seberich verpfeifst?«

Der Uniformierte schluckte. Sein Adamsapfel tanzte.

Bruno sah sich um – keiner da, der mithörte. »Vergiss den schriftlichen Bericht. Falls es tatsächlich eine zweite Untersuchung geben sollte, behauptest du, der Kriminalrat wollte dich zur Falschaussage gegen Pommer und Seberich nötigen. Damit machst du ihn dir zum Feind, aber der Rest der Behörde wird dich lieben, verstehst du?«

»Danke«, antwortete Breitling. Der Schupokommissar wirkte nicht gerade erleichtert.

43.

Es war bereits fünfzehn Uhr. Der Polizeipräsident musste warten. Bruno lief die Hintertreppe hinunter ins Erdgeschoss. An der Tür zur Kriminalwache tippte er den Code in das Kästchen.

Er betrat den Funkraum und schaltete den Computer ein. Jeden Moment würden die ersten Kollegen der Spätschicht eintreffen. Ab dann würde Bruno mit seiner Suche Aufsehen erregen.

Er wählte sich in die Daten des Einwohnermeldeamts ein, die jedem Polizeibeamten zur Verfügung standen. Er forschte nach Lemkes privater Adresse. Das System hängte sich fest. Ausschalten und Neustart. Minuten vergingen – veraltetes Programm.

Schritte näherten sich auf dem Flur. Bruno sann nach Ausreden.

Jemand schlurfte vorbei in Richtung Hof.

Endlich klappte die Verbindung. Die Meldedaten sämtlicher Einwohner Düsseldorfs.

Name: *L-e-m-k-e.*

Vorname: *A-x-e-l.*

Kein Eintrag. Der Minister wohnte außerhalb. Bruno startete die Abfrage *Land.*

Treffer: Meerbusch. Lortzingstraße 17.

Er knipste den Computer aus und löschte das Licht. Bevor er auf den Gang trat, prüfte er, ob die Luft rein war.

Kollegen der Dienstgruppe zwei kamen ihm im Foyer entgegen.

»Was machst du hier, *Champion*? Hast du nicht frei?«

»Vorbesprechung.« Er deutete ein paar Boxhiebe an und sprang in den Paternoster, der ihn nach oben trug.

Mahagonietage, der Flur zum Allerheiligsten. Die Porträts der Polizeipräsidenten seit 1945 in Reih und Glied.

Vor der Tür stand Janssen und rauchte. Bruno hatte den Coach seit Jahren nicht mit einer Zigarette gesehen.

»Hab ich was verpasst?«, fragte er den Trainer.

»Dein Präsident führt seine Videos vor. Ali gegen Frazier, die dritte Begegnung. Dein oberster Chef hat 'ne Obermacke. Der hält uns für Kirmesschläger. Der tut, als sei er Nero, der seine Gladiatoren vorführt. Bist du dir sicher, dass du dir diesen Scheiß antun willst?« Janssen drückte seine Kippe in einen Pflanzenkübel.

Im Vorzimmer deutete die Sekretärin missbilligend auf ihre Armbanduhr. Sie winkte Bruno und seinen Trainer durch.

In der Präsidentensuite war die Show in vollem Gang. Der Behördenleiter hielt die Fernbedienung in beiden Händen und zuckte mit dem Kopf, als weiche er Schlägen aus. Zwei Dutzend Zuschauer: Schreiberlinge, Fotofritzen, Obermuftis aus den Nachbarbüros. Dresbach, der Kripochef. Friedrichsen, der Abteilungsleiter Gefahrenabwehr/Sicherheit. Hombach, der neue Verwaltungschef.

Bruno bemerkte den *Hammer.* Der Junge saß in der zweiten Reihe und langweilte sich. Der Kaugummi kauende Quadratschädel neben ihm musste der Trainer aus Kamp-Lintfort sein. Noch ein Platz weiter, in Cordhose und grünem Anorak, ein Funktionär vom Landesverband der Amateurboxer.

Die Reporter gähnten. Sie malten Kringel in ihre Notizblöcke. Die Knipser überprüften ihre Kameras. Die Obermuftis starrten auf die Mattscheibe.

Der *Thriller in Manila.*

Am 1. Oktober 1975 war Klein-Bruno sechs Jahre alt gewesen. Er hatte schlecht geschlafen und war zur Toilette getapert. Er hörte Geräusche. Im Wohnzimmer war Licht – sein Vater guckte Glotze. Seltsam, um diese Uhrzeit. Wegmann senior zog Bruno auf seinen Schoß. Der Junge ängstigte sich. Er starrte dennoch hin, weil er annahm, dass sein Vater es von ihm erwartete.

»Er kriegt ihn mürbe!«, rief Wegmann senior begeistert.

Schwarze Männer in Turnhosen. Klein-Bruno hatte keinen Schimmer, warum sie einander wehtaten.

Boxhistorie – Bruno hatte einiges darüber gelesen, seit er selbst boxte. Jahre zuvor hatte man Ali den Weltmeistertitel wegen Kriegsdienstverweigerung aberkannt. Als er ihn gegen Frazier zurückholen wollte, verlor er. Er gewann die Revanche, aber den Titel hielt inzwischen der junge Foreman. Dann, Kinshasa 1974, *Rumble in the Jungle:* Ali schlug Foreman k.o. Der Stilist besiegte den Kraftbolzen. Erneut war Ali Meister aller Klassen.

Als er zum dritten Mal auf Frazier traf, musste er beweisen, dass er den Triumph über Foreman nicht einem bloßen Zufallstreffer verdankte, wie viele vermuteten. Ali musste glanzvoll gewinnen.

Manila: der Jahrhundertkampf. Die Schlacht, die Ali endgültig zum Helden machte.

Die Farben auf dem Monitor wirkten blass und verwaschen. Der amerikanische Kommentator plärrte aufgeregt. Ali bewegte sich auf Zehenspitzen, hielt die Fäuste fast entspannt in Gürtelhöhe. Frazier kam, duckte sich, wollte schlagen, kassierte Alis Rechte, dann umarmten sich die beiden.

Die dreizehnte Runde, schätzte Bruno. Vier, fünf Minuten mussten sie noch zuschauen.

Ali ließ die Arme hängen – Janssen würde Bruno für solche Lässigkeit zum Teufel jagen. Frazier kam, Ali traf, Fraziers Mundschutz flog in hohem Bogen.

Der Polizeipräsident sprang auf. Habt ihr das gesehen?

Gegen Sonny Liston hatte Ali getanzt, um den anderen zu frustrieren. Gegen Foreman war er an den Seilen gestanden und hatte eingesteckt, bis der andere durch die eigenen Schläge ermüdet war. In Manila half weder die eine noch die andere Taktik. Frazier kannte Ali. Ihn konnte der Champion nicht überraschen.

In den meisten Runden des Kampfs steckte Ali fürchterlich ein. Nur einmal sah es für kurze Zeit aus, als wende er das Blatt. Ansonsten tat Frazier seine Arbeit. Der Herausforderer trieb Ali von einer Ecke in die nächste und holte Punkt um Punkt. In Runde dreizehn waren die Kämpfer erschöpft. Auf den Zetteln der Punktrichter führte Frazier haushoch.

Runde vierzehn. Ali hatte noch Luft – weiß der Geier, woher. Er begann plötzlich, *Dominanz auszuüben.*

Bruno erinnerte sich, wie er diesen Moment auf dem Schoß seines Vaters miterlebt hatte. Wie er gejubelt hatte, als Ali Oberhand bekam. Weil er merkte, dass Wegmann senior dem Champion die Daumen drückte. Weil sein Vater ihm ins Ohr flüsterte: *Siehst du, wie er ihn mürbe kriegt?* Es hatte anscheinend einen Sinn, dass die schwarzen Männer einander wehtaten.

Innerhalb von Sekunden zerstörte Ali seinen Gegner. Wie ein Gewitter fiel er über Frazier her. Zur fünfzehnten Runde trat der Herausforderer nicht mehr an.

Der Polizeipräsident zielte mit der Fernbedienung. Der Bildschirm erlosch. Der Präsident deutete Schläge an und grinste zu Janosch hinüber. Die Obermuftis applaudierten.

Der Augen des Behördenleiters schimmerten. Er hielt seine Rede.

»Wir werden die Philipshalle füllen. Der Kampf des Jahres. Ein Glücksfall, dass die Behörde zwei Ausnahmesportler in ihren Reihen hat. Bereits das Vorprogramm kann sich sehen lassen. Die Cheerleader von *Rhein Fire,* eine Modenschau und Kämpfe der Junioren aus Kamp-Lintfort und Düsseldorf. Dann treten unsere Helden an. Sechs Runden zu drei Minuten. Ohne Kopfschutz. Am 25. April werden wir echte Männer sehen.«

»Hast du das gewusst?«, flüsterte Janssen Bruno zu. »Er will Profibedingungen!«

»Unsere Helden werden es Ali und Frazier gleichtun. Sie werden dem Publikum eine Vorstellung ihrer unerschrockenen Bereitschaft geben, sich immer und überall dem Verbrechen zu stellen. Dem Sieger winkt die Beförderung. Der Kampf wird nicht nur den Hinterbliebenen zugute kommen, sondern auch das Image der Polizei in dieser Stadt und dem gesamten Land befördern.«

Janssen protestierte. Der Kopfschutz sei im Amateursport Pflicht. Sechs Runden seien zwei zu viel. Janosch beratschlagte sich mit seinem Trainer. Der Typ vom Landesverband sah aus dem Fenster, als ginge ihn das alles nichts an – Bruno begriff, dass der Präsident den Funktionär bereits auf seine Seite gezogen hatte.

Bruno stimmte zu.

Janosch zuckte mit den Schultern.

»*Hammer* und *Puma!*«, rief der Präsident und winkte die Kämpfer zu sich. Er packte ihre Hände und reckte sie in die Luft.

Janosch war größer, als Bruno gedacht hatte. Sein junger Gegner zeigte die Zähne. Er verstrahlte Einfalt, gepaart mit unerschütterlichem Selbstbewusstsein. Die Pressefritzen machten ihre Aufnahmen.

Bruno und Janosch mussten sich vor dem Plakat aufstellen, das an einen Schrank geheftet worden war. Der Polizeipräsident drängte sich zwischen sie. Die Reporter blitzten drauflos. Sie wollten erhobene Daumen sehen. Siegerlächeln,

Boxerposen. Bruno beobachtete, dass Janssen nach einer frischen Fluppe fingerte.

Händeschütteln, bis alle Filme verschossen waren.

Bruno vernahm, wie der Präsident dem *Hammer* zuraunte: »Hau den Waschlappen aus den Stiefeln und ich erfüll dir jeden Wunsch!«

Teil IV

White Boy, White Lady

44.

Um Viertel vor zehn bezog Bruno Posten in der Lortzingstraße. Er hielt sich abseits der Straßenlampen im Schatten einer Platane für den Fall, dass das Haus unter Objektschutz stand und SEK-Leute die Umgebung beobachteten.

Bruno musste den Minister abfangen, wenn er nach Hause kam. Er wollte erfahren, was es mit Klees letztem Anruf auf sich hatte. Was immer den Antiquitätenhändler noch mit Lemke verbunden hatte – es stand möglicherweise mit dem Mord in Zusammenhang.

Es war eine ruhige, bürgerliche Gegend am Rand von Meerbusch-Büderich. Großzügige Einfamilienhäuser, die in den Siebzigern errichtet worden waren. Gepflegte Gärten, die Abendbrise verbreitete Fliederduft. Keine Passanten unterwegs. Ab und zu rauschte ein Flugzeug über den Ortsteil hinweg, um jenseits des Rheins über Lohausen herabzusinken und auf dem Rhein-Ruhr-Flughafen zu landen.

Sämtliche Rollläden des Hauses waren heruntergelassen. Es wirkte verschlossen und versiegelt. Vom Objektschutz, den Bruno erwartet hatte, bemerkte er keine Spur.

Er wartete. Vielleicht ging der Minister nach dem letzten Termin noch mit Parteifreunden und Mitarbeitern an eine Hotelbar oder in ein Restaurant. Es konnte spät werden. Bruno hatte sich vorbereitet: ein Anorak über der Jeansjacke, eine Kanne mit Kaffee im Rucksack.

Einmal fuhr ein Wagen an ihm vorbei, Nachbarn, die nach Hause kamen. Gegen halb elf schwebte der letzte Flieger des Tages ein.

Bruno hörte Schritte, altes Laub raschelte in seiner Nähe. Er konnte nichts sehen. Vielleicht hatte eine Katze die Straße überquert.

Eine Stimme erschreckte ihn. »Planen Sie ein Attentat?« Eine Gestalt löste sich aus dem Dunkel.

Eine Frau kam auf ihn zu. Klein, blond, in einen langen schwarzen Mantel gehüllt. Eine Frisur wie ein Helm, gesprayt und auftoupiert. Ein blasses Gesicht leuchtete im Schein der Straßenlampe – attraktiv, wenn man auf kleine Frauen um die fünfzig stand.

»So etwas Ähnliches«, antwortete Bruno.

»Ich finde das nicht lustig.«

»Keine Angst. Ich bin Polizist und habe im Rahmen von Ermittlungen Fragen an den Minister. Weil ich keinen Termin bekommen konnte, warte ich hier auf ihn.« Bruno kramte seinen Dienstausweis hervor. »Sie brauchen sich keine Sorgen um Herrn Lemke zu machen.«

»Ich habe längst aufgehört, mir wegen meines Mannes Sorgen zu machen. Sie warten hier übrigens umsonst. Er übernachtet in seiner Stadtwohnung.«

Lemkes Frau – sie musste das Haus bereits verlassen haben, bevor Bruno in Lauerstellung gegangen war. Von einer Stadtwohnung hatte er nichts gewusst.

»Gucken Sie nicht so belämmert«, sagte die Ministergattin. »Kommen Sie mit rein. Ich habe eine Flasche Chateau Margaux aufgemacht und der Wein ist zu schade, um ihn allein zu trinken.«

Drinnen nahm sie ihm den Anorak ab und führte ihn ins Wohnzimmer. Sie holte Gläser und die Flasche. Er machte es sich in einem der wuchtigen Sessel bequem.

Die Einrichtung war aus der Mode gekommen, aber gediegen und alles penibel aufgeräumt. Die verschlossenen Jalousien irritierten. Als habe die Frau Angst vor Paparazzi. Sie bemerkte seinen Blick und drückte einen Schalter. Ein Motor surrte, die Lamellen schoben sich nach oben und gaben den Blick in den Garten frei. Mondlicht schimmerte auf einem Zierteich.

»Sie erinnern mich an die jungen Beamten, die meinen Mann manchmal zu seinem Schutz begleiten.«

Bruno fiel auf, wie zart und weiß ihre Haut war. Kaum Falten um Mund und Augen. »Ich wundere mich, dass dieses

Haus nicht bewacht wird. Und dass Sie so spät am Abend umherwandern.«

»Ich nenne es Kontrollgang. Ich spähe in die Häuser, um zu erfahren, ob das Leben noch stattfindet.«

»Die Ministergattin als Spannerin?«

Ihr Lachen klang angenehm. »Nach Sonnenuntergang schlägt meine Stunde.«

»Sagte Graf Dracula.«

Sie nahm die Hand vor den Mund und mimte Entsetzen. »Schau ich schon so schlimm aus?«

Er bat um Verzeihung. Er machte Komplimente. Bis auf die Frisur sah sie wirklich ganz passabel aus. Ihre Augen ...

Bruno sagte: »Ihr linkes Auge ist von anderem Blau. Eine Spur dunkler als das andere.«

»Na so was. Lemke hat das in zwanzig Jahren nicht bemerkt.« Sie prostete ihm zu.

Bis zum Kampftag keinen Alkohol – Bruno nippte nur und lobte den Tropfen, weil er annahm, dass sich das gehörte. Er wusste nicht, ob er jemals wieder so nah an Lemke herankommen würde. Vielleicht konnte er die Gattin ausfragen.

Sie sagte: »Mein Mann gilt als Rotweinliebhaber. Wenn es einen Anlass gibt, ihm etwas zu schenken, bekommt er Bordeaux. Kistenweise. Ab und zu suche ich mir einen rassigen Begleiter für den Abend.«

»Wenn er zu schade zum Alleintrinken ist, sollten Sie ihn mit Ihrem Mann genießen.«

»Mit Lemke? Der lässt sich nur zu Weihnachten und zu Ostern hier blicken, wenn die Kinder da sind. Oder wir treffen uns zu gesellschaftlichen Anlässen, die wir nicht vermeiden können. Unsere Schautage. Sie bereiten mir regelrechte Schmerzen, wenn ich nur daran denke. Wir führen schon lange keine richtige Ehe mehr.«

»Das tut mir Leid.«

»Ach was! Ich hab ihn rausgeworfen. Wie soll ich mit einem Mann zusammenleben, der seine Sekretärinnen abschleppt. Ich hätte es wissen müssen. Ich war selbst mal eine. Wegen mir hat er seine erste Frau verlassen. Wie stolz ich dumme Pute damals war!«

Bruno saß in Lemkes Wohnzimmer und hörte sich private Geschichten an. Er hatte das Gefühl, die Intimsphäre des Innenministers zu verletzen. Er sagte sich, dass er nichts dafür konnte, wenn die Frau unter Mitteilungsdrang litt.

Sie sagte: »Erzählen Sie mir von Ihren Ermittlungen. Hat Lemke jemanden umgebracht?«

Er musste lachen. Über ihre direkte Art und darüber, wie sie ihren Mann konsequent beim Nachnamen nannte. »Ich hoffe, nein. Kannten Sie Heinz Klee?«

»Ich habe alles über den schrecklichen Mord gelesen. Heinz ist mit Lemke zur Schule gegangen. Sie waren gute Freunde, wenn man bei einem Politiker von Freundschaft reden kann. Irgendwann hatte Lemke einfach keine Zeit mehr für so etwas.«

Bruno erklärte: »Heinz Klee versuchte vor seiner Ermordung, Ihren Mann zu erreichen. Haben Sie eine Idee, was er von ihm wollte?«

Die Ministergattin legte die Stirn in Falten und verneinte. Bruno zog das Foto aus der Jackentasche. Abgegriffen und etwas ramponiert. Die geknickte Ecke war eingerissen.

Lemkes Geburtstag. Fünf Leute unter Hirschgeweihen. Frau Lemke nicht dabei. Blitzlicht im Fensterglas gespiegelt. Bierseliges Lachen. Lemke, Hövel, Klee und zwei aufgedonnerte Mädels.

»Kennen Sie eine oder beide Frauen?«

Sie verzog das Gesicht. »Stecken Sie das weg. Ich mag diese Weiber nicht sehen.«

»Sekretärinnen?«

»Eine war die Schwangerschaftsvertretung seiner damaligen Chefsekretärin. Blond müssen sie sein. Schlank und jung, wie ich es einmal war. Und auf keinen Fall größer als eins achtundsechzig. Lemke mag es nicht, wenn eine Frau ihn überragt. Als dieses Flittchen verunglückte, kam er mit seiner Trauer zu mir zurückgekrochen. Ich tröstete ihn, weil ich dachte, er wäre nun von seinen Seitensprüngen kuriert. War er auch, aber nur für schlappe vierzehn Monate.«

»Als sie verunglückte?«

Lemkes Geburtstag. Der 27. Februar 1991. Der Unfall im Wald. Bruno fragte weiter: »Sprechen Sie über Maria Buchmüller?«

»Themenwechsel, bitte!«

Der Schnappschuss. Eine Jagdhütte im Bergischen Land. Die Blonde war die Mutter von Tobias Lauffer. Die Akten: Der neunjährige Tobias war beim Unfall schwer verletzt worden. Das etwas schiefe Foto: Womöglich hatte der Kleine die Aufnahme geschossen. Die Geliebte des Ministers hatte ihren Sohn zur Feier mitgenommen.

»Starren Sie bitte nicht das Flittchen an, wenn Sie mir gegenübersitzen!«

Bruno dachte an Pommer. Lemkes Bodyguard – nicht wichtig genug, um mitzufeiern und fotografiert zu werden. Aber Max war an Ort und Stelle gewesen.

In den Akten war nicht die Rede davon, dass auch Klee und Hövel am Unfallort gewesen waren. Offenbar hatten sie die Hütte nicht gemeinsam verlassen. Auch die Geliebte musste mit dem kleinen Tobias schon früher losgefahren sein. Sonst hätten Lemke und Max den Unfall beobachtet und das Fahrzeug des Verursachers beschreiben können.

»Jetzt tun Sie endlich das Foto weg!«

Bruno fragte nach der Brünetten.

Frau Lemke antwortete aufgebracht. Die Dunkelhaarige sei schuld an allem gewesen. Eine Mitarbeiterin der Parteizentrale, mit der Lemkes persönlicher Referent Hövel liiert gewesen sei. Besagte Parteitussi habe der Blonden die Stelle als Schwangerschaftsvertretung vermittelt.

Bruno wollte mehr über Klee wissen, aber die Frau des Ministers hatte den Antiquitätenhändler seit mehr als zehn Jahren nicht mehr gesehen. Sie konnte sich nicht erinnern, dass ihr Mann seinen Schulfreund nach besagter Unfallnacht überhaupt noch einmal getroffen hätte. Vielleicht bei der Beerdigung von Maria Buchmüller.

Bruno bedankte sich und legte seine Visitenkarte auf den Couchtisch.

An der Haustür hielt die Ministergattin Bruno an der Jacke fest. Der Schein der Straßenlampe verlieh ihren unterschiedlichen Augen Glanz.

Sie fragte: »Kennen Sie die Leute, die beim Spezialeinsatzkommando Dienst tun?«

»Nein, warum?«

»An einen von Lemkes Bodyguards denke ich besonders gern zurück. Pechschwarzes Haar, zum Pferdeschwanz gebunden wie Lagerfeld. Ein knackiger Bursche. Hab ich Ihnen schon gesagt, dass Sie mich an ihn erinnern?«

Sturm war aufgekommen. Die Platanen beugten sich. Erste Regentropfen klatschten in den Vorgarten. Bruno lief zu seinem Auto, ohne der Frau zu sagen, dass Max grau geworden war.

45.

Er dehnte den Morgenlauf noch weiter aus und verlängerte die Sprintphasen. Er jagte den Puls auf zweihundert. Der Muskelkater machte ihm zu schaffen. Die Beine brannten, die Bauchmuskeln zwickten. Den Nacken konnte er kaum bewegen. Ein zotteliger Köter lief mit Bruno um die Wette. Er verdrängte die Schmerzen und hängte die Töle ab.

Entlang der Luegallee hingen die Plakate. An jedem Laternenmast, so weit Bruno sehen konnte: *Puma gegen Hammer.*

Zu Hause setzte Bruno Kaffee auf und stieg unter die Dusche. Danach cremte er den Nacken ein.

Es klingelte. Bruno drückte den Öffner, kletterte in die Jeans und streifte sich ein T-Shirt über.

Max kam herein und legte eine Brötchentüte auf der

Kommode ab. Zu Brunos Überraschung hatte er seine Schwester mitgebracht. Sie trug einen Korb mit Lebensmitteln im Arm.

Lara war beim Friseur gewesen und hatte die herausgewachsenen Blondlocken abschneiden lassen. Bruno fand, dass ihr die kurzen, glatten Haare und der natürliche Farbton viel besser standen. Sie brachten Laras zartes Gesicht zur Geltung.

Bruno lobte die neue Frisur. Ebis Witwe bedankte sich. Ihre Hand war kühl und trocken. »Wie geht's dir?«, fragte sie.

»Danke und selbst?«

Lara nickte nur. Bruno griff nach dem Korb. »Lass«, sagte sie. »Ich kümmer mich um das Essen. Max sagt, ihr hättet etwas zu besprechen.« Sie verschwand in der Küche.

Max packte Bruno beim Arm und schob ihn ins Wohnzimmer. Der Grauschopf sprach leise, fast im Flüsterton. »Du warst mal mit Ebi in der Wohnung, die zum *Palumbo* gehört. Nachdem wir dort einen Zockertreff ausgehoben hatten. Ich weiß nicht, ob du dich noch dran erinnerst. Ihr wart höchstens fünf Minuten da, dann musstet ihr zum nächsten Einsatz.«

»Zweiter Mai letzten Jahres.«

In der Küche schepperten Pfannen. Es war Bruno peinlich, dass er nicht aufgeräumt hatte.

»Gutes Gedächtnis. Bravo. Hör zu, Champion, ich muss dir was gestehen. Ich hab Mist gebaut.«

»Ich höre.«

»Ich hab die Bude wieder aufgemacht. In eigener Regie. Ich konnte Lara nicht im Regen stehen lassen. Die beiden hatten das Haus in Liedberg auf Pump gebaut. Und Thomas hatte sich an der Börse verspekuliert. Er warf Geld zum Fenster raus, das er gar nicht besaß.«

»Ausgerechnet der Leiter des KK 33 betreibt eine Spielhölle?«

»Thomas hatte sich verzockt und ich hab die Kohle durch

Zockerei zurückgeholt. Das ist nur konsequent. Und verlockend einfach. Die Einsätze werden mit Chips getätigt. Vom Umtausch habe ich zehn Prozent behalten, als Gegenwert für Diskretion und Schutz vor der Polizei. Als Manager hab ich einen jungen Burschen eingesetzt, dem ich absolut vertrauen kann. Es lief praktisch von alleine.«

»Wieso *lief?*«

Teller klapperten. Bruno bekam Appetit.

»Seit gestern ist die Bude dicht. Ich hab Lara verraten, woher die Kohle stammt. Sie ist ziemlich sauer auf mich. Sie fühlt sich bevormundet, wenn man ihr hilft. Hast du Geschwister?«

»Nein.«

»Ich musste ihr versprechen aufzuhören. Ich hatte sowieso Schiss, weil das KK 11 wegen Klees Anruf im *Palumbo* nachgefragt hat. Am Samstag steht die Bude als stinknormale Wohnung in der Zeitung. Wenn du einen Nachmieter empfehlen kannst, gib mir Bescheid.«

»Und Klee wollte nur die Privatnummer des Ministers von dir?«

»Richtig.«

Der Geruch nach gebratenem Speck drang aus der Küche. Die Kaffeemaschine gurgelte.

Bruno sagte: »Ich wüsste gern, was er von Lemke wollte.«

»Der Mordfall ist doch gar nicht deine Baustelle.«

»Frühstück ist fertig!«, rief Lara aus der Küche.

Bruno hielt Max fest. »Wieso vertraust du einem Kerl wie Tobias Lauffer?«

»Du kennst den Jungen?«

»Ich hab das Narbengesicht vor ein paar Tagen festgenommen.«

»Ach, du warst das? Du musst wissen, dass Tobi es in seinem jungen Leben nicht leicht gehabt hat. Er wuchs bei Pflegeeltern auf, die keine Liebe für das Kind hatten. Wir beide können nur schwer ermessen, was das bedeutet.«

»Hast du die Waffe aus der Akte entfernt?«

»Tobis Pflegevater war ein schlimmer Finger. Als der Junge dreizehn war, musste er zusehen, wie der Alte sein Kätzchen in einem Bottich mit Chemikalien ersäufte, nur weil es in den Laden gepinkelt hatte. Solche Geschichten hinterlassen Wunden. Ich hab Tobi unter meine Fittiche genommen. Er kennt die Zockerszene. Ich führe ihn als Informanten für das KK 33.«

»Alles nur, weil du damals den Unfall entdeckt hast?«

»Woher weißt du davon?«

»Alte Akten. Wegen der Sonderermittlung hatte ich Zugriff.«

Der Grauschopf schüttelte den Kopf. Seine Stimme klang heiser. »Du hast tatsächlich für die Krawattenschwuchtel den Schnüffler gemacht?«

»Unsinn, glaub mir, Max ...«

Lara rief: »Das Frühstück wird kalt, wenn ihr nicht kommt!«

Der Grauschopf musterte Bruno wie einen Penner, der nach Pisse stank. »Also stimmt das Gerücht. Für die Karriere machst du den internen Schnüffler. Wenn du mich wegen der Zockerbude verpfeifen willst, blamierst du dich. Ihr werdet keine Spuren mehr finden!«

Bruno hoffte, dass Max sich wieder beruhigen würde. Er stellte eine Kerze auf den Tisch und lobte das Essen. Rührei mit Speck und Tomaten. Frisch gepresster Orangensaft. Die Brötchen waren knusprig. Lara hatte sogar Servietten gefunden. Ihr Bruder schlürfte Kaffee und schwieg.

Lara reichte die Pfeffermühle weiter. Die neue Frisur gab ihren Zügen etwas Sinnliches, fand Bruno. Vielleicht lag es auch daran, dass sie nicht mehr so dürr war.

Sie sagte: »Freut mich, dass eure Behörde diesen Boxkampf ausrichtet. Und dass du mitmachst, Bruno.«

»Es ist üblich, dass jeder Teilnehmer zwei gute Plätze für Freunde reservieren kann. Ich würde mich freuen, wenn ihr ...«

Der Grauschopf spachtelte stumm sein Ei.

Lara bemerkte: »Ich habe dir Unrecht getan. Max hat mit mir geschimpft, dass ich so unfair zu dir war.«

Bruno griff nach ihrer Hand. »Du musst dich nicht entschuldigen.« Zu ihrem Bruder sagte er: »Danke, Max. Wenigstens einer von dreitausend Kollegen, der's gut mit mir meint.«

Der Grauschopf sah auf die Uhr und erklärte, dass er aufbrechen müsse. Er sprang vom Tisch auf und stürmte aus der Küche. Sein Teller war noch halb voll.

Die Wohnungstür krachte hinter ihm ins Schloss.

Lara zuckte zusammen. Sie sah Bruno verwundert an. Er rannte Max hinterher und rief ins Treppenhaus: »Warte! Das ist doch nur ein Missverständnis!«

Schwere Schuhe polterten die Stufen hinunter. Die Haustür schepperte. Stille.

Bruno kehrte in die Küche zurück. Lara fragte: »Was ist denn in ihn gefahren?«

»Ich weiß es nicht. Hoffentlich kriegt er sich wieder ein. Hat er dir erzählt, dass Kriminalrat Engel, die rechte Hand des Kripochefs, mich beauftragt hat, ihn zu bespitzeln?«

»Ja. Und er fand es toll von dir, dass du dich nicht hast kaufen lassen. Er hat von eurer Zusammenarbeit geschwärmt. Er hat nicht verraten, um was es ging. Aber Max hat sich fünf Tage lang kaum zu Hause blicken lassen.«

Fünf Tage – Lara übertreibt, dachte Bruno. »Jetzt meint er, ich hätte ihn doch bespitzelt. Es hat mit dem *Palumbo* zu tun.«

»Unglaublich, der Kerl. Er hat seinen Beamtenjob riskiert. Als könne seine kleine Schwester nicht selbst mit ihren Problemen fertig werden.«

»Es gab diesen dreifachen Mord vor gut einer Woche. Eines der Opfer hat kurz vor der Tat mit Max telefoniert. Es ging um Minister Lemke. Das wusste ich zunächst nicht. Ich hatte nur die Nummer und hab das *Palumbo* observiert. Nachdem ich diesen jungen Taxifahrer sah, hab ich Lauffers Kriminalakte überprüft. Mit Engel hat das nichts zu tun. Trotzdem glaubt dein Bruder, ich hätte ihn ausspioniert.«

»Der Taxifahrer, ist das dieser Typ mit den schrecklichen Narben?«

»Du kennst den Jungen?«

»Er heißt Tobias, stimmt's? Max behandelt ihn wie einen Sohn. Nein, wie einen zugelaufenen Hund, den man aufpäppelt, obwohl er einen in die Hand beißt. Als reiche es nicht, dass er dem Jungen das Leben gerettet hat.«

»Einen so schrecklichen Unfall steckt auch Max nicht einfach weg, nehm ich an.«

Für lange Sekunden war Stille im Raum. Bruno wurde bewusst, dass er keine Katastrophe erwähnen konnte, ohne dass Lara an Ebis Tod erinnert wurde.

Sie sagte: »Ich muss los. Es ist spät. Danke für die Pralinen, die du mir gebracht hast, als ich im Krankenhaus lag.«

»Ich würd mich gern für das Frühstück revanchieren. Morgen bin ich dran. Wie wär's?«

Die Witwe zögerte. Dann umarmte sie ihn und hauchte ihm einen Kuss auf die Wange. »Ich wünsch dir viel Erfolg. Lass dich nicht unterkriegen.«

Sie ging, ohne sein Frühstücksangebot anzunehmen. Sie hatte es allerdings auch nicht abgelehnt.

46.

Bruno quälte sich an den Geräten. Er hob, stemmte und drückte. Er schaffte nur vier Runden. Trotzdem fühlte er sich gut. Er war auf dem richtigen Weg.

Wilfried leistete ihm Gesellschaft. Der Co-Trainer machte sich an der neuen Maschine zu schaffen.

»Weißt du, Bruno, warum sie Janssen rausgeschmissen haben? Er hat 'nen Unfall gebaut und 'nem Kollegen den Fuß zerquetscht. Blöd gelaufen.« Er machte eine Trinkbewegung. »Zu viel Feuerwasser. Sag ihm aber nichts. Er meint, im Verein wüsste es keiner. Er ist völlig von der Rolle.«

Wilfried stellte Schrauben nach. »Taugt das Ding was?«

»Dem Muskelkater nach zu urteilen, bewirkt es eine Menge.«

»Weißt du, dass Janssen zweihundert Euro draufgetan hat, damit sich der Verein das Gerät anschaffen konnte? Aus seiner privaten Schatulle! Er klammert sich an deinen Kampf, als ging's um die Deutsche Meisterschaft.«

Bruno duschte heiß, um die Muskeln zu entspannen. Er rieb die brennenden Partien mit Mobilat ein. Als er aus der Umkleide kam, rief Janssen nach ihm. Der Coach saß bei Berti Kelp, dem technischen Leiter, im Büro. Zwei alte Herren mit platter Nase, die Mühle spielten.

Janssen knöpfte Kelp einen weißen Stein ab und erklärte: »Ich hab's ihm verboten, aber immer wieder geht er an die Maschinen.«

Bruno entgegnete: »Ich werde rechtzeitig vor dem Kampf damit aufhören. Aber bis dahin muss ich an Muskelgewicht zulegen.«

»Das Einzige, was du in den paar Tagen zulegen kannst, ist eine Speckschicht. Und die wird dich langsam machen.«

»Was soll ich tun? Alles hinwerfen? Ein Trainer sollte motivieren und nicht den Kampf mies machen.«

»Sechs Runden ohne Kopfschutz. Der Kampf ist 'ne Scheißidee, wenn du mich fragst. Dass der Landesverband so etwas zulässt, ist mir ein Rätsel.«

Vereinsrekordler Berti Kelp stimmte Janssen zu.

»Jetzt, wo der Verein wegen mir die neue Kraftmaschine gekauft hat, kann ich doch nicht aufgeben.«

»Mach dich nicht lustig. Ich hoffe, du überlebst den Kampf.«

Im Auto gab das Handy Alarm. Es war Thilo Becker.

»Entschuldige, dass ich nicht eher zurückgerufen habe. Du glaubst nicht, was für einen Stress ich hatte. Hast du gestern den *Blitz* gelesen?«

Hatte Bruno nicht.

»Erinnerst du dich an Alex Vogel, der in der Mordnacht Informationen von uns wollte? Jetzt hat er sich dafür gerächt, dass wir nichts verraten haben. Auf Seite eins suggeriert der *Blitz,* Manfred Klee sei der Anstifter und wir hätten ihn in fahrlässiger Weise nach Thailand ausreisen lassen. Den ganzen Tag hat uns der Staatsanwalt die Hölle heiß gemacht, dabei war es seine Entscheidung, dem Klee-Sohn den Flug zu erlauben, nachdem sein Alibi bestätigt war.«

Der Blondschopf verriet, dass das KK 11 nach wie vor keine heiße Spur verfolgte. Zugleich sei die Mordkommission Klee auf acht Beamte reduziert worden. Becker ließ durchblicken, dass er die Entscheidung nicht billigte. Sie hätten sämtliche persönlichen Hinterlassenschaften des Antiquitätenhändlers noch einmal durchforstet. Geschäftsunterlagen, die Festplatte des Computers – kein Resultat. Noch immer gingen jeden Tag Hinweise aus der Bevölkerung ein, deren Überprüfung die Beamten auf Trab hielt.

Der Mordermittler fragte: »Warum hast du eigentlich gestern angerufen?«

»Hat sich erledigt.«

Becker druckste eine Weile herum, dann fragte er: »Hast du vielleicht etwas von Manfred Klee gehört?«

»Von Fred? Wieso ausgerechnet ich?«

Becker stammelte eine Entschuldigung. Dann bat er Bruno um eine Telefonnummer, unter der er Karen erreichen konnte. Der Mordermittler ging offenbar davon aus, sie stünde mit Fred in Kontakt. Bruno gab ihm Adresse und Nummer von Irene, Karens Freundin.

Er parkte unter der Zufahrt zur Rheinkniebrücke. Nur einen Katzensprung von der Festung entfernt und in Sichtweise des Innenministeriums residierte hier die Landeszentrale der SPD. Bruno drückte die Tür auf und stand vor Juso-Plakaten: die Faust mit der roten Nelke der Revolution. Er fand den Pförtner und zeigte ihm das Foto der Geburtstagsfeier.

Bruno deutete auf die Brünette. »Kennen Sie diese Frau?«

»Die dem Gernot Hövel die Eselsohren aufsetzt? Wer soll das sein?«

»Das frag ich Sie.«

Der Pförtner winkte eine Frau heran, die gerade vorbeikam. Innerhalb einer Minute umringten Bruno ein halbes Dutzend Parteimitarbeiter. Es war halb zwei, offenbar die Zeit, da die meisten aus den Kantinen der umliegenden Behörden aus der Mittagspause zurückkehrten.

»Sigrid, kennste die da?«

»Wer will das wissen?«, antwortete eine große beleibte Frau. Eine bunte Bluse hing über dem Bund ihres Rocks, um die fehlende Taille zu kaschieren. Mürrisch musterte sie Bruno.

Er stellte sich vor.

Sie raunzte ihn an: »Kommen Sie mal mit.«

Bruno begleitete die Korpulente in ein Büro im zweiten Stock mit Blick auf die Auf- und Abfahrten der Brückenrampe. Unaufhörlich brausten die Autos vorbei. Der Lärm verbot es, die Fenster zu öffnen. Bruno stellte sich vor, dass in solchen Zimmern Parteiprogramme entworfen wurden, in denen von moderner Verkehrspolitik die Rede war. Womöglich trug das Ambiente nicht nur zur Freudlosigkeit der Angestellten bei, sondern färbte auf die gesamte Partei ab, die das Bundesland seit Jahrzehnten regierte.

Die Korpulente ließ sich noch einmal den Schnappschuss zeigen.

»Die arme Bille. Das Foto muss aus der Zeit stammen, als sie mit Gernot Hövel liiert war. Wir teilten dieses Büro. Sie schrieb die Reden, für die unser ehemaliger Ministerpräsident so gerühmt wurde. Warum lässt die Polizei sie nicht in Ruhe?«

»Es geht um ein Ereignis, das so alt ist wie diese Aufnahme. Um einen Unfall im Februar 1991. Mehr kann ich nicht verraten. Ich müsste schon mit Ihrer Kollegin selbst sprechen.«

»In dem Jahr war sie oft krank. Das Ende einer viel versprechenden Karriere. Frauen müssen das Dreifache leisten, um sich in der Politik zu behaupten. Daran ist sie zerbrochen.«

»Was für eine Krankheit hatte sie?«

»Da müssen Sie schon mit ihr selbst sprechen.«

»Sie war tatsächlich mit Gernot Hövel liiert?«

»Er brauchte sie für seine Karriere. Als sie krank wurde, ließ er sie fallen. Frauen haben ein Talent, sich von solchen Typen emotional ausbeuten zu lassen.« Ihr Blick teilte Bruno mit, dass sie ihn in Verdacht hatte, auch ein solcher Kerl zu sein.

Die Dicke zog das Telefon heran. Sie sprach ein paar Worte mit jemandem, dann reichte sie Bruno den Hörer. »Bille.«

Die Frau am anderen Ende meldete sich mit *Sibylle Adam.* Sie erklärte sich sofort bereit, Bruno zu treffen.

Er ging zu Fuß zum Karlsplatz, es waren nur fünf Minuten. Die ehemalige Redenschreiberin hatte einen Stand für frisch gepresste Fruchtsäfte am Rand des Markts als Treffpunkt genannt. Bruno erkannte die Brünette sofort. Langes gewelltes Haar, ein Muttermal im Augenwinkel. Älter und weniger aufgedonnert als damals. Ein harter Zug um den Mund war dazugekommen.

Sie fragte: »Welches Sternzeichen haben Sie?«

»Stier. Vergessen Sie's. Stiere glauben nicht an Astrologie.«

Sibylle Adam lachte nicht. »Schade. Ich schreibe nämlich Horoskope. Ich verkaufe sie an Frauenzeitschriften. Ich habe keine Ahnung davon, aber von irgendwas muss man ja leben. Schwindeln ist das, was ich gelernt habe. Den Menschen sagen, was sie hören wollen. Wussten Sie, dass ich die berühmte Rede des Ministerpräsidenten zur deutschen Einheit geschrieben habe? Seine bewegenden Worte, als sich der Beginn des Zweiten Weltkriegs zum fünfzigsten Mal jährte, waren auch von mir. Na ja, schon eine Weile her.«

Sie bestellte sich Orange-Karotte. Bruno schloss sich an. Bille studierte das Foto. Sie vergoss ein paar Tränen für ihre verunglückte Freundin Maria. Und ein paar für ihre eigene Vergangenheit. Sie gab das Bild zurück. Die geknickte Ecke fehlte.

»Maria hatte es nicht einfach, allein mit dem Jungen. Ich verschaffte ihr ab und zu einen Job. Damals konnte ich das noch. Marias Unfall hat mich ziemlich aus der Bahn geworfen.« Die Frau erinnerte sich an Heinz Klee. Sie hatte ihn in der Hütte im Bergischen zum ersten Mal gesehen. Auch die Feier war ihr noch gut im Gedächtnis.

Zwei Dutzend Leute hatten in einem Restaurant bei Bergisch Gladbach zu Abend gegessen. Die meisten seien noch zur Hütte mitgekommen. Da es dort aber nur wenige Schlafmöglichkeiten gab, habe sich die Gesellschaft bald aufgelöst. Nur die fünf Personen auf dem Foto seien bis etwa drei Uhr geblieben. Der kleine Tobias habe im Nebenraum geschlummert, wo auch der Leibwächter Lemkes auf die Heimfahrt wartete. Ein Bulle mit schwarzem Pferdeschwanz sei in dieser Nacht im Dienst gewesen.

Sie und Hövel hätten als Einzige in der Hütte übernachtet, die Gernots Vater gehörte. Weil Maria angetrunken gewesen sei, habe Bille die Freundin überreden wollen, ebenfalls zu bleiben.

Maria Buchmüller sei seit zwei Monaten Lemkes Geliebte gewesen. Weil der Minister in jener Nacht noch nach Meerbusch wollte, sei Maria mit dem kleinen Tobias in ihr eigenes Auto gestiegen. Seit damals mache sie sich Vorwürfe, weil sie ihrer Freundin nicht einfach den Schlüssel abgenommen hatte, behauptete die ehemalige Redenschreiberin.

»Klee haben Sie nicht wieder getroffen?«

»Nur bei der Beerdigung von Maria. Er benahm sich unpassend.«

»Inwiefern?«

»Er hatte irgendeinen Zwist mit dem Minister und seiner Frau.«

»Frau Lemke war dort? Auf der Beerdigung der Geliebten ihres Mannes?«

»Sie triumphierte, weil sie ihren Minister jetzt ganz für sich hatte. Sie war die Unpassendste von allen.«

»Und worum ging es in dem Streit?«

»Spielt das eine Rolle?«

»Ich denke schon.«

»Lemke hatte den Antiquitätenhändler mit irgendeiner Bemerkung auf die Palme gebracht. Es gab einen Wortwechsel, den ich nicht mitbekam. Dabei waren sie in der Hütte noch die besten Freunde gewesen.«

»Bezog es sich auf den Unfall?«

»Das kann ich nicht sagen. Mir ging es damals nicht besonders gut. Ich war in psychiatrischer Behandlung, wenn Sie's genau wissen wollen.«

»Was war Maria Buchmüller für ein Mensch?«

»Zu stolz, um den Vater ihres Kinds zu heiraten. Lieber schlug sie sich als Halbtagssekretärin durch. Naiv genug, um zu glauben, dass Lemke sie zu seiner dritten Frau machen würde. Eine Frau mit Prinzipien, vielleicht auch mit Illusionen. Keine Schwindlerin.«

»Wie Sie.«

»Ich fürchte, ich bin nicht mehr so gut im Schwindeln wie früher.«

»Das hat etwas Gutes.«

»Wenn Sie meinen Saft bezahlen, lese ich Ihnen aus der Hand. Auf den Balearen habe ich mich jahrelang damit durchgeschlagen.«

Bruno bezahlte auch so. Was er horen wollte, würde sie ihm nicht vorhersagen. So gute Schwindlerinnen gab es nicht.

In einer Pizzeria unweit der Festung verdrückte er eine doppelte Portion Nudeln und spülte sie mit einer Flasche Wasser runter. Er dachte an eine Bemerkung der Mürrischen über ihre Exkollegin Bille: *Warum lässt die Polizei sie nicht in Ruhe?*

Offenbar war gegen Sibylle Adam ermittelt worden.

Das Handy schrillte. Es war Richie Seberich.

»Max braucht unsere Hilfe.«

»Was ist los?«

»Kennst du die Tankstelle an der Vennhauser Allee?«

»Ja.«

»Kannst du in einer Viertelstunde da sein?«

»Klar.«

Bruno brach sofort auf.

47.

Seberich wartete an der Einfahrt und zeigte ihm, wo er den Saab abstellen sollte. Mit einer so feierlichen Miene hatte Bruno das Walross noch nie gesehen.

»Wo hast du deine Waffe?«, fragte Richie.

»Was ist los?«

»Wir werden erpresst. Ein Typ namens Ingenpass hat gedroht, er würde der Behörde alles über das *Palumbo* verraten, wenn wir nicht zehntausend Euro hinlegen. Wir müssen dem Kerl einen Denkzettel verabreichen. Wenn du einmal zahlst, kommt diese Ratte immer wieder.«

Pommers Mazda-Kombi bretterte heran, bremste scharf in der Tankstellenzufahrt und stoppte neben Brunos Wagen. Max kurbelte das Fenster herunter und fragte Richie: »Macht er mit?«

Seberichs Blick gab die Frage weiter.

Bruno spürte, dass es nicht nur um den Denkzettel für den Erpresser ging. Es war ein Test. Max wollte wissen, ob er auf seiner Seite stand.

»Worauf warten wir?«, antwortete Bruno.

Sie stiegen ein. Richie erklärte, dass der Kerl ein Ultimatum gestellt hatte. In zwei Stunden lief es ab. Ingenpass hatte sich bei seiner Schwester verkrochen. Offenbar fühlte sich der Erpresser dort sicher.

Das Haus lag in Unterbach. Keine zehn Minuten zu fahren. Schicke Gegend. Ein weißer Flachdachbau am Hang mit Blick auf Wald und See. Max hielt rund hundert Meter entfernt.

Richie fragte: »Siehst du den silberfarbenen Audi am Ende der Sackgasse?«

Bruno bejahte.

»Das Fahrzeug der Schwester. Wenn sie ihr Töchterchen von der Schule holt, schlagen wir zu. Wir haben fünf Minuten Zeit. Ingenpass ist bewaffnet. Wir müssen ihn überrumpeln, sonst wird's ein bisschen brenzlig.«

Sie stellten ihre Uhren ein. Drei Sekundenzeiger liefen synchron.

Eine Frau kam aus dem Haus und stieg in den Audi. Sie brauste vorbei.

Max drehte sich zu Bruno um. »Lara hat mir erzählt, dass du eine Art Frühstücksbeziehung mit ihr eingehen möchtest. Ich soll dich fragen, ob du auf Vollkornbrötchen stehst.«

Bruno folgte Richie über den Zaun des Nachbargrundstücks. Sie liefen den abschüssigen Garten hinab. Sie überwanden eine Hecke und standen auf dem Rasen der Schwester. Im ersten Stock stand ein Fenster offen.

Richie sah auf die Uhr. »In zwei Minuten ruft Max den Tünnes an und tut so, als wollte er verhandeln. Dreißig Sekunden später klingelt er an der Haustür. Ich knack die Gartentür und du gehst über das Fenster rein. Wenn wir die Türklingel hören, schnappen wir ihn. Verstanden?«

Im Schutz der Sträucher schlichen sie zur Fassade. Richie nahm die Treppe zum Keller. Bruno sprang, packte den Rand des Balkons, schaffte den Klimmzug, fasste mit der Rechten nach dem Handlauf des Geländers, verfehlte und erwischte eine Querstrebe. Er zog sich hoch, packte auch mit der Linken die Strebe und hangelte sich weiter, bis er am Handlauf hing. Mit den Füßen stieg er in die Regenrinne am

Rand des Balkons. Sie brach, aber Bruno schaffte es, sich hochzustemmen.

Als er die Beine über das Geländer schwang, trat er gegen einen Blumentopf. Ein leises Scheppern. Bruno schlich zum offenen Fenster und lauschte.

Kein Laut war von drinnen zu hören. Bruno kletterte auf das Fensterbrett und ließ sich ins Innere gleiten.

Ein Schlafzimmer. Ein Doppelbett, die Decken zurückgeschlagen. Ein Nachthemd, auf die Matratze geworfen, ein kurzes transparentes Ding.

Bruno kontrollierte die Uhr. Er drückte die Klinke und zog die Tür einen Spalt auf. Unmittelbar vor ihm gab ein Handy Laut. Ingenpass stand irgendwo im Flur. Bruno hörte ihn leise reden, ohne die Worte zu verstehen.

Ein Gong – die Haustür. Bruno lugte durch den Spalt. Ingenpass umklammerte den Griff einer Pistole. Er eilte in den Raum, der Brunos Schlafzimmer gegenüberlag. Das Badezimmer. Ingenpass beugte sich aus dem Fenster, um zu erkennen, wer an der Haustür stand.

Mit drei Schritten war Bruno hinter ihm. Er schlug ihm die Waffe aus der Hand und donnerte ihm die Rechte in den Magen. Das Mobiltelefon des Kerls flog in die Duschkabine. Ingenpass japste nach Luft.

Bruno bückte sich nach der Pistole und hielt den Kerl in Schach.

Er fischte das Handy aus der Dusche. »Max? Ich hab ihn.«

Mit Lassoband verklebten sie Ingenpass zu einem Paket. Ein doppelter Streifen als Knebel. Max fuhr den Kombi mit dem Heck vor die Haustür. Sie packten den Erpresser in den Kofferraum und kutschierten westwärts, quer durch Lierenfeld bis in ein Gewerbegebiet. Hinter einem Fabrikgebäude bog Max ab. Er rangierte und rollte rückwärts den Zaun entlang.

An einem Schutthaufen luden sie den Erpresser ab. Den Blick zur Straße verstellte der Mazda. Nur gelegentlich donnerte ein Lastzug vorbei.

Der Tünnes schnaufte hektisch, als bekäme er durch die Nase nicht genug Luft.

Max wedelte mit einem Paar Boxhandschuhe.

»Wo hast du die her?«, fragte Bruno.

Richie sagte: »Mach den Oberkörper frei.«

»Warum das denn?«

»Wirst du schon sehen.«

Die Handschuhe passten. Bruno klopfte sie gegeneinander. Ihn fröstelte.

Max herrschte Ingenpass an: »Weißt du, wie es ist, einem Gegner gegenüberzustehen, der dich mit einem Schlag töten kann? Diesen Mann nennt man den Hammer. Siehst du seine Muskeln? Er wird dich töten. Es macht ihm Spaß. Fang an, Hammer. Aber nimm dir Zeit dafür.«

Bruno schlug nur mit gebremster Kraft zu, trotzdem lief dem Möchtegern-Abzocker bereits nach dem zweiten Treffer Blut ins Gesicht – die Augenbrauen waren geplatzt. Bruno beschloss, ab jetzt den Kopf zu verschonen, und traf den Magen. Ingenpass taumelte und stürzte auf den Schutthaufen. Bruno fragte sich, ob der Kerl schauspielerte.

Richie zog den Erpresser hoch und hielt ihn von hinten fest. Max machte Gesten: *Hau härter zu*.

Bruno schlug gegen die Rippen. Ein kurzes Trommelfeuer, nicht sonderlich ernst gemeint, gegen Magen und Solarplexus. Ingenpass verdrehte schon wieder die Augen. Der Kerl spielte nicht – seine Hose hatte sich im Schritt dunkel verfärbt.

Richie ließ den Erpresser zu Boden sinken. »In die Hosen gekackt. Kein Begriff von Hygiene und Kultur.«

»Lasst mich mal mit dem Stinker allein«, verlangte Max.

Sie zogen sich hinter den Mazda zurück. Das Walross holte ein Bier aus dem Wagen und bot ein zweites an. Bruno lehnte ab.

Er sah, wie Pommer dem Erpresser mehrfach in die Seite trat. Als Ingenpass sich wieder regte, riss Max ihm das Klebeband vom Mund.

Der Erpresser flennte. Max redete auf ihn ein. Der Grauschopf trat wieder zu. Bruno wandte sich ab. Er hörte Ingenpass schreien: »NEIN, NEIN, NEIN!«

Seberich fand im Kombi einen Lappen und wischte Bruno über die Brust. »Siehst du? Blutspritzer. Du versaust dir die Sachen, wenn du sie nicht vorher ausziehst.«

Das Walross setzte die Bierflasche an und nahm einen langen Schluck.

Der Erpresser heulte.

Richie sagte zu Bruno: »Das war die erste Runde. Über zwei weitere musst du noch gehen. Wenn dem Hosenscheißer noch einmal die Idee kommt, uns zu verpfeifen, muss er die Schmerzen förmlich spüren. Wie dieser Hund, den ein Verhaltensforscher so abgerichtet hatte, dass ihm das Wasser im Maul zusammenlief, wenn er ein Glöckchen hörte.«

»Du meinst Pawlow«, antwortete Bruno.

»Oder so.«

»Ich finde, der Kerl hat schon jetzt genug.«

»Es muss sein, Champion. Ingenpass ist eine verdammte Zecke, die für ein paar Euro die eigene Mutter verkauft. Das Schwein muss für den Rest seines Lebens Schiss vor uns haben. Richtig Schiss, sonst hat das keinen Zweck.«

Als Bruno fertig war und das Hemd zuknöpfte, nahm ihn Max in den Arm.

»Kein schöner Job, aber wir hatten keine Alternative. Bist du mir noch böse wegen heute früh?«

Bruno versuchte zu lächeln. »Schon gut, Max.«

»Ich setz Lara morgen bei dir ab. Gleiche Uhrzeit oder ist dir das zu früh?«

»Bestens. Ich freu mich drauf.«

Sie verfrachteten Ingenpass in den Kombi und setzten ihn an einer einsamen Bushaltestelle aus. Der Kerl stöhnte. Max entfernte das Klebeband. Richie leerte Bierflaschen über dem Erpresser. Der Tünnes schlug die Augen auf und schloss sie wieder.

Max fuhr Bruno und Richie zu ihren Autos. An der Tankstelle gaben sie sich die Hand.

Richie sagte: »Alle für einen, einer für alle.«

Bruno stieg in seinen Saab und war froh, allein zu sein. Die Art der Prüfung behagte ihm nicht. Noch weniger gefiel ihm, dass Max sie für nötig befunden hatte.

48.

Bruno deckte Joe mit Schlägen ein. Er jagte den Jungen von einer Ecke in die nächste. Er boxte sich all den Ekel aus dem Leib, den er sich beim Tanz mit dem Erpresser aufgeladen hatte.

Janssen ging dazwischen. Der Coach ermahnte ihn, dass Sparring nur eine Übung sei. Bruno schaltete einen Gang zurück. Er übte Technik und Ausdauer. Kombinationen, Konter, Reaktionsvermögen. Bruno trainierte Beine und Auge. Janssen ereiferte sich: »Immer schnell raus, die Dinger! Schön zubleiben! Konzentrieren und kontern!«

Danach war der Coach voll des Lobs. Keine Rede mehr davon, dass der Kampf eine Scheißidee sei.

Bruno hatte den Eindruck, dass der Alte mit seinen wahren Gefühlen hinter dem Berg hielt.

Als die anderen zum Duschen schlurften, suchte Bruno den Kraftraum auf. Janssen kam hinterher und ließ sich auf der Bank nieder.

Bruno schwang die Kurzhanteln, Bizepstraining. »Was dagegen?«

Der alte Coach winkte ab. »Du hast heute verhalten geboxt.«

Bruno wollte zur Widerrede ansetzen. Er dachte, er hätte volle Leistung gebracht.

Janssen fuhr fort: »Ich weiß schon, warum. Janoschs Trainer auf der Empore. Du hast ihn erkannt.«

Bruno hatte nicht auf Zuschauer geachtet.

»Ich hab das mal genauso gemacht. Den gegnerischen Trainer zum Narren gehalten. Zweiundsiebzig, westdeutsche Landesmeisterschaft. Mein Gegner hielt mich tatsächlich für 'nen Distanzboxer und Rechtsausleger. Ich hätte gewonnen, wenn er mir nicht die Augenbraue aufgerissen hätte. Leider kannst du nicht alles planen.«

Bruno setzte sich an die Nackenmaschine, legte den Riemen um den Kopf und strapazierte den Strecker.

Janssen fragte: »Warum machst du den Scheiß mit? Sechs Runden, okay. Aber dann nur zwei Minuten statt drei. Und wieso ohne Kopfschutz?«

Bruno wechselte die Position. Er quälte den Beuger. Als er fertig war, saß der Coach immer noch da. Janssen starrte auf seine Turnschuhe.

Bruno fragte: »Was hast du? Geht's dir nicht gut?«

»Ich mach mir Sorgen wegen Hannah.«

»Was ist los mit ihr?«

»Sie ist nicht mehr mein Mädchen.«

»Klar. Sie ist jetzt erwachsen.«

»Das mein ich nicht. Sie benimmt sich komisch. Sie reagiert so aggressiv, wenn ich ihr kein Geld leihe. Ich glaub, sie nimmt Drogen.«

Bruno spürte, dass ihn Janssens Blick verfolgte. Der Alte schien seine ganze Hoffnung in ihn zu setzen.

49.

Bei Tagesanbruch fuhr Bruno in den Grafenberger Wald. Er hetzte die Hügel rauf und runter. Er trank reichlich Wasser mit Magnesium, dehnte die Muskeln und rannte eine zweite Runde. Blauer Himmel, ein warmer Tag. Bruno schlug Haken und Gerade während des Laufs. Noch eine Woche bis zum Kampf.

Zu Hause duschte er und zog frische Sachen an. Sein bestes Hemd, leider war es ungebügelt. Er deckte den Tisch mit allen Schikanen, wie Karen es manchmal am Sonntag getan hatte: Stoffservietten, Kerzenleuchter, eine Vase mit frischen Blumen. Croissants, gebeizter Lachs, Entenleberpastete, drei Sorten Rohmilchkäse – Bruno hatte sich auf dem Markt eingedeckt.

Es klingelte. Er drückte den Türöffner. Schritte im Treppenhaus. Lara, tatsächlich.

Bruno lief durch die Wohnung, um nachzuschauen, ob alles aufgeräumt war. Er versteckte die ausgedrückte Zahncremetube im Spiegelschrank. Er stopfte den Pyjama unter das Federbett. Er ordnete herumliegende Zeitschriften im Wohnzimmer zu einem Stapel – was von seiner Frau stammte, kam nach unten.

Lara stand in der Tür. Unbeholfen umarmten sie sich und hauchten sich gegenseitig ein Küsschen auf die Wange. Bruno registrierte, dass sie genauso nervös war wie er.

Sie drückte ihm eine Flasche Champagner in die Hand. »Ich hab was zu feiern.«

Lara erzählte: Eine Filmproduktionsfirma habe sie eingestellt als Disponentin. Ein Bekannter von Max arbeite dort als Cutter und habe ihr geraten, sich zu bewerben. Gestern habe sie die Zusage erhalten. Am zweiten Mai würde sie anfangen.

Bruno gratulierte. Er bat sie, das Schampustrinken zu verschieben. Vor dem Kampf keinen Alkohol.

Beim Frühstück wollte sie wissen, was er von der Wohnung über dem *Palumbo* halte. Sie überlege, den Vertrag ihres Bruders zu übernehmen. Die Miete sei günstig. Bruno bot ihr an, bei Renovierung und Umzug zu helfen.

Die Unterhaltung blieb zunächst mühsam. Was sie gemeinsam hatten, schnitten sie nicht an – aus Angst, den anderen zu verletzen. Lara fragte nach den Vorbereitungen zum Boxkampf, doch Bruno erkannte rasch, dass sie sich dafür nicht wirklich interessierte. Er erkundigte sich nach der Arbeit bei der Filmproduktion, doch sie hatte noch keine Erfahrung gemacht, über die sie berichten konnte. Fast hätte er Karen erwähnt, die häufig mit Firmen arbeitete, die Kamerateams und Schnittplätze vermieteten.

Lara war es, die schließlich die Schießerei ansprach: »Wie hast du die Sache weggesteckt?«

»Ganz gut.«

»Und Thomas wollte tatsächlich nicht, dass du ihn bei der Überprüfung des Amokläufers begleitest?«

»Es war so. Nur sehen das die meisten Kollegen anders.«

»Hast du überlegt, den Job zu wechseln?«

»Man entscheidet sich irgendwann, Polizist zu werden. Du vergisst, warum, aber du musst deinen Entschluss ausbaden. Ich bin zweiunddreißig und hab nichts anderes gelernt. Ich glaube, dass ich den Job ganz gut mache. Mir bleibt nichts anderes übrig, als es auch allen anderen zu beweisen.«

»Das hat mein Vater auch immer gesagt.«

Bruno erinnerte sich: *alter Polizistenadel,* wie Max es formuliert hatte.

Lara wollte den Tisch abräumen. Bruno hielt sie fest. »Das mach ich später.«

Sie lehnte ihren Kopf gegen seine Schulter. Er streichelte ihren Rücken. Seine Lippen suchten ihren Hals. Lara entzog sich ihm. »Tut mir Leid. Ich bin noch nicht so weit.«

Sie hat längst einen anderen kennen gelernt, dachte Bruno. Vielleicht den Cutter bei der Filmgesellschaft.

Aber Lara machte keine Anstalten aufzubrechen. Sie erkundete die Wohnung und lobte die Aussicht auf Jugendstilfassaden und Alleebäume – die Sonne ließ ihr zimtfarbenes Haar leuchten, als schiene sie nur für Lara. Bruno erklärte, warum der Garderobenspiegel im Wohnzimmer stand. Sie begutachtete das Gemälde von Isle und Bruno spürte, dass es nicht nach ihrem Geschmack war.

Lara entdeckte das Heft mit den Aufzeichnungen der Flugstunden. *Albatros.* Die gemalte Schülerschrift erregte ihr Interesse. »Ich wusste gar nicht, dass du ein Kind hast.«

»Das hab ich selbst geschrieben, vor dreiundzwanzig Jahren.«

Er wollte das Heft an sich nehmen. Sie entzog es ihm, um ihn zu necken. Lara blätterte und lachte über drollige Rechtschreibfehler. Sie staunte, dass er mit neun Kunstflugfiguren beherrscht hatte. »Ich hatte nur ein ferngesteuertes Auto. Einen Lotus. Wahrscheinlich von Max geerbt wie die meisten Spielsachen.« Sie las aus dem Heft vor: »Kein Start, da ich alleine war.«

»Altes Zeug. Leg es weg«, bat Bruno.

»Kann man so einen Flieger nicht allein starten?«

»An dem Tag war der Wind ziemlich stark. In dem Fall ist es besser, wenn jemand den Flieger festhält.«

»Warum bist du dann allein zum Startplatz gefahren?«

»An dem Tag ist mein Vater ausgezogen. Er hat meiner Mutter gesagt, dass es aus ist, und seine Sachen gepackt.«

Die Witwe nahm Bruno in den Arm. Er begann, sein Herz auszuschütten. Erinnerungen kochten hoch: an Klein-Brunos bohrende Selbstzweifel, die ihn danach forschen ließen, bei wem sein Vater jetzt lebte. An den Schock, als er den anderen Jungen sah.

Albatros – der Flugtag, der nicht im Heft eingetragen war: Klein-Bruno holte seinen Flieger vom Schrank und strampelte mit dem sperrigen Ding den ganzen Weg durch die Stadt, über die Brücke und den Rhein entlang. Er schwitzte. Seine Lungen brannten.

Bruno warf sein Fahrrad hin und rannte zum Apelter Feld hinunter. Er entdeckte den Granada des Vaters. Eine Gruppe von Leuten auf der anderen Seite des Zauns. Flugzeuge, die Kreise drehten. Bruno glaubte, das rot-weiße Modell des anderen Jungen zu erkennen.

Womöglich hatten sie diesen Flieger ebenfalls *Albatros* getauft. Bruno rüttelte am rostigen Maschendraht und riss sich die Finger wund. Er trat gegen den Pfosten. Er schrie Schimpfwörter, die ihm seine Mutter verboten hatte. Spaziergänger gafften ihn an.

Klein-Bruno kletterte auf den Deich und setzte sein Modell auf den asphaltierten Weg. Er würde es von hier aus starten, abseits der Schlampe und ihres Sohnes. Und des Vaters, der zwei Fremde liebte und nicht ihn – trotz aller Sprüche, die er am Telefon machte.

Bruno glaubte fest daran, dass es an ihm lag. Dass etwas mit ihm nicht stimmte.

Er füllte den Tank und startete den Motor. Das restliche Benzin schüttete er über den Tragflächen aus. Er drehte die Maschine gegen den Wind und erhöhte die Drehzahl. Das Flugzeug rollte und hob ab.

Albatros brummte nicht, sondern sang. Bruno ließ sein Modell in weitem Bogen über das Apelter Feld fliegen. Als es zurückkam, fing es endlich Feuer. Ein Flammenball, der Bruno den Atem anhalten ließ. Der Motor setzte aus – still wie ein Stern schwebte *Albatros* über den Deich und die Pappeln hinweg und versank im Rhein.

Zu Hause erzählte Bruno, ältere Jungs hätten ihm das Flugzeug abgenommen. Er belog auch die Polizisten im Präsidium. Seine Tränen waren echt.

Lara drückte ihm einen Kuss auf die Stirn. Sie hielt ihn fest wie ein Kind, das man tröstet.

Bruno sagte: »Tut mir Leid, dass ich dich mit dieser alten Geschichte belästigt habe.«

»Du hast mich nicht belästigt.«

Er ärgerte sich. Das graue Heft hatte ihn verleitet, belanglose Anekdoten zu erzählen. Was war die Trennung seiner Eltern im Vergleich zu dem Verlust, den Lara erlebt hatte.

Als Ebis Witwe gegangen war, warf Bruno das Heft in den Mülleimer – dumme Erinnerungen.

Manchmal vermisste er seinen Vater noch heute. Es gab ihn, hier in dieser Stadt.

Bruno wollte nicht daran denken.

50.

Die Praxis, in der Janssens Tochter ihre Lehre absolvierte, lag nur vier Blocks vom Vereinsheim an der Heyestraße entfernt. Bruno parkte in einer Garagenzufahrt. Er drückte die Klingel am Hauseingang. Der Öffner summte im gleichen Moment. Aus dem Aufzug zwängte sich eine Frau mit Kinderwagen und Einkaufstaschen. Bruno stürmte die Treppe hoch. Die Tür im ersten Stock war angelehnt.

Eine kleine Dunkelhaarige schlurfte durch die Praxis. Sie trug scheinbar nichts außer einem weißen Kittel und Gesundheitslatschen. Sie nahm hinter dem Tresen Platz und wühlte in Karteikästen.

Sie sprach, ohne Bruno anzusehen: »Wenn Sie keinen Termin haben, kommen Sie besser morgen früh um acht wieder. Das Wartezimmer ist rappelvoll.«

»Ich möchte Hannah sprechen.«

»Das wollen sie alle. Wir sind eine Zahnarztpraxis, keine Model-Agentur.« Die Maus im weißen Kittel sah ihn prüfend an. »Sind Sie dieser Fotograf?«

Die Praxis war überheizt. Das Fenster hinter der Sprechstundenmaus war gekippt. Von der Straße tönte lang anhaltendes Hupen herauf. Mein Wagen steht im Weg, dachte Bruno.

Janssens Tochter trat aus einer Kammer.

Sie trug Röntgenbilder und eine Tasse Kaffee. Bruno nahm ihr beides ab, legte die Aufnahmen auf den Tresen und trank die Tasse leer. Er packte die junge Frau am Arm und raunte ihr zu: »Du nimmst jetzt deine Mittagspause. Wir machen eine Spazierfahrt. Halbe Stunde, dann setz ich dich wieder ab. Wir haben etwas zu bereden.«

Bruno zog sie zur Tür. Sie riss sich los, angelte eine Lederjacke vom Haken und streifte sie über ihren Kittel. Zu der kleinen Dunkelhaarigen sagte sie: »Wenn der Chef fragt – ich musste mal schnell zur Post.«

Die Maus rief Bruno hinterher: »Zahlen Sie endlich ihr Honorar, damit sie ihre Schulden loswerden kann.«

Von draußen dröhnte Dauerhupen. Hannah klapperte vor Bruno die Treppe hinunter. »Hat dich mein Alter geschickt?«

Sie stiegen in den Saab. Ein Benzbesitzer stand in der geöffneten Garage und zeigte den Vogel. Bruno machte die Zufahrt frei. Er fädelte in den Verkehr und rollte die Straße in Richtung Grafenberg entlang.

Janssens Tochter hielt sich am Kragen ihrer Jacke fest. »Es ist kalt in deiner Karre.«

Bruno drehte die Heizung auf. Er bemerkte ihre nackten Beine. Er stellte das Gebläse auf den Fußraum ein. »Wie hoch sind die Schulden, von denen die Maus geredet hat?«

»Sag meinem Alten, dass ihn mein Privatleben nichts angeht. Ich brauch keine Boxer als Aufpasser. Ich bin volljährig und komm allein zurecht.«

Er zeigte ihr die weißen Pillen, die Janssen in ihrer Schublade gefunden hatte. »Was ist das?«

Sie verzog ihr hübsches Gesicht. »Ein Schlafmittel, wieso? Tavor kriegst du in jeder Apotheke. Man nennt es die Sonnenbrille der Seele. Deswegen scheuchst du mich aus der Praxis? Bring mich sofort wieder zurück!«

Bruno gab Gas. Sie ließen die Häuser hinter sich. Die Straße schnitt Kurven durch den Wald. An der Einfahrt zur Landesklinik hielt Bruno an.

Hannah war zu dünn für seinen Geschmack. Er hatte den Verdacht, dass ihre vollen Lippen das Produkt eines Schönheitschirurgen waren. Bruno wusste, wie sie sich verwandeln konnte, wenn man sie schminkte und ihr Haar herrichtete. Das Mädchen hatte die ganze Palette drauf, vom Glamourgirl bis zur Bauerngöre. Wenn Bruno die Fotos sah, konnte er kaum glauben, dass es die Tochter seines Boxtrainers war. Vielleicht würde sie es tatsächlich mal als Model zu etwas bringen.

»Es ist immer das Gleiche«, sagte er. »Coole Leute bieten es an. Es hebt die Stimmung. Macht aus der langweiligsten

Party einen aufregenden Abend. Aus Scheißtypen die coolsten Kerle der Stadt.«

»Tavor?«

»Verarsch mich nicht, Hannah!«

»Ich hab gesagt, du sollst mich zurückbringen.«

»Du weißt genau, wovon ich rede. Deine Seelensonnenbrille brauchst du nur, wenn du vor lauter Koks kein Auge zutun kannst.«

Sie wich seinem Blick aus. »Sag meinem Alten, ich hab mir die Moralpredigt angehört. Sag ihm, er bildet sich alles nur ein.«

»Nichts würde ich ihm lieber sagen.« Janssen hatte erwähnt, dass Hannahs Pupillen manchmal erweitert waren. Das deutete auf Ecstasy, Speed oder Kokain.

Das Mädchen sagte: »Er hat sich immer nur um seine Boxer gekümmert. Jetzt, wo ich eigene Wege gehe, entdeckt er plötzlich, dass er eine Tochter hat. Wir leben in verschiedenen Welten. Ich hab mich aus dem Fabrikarbeitermief freigeschwommen. Wenn ihm das nicht passt, ist es sein Problem.«

»Wir reden über dein Problem.«

»Ich hab's im Griff.«

»Das sagt jeder. Die Akten im Präsidium sind voll mit Leuten, die glaubten, sie hätten es im Griff. Und weißt du, wo sie früher oder später landen?« Bruno deutete aus dem Fenster. Die alten Gebäude, die die Klapse beherbergten. »Dort drüben.«

Hannah schwieg trotzig vor sich hin. Er bot ihr eins der Pfefferminzbonbons an, die im Turfach lagen.

»Zuckerfrei?«

»Ja.«

Hannah griff zu.

»Fragst du nach den Inhaltsstoffen, wenn du dir eine Line legst?«

Das Mädchen blickte aus dem Fenster. Ein alter Mann tapste über den Rasen vor der Landesklinik. Ein Weißkittel holte ihn ein und führte den Patienten zurück. Langsam, Schritt für Schritt.

Bruno sagte: »Zuerst kriegst du das Koks umsonst wie ein Bonbon. Am Anfang ist es einfach nur geil. Dann merkst du, wie grau die Welt ist, wenn du es nicht nimmst. Wie nichtsnutzig du dich fühlst, wenn du auf den Stoff verzichten musst.«

Hannah saugte an dem Pfefferminz. Sie knetete den Kragen ihrer Jacke. Teures weiches Leder mit einem dünnen Streifen Fell an den Säumen. Ein Jackett wie aus einem der Schaufenster an der Königsallee. Prada, Gucci, Kenzo.

»Manchmal ist die Welt aber auch wirklich ein verdammter Scheißhaufen«, antwortete Janssens Tochter.

»Schau mich an, wenn wir miteinander reden.«

Sie tat es. Ihre Pupillen waren normal.

Das Mädchen antwortete: »Dein Gewäsch über die Klapse kannst du dir knicken. Jeder kokst doch ab und zu. Dass einer davon süchtig wird, glauben doch nur Bullen und arbeitslose Fabrikarbeiter, die an der Flasche hängen.«

Ein Krankenwagen fuhr vorbei und rollte durch das Tor. Bruno erinnerte sich daran, dass er in seiner Zeit im Wachdienst der Polizeiinspektion Südwest einige Transporte zur Landesklinik begleitet hatte: Patienten, die gegen ihren Willen eingeliefert wurden, weil sie Leute attackiert oder versucht hatten, sich das Leben zu nehmen. Trinker, Tablettensüchtige, immer wieder auch Kokser.

»Du weißt es besser, Hannah. Irgendwann kommst du nicht mehr ohne Kokain aus, weil du dich an den Kick so gewöhnst, dass du ihn gar nicht mehr spürst, aber umso dringender suchst. Aber dann kriegst du den *Happy Sugar* nicht mehr gratis. Die coolen Freunde jammern, was sie selbst berappen müssen. Du pumpst deinen Vater an, die Kollegin am Arbeitsplatz. Fragt sich nur, was du machst, wenn sich keiner mehr anpumpen lässt.«

Sie verzog die breiten Lippen. »Weißt du, was Sucht ist? Alle zwei Tage find ich 'ne leere Pulle im Müll. Neulich musste ich meinen Alten die Treppe hochschleppen, weil er's allein nicht mehr geschafft hat. Das nenn ich Sucht. Sag meinem Alten, wenn er noch mal in meinen Sachen schnüffelt, zieh ich aus. Dann kann er sehen, wo er bleibt.«

»Wie hoch sind deine Schulden?«

»Fahr mich zurück. Ich hab schon genug Zoff mit meinem Chef.«

»Ich wette, deine Freunde haben dir schon Angebote gemacht. So gut, wie du aussiehst. Der Fotograf macht Fotzenfotos. Der coole Dealer bietet dich reichen Kunden an. Ein echtes Model hat nicht jeder im Angebot.«

»Hör auf!« Sie zitterte. Bruno startete den Motor. Warme Luft zirkulierte. Ein gängiger Spitzname für Kokain lautete *Nuttendiesel.*

»Irgendwann wirst du dich darauf einlassen. Du redest dir ein, dass es nicht allzu schmutzig ist. Du machst dir vor, dass das ja alles coole Typen sind.«

Hannah drehte den Kopf weg.

»Deine Modelkarriere ist schneller im Arsch, als du hoppla sagen kannst. Irgendwann hört dein Zahnarzt Gerüchte und du findest keinen mehr, bei dem du die Lehre zu Ende machen kannst. Und die Fotzenfotos werden richtig schmutzig, weil sich sonst keiner mehr für dich interessiert.«

Sie strich über ihre Schultern. Ihre Finger vergruben sich im weichen Leder.

»Bei wem hast du Schulden gemacht?«

Hannah nannte ihren Vater, die Kollegin und Marcel Horrenkamp, einen Fotografen, der sie genötigt hatte, nackt zu posieren.

»Verkauf den Lederfummel und werd mit deiner Kollegin quitt. Um Horrenkamp kümmere ich mich.«

»Die Jacke verkauf ich nicht. Die ist ein Geschenk.«

»Rattenleder!«, erwiderte Bruno.

Tränen liefen über Hannahs ungeschminktes Gesicht. Ihre Augen waren groß und fast so golden wie die einer Raubkatze.

Als Bruno zur B-Jugend des TuS Gerresheim stieß, machte Klein-Hannah noch in die Windeln. Später meldete ihre Mutter das Mädchen bei einer Agentur an, weil jeder in der Nachbarschaft davon redete, wie süß es sei. Ein paar Werbefotos, einmal im Jahr ein Auftritt für Kindermode – Klein-Hannah war der Stolz der Janssens.

Die Mutter starb. Janssen brachte sich das Schnapstrinken bei. Das Mädchen war oft allein. Der Alte trainierte die Boxer, wenn er von der Fabrik kam.

Hannah wurde groß und immer attraktiver. Sie träumte davon, einmal von den Titeln der bedeutenden Journale zu lächeln. Sie flog für Bademoden auf die Kanaren und stolzierte ab und zu für einen Düsseldorfer Modezaren auf dem Laufsteg. Janssen hatte nicht viel dafür übrig. Seine Tochter fiel auf jeden herein, der ihr Komplimente machte und die weite Welt versprach.

»Das ist kein Rattenleder«, entgegnete Hannah.

»Schweine, Ratten, Stinktiere – Scheißtypen sind das, die dir das Koks andrehen.« Bruno wusste, dass es für mahnende Worte längst zu spät war.

51.

Er tippte die Nummer der Datenstation in sein Handy – besetzt. Er zählte bis zehn. Als er noch einmal wählte, meldete sich Svenja. Ihm wurde klar, dass er sich nie an ihre Piepsstimme gewöhnen würde.

»Hallo, Bruno. Scharf auf mich oder auf anderer Leute Geheimnisse?«

»Könntest du für mich zwei Personen überprüfen?«

»Weißt du übrigens, dass du eine wahnsinnig erotische Telefonstimme hast?«

Sie lenkte ab. Sie wollte, dass er ihr einen Köder hinwarf. Bruno sagte: »Wenn du willst, könnten wir am Samstag ins Kino gehen.«

»Mein Gott, deine Stimme macht mich ganz feucht. Übrigens reden die Leute über dich.«

»Wegen meiner Stimme?«

»Wegen deiner Fäuste und dem, was dahinter steckt oder auch nicht. Man sagt, gegen den *Hammer* hätte der *Puma* nicht den Hauch einer Chance. Es heißt, der *Puma* hätte keine Eier. Aber ich weiß es besser, nicht wahr?«

»Wette gegen all diese Leute und du wirst reich.«

»Boxen interessiert mich nicht. In welchen Film wollen wir gehen?«

»Mach einen Vorschlag.«

Svenja überlegte, dann sagte sie: »Das Versprechen. Jack Nicholson spielt einen Polizisten, der von seinem Fall besessen ist. Am Ende dreht er durch, weil ihm keiner glaubt.«

Die Idee, mit ihr auszugehen, gefiel ihm nicht. »Typisch Hollywood. Die müssen immer übertreiben.«

»Muss eine Geschichte realistisch sein, damit sie gut ist?«

»Ich denke, es hilft dabei. Soll ich dir etwas besonders Realistisches sagen?«

»Bitte.«

»Marcel Horrenkamp und Sibylle Adam.«

»Schauspieler?«

»Nein. Leute, deren Daten ich brauche.«

»Verstehe. Deine geheimen Ermittlungen. Bis wann brauchst du's?«

»Ich bleib in der Leitung.«

Nach einer Minute war Svenja wieder dran. Der Fotograf, für den Hannah posiert hatte, war nicht vorbestraft. Kein Vermerk in den Akten des Präsidiums. Bille, die ehemalige Parteiangestellte, war Anfang der Neunziger mit einem Pfund Marihuana und einigen Gramm Kokain an der holländischen Grenze geschnappt worden.

Das besagte Schnupfpulver – Bruno fragte sich, ob die Redenschreiberin gekokst hatte, als sie noch mit Hövel befreundet gewesen war.

Die Datentante gab die Adressen durch. Sie hielt ihn für einen zweiten Karl Thann. Bruno musste das Handy auf Abstand halten, um Svenjas Stimme ertragen zu können.

Der Fotograf wohnte in einem Hinterhaus an der Konkordiastraße. Bruno parkte im Hof. Er steckte Handschellen ein.

Das Studio lag im Erdgeschoss. Bruno zog das schwere Eingangstor auf und schlich hinein. Der Knipser kniete auf dem weiß ausgelegten Boden und besprühte eine Tomate mit Wasser. Scheinwerfer zauberten Lichtreflexe auf die Frucht. Von Stativen lugten Kameras, Polaroids lagen auf dem Boden verstreut. Horrenkamp legte eine Aubergine zur Tomate und sprühte. Körbeweise stapelte sich Gemüse entlang der Wand. Die Eisentür krachte hinter Bruno ins Schloss.

Der Fotograf schaute auf. »Wo bleibt die Petersilie? Und die Zucchini! Der Kunde will Zucchini. Die Paprika können Sie gleich wieder mitnehmen. Die schrumpeln, sobald sie im Licht liegen. Erst fällt mein Assistent aus, dann liefern Sie das falsche Gemüse. Ein Scheißtag ist das!«

»Das kann man wohl sagen.« Bruno zog den Kerl am Kragen hoch. Knöpfe sprangen, Nähte platzten. Horrenkamp schrie auf. Das gescheitelte Haar fiel ihm in die Stirn. Bruno spielte den *Puma* und schlug dem Knipser in den Magen. Horrenkamp hechelte.

»Wo sind die Nacktfotos, die Sie von Hannah Janssen geschossen haben?«

Der Fotograf antwortete nicht. Er war zu angeschlagen.

Bruno fesselte ihn an das Geländer der Wendeltreppe, die ins Obergeschoss führte.

Er kletterte hinauf und sah sich in der Wohnung um. Weiße Möbel, weiße Polstersessel. Weiß gerahmte Schwarzweißfotos an den Wänden. James Dean im Unterhemd, dunkelhäutige Muskelmänner ohne etwas am Leib.

Bruno musste sich beeilen. Horrenkamp hatte jemanden erwartet.

Das Schlafzimmer: weiße Schränke, sogar die Bettvorleger waren weiß. Bruno zog Schubladen auf und fand Dildos, Tuben mit Gleitcreme und Spielzeuge, deren Anwendungsmöglichkeiten er sich lieber nicht vorstellte. Schachteln mit Fotos: männliche Hinterteile und gut bestückte Jünglinge, die den Schokoladen-Cha-Cha tanzten. Keine Hannah – die Vorlieben Horrenkamps galten dem anderen Ufer.

Bruno durchwühlte die Küche. Vitamintabletten und Aspirin statt Lebensmittel – der Typ schien von den Häppchen zu leben, die er sich auf Partys reinschob. Auf dem Klo wurde Bruno fündig: drei Filmdosen, die im Spülkasten schwammen. Bruno knackte sie und fummelte Schneeportionen heraus, die in Haushaltsfolie zu Kugeln gedreht waren.

Er knöpfte sich Horrenkamp noch einmal vor. Mit dem Koks in der Hand setzte er ihn unter Druck. Er drohte mit den Jungs von den Hells Angles, die im Knast auf der Ulmer Höh' eine starke Fraktion bildeten. Wilde Raufbolde, für die Vergewaltigung ein Heidenspaß und Aidsverhütung ein Fremdwort war. Der Homo wimmerte und packte aus.

Bruno fand die Aufnahmen im Büroschrank. Abzüge und Negative.

Hannah und ihre Muschi in Schwarzweiß. Frisch rasiert und apart beleuchtet – zweifellos künstlerisch wertvoll. Noch hatte Horrenkamp die Bilder nicht verkauft.

In der Halle rumpelte die Eisentür. Bruno stürmte aus dem Büro. Niemand da, außer dem gefesselten Fotografen. Im Hof heulte ein Motor auf. Bruno rannte zum Fenster – Rücklichter eines Jaguar Coupé. Bruno prägte sich das Kennzeichen ein.

Horrenkamp strampelte an der Wendeltreppe. Ein Kunde würde bei diesem Anblick nicht einfach türmen. Ein Gemüselieferant würde ein anderes Auto fahren.

»Wer war das?«, fuhr Bruno ihn an.

Der Fotograf schüttelte müde den Kopf. Bruno drohte ihm Haue an und ließ die Knöchel knacken. Der Knipser schloss die Augen.

Tomaten schrumpelten in der Halogenhitze, die Petersilie ließ weiter auf sich warten. Bruno beschloss, dass er den Fotografen genug getriezt hatte, und nahm ihm die Fangeisen ab.

Er rannte hinaus, startete den Saab und raste durch die Einfahrt. Ein Transporter musste bremsen. Auf der Ladefläche schaukelten Obstkisten. Bruno bretterte weiter und rief Svenja an. Er gab das Kennzeichen des Jaguars durch.

Der schwule Fotograf hätte lieber Prügel kassiert, als den Namen des Besuchers zu verraten. Horrenkamp hatte Mordsbammel vor dem Unbekannten.

Innerhalb von Sekunden gab Svenja den Namen und die Adresse durch: Herbert Kasimir, geboren in Hildesheim, wohnhaft in Düsseldorf-Kaiserswerth, Alte Landstraße 7.

Ein alter Bekannter – keine Stunde nach ihrem Besuch bei Kasimir am frühen Abend des 26. November war Ebi ermordet worden.

Wieder holten Bruno die Alpträume ein.

Er fand den Weg aus dem Einbahnstraßengewirr Unterbilks. Quer durch die Innenstadt raste er nach Norden. Der Himmel hatte sich verdüstert. Regen setzte ein. Die Schisshasen in den Fahrzeugen vor ihm hielten bereits bei Gelb. Fast wäre Bruno einem Golf aus Mettmann ins Heck geknallt.

Nach zwanzig Minuten erreichte er Kaiserswerth und parkte zwei Seitenstraßen von dem Betonkasten entfernt, in dem Kasimir wohnte – der Kerl hatte möglicherweise den Saab im Hof des Studios bemerkt und sollte nicht gewarnt werden, falls er später eintraf.

Aus dem Handschuhfach nahm Bruno das Rindsledermäppchen mit den Picking-Tools für Sicherheitsschlösser. Er lief durch den Nieselregen – kein Jaguar weit und breit. Die Haustür ließ sich aufdrücken. Niemand kam ihm im Treppenhaus entgegen.

Bruno klingelte. Keine Reaktion.

Er legte das Ohr an die Tür. Offenbar war Kasimir nicht nach Hause gefahren.

Bruno packte das Pickset aus. Er führte Spanner und Schlange in das Schloss und stocherte, um ein Gefühl für die Schließstifte zu bekommen. Er erzeugte ein sachtes Drehmoment und fummelte. Das Schloss klickte. Der Zylinder ruckelte. Der erste Stift war gesetzt.

Schritte im Treppenhaus. Ein Getränkekasten klapperte. Bruno hielt still. Der Nachbar verschwand in der Wohnung unter ihm.

Weiter – Bruno wiederholte die Prozedur am nächsten Stift. Er erhöhte das Drehmoment. Etwas klemmte, ihm fehlte die Übung. Er dachte an die *Sportsfreunde der Sperrtechnik* – Bruno wusste nicht, ob es den Verein noch gab.

Er blendete die Umgebung aus. Er konzentrierte sich *in* das Schloss, verringerte den Druck und setzte noch einmal an. Es klickte und ruckelte. Bruno setzte die Gehäusestifte in der Reihenfolge ihrer Reibungskräfte zurück, bis sich der Zylinder frei drehen ließ.

Die Tür sprang auf.

Bruno durchsuchte die Wohnung. In einer Küchenschublade fand er Pistole und Schalldämpfer. Er entnahm das Magazin, leerte es, ließ die Patronen in der Hosentasche verschwinden und schob das Magazin zurück in die Waffe. Er legte die Pistole wieder an ihren Platz.

Er vermutete Kokain in der Wohnung, konnte es aber nicht finden. Ebi war einfach besser gewesen. Oder der Dealer hatte dazugelernt.

Bruno räumte Bierdosen und Aschenbecher vom Sofa, ließ sich nieder und wartete. Er hoffte, dass Kasimir keine zweite Waffe bei sich tragen würde.

Nach einer halben Stunde kratzte ein Schlüssel im Schloss. Kasimir würde bemerken, dass es nur zugeschnappt war, nicht verriegelt wie zuvor.

Die Tür ging auf und zu. Schritte im Flur. Bruno konnte vom Sofa aus nichts sehen. Er regte sich nicht.

Ein Schlurfen in der Küche nebenan. Das Schaben einer Schublade, die aufgezogen wurde. Ein leises Klappern. Kasimir trat ins Wohnzimmer. Seine Pistole zielte auf Bruno.

Der Hagere trug einen schwarzen Anzug, darunter ein schwarzes T-Shirt. Cooler Szene-Look – was ein Möchtegern-Gangster eben darunter verstand. Erweiterte Pupillen: Kasimir stand unter Strom. Offenbar merkte er nicht, dass die Pistole leichter geworden war.

Bruno fiel ein, dass er vergessen hatte nachzusehen, ob noch eine Patrone im Lauf der Waffe steckte.

Der Hagere sagte: »Ein Jammer, dass Helmer dich nicht auch weggeputzt hat. Noch einmal legst du mich nicht rein.«

Bruno öffnete seine Faust und zeigte die drei Schneekugeln, die er aus Horrenkamps Spülkasten gefischt hatte.

»Die Tour zieht nicht«, bellte Kasimir. »Keine Zeugen. Da steht Aussage gegen Aussage und ihr Düsseldorfer Bullen seid berühmt dafür, unschuldigen Leuten irgendwelche *Fakes* unterzujubeln. Außerdem bist du kein Drogenfahnder. Kein Richter wird mich für diesen Kack verurteilen.«

»Sogar mit Freude. Du bist einschlägig bekannt. Das Schnupfpulver hab ich in deinem Badezimmer gefunden. Im Spülkasten der Toilette.«

Kasimir fuchtelte mit der Waffe. »Du hast keine Beweise, dass ich jemandem was angeboten hätte.«

Bruno zitierte: »Bereits der Besitz von Betäubungsmitteln, die zum Zweck Gewinn bringender Weiterveräußerung bereitgehalten werden, erfüllt den Tatbestand des Handeltreibens in Bezug auf die Gesamtmenge. So viel solltest du bei deinem Prozess gelernt haben, Kasimir. Du beantwortest mir ein paar Fragen oder du wanderst dieses Mal in den Knast.«

Der Hagere schraubte mit rascher Bewegung den Schalldämpfer auf. »Raus jetzt. Ich hab keine Zeit für Späße, die ich nicht lustig finde. Denk an deinen Partner. Fang bloß nicht an, ihm nachzueifern. Dazu fehlt dir das Format. Dealer abziehen läuft nicht mehr. Die Zeiten sind vorbei.«

Bruno hielt sein Handy hoch. In seinen Schläfen pochte das Blut. »Letzte Chance: Waffe weg oder ich rufe die Kollegen.«

»Hasta la vista!« Der Dealer zielte kurz und drückte ab.

Leeres Klicken.

In Bruno kochte die Wut hoch. *Denk an deinen Partner. Dealer abziehen läuft nicht mehr.* Der Scheißkerl hatte sich verraten – Kasimir hatte Helmer beauftragt, Ebi zu töten.

Bruno sprang auf und ließ die Fäuste fliegen. Haut platzte, Knorpel knirschten. Kasimir riss die Arme hoch und schrie. Bruno schlug weiter. Der Dealer knickte ein. Blut strömte über das hagere Gesicht. Bruno spürte Spritzer auf seiner Stirn. Sein Hemd war voller Flecken. Er hätte es ausziehen sollen.

Erinnerungsfetzen: *Ebi geht auf die Knie. Er zuckt und sinkt zur Seite.*

»DU HAST MEINEN PARTNER UMBRINGEN LASSEN!«

Ohne eine Antwort abzuwarten, trat Bruno gegen die Rippen des Dealers. Kasimir krümmte sich und stöhnte.

Schlimme Bilder: *Ebis Stirn voller Pulvereinsprengsel rund um die Wunde. Augen, die ins Leere starren.*

»GIB'S ZU!«

Kasimir bettelte. Bruno schlug einen Haken. Der Dealer verdrehte die Augen.

Bruno steckte Kasimirs Pistole ein. Seine Knöchel schmerzten und schwollen an.

Er schleifte Kasimir ins Badezimmer, legte ihn in die Duschkabine und drehte den Hahn auf. Das kalte Wasser spülte Wunden aus und gurgelte als rosafarbene Brühe in den Abfluss. Kasimir kam zu sich. Er hustete und spuckte Blut und Zähne.

Der Hagere schwor, er würde Helmers Auftraggeber nicht kennen. Er brabbelte, der fiese Bulle habe auch andere Kokaindealer ausgeraubt. Kasimir tischte irre Geschichten auf.

Weil Eberhard sich in eine Koksnutte verguckt hätte, sei

er Amok gegen Dealer gelaufen. Damit sie nicht ihre Möse feilbieten würde, habe der Bulle für sie alles an Schnee geraubt, was er fand. Und weil die Tussi von der *White Lady* nicht genug kriegen konnte, sei Eberhard immer fieser geworden.

Kasimir stotterte sich in Fahrt. Bruno verstand nur die Hälfte. Es klang, als rede der Dealer über einen Fremden. Brunos ehemaliger Partner – für einige Wochen der Schrecken der Szene. Bis es einem der wirklich coolen Burschen zu bunt geworden sei. Waffennarr Helmer wurde auserkoren, für Ordnung zu sorgen.

Kasimir machte sich über Ebi lustig: So dämlich müsse einer erst mal sein, dass er sich ausgerechnet in eine Koksnutte vergucke. Brunos Partner – als Toter eine Witzfigur.

Brunos Kopf dröhnte. Die Ränder seines Blickfelds verschwammen. Er drehte das heiße Wasser auf.

Der Spiegel beschlug. Dampf machte sich im Badezimmer breit. Kasimir schrie wie am Spieß und kam aus der Kabine gekrochen. Er verschmierte den Boden mit seinem Blut. Das Wasser prasselte in die leere Dusche.

Der Dealer packte weiter aus – noch mehr Drogentratsch, mit dem er Bruno milde stimmen wollte.

Derzeit werde reinstes Heroin in der Szene angeboten. *White Boy* erster Güte, wie es seit Jahren nicht mehr auf dem Markt aufgetaucht sei. Nicht zu vergleichen mit dem üblichen *Crap* aus Afghanistan, das zehnmal gestreckt war, bis es im Westen ankam.

Abgefahrenes Junkiegeschwätz.

Ein unbekannter Drogentycoon sei dabei, ein Netz zu knüpfen. Heroin an betuchte Leute zu verhökern. An koksfreudige Schniefnasen, die es liebten, zwischen den Extremen zu pendeln. *White Boy* trifft *White Lady.*

»Heroin? Kein Schickimicki würde sich jemals einen Schuss setzen!«

»Nicht fixen. Schnupfen! In den Staaten ist das derzeit der letzte Schrei!«

Bruno glaubte Kasimir kein Wort. Er fetzte die Plastikwände der Dusche aus der Halterung. Er brach das Waschbecken von der Wand und drohte, den Hageren damit zu erschlagen. Kasimir würgte und übergab sich vor Brunos Füßen.

Der Dealer verriet sein Depot.

Bruno fand Jod und Mullbinden im Arzneischrank. Er warf Kasimir das Zeug hin.

52.

Der Regen hatte aufgehört, die Dämmerung setzte ein. Bruno deponierte Handschellen und Kasimirs Waffe im Handschuhfach. Das Adrenalin hielt ihn auf zweihundert, der Puls hämmerte als Echo der Schläge, mit denen er den Dealer vermöbelt hatte.

Er raste zurück in Richtung Innenstadt. An der Messe wechselte er auf die A 44 und verließ sie hinter dem Flughafen wieder. Er kurvte durch den Stadtteil Unterrath und fand die Kleingartensiedlung, die Kasimir genannt hatte – Hütten und Jägerzäune entlang der einzigen Zufahrtstraße. Die fünfte Parzelle.

Das Tor war unverriegelt. Ein Schild, das vor bissigen Hunden warnte, und kein Köter weit und breit zu bemerken. Lose Steinplatten auf dem Pfad, der zur Baracke führte. Ein übergroßer Gartenzwerg, daneben die Regentonne. Bruno schob sie beiseite. Ein Stück Kunstrasen, darunter kam eine Eisenklappe zum Vorschein, die den Betonschacht abdeckte. Ein Vorhängeschloss. Alles stimmte, sogar die Ziffernkombination.

Bruno räumte das Versteck aus: eine Plastiktüte mit Euronoten und ein Beutel mit weißem Pulver – schätzungsweise hundert Gramm. Bruno riss die Hülle mit den Zähnen auf, tippte hinein und leckte die Fingerkuppe ab. Die Zungenspitze wurde sofort taub – Kokain.

Er blickte sich um. Drei Hütten weiter brannte Licht. Qualm stieg aus einem Blechrohr und stank herüber. Niemand ließ sich blicken. Bruno verstaute die Tüten unter dem Reservereifen seiner Karre. Mit dem Geld konnte er Johnnys schmieren.

Kasimir hatte die Wahrheit über sein Depot gesagt.

Ein Kribbeln lief Brunos Rückgrat entlang.

Dann war vielleicht auch der Rest nicht gelogen.

Brandheiß: Ein anderer Dealer hatte Helmer engagiert, um sich an Ebi zu rächen.

Megacool: Ein Unbekannter bastelte an einem Netz von Zwischenhändlern, um reinstes Heroin an eine zahlungskräftige Klientel zu verhökern.

Es gab kein wirksameres Mittel als H, um sich nach einer heißen Koks-Party zu entspannen. Heroin als Sonnenbrille für die Seele – kein Vergleich zu Mittelchen wie Tavor.

White Boy und *White Lady,* ein unschlagbares Gespann.

Zumal reiche Schickimickis sich nicht auf den Bahnhofsvorplatz trauten. Sie zahlten ein Mehrfaches, wenn der Dealer diskret war und den Stoff direkt ins Haus lieferte. Bring feine Kokser auf den H-Geschmack und du kannst mit traumhaften Gewinnspannen rechnen. Wenn du Leute findest, die Verbindungen haben. Kontaktleute mit Handynummern und Vertrauensbonus.

Bruno begriff, was hinter Kasimirs Gerede steckte: wichtige Hinweise in zwei Mordfällen.

Das Heroin – hundert Kilo aus dem Leib der Statue. Vishnu-H.

Bruno ließ den Motor aufheulen und brauste in die Stadt zurück. Er ignorierte das Hupen entgegenkommender Fahrzeuge. Die Schleier vor seinen Augen lösten sich langsam auf. Das Pochen im Schädel blieb.

Ebi und die Klees – jedes Verbrechen mit einer anderen Sorte Rauschgift verknüpft.

Die Geister der Toten riefen Bruno zu, dass er sich nicht drücken durfte.

53.

Hip-Hop schepperte aus Janssens Rekorder. Bruno machte sich mit Seilspringen warm. Er mied Sandsack und Maisbirne. Seine Knöchel schmerzten zu sehr.

Er stieg zu Joe in den Ring.

Verschärftes Sparring – der alte Trainer spornte den Kongomann an, Bruno einzuheizen, wie es Janosch tun würde.

Bruno verschanzte sich hinter seinen Fäusten. Er hielt die Deckung dicht. Wenn Joe dagegenschlug, brannte es wie der Teufel.

Der alte Trainer tobte. Ab und zu kam Joe mit einem Treffer durch. Bruno war mit den Gedanken woanders.

Bruno spürte, dass auch Joe sich zurückhielt. Er riss sich zusammen. Er konterte.

Janssen brach ab und hielt eine Strafpredigt. Bruno kämpfe wie ein hirnloser Straßenschläger. Bruno wusste, dass der Trainer Recht hatte.

Der Alte ließ ihn Kombinationen üben. Distanzwechsel, Finten. Angedeutete Schläge, Konter, die der andere nicht vorhersehen konnte.

»Was ist los mit dir?«, fragte Joe, als sie fertig waren.

»Du warst schon mal besser«, bemerkte Janssen.

Bruno rackerte eine Stunde im Kraftraum. Er hoffte, endlich den Kopf frei zu bekommen. An nichts mehr denken zu müssen. Nicht an Hannah und den Fotografen. Nicht an Ingenpass und Kasimir, die er so zugerichtet hatte.

Er duschte, bis seine Haut aufquoll. Als er sich anzog, stiefelte Janssen in die Umkleide. Bruno hatte keine frischen Klamotten dabei. Der Alte starrte auf sein Hemd. Blut auf den Manschetten. Flecken auf der Brust. Spritzer am Kragen. Der Trainer verströmte Schnapsatem.

»Was willst du?«, fragte Bruno.

»Hast du mit Hannah gesprochen?«

»Ja. Mach dir keine Sorgen.«

Die Hand des Trainers krallte sich in seine Schulter. »Das Mädchen ist alles, was ich habe.«

Zu Hause lud Bruno die Patronen in Kasimirs Pistole. Den Schalldämpfer ließ er dran. Er versenkte die Waffe am Kopfende seines Betts zwischen Matratze und Bettkasten.

Drogen und Geld aus dem Depot versteckte er in der CD-Schublade des Wohnzimmerschranks. Er sortierte ein paar von Karens Scheiben aus, damit die Beutel Platz fanden.

Er schaltete das Radio ein. Dudelfunk. Bruno wippte vor Karens Spiegel auf den Zehen und schlug Löcher in die Luft. Er stellte sich Janosch vor und versuchte sich auf Deckung und Schlagtechnik zu konzentrieren. Er federte im Takt der Musik.

Bruno erkannte, dass er hampelte wie ein Anfänger. Seine Beine waren zu schwer. Zu viel gelaufen in den letzten Tagen. Zu lange an den Maschinen trainiert.

Kasimirs Geständnisse gingen ihm nicht aus dem Kopf. Ebis angebliches Verhältnis mit einer Kokainabhängigen – Lara musste etwas bemerkt haben. Der Haussegen bei den Eberhards hatte schief gehangen in den Wochen vor der Schießerei.

Bruno dachte an Lara. Sie hatte so viel mitgemacht. Sie war daran nicht zerbrochen.

Die Türklingel beendete die Hampelei. Er stellte den Dudelfunk leiser und meldete sich an der Sprechanlage. »Hallo?«

»Ich bin's, Hannah. Kann ich raufkommen?«

Bruno sah aus dem Fenster – auf der Hut vor Dealern und Fotografen, die sich rächen wollten. Das Mädchen war allein.

Er drückte den Türsummer. Er wischte sich den Schweiß vom Leib und angelte eine Flasche Sprudelwasser aus dem Kühlschrank. Er schlüpfte in ein sauberes Hemd.

Janssens Tochter trat zögernd ein. Bruno bot ihr Wasser an. Sie ignorierte die Flasche. Sie wirkte niedergeschlagen.

Er warf ihr den Packen Fotos samt der Negative zu. Horrenkamps Mösenpanoramen in künstlerischem Schwarzweiß.

Hannah blätterte die Aufnahmen durch, ohne rot zu werden. Das Mädchen fragte, ob Bruno dem Knipser wehgetan hätte.

Er fuhr sich über die bandagierten Knöchel. »Ich glaub, er lässt dich jetzt in Ruhe.«

Hannah nickte. Ihm gefiel nicht, wie sie sich verhielt. Tavor und Koks-Entzug – das machte antriebsarm und depressiv. Leute waren deshalb schon von Rheinbrücken gesprungen.

»Wer noch?«, fragte Bruno.

»Niemand.«

»Sprich. Dafür bist du doch hergekommen.«

Janssens Tochter nannte einen Visagisten namens Sascha. Sie schuldete ihm einen Riesen. Sascha war Globalisierungsgegner und hielt den Euro für ein Mittel der Unterdrückung. Doch jetzt hatten ihm die Eltern den Geldhahn zugedreht und Sascha wusste nicht, wie er an Stoff kommen sollte. Als Visagist verdiente er nicht genug.

Sein Dealer hatte die Idee gehabt: Hannah solle anschaffen gehen. Das Koks, das sie verdienen könnte, würde spielend für beide reichen.

Der Globalisierungsgegner war begeistert gewesen. Bargeldloser Tausch, wie er im Buche stand.

Hannah hatte einen Geschäftsmann nach London begleitet und es ganz nett gefunden. Sie hatte einen spanischen Opernsänger im Steigenberger besucht und es war eklig gewesen. Sie fürchtete, dass Saschas Dealer noch mehr schräge Typen anschleppen würde.

Sie war verzweifelt. Das Tavor ging zu Ende. Sie würde ein weiteres Rezept fälschen müssen. Sie hatte kein *Coke* mehr. Sie würde Saschas Dealer anrufen müssen.

Bruno zog eine Kugel aus dem Fundus des Fotografen aus der Hosentasche und rollte sie über den Tisch. Hannah fing sie auf, fummelte hektisch an der Folie und schälte die Schichten ab.

Sie schüttete eine Prise auf die Platte. Mit der EC-Karte hackte sie grobe Körnchen klein und schob die Line zurecht. Das Mädchen rutschte mit der Nase die Tischplatte entlang. Geübt nahm sie jeden Krümel mit.

Er konnte nicht verhindern, dass sie kokste. Er konnte nur versuchen, es zu kontrollieren. Ihm war klar, dass er sich strafbar machte. Bruno sagte sich, dass er es seinem Trainer zuliebe tat.

»Den Rest kannst du behalten.«

Janssens Tochter sah ihn ungläubig an.

Bruno sagte: »Du sollst deine Muschi nicht mehr verkaufen.«

»Ich mag's nicht, wenn du so ordinär redest.«

»Wie heißt der Dealer deines Visagisten?«

»Siegmar Schott. Ihm gehört ein Tonstudio. Er macht elektronische Musik.«

Bruno wusste Bescheid. Schott hatte auf der Johnnyliste zur Hövel-Untersuchung gestanden.

Hannah begann zu quasseln. Besagter Schott sei ein Arschloch. Spiele jeden Freitag den King im *Everest*. Fuhr Porsche und trug nichts als Prada-Anzüge. Mit seiner Computermusik hatte er vor Jahrzehnten mal die Hitparade erobert. Die Szene fraß ihm den Schnee aus den Händen.

Das Mädchen kam in Fahrt. Sascha, der Visagist, sei süß, aber schwul. Seine Alten seien üble Kapitalisten. Die Globalisierung trage Schuld am Elend in der Welt. Zur nächsten Demo werde Sascha sie mitnehmen. Der junge Visagist penne gelegentlich mit Horrenkamp. Der Knipser sei ein wahrer Künstler. Wenn es um Food ging, gebe es keinen besseren.

Hannah mischte die Fotos, als seien sie Spielkarten. Sie redete ohne Punkt und Komma. Sie rannte im Zimmer auf und ab. Ihre Pupillen drehten auf. Plötzlich torkelte sie und hielt sich am Garderobenspiegel fest.

Bruno sprang auf.

Hannah fasste sich an die Herzgegend. »Lass. Das geht vorbei.«

»Wirklich?«

»Das hab ich öfter.« Sie schob ein Mösenbild über den Tisch. »Schenk ich dir, Bruno. Bist ein prima Kerl.«

Er öffnete die Schublade mit den CDs. Er holte die Plastiktüte mit Kasimirs Geld hervor und zählte zweitausend Euro ab. »Eine Mille für Sascha, der Rest ist für deine Kollegin. Ich hoffe, das genügt.«

»Cool.« Sie verstaute die Scheine in der Gesäßtasche ihrer Jeans und schien nicht sehr beeindruckt zu sein. »Schott kennt diesen Autoverkäufer, der morgen Abend eine Party macht, um das neue Maserati Cabrio vorzustellen. Der Pradaheini will mit mir hingehen. Wird bestimmt ein netter Abend.«

»Du gehst da nicht hin.«

»Es ist nicht, wie du denkst. Nur eine Maserati-Fete für potenzielle Kunden. Schott sagt, dieser Autoverkäufer gibt mehr Geld für Havannas aus als für *Coke.* Weißt du, was so ein Maserati kostet? Und die Hälfte davon streicht der Händler ein.« Das Mädchen stolzierte durch den Raum, als übe es für den Laufsteg. Es leckte sich nervös die Lippen.

Hannah drehte eine Pirouette. »Schott gibt mir Stoff.«

Bruno hielt sie fest. Er fragte sich erneut, ob ihre Lippen künstlich aufgedonnert waren. Ob er Hannah attraktiver fände, wenn sie es nicht wären. Narben konnte er nicht erkennen. Hannahs Haut war makellos.

»Dein Kokain bekommst du ab sofort von mir. Schott und diese Typen benutzen dich nur.«

Sie drängte sich an ihn. Ihre Hand fuhr unter sein Hemd. »Lass uns vögeln.«

Bruno schubste sie zurück in den Sessel.

Janssens kleines Mädchen. Er wollte keiner von ihren coolen Kerlen sein. Er befahl Hannah, den Mund zu halten.

Bruno erzählte ihr alles über Ebi. Wie sein Partner sich Feinde gemacht hatte. Wie er vor Brunos Augen ermordet worden war. Ebi hatte ein Doppelleben geführt, aber er war ein guter Partner gewesen. Ein Lehrmeister, der Bruno nie im Stich gelassen hatte.

Hannah zappelte nervös mit den Füßen. Sie spielte mit der EC-Karte. Sie bewegte die Lippen beim Zuhören, als wiederhole sie seine Worte.

Bruno berichtete über den Mordfall Klee. Über geschätzte einhundert Kilo kambodschanischen Stoff und das Gerücht des Tages: Die Mörder rekrutierten Koksdealer, um Heroin unter betuchte Leute zu bringen.

White Boy und *White Lady* – das unschlagbare Gespann.

Das Mädchen hörte zu. Die Pupillen überspannten fast die gesamte Iris.

Sie fragte: »Ich soll den Kundschafter für dich machen?«

»Geh zu deiner Maserati-Sause. Aber verkauf nie wieder deine Muschi. Wenn du Koks brauchst, bekommst du es von mir. Lass dich nicht auf diese Ratten ein.«

»Eifersüchtig?«

»Dein Vater würde es nicht überleben, wenn er das alles erführe.«

»Paps und dieser Partner, von dem du erzählt hast – sind die so was wie Ersatzdaddys für dich?«

»Verschon mich mit diesem Psychoquatsch.«

»Paps hat mir erzählt, dass dein Alter abgehauen ist, als du klein warst. Dass du zum Straßenschläger geworden wärst, wenn er dich nicht unter seine Fittiche genommen hätte.«

»Den Scheiß behauptet dein Vater von allen seinen Schützlingen.« Bruno notierte seine Handynummer auf einen Zettel. »Spitz morgen Abend die Ohren, aber pass auf, dass Schott und die anderen keinen Verdacht schöpfen.«

Sie las die Nummer ab und programmierte sie in ihr Gerät. »Krass. Ich bin jetzt ein Bullenspitzel.«

Er brachte Hannah zur Tür. Sie war fast so groß wie er und sehr schlank. Ihre Rippen standen vor. Sie fasste ihn an den Schläfen und küsste ihn. Ihre Hand fuhr in seinen Schritt.

Sie lachte und rannte die Treppe hinunter.

Bruno lauschte dem Getrappel. Die Haustür fiel ins Schloss.

Ihm wurde flau. Er dachte an Kasimirs Gesicht: ein Klumpen Fleisch und Blut, das in Strömen aus der Nase quoll. Leuchtend weiße Augen, die ihn anstarrten.

Bruno kotzte die Kloschüssel voll. Er kippte sich Wasser ins Gesicht und sah einen Kerl im Spiegel, vor dem er sich ekelte. Er knallte die Faust in diese Fresse. Die Kanten der Scherben schnitten in Brunos geschwollene Knöchel. Risse spalteten das Spiegelbild. Als Bruno die Faust wegzog, knirschte Glas und rot verschmierte Splitter klirrten ins Waschbecken.

Das Radio lief noch immer. Bruno fand einen Sender mit Orchestermusik. Er salbte die Knöchel ein und wickelte eine Mullbinde über die Wunden.

Er legte sich auf das Sofa und begann zu zittern. Geigen jubelten, Trompeten schmetterten. Die Akkorde schwollen an und hämmerten auf Bruno ein. Schlusstakte, die er vor neun Tagen zum ersten Mal gehört hatte.

Drei Tote im Haus der Klees. Der Mord an seinem Partner. Bruno hatte Spuren. Eine Kundschafterin würde Informationen liefern.

Ihr Foto lag auf dem Tisch. Schwarzweiß. Von einem wahren Künstler geschossen.

Bruno hatte Babysitter gespielt, als Hannahs Mutter im Krankenhaus lag. Er hatte das Mädchen selbst einmal fotografiert – mit der großen Tüte am ersten Schultag, umrahmt von den stolzen Eltern. Klein-Hannah mit Zahnspange und Zöpfen.

Horrenkamps Kunstschuss: Bruno entdeckte Wassertropfen auf der Haut. Der Knipser hatte Hannah ausgeleuchtet und besprüht wie eine Tomate.

Bruno zerriss das Bild in kleinste Fetzen.

54.

Den Samstag begann Bruno mit Intervallläufen entlang des Rheins. Auf den asphaltierten Wegen kamen ihm Radfahrer entgegen, Hunde sprangen ihm vor die Füße. Er beschloss, das Training auf die Aschenbahn des TuS Gerresheim zu verlegen.

Eine Stunde lief er Runde um Runde auf der Bahn hinter dem Vereinsgebäude. Abwechselnd ruhiger Trab und scharfer Sprint.

Wenn du keine Luft mehr hast, musst du Gas geben.

Wenn du glaubst, du bist schnell, musst du an Tempo zulegen.

Zeig, dass du kein Waschlappen bist.

Die Kicker auf dem Rasen, den er umkreiste, unterbrachen ihr Spiel und feuerten ihn an. Joe, sein Sparringspartner, war unter ihnen.

Bruno fuhr stadteinwärts. Das Lauftraining hatte seine Nervosität nicht vertrieben. Er erinnerte sich an Kasimirs Waffe, die er mitgenommen und im Handschuhfach deponiert hatte. Bruno holte sie heraus, steckte sie in die Ablage der Fahrertür und bedeckte Lauf und Schalldämpfer mit dem Stadtplan. Er wollte die Pistole in unmittelbarer Reichweite haben.

Er hatte einen Kokser und dessen Dealer verprügelt und das Depot des Dealers geräumt. Er war in Ebis Fußstapfen getreten. Es würde sich herumsprechen.

Siegmar Schotts Adresse und die des Tonstudios hatte Bruno im Telefonbuch gefunden. Er entschied sich für die Wohnung des Musikers.

Hammer Straße. Ein Neubau im Hafenviertel, etwas zurückgesetzt von der Straße. Bruno parkte schräg gegenüber vor einem Postamt. Das schicke Mehrfamilienhaus, in dem Schott wohnte, hatte eine Tiefgarage. Bruno behielt die Einfahrt im Blick. *Pradaheini,* hatte Janssens Tochter den Musiker genannt.

Bruno konnte nicht jeden Dealer verprügeln. Er konnte sich auch nicht darauf verlassen, dass Janssens Tochter die Lösung zweier Mordfälle auf der Party eines Autohändlers erfuhr.

Die Sonne schien ins Auto. Bruno kurbelte das Fenster herunter. Er dachte daran, dass Ebi seine Frau mit einer Koksnutte betrogen hatte. Er dachte an Lara. Er hatte ihr von seinem Flugzeug erzählt. Sie hatte ihn getröstet. Dreiundzwanzig Jahre danach.

Eine städtische Angestellte in blauer Uniform kam die Straße entlang, schrieb die Falschparker auf und klemmte Benachrichtigungszettel hinter die Scheibenwischer. Als die Uniformierte seinen Wagen erreichte, hielt Bruno seinen Dienstausweis aus dem Fenster.

»Beschatten Sie jemanden?«, fragte die Angestellte, ein molliges Mädel mit Sommersprossen.

»Nein. Bin gleich weg. Meine Frau gibt nur gerade ein Päckchen auf.« Er deutete zur Post hinüber.

»Alles klar.« Die Uniformierte schob ab.

Bruno konzentrierte sich auf die Einfahrt. Ein Golf fuhr raus. Ein Audi rein. Eine Frau verließ das Haus zu Fuß, ein älteres Pärchen schleppte Einkaufstüten hinein.

Eine Stunde verging.

Die Angestellte in der blauen Uniform kam auf der gegenüberliegenden Seite zurück. Als sie ihn sah, schlenderte sie über die Straße. Die Frau beugte sich zum Fenster herunter und ließ Grübchen auf den Wangen sehen.

»Hat sich Ihre Frau im Postamt verlaufen?«

»Okay, ich observiere einen Rauschgifthändler. Ich warne Sie. Es könnte zum Schusswechsel kommen, wenn ich ihn festnehme.«

Sie lachte und ging weiter.

Bruno nahm sich vor, noch eine halbe Stunde zu warten und es dann beim Tonstudio zu versuchen.

Er griff nach seinem Handy und tippte Pommers Privatnummer.

Max' Frau hob ab.

»Ist Lara da?«, fragte Bruno.

»Moment.«

Er bemerkte, dass Pommers Frau den Hörer mit der Hand abdeckte. Getuschel, das er nicht verstand.

»Hallo, Bruno.«

Er bildete sich ein, dass Lara sich freute. Vielleicht hatte Ebis Witwe doch keinen anderen kennen gelernt. Er fragte: »Hast du Lust, mit mir ins Kino zu gehen?«

Ein Taxi hielt vor Schotts Adresse. Ein junger Bursche stieg auf der Fahrerseite aus. Er trug eine Tasche und eilte auf den Hauseingang zu. Der Fahrer war schlank und muskulös. Dunkelblondes kurzes Haar. Bruno sah den Burschen nur von hinten. Der junge Kerl verschwand im Eingang des Hauses.

Bruno sprach ins Handy: »Heute Abend läuft ein Film mit Jack Nicholson, der gut sein soll.« Svenjas Idee – Bruno hatte jede Lust verloren, mit der Datentante auszugehen.

»Ich hab davon gelesen«, antwortete Lara.

Der Taxifahrer kehrte zurück. Die Sonne schien ihm ins Gesicht und brachte tiefe Narben zur Geltung.

»Ich hol dich ab«, sagte Bruno. »Halb acht. Einverstanden?«

Er ließ den Motor an.

Lara stimmte zu.

Lauffer warf seine Tasche auf die Rücksitzbank des Taxis und startete.

Bruno steckte das Handy weg und nahm die Verfolgung auf.

Es ging Richtung Osten. Der Junge fuhr konstant fünfzig Stundenkilometer. Das Taxischild auf dem Dach blieb ausgeschaltet. Bruno notierte das Kennzeichen des cremefarbenen Benz, um sicherzugehen, dass er dem richtigen folgte. Er achtete darauf, dass mindestens ein Auto zwischen ihm und Lauffer lag. Vor den Hügeln des Grafenberger Waldes verließ das Taxi die Hauptstraße.

Villengegend. Niemand sonst war unterwegs. Bruno ließ sich zurückfallen und sah Lauffer abbiegen und langsamer werden. Als Bruno geradeaus weiterfuhr, erhaschte er einen Blick: Das Taxi parkte in der Seitenstraße, der Junge versenkte einen Umschlag in einen Briefschlitz. Bruno wendete bei der nächsten Gelegenheit und bog in die Seitenstraße ein.

Lauffer fuhr bereits wieder los. Bruno folgte mit Abstand. Er rollte an dem Briefkasten vorbei und notierte die Hausnummer. Dann gab er Gas, um das Taxi nicht aus den Augen zu verlieren.

Zurück in Richtung Innenstadt. Rechte Spur, strikt fünfzig. Vier Autos zwischen ihnen im flüssigen Verkehr.

Der Benz stoppte an einer Bushaltestelle. Bruno passierte, bog in die nächste Seitenstraße und hielt. Zu Fuß zurück zur Kreuzung. Er lugte um das Hauseck.

Lauffer saß im Taxi. Drei Anzugträger verließen ein Hotel auf der anderen Seite. Das Narbengesicht gab Zeichen. Einer der Männer überquerte die Straße. Der Wind blies ihm die Krawatte über die Schulter. Der Unbekannte trat neben das Seitenfenster.

Ein Bus kam und hupte. Der Anzugträger zeigte den Mittelfinger. Das Taxi startete mit quietschenden Reifen. Der Mann lief zum Hotel zurück. Seine Kumpel feixten.

Bruno nahm die Verfolgung wieder auf. Sechs Autos zwischen ihm und Lauffer. Wehrhahn, Kölner, Graf-Adolf. Der Verkehr stockte. Aus dem ganzen Umland kamen die Leute in die Stadt, um am Samstag einzukaufen.

Das Taxischild blieb unbeleuchtet und war nicht zu übersehen. Der Junge bog in die Königsallee. Als Bruno den Boulevard erreichte, war der Benz verschwunden. In der ersten Querstraße hatte er ihn wieder.

Eine junge Frau im grauen Businesskostüm verließ eins der Gebäude und stieg bei Lauffer ein. Der erste Fahrgast in vierzig Minuten.

Das Taxi fuhr los. Bruno unmittelbar dahinter. Er las die Firmenschilder am Eingang: Bank, Werbeagentur, Marktforschungsinstitut. Entweder arbeitete die Frau auch am Samstag oder es gab Wohnungen über den Büros.

An der Berliner Allee war die Ampelphase nur kurz. Bruno gab Gas und schaffte es, hinter dem Taxi über die Kreuzung zu kommen.

Bruno sah, dass sich Lauffers Beifahrerin niederbeugte. Der Benz hielt sich an die Höchstgeschwindigkeit. Keine Schlangenlinien. Vor der nächsten roten Ampel bremste er sanft ab. Bruno blieb dran. Die Frau setzte sich auf und klappte den Make-up-Spiegel herunter. Sie zog den Lippenstift nach. Bruno hielt Abstand.

Vor dem Schauspielhaus wechselte Lauffer auf die Linksabbiegerspur und fuhr die Schlaufe, die wieder zur Kö führte. Angemessenes Tempo. Dichter Verkehr. Autos mit holländischen Kennzeichen, die nach einem Parkplatz suchten. Der Junge brachte die Lady zu ihrer Firma zurück.

Bruno blieb weiter dran. Er notierte Uhrzeiten, Adressen. Bis auf die Lady im grauen Kostüm transportierte der Junge niemanden. Er steckte Umschläge in Briefkästen, betrat mit seiner Tasche Hauseingänge, telefonierte ausgiebig mit dem Handy.

Gegen Mittag machte das Narbengesicht vor einem Edelrestaurant in Wittlaer Halt. Nach drei Minuten kam Lauffer wieder heraus. Er mampfte Häppchen aus einem Pappkarton und klemmte sich wieder hinter sein Lenkrad.

Kurz nach zwei steuerte der Junge eine Straße an, die weniger fein als die bisherigen Adressen wirkte. Er fuhr das Taxi in eine Hofeinfahrt und ließ sich nicht mehr blicken. Bruno fiel ein, dass Lauffer hier wohnte: Emmastraße 15.

Er verließ den Saab und spazierte zu dem Gebäude hinüber, ein Altbau mit abblätterndem Putz. Bruno las die Klingelschilder an der Haustür. Namen aus aller Welt. Tatsächlich: Einer lautete *T. Lauffer.*

Bruno fuhr zurück in sein Viertel, fand eine Lücke drei Blocks von der Achillesstraße entfernt und entschied sich für das *Ristorante Molino.*

Mario freute sich, dass er sich mal wieder blicken ließ. Bruno wehrte den Grappa ab, den der Wirt spendieren wollte. Er bestellte Salat, Pasta und Scaloppine. Mario erkundigte sich nach der *bella Signora*.

Bruno log. Karen sei übers Wochenende zu ihren Eltern gefahren.

Er ließ sich das Essen schmecken und war froh, dass Mario zu beschäftigt war, um sich zu ihm zu gesellen. Er legte sich den weiteren Tagesablauf zurecht: ein Schläfchen, die zweite Trainingsrunde, Lara abholen. Bruno bezahlte.

Vogelgezwitscher in den Straßenbäumen. Das Grün an den Zweigen eroberte die Vorherrschaft. Kinder mit ihren Papierdrachen auf dem Weg zum Rheinufer. Der Frühling war mit fast zwanzig Grad in Hochform.

Bruno stapfte zu seiner Wohnung hoch. Die Tür war angelehnt.

»Karen?«

Stille.

Bruno entdeckte Spuren am Sicherheitsschild, das außen vor dem Türschloss saß. Jemand hatte versucht, den Zylinder aufzubohren. Das Schließblech war aus der Holzzarge gerissen worden – besagter Jemand hatte schließlich mit rohem Einsatz seines Körpergewichts die Tür aufgesprengt.

Brunos Herz schlug schneller. Er hatte Kasimirs Waffe in der Türablage des Saab vergessen. Drei Blocks entfernt.

Er schlich in die Diele. Bretter knarrten unter seinen Sohlen. Aus den Zimmern drang kein Laut. Die Küchentür zu seiner Linken stand auf.

Bruno blickte in ein Chaos.

Schubladen geöffnet, Regale leer geräumt. Die Fliesen bedeckt mit Scherben, aufgefetzten Lebensmittelpackungen, ausgeschütteten Putzmittelflaschen. Bruno packte ein Brotmesser und eine Pfanne. Er kam sich vor wie ein Gladiator.

Zurück in den Flur. Er hielt inne und lauschte. Er hörte nur den eigenen Herzschlag – als Rauschen in seinen Ohren.

Die Tür zum Schlafzimmer war angelehnt. Bruno trat dagegen und streckte das Messer nach vorn.

Das gleiche Bild der Verwüstung. Schranktüren aus den Scharnieren gerissen. Die Deckenlampe zerschlagen. Matratzen hingen aus dem Bett, Schaumstoff und Drahtfedern quollen hervor.

Das Wohnzimmer. Der Garderobenspiegel war zerschlagen. Die Polsterung der Stühle aufgeschlitzt – Karen hatte die antiken Teile auf dem Pariser Flohmarkt erstanden. Bruno fragte sich, wie es kam, dass kein Nachbar eingeschritten war. Der Eindringling musste einen Höllenlärm verursacht haben.

Bruno wurde bewusst, dass die meisten Verwüstungen Hohlräumen gegolten hatten, in denen man Kokain und Bargeld verstecken konnte. Vom Nudelkarton über Federbett und Kopfkissen bis zum halbkugelförmigen Schirm der Deckenlampe.

Bruno kontrollierte die CD-Schublade. Der Beutel mit Kasimirs Kokain fehlte. Die Tüte mit den Geldscheinen ebenfalls.

Ihm war klar, wem er das Chaos zu verdanken hatte: Kasimir oder einem der Freunde des Dealers. Sie hatten nicht lange gebraucht, um herauszufinden, wo er wohnte.

In einer Ecke des Wohnzimmers erspähte er zerbrochene Holzleisten, an denen blaue und rote Leinwand hing. Der gefallene Engel von Isle. Karens Ölgemälde. Der Einbrecher hatte es zerschnitten und aus dem Rahmen Kleinholz gemacht.

Besagter Einbrecher hatte seinem Hass Luft verschafft.

Bruno rief den Schlüsseldienst an und machte sich ans Aufräumen. Er füllte Müllsäcke mit zerschlagenem Porzellan, zerschnittenen Polstern und zerstochenen Kopfkissen.

Der Monteur der Schlüsselzentrale kam und schimpfte,

dass er erst nach zehnmaligem Kreisen einen Parkplatz gefunden hatte. Dann lobte der Blaukittel das Sicherheitsschild, das den Aufbohrversuchen standgehalten hatte.

Bruno kaufte ein massiveres. Dazu einen Schließzylinder mit zwölf Stiften und ein extradickes Winkelschließblech mit Schrauben, die bis ins Mauerwerk reichten. An der Scharnierseite ließ er den Techniker ein Türband mit Hinterhaken anbringen. Wenn die Tür ins Schloss fiel, rasteten auf der Gegenseite vier Stahlbolzen in der Zarge ein.

Nach zwei Stunden schleppte Bruno den letzten Müllbeutel in den Keller. Der Blaukittel packte sein Werkzeug ein, kassierte knapp eintausend Euro und zog ab.

Aufgeräumt. Der Eingang verrammelt. Den Bilderrahmen des Isle setzte Bruno vorsichtig mit Spezialkleber zusammen. Die Leinwand hing schlaff in Fetzen. Vielleicht würde ein Restaurator das Gemälde flicken können.

Seine Wohnung kam Bruno fremd vor. Wie ein Ort, an den er nicht mehr gehörte.

55.

Bruno tobte sich an den Geräten aus. Er hatte seit dem Wochenbeginn die Gewichte um durchschnittlich ein Viertel gesteigert. Er baute Muskulatur auf. Von wegen, er würde nur eine Speckschicht zulegen.

Dehnübungen und lockerer Trab auf der Aschenbahn, bis Janssen eintraf.

Einzeltraining, das ganze Programm. Seilspringen, Schattenboxen, Sandsack, Maisbirne. Schnellkraft-Training an der Matte. Die Pyramide.

Das Sparring fiel aus. Joe stand am Wochenende nicht zur Verfügung. Janssen stieg mit Bruno in den Ring und ließ ihn gegen die Pratzen boxen. Der Coach triezte ihn und feuerte ihn an. Bruno demonstrierte seine Reaktionsgeschwindigkeit. Er verausgabte sich.

Der Trainer war zufrieden. Er schickte Bruno noch einmal auf die Aschenbahn. »Morgen legst du keinen Ruhetag ein«, wies Janssen ihn an.

Bruno hatte das ohnehin nicht vorgehabt. Er würde mit vollem Einsatz weitertrainieren. Bis achtundvierzig Stunden vor dem Kampf.

Er duschte und zog frische Sachen an. Saubere Jeans. Ein Sakko, damit die Knitterfalten im Hemd nicht auffielen. Es war bereits Viertel nach sieben.

Bruno jagte den Saab nach Urdenbach. Er war spät dran. Die Straße war frei.

Max öffnete. Er zwinkerte Bruno zu.

»Ihr geht in den neuen Film mit Nicholson? Ich wundere mich über mein Schwesterchen. Auf Krimis steht sie sonst nicht.«

Lara kam und stieß dem Grauschopf in die Seite. Sie hatte Lippenstift aufgelegt. Gel in den zimtfarbenen Haaren. Sie lachte und war wunderschön.

»Du ahnst nicht, wie lange sie das Bad blockiert hat«, scherzte Max.

»Hör auf!«, beschwerte sich Lara. »Wird Zeit, dass ich eine eigene Wohnung bekomme.«

Sie stiegen in den Saab und ließen Pommers Haus hinter sich.

Lara sagte: »Schön, dass eure Missverständnisse ausgeräumt sind.«

Der Film war nicht das, was Bruno sich gewünscht hatte. Jack Nicholson drehte tatsächlich durch. Er spielte einen Polizisten, der auf der richtigen Spur war, dem aber keiner glaubte. Als einsamer, alter Mann stand er am Schluss vor einer Tankstelle, betrank sich und führte Selbstgespräche. Der erste Hollywoodfilm ohne Happy End, den Bruno seit Jahren gesehen hatte.. Nicht die Sorte Film, bei deren Abspann man mit seiner Begleiterin knutscht.

In bedrückter Stimmung verließen sie den Saal.

»Schlimm, dass er keinen hatte, dem er vertrauen konnte«, bemerkte Lara. »Er war im Recht und trotzdem ganz allein.«

Vor den Rolltreppen stauten sich die Besucher. Offenbar hatten mehrere Vorführungen zur gleichen Zeit geendet. Lara bekannte, dass Menschenmassen sie nervös machten. Bruno ergriff ihre Hand. Der Stau löste sich nur langsam auf.

»Wollen wir noch etwas essen gehen?«, fragte er.

Die Frau vor ihm sah sich um. Auftoupierte Dauerwellen. Verwischter Lidstrich. Gerötete Pausbacken. Sie starrte Bruno an.

Svenja, die Datentante.

»Das wirst du mir büßen!«, fauchte sie. Die Menge schob sie weiter. Svenja verschwand auf der Rolltreppe nach unten.

»Wer war das?«, wollte Lara wissen.

»Eine Kollegin. Keine Ahnung, was sie wollte.«

»Das nehm ich dir nicht ab. Die Frau ist eifersüchtig.«

Das Gedränge ließ nach. Sie stiegen auf die Rolltreppe.

Bruno sagte: »Ich wollte, wir würden ihr einen ordentlichen Grund dazu geben.«

»Von mir aus gern«, antwortete Lara leise.

Sie umarmten sich und knutschten auf dem Weg nach unten. Sie schoben sich durch die Drehtür und beknabberten einander Ohren und Nase.

Es war frisch geworden. Sie eilten zum Auto.

Lara sagte: »Mein Gott, ich hatte schon fast vergessen, wie das ist.«

Er steuerte die Kreuzstraße an. Der Japaner, den Bruno vorschlug, war brechend voll. Ein paar Häuser weiter fanden sie den nächsten. Ein Lokal, in dem Bruno noch nie gewesen war.

Die Sushis schmeckten frisch. Die Tempura war leicht und nicht zu ölig.

»Was kann die eifersüchtige Kollegin dir antun?«

»Nichts.«

»Hast du etwas mit ihr?«

»Ein Flirt, nichts weiter. Sie sitzt in der Datenstation und ich brauchte Angaben, die ich auf normalem Weg nicht bekommen hätte.«

»Über den dreifachen Mord, von dem du mir erzählt hast?«

»Ja, auch.«

Die Bedienung brachte die Rechnung. Die junge Japanerin verbeugte sich dreimal, bevor sie den Wisch neben Brunos Teller legte.

Er überlegte, ob er Lara in seine verwüstete Wohnung einladen sollte.

Doch die Witwe fragte: »Bringst du mich zurück nach Urdenbach?«

Er bog in das Sträßchen am Ende der Stadt und hielt vor Pommers Haus. Licht in den Fenstern hinter der Hecke. Bläuliches Flimmern des Fernsehers im Erdgeschoss. Bruno dachte zurück an den Samstag vor einer Woche. Der Partykeller. *Deep Purple*, Flaschenbier und Eierkartons an der Decke.

»Ein schöner Abend«, bemerkte Lara. »Wenn es mein Haus wäre, würde ich dich auf einen Kaffee reinbitten. Aber so komme ich mir vor wie ein Teenager, der Angst vor seinen Eltern hat.«

Bruno musste lachen. Sie küssten sich wieder.

Er sagte: »Damals waren wir auf das Auto angewiesen.«

Lara antwortete: »Mein Vater hat mich mal wegen irgendwelcher Flecken auf dem Rücksitz beschimpft. Dabei hatte ich wirklich nichts angestellt. Es muss Max gewesen sein.«

»Der Saab gehört mir. Keiner wird schimpfen.«

»Meinst du wirklich?«

Er nickte auffordernd. Sie kletterten auf die Rücksitzbank. Sie knutschten, kicherten und fummelten sich durch die Klamotten des anderen. Es war unbequem. Zu kalt, um sich auszuziehen. Bruno spürte Laras Brust in seiner Hand.

Er war aufgeregt. Er fuhr in ihren Slip. Er tastete zwischen ihre Beine.

»Lass«, sagte sie.

Lara übernahm die Initiative. Sie öffnete seine Hose und fasste hinein. Er war schlaff – es ging Bruno zu rasch. Er versuchte sich das Zelt der Französinnen vorzustellen: Moppel und die Schöne. Horrenkamp, wie er Janssens Tochter fotografierte. Karen, wie sie von Fred genommen wurde.

Es half nichts, so sehr sich Lara auch bemühte.

Sie küssten sich sanft.

»Ist dir auch so kalt?«, fragte er.

»Deine Frau fehlt dir«, mutmaßte Lara. Wenn sie enttäuscht war, ließ sie es sich nicht anmerken.

»Nicht mehr.«

»Ich hab Thomas sehr vermisst. Lange Zeit. Dabei war unsere Ehe eigentlich schon im Eimer. Wenn das Baby nicht gewesen wäre, hätte ich mich vielleicht von ihm getrennt.«

»Ich fand, dass ihr gut zusammengepasst habt.«

»Da bin ich mir nicht mehr so sicher.«

Nach einer Weile erklärte Bruno: »Seit ein paar Tagen bin ich einer großen Sache auf der Spur. Ein Drogenring, der die Schickeria der Stadt versorgt. Zumindest einen Teil davon. Wenn ich den Organisator kenne, habe ich auch Ebis Mörder.«

Lara hob ihr Gesicht von seiner Schulter. Ihre Augen schimmerten im Mondlicht.

»Ich hab dich damals gefragt, ob Ebi und Helmer sich kannten. Jetzt weiß ich, dass Helmer kein Amokläufer war. Er wartete auf Ebi mit dem Vorsatz, ihn zu erschießen. Jemand hat Helmer dafür bezahlt.«

Sie brachten ihre Klamotten in Ordnung.

Lara sagte: »Pass auf dich auf.«

56.

Kurz nach Mitternacht erreichte Bruno die Achillesstraße. Als er die Haustür aufschließen wollte, vernahm er rasche Schritte. Er griff unter seine Jacke – im Hosenbund steckte die Pistole.

Ein rostiger Kleinwagen stand in einer Einfahrt. Ein junger Bursche saß am Steuer. Ein Mädchen war ausgestiegen und lief auf Bruno zu.

Es war Hannah.

»Ist die Party schon zu Ende?«, fragte er.

»Nein, sie geht gleich erst richtig los. Wir sind auf dem Weg dorthin.«

Bruno deutete auf die Rostlaube. »Wer ist der Typ?«

»Sascha.«

»Welcher Sascha?«

»Der Visagist, von dem ich dir erzählt habe. Eifersüchtig?«

»Was wollt ihr?«

Hannah rieb sich mit dem Finger unter der Nase. »Du hast versprochen, mich zu versorgen.«

Ein Auto fuhr vorbei. Ein Pärchen schlenderte die Straße entlang und blieb vor einem beleuchteten Schaufenster auf der anderen Seite stehen. Bruno wollte nicht hier draußen mit Hannah über Koks streiten.

Er nahm sie mit nach oben. Das Haar, das er mit Spucke an die Wohnungstür geklebt hatte, hing noch quer über der Ritze – er traute all den Blechen und Bolzen nicht und wollte sichergehen, dass ihn nicht ein Einbrecher überraschte, der sich auf das zerstörungsfreie Schlossöffnen verstand. Ein Sportsfreund der Sperrtechnik.

Bruno entriegelte die Tür. Er knipste alle Lichter an. Er fühlte sich nicht wohl in der eigenen Wohnung.

Hannah ließ sich auf das Sofa fallen. Sie starrte auf das zerfetzte Gemälde. »Was ist denn hier passiert?«

Bruno fragte: »Was hast du mit all dem *Coke* gemacht, das du gestern gekriegt hast?«

»Wir haben geteilt.«

»Wer ist wir?«

»Sascha. Ich war es ihm schuldig. Außerdem hat er mir versprochen, beim Spionieren zu helfen.«

»Bist du verrückt? Du kannst doch nicht mit irgendwelchen Koksfreunden über unsere Pläne quatschen!«

»Sascha ist nicht irgendein Koksfreund. Der Junge ist voll süß. Er will mich heiraten.«

»Ich dachte, er ist schwul.«

»Na und? Das macht vieles einfacher.«

Bruno wühlte in seiner Fotoausrüstung. Er öffnete Filmdosen und fand, was er suchte. Der Rest aus dem Toilettenkasten des Fotografen. Er hielt eine der beiden Kugeln ins Licht. Die Folie schillerte.

Bruno zog die Hand weg. Das Mädchen griff ins Leere.

»Gib schon her!«, zeterte Hannah.

»Das sind mehrere Gramm. Du musst mir versprechen, dass du damit eine Weile auskommst.«

»Gar nichts muss ich. Ich komm auch ohne dich an Stoff.«

»Indem du dich zur Nutte machst.«

Sie schmollte und sagte: »Der Geschäftsmann, der mich nach London mitgenommen hat, war ein richtiger Gentleman. Er hat mir eine Bulgari-Uhr geschenkt.«

Bruno gab ihr die Schneeportion. Schließlich hatte er seinem alten Trainer versprochen, sich zu kümmern. Eine Uhr trug Hannah nicht. Wahrscheinlich hatte das Mädchen sie längst versetzt.

Die Wohnungstür quietschte. Parkett knarrte. Schritte im Flur. Hannah hatte die Tür nicht geschlossen.

Bruno zog Kasimirs Waffe und zielte.

Ein schlaksiger Junge stand in der Tür. Er trug ein dünnes Bärtchen, das sein Kinn umrahmte. Der Kerl rief: »Ey, wie bist du denn drauf?«

»Tu ihm nichts, Bruno«, sagte Hannah. »Das ist Sascha.«

Sie begann, an der Folie zu zupfen.

Bruno warf die beiden hinaus. Er verschloss die Tür und lehnte die Schranktüren dagegen, die Kasimir aus den Scharnieren gerissen hatte. Die Waffe klemmte er in den Spalt zwischen Matratze und Bettrahmen.

57.

Bruno fuhr in die Emmastraße. Er fand den Altbau, in dem Lauffer wohnte, und passierte die Hofeinfahrt, ohne das Taxi zu sehen. Am Ende der Straße wendete er und parkte in der ersten freien Lücke.

Er hatte kaum geschlafen. Als Ersatz für das zerschnittene Kissen hatte er sich Handtücher unter den Kopf gelegt. Bei jedem Geräusch hatte er überprüft, ob die Pistole mit dem Schalldämpfer noch im Bettrahmen steckte.

Zum Frühstück hatte Bruno Yogi-Tee trinken müssen. Beutel mit ayurvedischer Gewürzmischung zur Stabilisierung des *Doshas.* Der Einbrecher hatte das gesamte Kaffeepulver in den Ausguss geschüttet.

Bruno steckte die Pistole in den Hosenbund und stieg aus dem Saab. Er überprüfte, ob das Hemd die Waffe wirklich verdeckte. Seine Beine zitterten noch vom Lauftraining. Zehn Kilometer entlang des Rheins – der Kampf rückte immer näher.

An der Einfahrt riskierte er einen Blick. Die Werkstatt eines Glasers. Stellplätze für die Mieter. Ganz hinten der cremefarbene Benz.

Bruno schlenderte zurück und wartete im Auto. Er behielt das Tor zum Hof im Blick.

Jeden Moment müsste Hannah sich melden. Bruno wartete auf den Bericht über die Party. Es war falsch, dass er das Mädchen benutzte. Es war ein Fehler gewesen, dass sie ihren Freund Sascha eingespannt hatte. Eigentlich konnte das alles nur schief gehen.

Mehrmals überprüfte Bruno das Handy. Der Akku war geladen. Kein Funkloch. Hannahs Anruf war allmählich überfällig.

Bruno war müde und erschöpft. Ein paar Mal nickte er ein.

Um sechzehn Uhr glitt das Taxi aus der Hofeinfahrt. Bruno startete und klemmte sich dahinter.

Lauffer hatte es eilig. Der Junge drängelte. Mit siebzig Stundenkilometern bei Dunkelgelb über die Kreuzung. Bruno hielt an, um nicht aufzufallen. An der übernächsten Ampel stand er wieder hinter dem Taxi.

Es war ähnlich wie am Vortag. Der Taxifahrer lieferte aus. Die Route beschrieb einen Bogen über Grafenberg im Osten hinauf nach Kaiserswerth. Der Junge steckte Umschläge in Briefkästen. Andere Anlaufstellen als gestern – Bruno notierte Zeiten und Adressen.

Der Benz sauste weiter. Bruno blieb dran.

Als er beim Abbiegen in den Spiegel blickte, war es ihm, als hätte er den silberfarbenen Focus, der hinter ihm fuhr, schon einmal gesehen. In der Emmastraße, wo Bruno auf das Narbengesicht gewartet hatte.

Er sagte sich, dass es viele Autos dieser Sorte gab. Er konzentrierte sich auf das Taxi.

Lauffer war zu beschäftigt, um auf den nachfolgenden Verkehr zu achten. Der Junge hatte das Handy am Ohr. Bruno brachte den Motor seiner Karre auf Touren, um nicht abgehängt zu werden.

Über die Theodor-Heuss-Brücke nach Niederkassel im Westen. Immer wieder kontrollierte Bruno den Rückspiegel. Silbern lackierte Autos gab es wie Sand am Meer. Das Taxi vor ihm bog einige Male ab. In letzter Sekunde bemerkte Bruno das Sackgassenschild und rollte geradeaus weiter. Er stoppte hinter der Kreuzung, setzte zurück und spähte hinüber.

Aus einem Einfamilienhaus trat die Frau von gestern. Statt des Business-Kostüms trug sie Jeans und Glitzerpulli. Lauffer wendete. Sie stieg ein. Im Vorbeifahren beugte sie sich nach unten. Bruno wartete. Nach fünf Minuten lieferte Lauffer die Dame wieder ab. Bruno notierte Straße und Hausnummer.

Er folgte dem Taxi nach Oberkassel. Der Benz überholte einen Lastzug. Das lange Monstrum bremste und bog ab. Es ließ sich Zeit und versperrte Bruno die Sicht.

An der Luegallee holte Bruno das Taxi ein. Lauffer gurkte durch Brunos Wohngegend und klingelte an einem Haus mit Jugendstilfassade. Den Arzt im Erdgeschoss kannte Bruno.

Über die Rheinkniebrücke ins südliche Stadtzentrum. Bruno blickte kurz in den Spiegel. Ein silberner Focus hielt sich hinter ihm.

Friedrichstadt. Von dort Richtung Süden. Das Taxi nahm die Schnellstraße. Der Junge verlässt die Stadt, dachte Bruno und beäugte seine Tankanzeige. Die Nadel zitterte ins Rote.

Vorbei an Himmelgeist, den Henkelwerken, dem Stadtteil Benrath. Kurz vor der Autobahn nach Leverkusen nahm Lauffer die Abfahrt. Urdenbach.

Er besucht Max, schoss es Bruno durch den Kopf.

Fehlanzeige. Das Taxi bog zweimal rechts ab und stoppte an einer Vorstadtdisko am Rand der Schnellstraße. Das Narbengesicht sprang mit einer Tasche aus dem Benz. Bruno stoppte die Zeit: Nach zwei Minuten kam Lauffer zurück. Beim Losfahren wirbelte der Mercedes Staub auf.

Es ging auf die Autobahn. Nordwärts. In der engen Kurve des Dreiecks Düsseldorf-Süd quietschten die Reifen.

Bruno rief Janssen an, dass er später zum Training kommen würde.

Langsam wurde es dunkel. Bruno konnte dichter auffahren. Im Rückspiegel würde der Junge nur Lichter sehen, die aussahen wie alle anderen – Observierungen bei Nacht waren ein Kinderspiel, zumindest im fließenden Verkehr.

Zwei Adressen im Stadtteil Unterbach. Kaum Verkehr in diesem Viertel. Die Nadel in Brunos Tankanzeige stand am roten Ende und zitterte nicht mehr.

Lichter in *seinem* Rückspiegel, die aussahen wie alle anderen.

Bruno stellte fest, dass Lauffer die Gegend ansteuerte, aus der er gestartet war. Eine Tankstelle – Bruno brach die Beschattung ab.

Dass sich Hannah den ganzen Tag nicht gemeldet hatte, beunruhigte ihn.

Janssen behauptete, dass es eigentlich zu spät für das Training sei. Er beschwor Bruno, spätestens ab Mittwoch die Finger von den Geräten zu lassen und es mit dem Lauftraining nicht mehr zu übertreiben.

»Hast du deine Tochter gesehen?«, fragte Bruno.

»Is' was?«

»War sie heute zu Hause?«

»Nein, wieso?« Janssen zeigte sich irritiert. »Sie wollte gestern bei einer Freundin übernachten. Wie ich sie kenne, kreuzt sie nicht vor dem späten Abend auf. Soll ich etwas ausrichten?«

»Nicht nötig.«

»Es ist doch alles in Ordnung mit Hannah?«

»Mach dir keine Sorgen.«

Auf dem Heimweg bemerkte Bruno kein Fahrzeug, das ihm folgte.

Das Haar klebte im Türrahmen.

In der Küche mixte sich Bruno seinen Iso-Drink. Er würde mit Max über den Taxifahrer reden müssen. Lauffer hatte ein Wochenende lang Privatadressen beliefert, eine Disko, ein Restaurant. Das Narbengesicht arbeitete als Kurier.

Es ging um Drogen – Bruno hätte seinen Saab darauf verwettet. Max musste seinem seltsamen Schützling Einhalt gebieten.

Bruno wählte Pommers Nummer. Besetzt. Er rief den Grauschopf auf dem Handy an. Die Mailbox schaltete sich ein. Bruno brach das Telefonat ab.

Er setzte sich an den Schreibtisch und kramte seine Aufzeichnungen hervor. Er brachte sie in eine brauchbare Form und legte zwei Tabellen an: die Adressen von gestern und heute. In einem Fall vom Samstag konnte er den Namen zuordnen, ohne auf die Einwohnermeldedaten zurückzugreifen.

Siegmar Schott, Musiker und Dealer.

Bruno erinnerte sich: Der Pradaheini hatte auch schon zu den möglichen Zeugen gehört, die er vor gut einer Woche anhand der Kriminalakten ausgewählt hatte – seine Johnnyliste zur Sonderermittlung Hövel.

Er musste sie noch irgendwo haben. Bruno wühlte in den Schubladen und wurde fündig: ein gefalteter Zettel, den er neben der neuen Liste ausbreitete.

Er verglich. Eine weitere Übereinstimmung: die Grafenberger Villa. Noch eine: das erste Haus in Unterbach. Das zweite. Die Disko neben der Schnellstraße. Das Haus, in dem Brunos Arzt seine Praxis hatte. Und noch ein Treffer.

Widersprüche und Übereinstimmungen: Drei von sieben Adressen, die Lauffer am Samstag besucht hatte, entdeckte Bruno auf seiner Johnnyliste.

Sogar acht von neun waren es am Sonntag gewesen. Nur eine Anschrift, die das Narbengesicht heute Nachmittag angesteuert hatte, tauchte nicht auf der Liste auf: die Privatadresse der Lady, die der Junge so gern spazieren fuhr.

Bruno übertrug die Namen der betreffenden Johnnys auf die Adressenliste der Lauffer-Kontakte. Siebzehn Personen umfasste die Aufstellung der eventuellen Hövel-Zeugen. Elf davon hatte das Narbengesicht aufgesucht oder beliefert.

Die Übereinstimmung irritierte Bruno.

Er hatte seine Johnnys vor neun Tagen aus einer Flut von Daten gefiltert. Alte Akten, ordentliche Leute. Mutmaßliche Liebhaber der *White Lady.* Auf die Vermutung hin notiert, dass sie dem Mann begegnet sein könnten, der bis zum Wochenbeginn Staatskanzleichef gewesen war. Auf die vage Chance hin, dass einer von ihnen Hövels Sucht bestätigen konnte.

Einen von ihnen hatte er persönlich befragt. Mit Abscheu

erinnerte sich Bruno an den Restaurantbesitzer, den feisten Kerl mit falschem Lächeln, der in der Vernehmung durch Richie und Max den Staatskanzleichef entlastet hatte – das Protokoll dazu hatte Kriminalrat Engel als oberflächlich beschimpft.

Sommerfeld gehörte nicht zu Lauffers Kontakten.

Brunos Partner hatten drei weitere Berichte angefertigt. Er holte sein Notizbuch aus der Tasche. Namen und Adressen, drei Aussagen, die in der Sache Hövel nichts gebracht hatten.

Bruno verglich – auch diese Zeugen waren von Lauffer nicht aufgesucht worden.

Ihm schwirrte der Kopf. Er fand keine Lösung. Bruno ertappte sich dabei, dass er Namen und Linien aufs Papier kritzelte. Jeder schien mit jedem zu tun zu haben.

Er knipste das Licht aus und wartete auf Hannahs Anruf.

Gegen ein Uhr legte Bruno sich ins Bett. Sein Handy war in Ordnung.

Als ihm am nächsten Morgen die Sonne ins Gesicht strahlte, hatte sich Janssens Tochter noch immer nicht gemeldet.

58.

Bruno befestigte ein neues Haar an der Tür. In Laufklamotten verließ er das Haus. Zahlreiche Autos, die in der Straße parkten, waren silbergrau. Einige davon ähnelten einem Ford Focus.

Er trabte eine Stunde lang.

Nach dem Frühstück rief er bei Hannahs Zahnarzt an. Eine Sprechstundenhilfe meldete sich. Bruno verlangte nach Hannah.

»Sie ist nicht da. Sie hat sich den Fuß verknackst. Ihr Vater hat sie entschuldigt.«

Bruno rief bei Janssens an.

»Ist Hannah da?«

»Sie schläft noch. Ich hab in ihrer Praxis erzählt, sie hätte sich den Knöchel verstaucht. Soll ich sie wecken?«

»Nicht nötig. Sie kann mich zurückrufen. Sie hat meine Handynummer. Eine Frage, Janssen …«

»Ja?«

»Hast du ihre Pupillen gesehen?«

»Eher klein. Sie nimmt das Zeug tatsächlich nicht mehr, seit du mit ihr gesprochen hast. Ich bin dir so dankbar, Bruno.«

Die Antwort des Trainers versetzte Bruno einen Stich. Aber immerhin war das Mädchen aufgetaucht.

Als Nächstes rief er im KK 33 an. Die Sekretärin verband ihn mit Max. Der Grauschopf war bester Laune.

»Wie geht's, altes Haus? Lara war gestern den ganzen Tag auf Wolke sieben. Was hast du meiner Schwester in den Tee getan?«

»Das lief ganz ohne Hilfsmittel. Nur der Mond, die Sterne und wir beide.«

»Hoho! Wehe, du meinst es nicht aufrichtig. Dann bekommst du's mit dem großen Bruder zu tun. Du musst wissen, als sie geboren wurde, war ich acht. Wenn man die halbe Kindheit mit Babysitten verbracht hat, achtet man auch später auf seine Schwester. Und auf ihre Liebhaber!«

»Keine Angst, Max. Weshalb ich anrufe: Habt ihr außer den vier Johnnys noch weitere Zeugen in der Sache Hövel befragt?«

»Das Thema ist doch Schnee von gestern. Seit einer Woche schon!«

»Engel will alles komplett haben«, log Bruno. »Er muss noch den Abschlussbericht für die Landesregierung verfassen.«

»Richie müsste die Unterlagen besitzen. Zwei Befragungen gab es noch. Soll ich sie Engel mit der Hauspost schicken?«

»Ich mach das schon. Ich hol die Protokolle im Lauf des Tages bei dir ab. Wenn Engel mich fragt, muss ich wissen, was drinsteht. Wenigstens im Fall Hövel will ich eine gute Figur machen. Ich kann die Krawattenschwuchtel nicht auf ganzer Linie enttäuschen.«

Max lachte. »Wie ich schon sagte. Du wirst es noch weit bringen, Champion!«

Bruno wollte mehr über den Unfall der Lemke-Geliebten wissen. Die Umstände, unter denen die Mutter des jungen Taxifahrers vor elf Jahren ums Leben gekommen war, schienen ein Rätsel zu bergen. Immerhin hatte Heinz Klee vor seiner Ermordung mehrfach versucht, die Privatnummer des Ministers zu erhalten, mit dem er sich wegen des Unfalls zerstritten hatte.

In seinem Notizbuch fand Bruno die Adresse von Sibylle Adam, der Exfreundin Hövels. Vielleicht wusste sie doch mehr über den Unfalltod ihrer Freundin Maria, als sie ihm bis jetzt verraten hatte. Möglicherweise konnte er die Horoskop-Schwindlerin mit ihrer Drogenvergangenheit unter Druck setzen.

Eine kleine Gasse in der Altstadt. Eine malerische Fassade – das Treppenhaus dahinter war düster, die Stufen ausgetreten. Das Geländer wackelte. An einer Tür ein Schild mit Schütze-Zeichen und dem Namen *Bille.*

Bruno klingelte. Sie war nicht zu Hause.

Er rief sich die Aussage der ehemaligen Redenschreiberin ins Gedächtnis: die Beerdigung des Unfallopfers und ein unpassender Streit. Der Minister hatte Klee auf die Palme gebracht. Frau Lemke war auf der Beerdigung der Geliebten ihres Mannes gewesen.

Bruno steuerte den Saab über die Brücke. Er nahm die letzte Abfahrt vor dem Kaarster Kreuz. Die Bundesstraße durch das Zentrum von Meerbusch-Büderich. Das Wohngebiet am Ortsrand – die Lortzingstraße.

Hoch droben die Flieger, die in Richtung Rhein-Ruhr-Flughafen einschwebten – noch nicht so tief und laut wie drüben in Lohausen über dem Haus der Klees. Sämtliche

Rollläden waren verschlossen. Bruno fielen die Buchsbäume im Vorgarten auf: akkurat gestutzt zu Kegeln und Kugeln.

Die Eingangstür war mit Blech verkleidet. Bronzelook. Eine Klingelanlage mit Video. Der Name des Ministers stand auf dem Schild.

Mehrmals drückte Bruno den Knopf. Er hörte keinen Laut, als sei die Klingel abgestellt.

Nicht mein Tag, dachte Bruno.

Er schrieb eine Nachricht und schob den Zettel durch den Briefschlitz.

Nach Sonnenuntergang schlage ihre Stunde, hatte die Ministergattin gesagt. Offenbar musste er warten, bis Madame Dracula aus ihrem Sarg stieg.

Bruno schlürfte Yogi-Tee. Er räumte den Schreibtisch frei, holte einen Stapel leeres Papier hervor und begann zu schreiben.

Alles, was er bis jetzt in Erfahrung gebracht hatte. Über Ebi und Helmer. Über Klee und Silberkuhl. Lemkes Geburtstag und den Unfall. Tobias Lauffer, Max Pommer und Richie Seberich.

Zwei Fälle: ein mutmaßlicher Amoklauf und ein mehrfacher Mord – *Coke und H.*

Bruno schrieb ohne Pause. Gesprächsnotizen aus dem Gedächtnis. Beobachtungen, Aktenwissen, Mutmaßungen und allerlei Schlussfolgerungen.

Ein privates Dossier.

Er notierte seine Erkenntnisse über das *Palumbo.* Das Geständnis des Grauschopfs. Lauffer, der für Max als Manager arbeitete. Kasimirs Aussage gab Bruno breiten Raum, ohne zu erwähnen, wie er sie erzwungen hatte. Hannah ließ er außen vor. Er verschwieg auch seine Begegnungen mit dem Fotografen Horrenkamp und dem Erpresser Ingenpass, den er auf Pommers Verlangen zusammengeschlagen hatte.

Beim Gedanken an seine eigenen Verfehlungen wurde ihm mulmig zumute.

Seine Hand schmerzte, Bruno kritzelte weiter. Er verfasste zwei Varianten – eine chronologische Aneinanderreihung seiner Ermittlungen und eine Zusammenfassung der daraus folgenden Mutmaßungen, aufgegliedert nach den beiden Komplexen: Ebi/Kokain und Klee/Heroin.

Dass immer wieder dieselben Namen vorkamen, verstörte Bruno.

Gegen Mittag unterbrach er die Arbeit. Er suchte ein Versteck für das Dossier. Das lose Stück Parkett unter dem Heizkörper – Bruno hob es an. Der Hohlraum darunter reichte für eine dünne Akte aus, wenn er sie einmal faltete.

Es klingelte. Bruno schreckte hoch. Er meldete sich an der Gegensprechanlage.

Niemand antwortete.

Sie prüfen, ob ich zu Hause bin.

Er sah aus dem Fenster. Kein Mensch vor der Haustür. Die Straßenränder zugeparkt. Fast ein Drittel aller Autos in Silbermetallic.

Du spinnst, dachte Bruno. Verfolgungswahn.

Er holte die Pistole aus dem Schlafzimmer und lauschte nach den Schritten vor der Wohnungstür. Ein Schaben im Schloss. Ein Schlüssel, der nicht passte – es klingelte erneut.

Im Spion erblickte Bruno seine Frau. Er verbarg die Waffe hinter dem Rücken und öffnete.

Karen trat in den Flur. »Seit wann hast du ein neues Schloss? Glaubst du, ich würde dich bestehlen?« Sie entdeckte den zerbrochenen Spiegel. Den zerfetzten Isle.

»Mein Gott, Bruno! Was hast du angestellt?«

Bruno erklärte, dass sein alter Partner sich Feinde unter Drogenhändlern gemacht hatte. Dass einer dieser Dealer den angeblichen Amokläufer beauftragt hatte. Dass er sich selbst unbeliebt gemacht hatte beim Versuch, die Wahrheit zu erfahren.

Karen reagierte aufgebracht. Sie wollte wissen, ob er den Einbruch angezeigt habe. Nur dann werde die Versicherung den Schaden übernehmen. Seine Frau griff zum Telefon.

Bruno entriss ihr den Hörer. Sie bemerkte die Pistole mit dem Schalldämpfer.

»Was ist los mit dir?«

»Wenn ich den Einbruch anzeige, verliere ich meinen Job. Vergiss die Versicherung! Ich krieg die Drahtzieher zu fassen. Den Anstifter zum Mord an Ebi und die Mörder der Klees. Ich hab eine Akte angelegt. Eigene Nachforschungen, verstehst du?«

»Du spinnst ja!«

»Vertrau mir. Den Schaden werde ich dir ersetzen.«

Seine Frau starrte auf das entfernte Dielenbrett. Auf die Papiere, die rauslugten.

Brunos Handy gab Alarm. Er ging ran.

Es war Hannah – ihre Stimme klang unbeschwert, als hätte sie das Wochenende mit Kakao und *Fang den Hut* zugebracht.

»Ich werde dir die Show stehlen in der Philipshalle. Du wirst sehen. Ich verweise euch Boxer auf den zweiten Platz. Die Leute werden toben.«

»Endlich meldest du dich, Hannah! Wie war die Party?«

Karen kniete vor dem Heizkörper und blätterte das Dossier durch. Steile Falten gruben sich in ihre Stirn.

Janssens Tochter sagte: »Nicht am Telefon. Mein Modezar hat für nächsten Donnerstag übrigens ein paar echte Hingucker schneidern lassen. Und ich bin seine Nummer eins. Deinen Boxfans werden die Augen rausfallen. Das kann ich dir flüstern!«

»Können wir uns treffen?«

»Wenn du dich beeilst. Ich muss mich heute noch mal in der Praxis sehen lassen, sonst verlangt der Doc ein Attest.«

Bruno beendete das Gespräch.

Karen legte die Papiere zurück. Schnippisch fragte sie: »Hannah? Das Töchterchen deines Trainers? Wie alt ist die Göre eigentlich?«

Sie begann, in Schubladen zu kramen. Sie beschwerte sich über die Unordnung. Dann fand sie, was sie suchte, und stopfte es in ihre Tasche. »Du solltest übrigens den Klingelton deines Handys ändern. Der Hummelflug ist zu hektisch für dein *Dosha*. Er steigert deine Gereiztheit.«

»Fragt sich, wer von uns im Moment gereizt ist.«

Bruno verschloss das Versteck. Das Brett passte. Die Fugen sahen aus wie alle anderen. Er trat mit dem Fuß darauf – das Brett wackelte nicht einmal.

Karen fragte: »Ist das die Akte zu deinen Nachforschungen? Warum gehst du damit nicht zu deinen Kollegen?«

»An manche Erkenntnisse bin ich nur mit unsauberen Methoden gekommen. Außerdem weiß ich noch nicht recht, wie alles zusammenhängt.«

»Du solltest trotzdem diese Informationen an Leute geben, die etwas davon verstehen.«

»Du hältst mich wohl für doof? Passen wir deshalb nicht zusammen?«

Brunos Telefon klingelte – diesmal das Festnetz.

Die Ministergattin war dran. Gräfin Dracula, die nachts durch die Straßen zog und fremde Männer auf ihr Schloss holte. »Ich habe Ihre Nachricht erhalten.«

»Können wir uns treffen, Frau Lemke?«

Karen schulterte ihre Tasche und beäugte Bruno misstrauisch.

Die Ministergattin antwortete: »Sie schreiben, dass Ihnen unsere Konversation gefallen hätte. Sie glauben wohl, mit Schmeichelei könnten Sie eine einsame Seele weich kochen. Eine einfältige Exsekretärin, die von ihrem Erfolgsgatten abserviert wurde, nicht wahr? Glauben Sie, ich wüsste nicht, dass es auch Ihnen nur um die Karriere geht?«

»Wie wär's mit heute Abend?«

Die Stimme im Hörer schwieg.

Bruno wartete.

Die Ministergattin sagte: »Sie können Sonja zu mir sagen.«

Ihre Vertraulichkeit überraschte Bruno. »Sie wissen weit mehr, als Sie mir verraten haben, stimmt's?«

»Sie fragten mich, was Lemke und dieser Unfall vor elf Jahren mit dem schrecklichen Mord zu tun haben. Ich habe Ihnen wahrheitsgemäß geantwortet.«

»Aber es gibt einen Punkt, den Sie mir verschwiegen haben und der Sie nicht in Ruhe lässt.«

»Vielleicht. Machen Sie mir ein Angebot und ich überlege mir eine zweite Weinprobe.«

»Was kann ich Ihnen anbieten?«

»Erklärungen.«

»Wenn Sie das wirklich wollen, Sonja.«

»Morgen Abend. Ich muss noch ein paar Dinge ordnen.« Sonja Lemke legte auf.

Karen wies auf das Telefon. »Die Frau des Innenministers?«

Bruno antwortete nicht – seine Frau witterte nur die heiße Story.

»Diese Tussi mit ihrer in Stein gemeißelten Frisur? Die immer Spenden für den Weißen Ring sammelt? Wie alt ist die Tante? Fünfzig, sechzig?«

»War's das, Karen?«

»Wenn Sie das wirklich wollen, Sonja!«, flötete sie und stürmte aus der Wohnung.

59.

Auf der Rheinkniebrücke war Bruno sich ziemlich sicher, dass ihm ein silbern lackierter Wagen vom Typ eines Golf oder Focus folgte.

Zwischenstopp am Präsidium – als Bruno in die Zufahrt zum Parkplatz einbog, konnte er keinen Schatten mehr ausmachen. Er verfluchte seine Paranoia.

Er hoffte, dass Pommer um diese Uhrzeit nicht mehr in seinem Raum war. Dass er die Protokolle von der Sekretärin ausgehändigt bekäme.

Doch das Vorzimmer war verwaist, die Tür zum Büro des

KK-33-Leiters stand auf. Max rief ihn herein, klopfte ihm auf die Schulter und bot Kaffee an. Bruno setzte ein Lächeln auf, das unbefangen wirken sollte.

Der Grauschopf knurrte: »Schön, dich zu sehen, Schwagerherz.«

»Mach langsam, Max.«

»Wärst du's gern?«

»Ich hab Lara immer bewundert. Jetzt mehr denn je.«

Leise erklärte Max: »Übrigens, dieser Erpresser scheint Ruhe zu geben.«

»Schön.«

»Aber es gibt Gerüchte über dich, Bruno. Überall heißt es, Kriminalrat Engel wolle tatsächlich den Inneren Dienst wieder einrichten und hätte dich zum neuen Leiter ernannt. Meine Verbindungen sagen mir, dass da nichts dran ist, aber manchmal reicht ein Gerücht, um einem nachhaltig zu schaden.«

»Das verbreitet diese Datentante. Weil ich mit Lara ins Kino gegangen bin und nicht mit ihr.«

Max hob den Zeigefinger. »Am Donnerstag wirst du nicht viele Anhänger im Publikum haben, fürchte ich.«

»Davon bin ich ohnehin ausgegangen. Jedenfalls bereu ich's nicht, dass ich Lara der Datentussi vorgezogen habe.«

»Mach meine Schwester nicht unglücklich, Champion!«

»Das hab ich nicht vor.«

Der Grauschopf streckte ihm endlich den Umschlag hin. »Schönen Gruß an die Krawattenschwuchtel.«

Bruno ahmte Pommers Zwinkern nach. »Ihm wird einer abgehen.«

Max prustete los. Bruno schob die Protokolle in seine Jacke und wandte sich zum Gehen.

Der KK-33-Leiter rief ihm hinterher: »Noch mal vielen Dank, dass du mir und Richie neulich geholfen hast!«

Es klang wie eine Drohung in Brunos Ohren: mitgegangen, mitgefangen.

Die Mietshäuser des Gerresheimer Glashüttenviertels kamen ihm muffiger und armseliger vor denn je.

Bruno stieg knarrende Stufen empor. Es müffelte nach Kohlrouladen und Katzenpisse. Vor Janssens Tür ein Karton mit leeren Flaschen, die darauf warteten, zum Container gebracht zu werden – Doppelkorn und billiger Weinbrand. Bruno konnte nachvollziehen, dass die Tochter sich für ihr Leben etwas anderes erhoffte.

Er klingelte. Hannah brauchte keine fünf Sekunden. Unter der schicken Lederjacke trug sie den Helferinnenkittel.

»Du bist viel zu spät dran. Ich werde Ärger kriegen.«

Sie stiegen in den Saab. »Wie war's beim Autohändler?«, fragte Bruno.

»Die Heroingeschichte trifft ins Schwarze. Ich habe mitgekriegt, wie Schott es heimlich verteilt hat.«

»Kein Koks?«

»Das wurde rumgereicht wie immer. Aber es gab auch H. Die Leute haben es geschnupft. Durch die Nase wirkt es nicht sofort, aber man kriegt keine Infektionen wie beim Spritzen. Laut Schott entspannt es total und hat weit weniger Nebenwirkungen als ein Tranquilizer.«

»Das glaubt er doch selbst nicht!«

»Sein Stoff ist hundertprozentig frei von Zusätzen, sagt er. Reinstes Öko-H.«

»Du hast doch nichts davon genommen?«

»Ich doch nicht. Dein Special Agent musste wach bleiben, um rauszukriegen, wer all deine Freunde ermordet hat.«

»Und?«

»Es soll jemanden geben, der Schott oder ein paar von seinen Freunden derzeit tierisch auf den Wecker geht.« Hannah stellte ihre Lippen schief und musterte ihn. »Meinen die etwa dich damit?«

»Erzähl weiter!«

Das Mädchen stemmte die Turnschuhe aufs Armaturenbrett und blickte auf die Häuserzeilen, die vorbeizogen. Sie passierten das Vereinsheim. »Ich hab gehört, wie Schott gesagt hat, wenn dieser durchgeknallte Bulle noch einmal Ärger macht, würde er den Gitarristen verständigen, wie damals.«

»Den Gitarristen?«

»Zitat Ende.«

»Wer soll das sein?«

»Keine Peilung. Jemand fürs Grobe, denk ich.« Hannah machte die Geste des Kehledurchschneidens.

Bruno ergänzte: »Oder der Drahtzieher des Ganzen, der Kerl, der die Leute fürs Grobe losschickt. Der Auftraggeber des angeblichen Amokläufers, der meinen Partner erschossen hat.«

Er hielt vor dem Eingang zur Praxis.

Das Mädchen sagte: »Heute Abend proben wir für die Modenschau. Ich werd mich weiter umhören. Hast du was *Coke* da, mit dem ich die Zungen lockern könnte?«

»Nein. Versuch's mit deinem Charme. Und sei vorsichtig!«

»Ja, großer Bruder.« Sie stieg aus und humpelte, als sei ihr Fuß verstaucht. »Wie sieht das aus?«

»Oscarreif.«

Keine Verfolger auf dem Rückweg, kein Eindringling in seiner Wohnung.

Bruno rief in der Kriminalwache an. Die Spätschicht hatte bereits begonnen. Wie er vermutet hatte, ging Onkel Jürgen ran, der meistens an den Monitoren und Telefonen saß.

»Du bist doch Fachmann in der Welt der Popmusik«, schmeichelte Bruno.

»Kommt drauf an.«

»Sagt dir der Name Schott etwas? Siegmar Schott?«

»Klar. Der Prophet des Techno, so lässt er sich nennen. Seine Band hatte in den Achtzigern ein paar Hits. Er betreibt ein Tonstudio und scheint damit die große Kohle zu machen. Ich hab ihn neulich im *Everest* gesehen. Lauter Models um ihn rum. Manchmal frag ich mich, was ich falsch mache.«

»Weißt du, wie der Gitarrist seiner Band hieß?«

»Da gab's keine Klampfen. Die Jungs spielten nur mit Keyboards und Computern. Pioniere der synthetischen Popmusik. Vorläufer des Techno. Du müsstest die Sachen doch noch kennen.« Der Onkel stimmte ein Lied an. Irgendwer im Hintergrund sang mit. Es klang monoton, der Reim erinnerte an ein Kinderlied.

»Kennst du sonst einen Gitarristen, mit dem Schott zu tun hat?«

»Nö. Vielleicht gibt es einen unter den Kunden seines Studios. Wobei in dieser Stadt mehr für die Werbung produziert wird als für Plattenaufnahmen.«

»Ich danke dir.«

»Wofür willst du das wissen? Gehört das zu deinem neuen Job beim Inneren Dienst?«

»Glaub nicht alles, was die Datentante verbreitet.«

»Du scheinst sie ziemlich geärgert zu haben.«

»Eine meiner leichtesten Übungen. Du kennst mich doch.«

»Wenn du Musik für den Einmarsch in den Ring suchst, nimm lieber was Handgemachtes, nicht so 'n Elektronikscheiß. Die Siebziger sind wieder im Kommen. *Smoke on the Water* oder so was.«

Bruno brühte Tee und öffnete den Umschlag, den Pommer ihm überreicht hatte. Er studierte die Protokolle der restlichen Befragungen.

Die Johnnys waren eine Kuratorin der Kunstsammlung und der Geschäftsführer eines Industrieverbandes. Beide hatten in Drogenprozessen als Zeugen ausgesagt. Von beiden hatte Bruno sich erhofft, dass sie den damaligen Staatskanzleichef kannten. Der Industrievertreter hatte als Lobbyist mit der Landesregierung zu tun und war Hövel gelegentlich begegnet. Der Museumsfrau fiel erst nach mehrmaligem Nachfragen ein, dass Hövel ein Politiker war. Beide hatten nie privat mit dem ehemaligen Staatskanzleichef zu tun gehabt. Geschweige denn Kenntnisse über dessen Kokainkonsum.

Der Anschiss des Kriminalrats nach den ersten Berichten hatte gewirkt. Die Protokolle gingen über eine bloße Zusammenfassung hinaus. Ordentliche Arbeit, glaubwürdige Zeugen.

Er süffelte Ayurveda-Gebräu und strengte seinen Grips an. Ihm fiel Laras Bemerkung ein: *Max hat sich fünf Tage lang kaum zu Hause blicken lassen.*

Am vorletzten Freitag hatte die Sonderermittlung begonnen. Bereits am darauf folgenden Montag hatte der Staatskanzleichef seinen Rücktritt verkündet. Fünf Tage waren mindestens einer zuviel.

Mit den beiden neuen Protokollen waren es sechs Johnnys, die Max und Richie befragt hatten. Ein dünnes Ergebnis, selbst für drei Tage.

Was hatte dem Grauschopf all die Arbeit bereitet?

Die Zockerbude sicher nicht. Sie war nach Pommers eigenen Angaben bis einschließlich Dienstag fast von allein gelaufen. Dank Narbengesicht Lauffer, der den Manager gespielt hatte.

Bruno hob das lose Brett unter dem Heizkörper an und zerrte die Akte heraus.

Die Liste der Adressen, die das Narbengesicht am vergangenen Wochenende besucht hatte – Bruno verglich sie mit den Anschriften der neuen Protokolle.

Weder der Industrietyp noch die Kunstexpertin fanden sich darunter.

Noch mehr Widersprüche und Übereinstimmungen: Elf von siebzehn Personen aus Brunos Johnnyliste hatte der junge Taxifahrer aufgesucht oder beliefert. Die sechs übrigen hatten Max und Richie befragt. Konnte es Zufall sein, dass sie keinen in die Mangel genommen hatten, der zu Lauffers Kundschaft zählte?

Bruno ergänzte sein privates Dossier. Er füllte ein neues Blatt mit Fragen und Schlussfolgerungen und überschrieb es mit zwei Namen: *Max Pommer, Markus Seberich.*

Schließlich verstaute er die Akte wieder unter dem Heizkörper und überzeugte sich, dass die Fuge im Parkett aussah wie alle anderen.

Das Bild wurde klarer. Ungereimtheiten blieben. Sie machten Bruno zu schaffen.

60.

Als er vom abendlichen Training zurückkehrte, fühlte sich Bruno ausgelaugt und müde. Noch drei Tage bis zum Kampf.

Er verstaute Kasimirs Pistole am Kopfende des Betts. Im Wohnzimmer brachte er den ramponierten Garderobenspiegel in Stellung. Noch einmal tanzte er auf dem Parkett und ließ die Fäuste fliegen. Kombinationen im Takt der Radiomusik – die Schwingungen der Dielen übertrugen sich auf den Spiegel. Scherben lösten sich und schepperten zu Boden. Die Nachbarin klopfte gegen die Decke.

Bruno drehte das Radio ab. Er ließ sich ein heißes Bad ein. Genug für heute.

Er nahm das Handy aus der Ladestation und legte es neben die Wanne. Hannahs Kostümprobe war sicher schon zu Ende. Bruno konnte nicht aufhören, sich Sorgen zu machen.

In der Glotze erklärte Harald Schmidt die Handlung von Hamlet. Playmobil-Puppen in einer Minibühne aus Pappe. Die Geschichte zog sich hin. Die Show war auch nicht mehr das, was sie einmal war. Bruno knipste die Mattscheibe aus. Die Wanne war voll.

Er zog sich aus und ließ sich ins Wasser gleiten. Der Lavendelduft tat gut.

Es klingelte. Halb zwölf.

Bruno rannte an die Tür. Um seine Füße dehnte sich eine Pfütze aus. Er griff nach dem Hörer der Sprechanlage. »Hannah?«

Eine Männerstimme meldete sich: »Ich bin's, Benedikt Engel.«

Bruno begann zu frieren. Der Kriminalrat hatte ihm gerade noch gefehlt. »Was wollen Sie?«

»Kommen Sie runter, Wegmann. Wir machen einen Betriebsausflug.«

»Ich lieg im Bett.«

»Unsinn. Ihre Wohnung ist hell erleuchtet. Ich habe eben noch das Flackern des Fernsehers gesehen.«

»Ausflüge stehen jedenfalls nicht mehr auf meinem Programm.«

»Wir müssen einen Zeugen befragen. Ich will Sie dabeihaben. Es geht um Ihre geliebten Kumpel. Pommer und Seberich.«

Bruno trocknete sich ab und zog sich rasch an. Er steckte Kasimirs Knarre in den Hosenbund und legte sie wieder weg. Eine Sig Saur P6 sah anders aus. Die Pistole des Dealers würde auf den Langen einen schlechten Eindruck machen. Ein heißes Eisen – es konnte bei einer Straftat verwendet worden sein. Womöglich war die Waffe über ihre Nummer zur Sachfahndung ausgeschrieben.

Als Bruno aus dem Haus trat, staunte er: Der Kriminalrat trug Jeans und Pulli. Engels private Karre war ein alter, weißer Golf – Bruno hatte einen nobleren Schlitten erwartet.

Er sah sich um. Ein paar silbergraue Autos parkten in der Straße. Es war zu dunkel, um zu erkennen, ob jemand darin saß.

Engel ließ den Anlasser orgeln. Die alte Karre sprang an.

»Wo geht's hin?«, fragte Bruno.

»Ein Tünnes aus der Betäubungsmittelszene hat sich vor gut zwei Wochen einem Kumpel anvertraut. Besagter Kumpel ist Informant bei den Süchtlern. Weil der Tünnes jemanden beschuldigt, der bei uns arbeitet, habe ich mich der Sache angenommen. Nach mühsamen Verhandlungen ist der Zeuge jetzt endlich bereit, sich mit mir zu treffen. Der Tünnes ist extrem ängstlich und misstrauisch. Zwischendurch ist er völlig abgetaucht. Er glaubt, dass die Kollegen, die er belastet, Wind davon bekommen hätten.«

»Und die Kollegen sind Max Pommer und Markus Seberich.«

»Korrekt.«

»Und wessen werden sie beschuldigt?«

»Das werden wir gleich erfahren. Ich hoffe, der Tünnes wird sich uns gegenüber öffnen.«

Engel steuerte über die Oberkasseler Brücke in Richtung Innenstadt.

»Wie können Sie sicher sein, dass ich auf Ihrer Seite stehe und nicht brühwarm zu Pommer und Seberich laufen werde?«

»Sie sind nicht korrupt, Wegmann. Wenn sich nur ein Bruchteil dessen bewahrheitet, was der Mittelsmann andeutet, werden Sie Ihre Freunde in völlig anderem Licht sehen.«

»Warum haben Sie ausgerechnet mich ausgesucht?«

Engel schwieg. Der Golf rumpelte über die Oberkasseler Brücke. Die Stoßdämpfer waren ausgeleiert.

Bruno fragte: »Sie wollen tatsächlich den Inneren Dienst wieder einrichten? Sie glauben ernsthaft, mich überreden zu können, gegen die eigenen Kollegen zu ermitteln?«

»Unbeliebter können Sie ohnehin nicht mehr werden. Der Innere Dienst wird Ihre Chance sein, Punkte zu sammeln. Sie sind zu intelligent, um auf einen albernen Boxkampf zu setzen. Diese Kirmesschlägerei haben Sie nicht nötig.« Der Lange schmeichelte. Der Kriminalrat wollte ihn benutzen.

Sie durchquerten den Hofgarten und bogen in die Kaiserstraße.

Bruno sagte: »Kann es sein, dass auch Sie unbeliebt sind? Dass Sie in der Behörde eine verdammt einsame Figur abgeben? Dass Sie schlicht und einfach keinen anderen kennen, den Sie auf Ihre Seite ziehen könnten?«

Der Kriminalrat bog ab. Zugeparkte Straßen, Gründerzeithäuser, die Krieg und Wirtschaftswunder überstanden hatten. Eine Straßenbahn kam ihnen entgegen und bimmelte. Engel musste bremsen.

»Wie ich schon sagte: Sie sind zu intelligent, um auf eine Schlägerei zu setzen.«

Sie hielten vor einem renovierten Altbau. Im Erdgeschoss ein Gemüsehändler, die Schaufenster unbeleuchtet. Kein silberner Focus weit und breit.

»Warum schauen Sie sich ständig um?«, wollte der Lange wissen.

Er beugte sich zu Bruno herüber und holte ein Holster mit einer Sig Saur P6 aus dem Handschuhfach. Engel fragte: »Wo haben Sie Ihre Waffe, Wegmann?«

»Im Spind der Kriminalwache. Wie immer, wenn ich nicht im Dienst bin.«

Sie stiegen aus. Der Lange befestigte das Holster am Gürtel seiner Jeans. Bruno sah zu.

»Was ist?«, fragte der Lange.

»Hätte nicht gedacht, dass ich Sie mal ohne Krawatte sehe.«

Holzstufen knirschten. Die Zeitschaltuhr der Treppenhausbeleuchtung tickte. Vor einer Wohnungstür im zweiten Stock blieb der Kriminalrat stehen. »Überlassen Sie das Reden zunächst mir.«

Der Lange drückte die Klingel. Kein Namensschild.

»Ist offen!«, rief eine männliche Stimme aus der Wohnung.

Engel drehte den Knauf. Bruno folgte ihm in einen Flur, der in ein Zimmer mündete. Als sie es betraten, blickte Bruno in den Lauf eines Revolvers.

»Stecken Sie die Waffe weg«, sagte der Kriminalrat ruhig. »Wir tun Ihnen nichts.«

Der Mann stand vor dem Fenster. Seine Augenbrauen waren zugepflastert, sein linker Arm ruhte in einer Schlinge. Sein Atem ging kurz und oberflächlich, als seien die Rippen gebrochen. Der geblümte Vorhang hinter ihm war zugezogen. Eine Funzel über der Küchenzeile im Eck spendete Licht.

Die Augen des Zeugen waren blutunterlaufen und blauschwarz umrändert. Der Revolver zitterte. Der Kerl brüllte: »Verschwindet!«

Bruno erkannte ihn.

Ingenpass.

Engel hob eine Hand und nestelte mit der anderen am Gürtel. Er ließ das Holster fallen. »Sehen Sie, wir tun Ihnen nichts. Wir sind nur gekommen, um zu reden. Das hat unser Mittelsmann doch lang und breit erklärt.«

Ingenpass zielte auf Bruno. Er riss die blutroten Augen auf. Er konnte die Waffe nicht ruhig halten.

Engel beschwor ihn: »Sie brauchen keine Angst zu haben. Wir beschützen Sie. Mein Kollege …«

»NEIN! NEIN!«

»Hören Sie mir doch zu! Mein Kollege ist Spezialist auf dem Gebiet der Beamtendelikte. Die Männer …«

»VERSCHWINDET ENDLICH!«

»Die Männer, gegen die Sie aussagen, können Ihnen nichts anhaben. Dafür garantieren wir.«

Der Kerl zitterte immer stärker.

Bruno hob ebenfalls die Hände.

Ingenpass wich zurück, bis er den Vorhang berührte. Dann ging alles viel zu schnell.

Der Kerl steckte den Lauf seiner Waffe in den Mund und zog ab. Leeres Klicken. Die Trommel drehte sich weiter. Ingenpass nuckelte am Lauf und würgte.

Bruno sprang auf ihn zu.

Der Kerl drückte ein zweites Mal ab. Der Hahn traf eine volle Patrone.

Ein Knall. Ein schmutziger Fleck auf dem Vorhang – Ingenpass stürzte gegen das Fenster und sank zu Boden.

Der Schuss hallte als Klingeln in Brunos Ohren nach. Er sah, dass Engel zu ihm sprach, und hörte kein einziges Wort.

Der Kriminalrat griff nach dem Telefon, das auf einem Beistelltisch neben dem Fernseher stand. Bruno kniete sich neben Ingenpass und suchte vergeblich nach Lebenszeichen. Von dem, was Engel in den Hörer brüllte, verstand er kaum etwas.

Er dachte an Pawlow. An die Hunde, die der legendäre

Verhaltensforscher abgerichtet hatte. An Richie Seberich, der Pawlows Tiere als Beispiel genannt hatte.

Ingenpass muss für den Rest des Lebens Schiss haben, sonst hat das keinen Sinn.

Das Klingeln ließ nach, allmählich kehrten die Geräusche zurück: Autos auf der Straße, aufgeregte Rufe der Nachbarn im Treppenhaus, ein Martinshorn, das sich näherte.

Er hörte Engel, der Bruno schüttelte und auf ihn einredete.

Er vernahm sein eigenes Keuchen.

Teil V

Puma

61.

Der Morgen des letzten Trainingstags. Bruno verausgabte sich auf der Aschenbahn. Der so genannte Cooper-Test: zwölf Minuten bei größtmöglichem Tempo.

Janssen kontrollierte mit der Stoppuhr und schrie sich fast die Seele aus dem Leib. Bruno verfehlte das Acht-Runden-Ziel nur knapp. Der Trainer lobte ihn: Wettkampfform erreicht.

Bruno hatte ein besseres Ergebnis erhofft.

Er bewegte die Maschinen, als könne er an ihnen den Sieg gegen Janosch erzwingen. Er stemmte noch einmal die Hanteln, bis die Muskeln zitterten.

Dehnübungen und Auslaufen. Ein paar Sprüche des Trainers, die aufmunternd gemeint waren. Janssen wirkte wie ein Gespenst. Bruno fragte lieber nicht nach seiner Tochter.

Zu Hause holte er das heiße Bad nach, das gestern Abend ausgefallen war.

Hannah meldete sich nicht.

Für halb zwei hatte ihn Engel ins Präsidium bestellt. Um eins suchte Bruno die Kantine auf. Ela Bach und Thilo Becker saßen in ihrer Ecke und stocherten in ihren Tellern. Bruno gesellte sich zu den Mordermittlern.

Sie konnten ihm nichts bahnbrechend Neues im Fall Klee berichten. Die aktuelle Theorie lautete, dass Silberkuhl mit einem Komplizen die drei Opfer überfallen und abgeschlachtet habe. Beim Versuch, das Heroin loszuwerden, sei der ehemalige Einkäufer ermordet und in den Rhein geworfen worden – von dem Komplizen oder von Leuten aus dem Junkie-Milieu. Die Untersuchungen konzentrierten sich jetzt auf die Szene um den Hauptbahnhof. Die Mordkommission Klee umfasste nur noch sechs Beamte, aber die Süchtler vom KK 34 unterstützten sie, so gut sie konnten.

Ela äußerte sich abfällig über Kriminalrat Engel, der ihr

obendrein einen Suizidfall aufhalsen wollte. Ein Kerl namens Ingenpass habe sich in seiner Wohnung per Schusswaffe gehimmelt und die Mordermittler sollten mithelfen, das Umfeld des Selbstmörders zu durchleuchten – als hätten sie nicht schon genug zu tun.

Der Kriminalrat sei ein Fanatiker. Der Lange habe nicht mehr alle Tassen im Schrank. Behandle einen albernen Suizid, als sei er der wichtigste Fall seit dem Saunamord vor zwei Jahren. Der Kripochef denke bereits darüber nach, den Langen zu entsorgen, behauptete Ela.

Bruno nahm den Paternoster zur Mahagonietage. Die Tür zum Büro des Kriminalrats stand auf. Der Lange braute Espresso in seiner Privatmaschine. Er trug sein gewohntes Outfit, heute sogar mit Weste.

»Wo sind die anderen?«, fragte Bruno.

»Welche anderen?«

»Leute vom KK 11, von der Drogenfahndung, vielleicht auch vom ehemaligen Inneren Dienst. Die Ermittlungskommission, die Sie zusammengetrommelt haben.«

Die Maschine brummte und zischte.

»Wir beide sind die Kommission. Auch einen Espresso?«

Bruno bejahte.

Engel sagte: »Ich hatte fast den Eindruck, Ingenpass kannte Sie.« Er trug die kleinen Tassen zum Schreibtisch. »Ich habe übrigens seine Schwester ausfindig gemacht. Ihr gegenüber hat der Tünnes geäußert, ein Kerl namens Hammer hätte ihn verprügelt. Im Auftrag von Pommer und Seberich.«

»Was ist mit der Geschichte, die er über die beiden parat hatte?«

»Die Schwester will von nichts etwas wissen. Und sein Freund, unser Mittelsmann, hat ebenfalls Schiss bekommen und schweigt. Ich fürchte, wir bieten nicht genügend Nestwärme. Der Suizid hat unser Renommee nicht gerade gestärkt. Aber selbst wenn der Mittelsmann oder die Schwester aussagten, bliebe das nur Geschwätz aus zweiter Hand. Kein Staatsanwalt würde sich das auch nur anhören.«

Bruno nippte. Die Brühe schmeckte. Kein Vergleich mit dem Yogi-Tee. »Und deshalb keine Ermittlungskommission.«

»Korrekt.«

»Aber es muss doch wenigstens Andeutungen gegeben haben. Im Vorfeld, als der Mittelsmann zu Ihnen kam.«

»Sie haben Jura studiert, Wegmann, zumindest ein paar Semester. Was würden Sie als Staatsanwalt sagen, wenn ich zu Ihnen käme und erklärte, dass ich über drei Ecken gehört hätte, zwei Bullen aus dem Kommissariat für Glücksspiel und Falschgeld würden in großem Stil Zockerbuden abkassieren und sogar selbst betreiben? Wie gesagt: nichts als Geschwätz und wildes Gemunkel. Ich frag mich nur, warum der Kerl auf einmal so eine Scheißangst hatte.«

»Pommer und Seberich hätten Zockerbuden betrieben? In großem Stil?«

»Laut diesem Mittelsmann. Genaueres wollte Ingenpass uns gestern sagen. Und das war noch längst nicht alles. Angeblich kommt auch Nötigung und Erpressung hinzu, das halbe Strafgesetzbuch rauf und runter, bis hin zum Handel mit harten Drogen. Eine dieser Zockerbuden als Verteilstation für Schnee. Wo, wie und wann, das konnte mir der Mittelsmann natürlich nicht verraten. Ich hoffte auf die Aussage von Ingenpass. Ich hatte ihm Geld versprochen, privates Geld aus meiner eigenen Tasche. Und die Aufnahme ins Zeugenschutzprogramm. Stattdessen: Peng!«

»Zwei Wochen lang haben Sie mit ihm verhandelt?«

»Über diesen Mittelsmann. Mit Unterbrechungen, weil Ingenpass immer wieder abtauchte.«

»Warum haben Sie mir nicht von Anfang an reinen Wein eingeschenkt? Damals, im *Schumacher*, als es angeblich nur um die Sonderermittlung gegen Hövel ging?«

»Na, hören Sie mal! Dafür kannte ich Sie nicht gut genug. Und ich weiß bis heute nicht, inwieweit ich diesen Gerüchten glauben kann.«

Handel mit Drogen. Max und Richie als Dealer.

Im *Schumacher* war es um den Kokainverdacht gegen Staatskanzleichef Hövel gegangen. Engels damalige Fragestellung: *Warum hat sich Pommer in die Sonderermittlung gedrängt?*

Widersprüche und Übereinstimmungen – Bruno spürte, wie ihm heiß wurde.

Die Johnnyliste. Mutmaßliche Kokser mit Kontakten, die erpressbar waren und möglicherweise als Zeugen taugten. Pommers Freude, als Bruno ihm die Aufstellung gebracht hatte. *Richie und ich hätten es auf die gleiche Weise angestellt.*

Das *Palumbo* als Umschlagplatz. Um den Umsatz zu erhöhen, hatte Pommer mögliche Zwischenhändler gesucht. Die Johnnys – Max und Richie hatten sie beackert und unter Druck gesetzt. In ihren Berichten erwähnten sie nur diejenigen, die sie nicht für ihren Drogenring gebrauchen konnten. Als Pommer die Zockerbude schließen musste, setzte er seinen Schützling Lauffer als Kurier ein, der den Stoff an das alte und neue Händlernetz verteilte.

Das *Palumbo* – Heinz Klees Telefonate.

Es passte. Klee und Max hatten sich gekannt.

Wozu benötigte Pommer weitere Zwischenhändler? Es gab nur eine Erklärung. Bruno dachte an das Gerede des Dealers Kasimir, an den Plan, die koksende Schickeria mit einer zweiten Droge vertraut zu machen: *White Boy* trifft *White Lady.*

Engel fragte: »Ist Ihnen nicht gut, Wegmann?«

Max war auf einen Schlag eine Riesenmenge an Rauschgift in die Hand gefallen.

Wildes Gemunkel – Bruno brauchte Beweise.

Seine Stimme versagte. Er räusperte sich und fragte: »Hat der Mittelsmann auch von Heroin gesprochen?«

»Ja, auch. Wie gesagt: das Strafgesetzbuch runter und rauf. Wieso?«

»Hundert Kilo vom Feinsten? Unverschnittener Stoff aus Kambodscha?«

»Meinen Sie den Mordfall Klee? Was soll Pommer damit zu tun haben?«

Brunos Schädel pochte. Max, der gemütliche Deep-Purple-Fan. Der Kerl mit dem grauen Pferdeschwanz, der sich um ihn gekümmert hatte, als Karen ihn verlassen hatte.

Laras Bruder: *Schwagerherz*.

Bruno erklärte Engel, was Kasimir ihm erzählt hatte. Was er durch Hannah wusste. Seine eigenen Beobachtungen und Schlussfolgerungen. Zwei Mordfälle und jede Menge Ungereimtheiten. Bruno erwähnte das Dossier.

Engel war begeistert. »Sie haben das alles niedergeschrieben?«

»Es hilft mir beim Nachdenken.«

»Bingo! Was unmittelbar und schriftlich festgehalten wird, macht Eindruck vor Gericht. Vor allem, wenn ein geschulter Beamter protokolliert hat. Achten Sie darauf, dass die Formulierungen schlüssig und frei von Widersprüchen sind.«

Bruno trank den Espresso aus. Die Brühe war kalt geworden.

Engel geriet ganz aus dem Häuschen. »Nur ein oder zwei weitere Anhaltspunkte und wir kriegen grünes Licht vom Staatsanwalt! Wir hebeln Pommer und Seberich aus. Ihren Drogenring und alle, die ihre Machenschaften decken! Dann werden wir auch sehen, ob die beiden tatsächlich die Täter im Fall Klee sind.« Engel verschränkte die Hände hinter dem Kopf und lehnte sich im Ledersessel zurück. »Das habe ich Ihnen zu verdanken, Wegmann. Stellen Sie mir das Dossier zur Verfügung?«

Bruno dachte an Lara.

Der Kriminalrat fuhr fort: »Allerdings bin ich momentan nicht in der Lage, Ihnen eine Karriere zu versprechen.«

»Ich bin dabei.«

Der Lange streckte ihm die Hand hin. »Ich heiße Benedikt. Lassen wir das alberne Siezen. Sag Ben zu mir. Bevor ich Kriminalrat wurde, nannten mich alle Leute so.«

62.

Auf der Rückfahrt hatte Bruno den silbernen Schatten im Spiegel. Kein Irrtum, kein Verfolgungswahn.

Er bog viermal rechts ab. Der Focus blieb dran – Anfängerfehler.

Bruno rauschte über die Rheinkniebrücke, nahm die Abfahrt in die Düsseldorfer Straße und erhöhte das Tempo. Die Ampel vor ihm sprang auf Gelb. Bruno ging nicht vom Gas. Als er sah, dass auch sein Verfolger nicht hielt, legte Bruno jenseits der Kreuzung eine Vollbremsung hin.

Reifen quietschten. Der Silbergraue schlingerte zwischen Bruno und dem Gegenverkehr hindurch. Gehupe, Stau und wütende Gesten. Der Focus machte sich vom Acker.

Ein Hamburger Kennzeichen – Bruno notierte es.

Zu Hause trug er die Zulassungsnummer in das Dossier ein. Er rief Engel an und gab ihm die Adressen sämtlicher Johnnys durch, die der narbengesichtige Junge beliefert hatte.

Elf neue Zwischenhändler aus der Johnnyliste. Die drei alten waren sicher nur die Spitze des Eisbergs. Dazu die Lady im Business-Kostüm, die Lauffer regelmäßig zur Spritztour einlud, und der Taxifahrer selbst. Sechzehn Mittäter – mögliche Zeugen gegen die Drahtzieher.

Bruno und Benedikt besprachen das Vorgehen. Sie benötigten zunächst weitere Indizien. Dann konnte die große Maschinerie anrollen: Observationen durch Fremdkräfte, unauffällige Einsatzfahrzeuge mit auswärtigen Kennzeichen, Telefonüberwachungen, Lausch- und Videoangriffe – Engel geriet schon jetzt ins Schwärmen.

Bis Bruno seinen Kampf hinter sich gebracht hatte, wollte der Lange die ersten Schritte übernehmen: die Johnnys aufsuchen, die Pommer und Seberich nicht für ihren Drogenring rekrutiert hatten, die Zeugen aus den Protokollen zur

Hövel-Ermittlung. Benedikt spekulierte darauf, dass die Drahtzieher unvorsichtig genug gewesen sein könnten, einem der Johnnys die Mitarbeit im Drogenring angeboten zu haben. Engels Traum – die Aussage eines Zeugen: Ja, besagte Kripobeamte wollten mich zum gewerbsmäßigen Handel mit illegalen Betäubungsmitteln anstiften. Daraufhin würde jeder Staatsanwalt grünes Licht geben.

Bruno teilte die Zuversicht des Kriminalrats nicht. Er spürte, dass dem Langen der Arsch auf Grundeis ging. Benedikt stand tatsächlich vor dem Abschuss.

Es fiel Bruno schwer, den Obermufti zu duzen. Er und der Kriminalrat – eine ungeahnte Allianz. Aber nicht er, sondern Pommer und Seberich hatten die Fronten gewechselt.

Er sagte: »Ben, in einer Sache musst du mir helfen.«

»Die wäre?«

Bruno gab das Kennzeichen des Beschatters durch.

Nach drei Minuten rief der Lange zurück: Das Fahrzeug war ein silbergrauer Ford Focus, zugelassen auf die Firma Europcar. Ein Leihwagen.

Sechs Filialen der Firma fand Bruno im Telefonbuch. Er entschied sich für die Station am Höher Weg, weil sie auf seiner Route zum Vereinsheim lag.

Er achtete darauf, dass der silberne Schatten nicht in seinem Rücken war. Der unbekannte Verfolger sollte nicht mitbekommen, dass Bruno ihm auf der Spur war.

Auf der Graf-Adolf-Straße sah er den Schatten im Spiegel. Er trat auf die Bremse und schlingerte in eine Lücke auf der rechten Spur. Ein silbriger Mercedes hupte und schob sich vorbei – Bruno hatte Gespenster gesehen.

Die Filiale befand sich in einem sparsam eingerichteten Ladenlokal. Ein Ständer mit Infobroschüren in Europcar-Grün und ein weißer Tresen, vor dem vier Kunden mit den Füßen scharrten. Die Frau an der Spitze der Schlange hatte Sprachprobleme. Die Angestellte auf der anderen Seite der

Theke bewahrte professionelle Höflichkeit, aber offenbar missverstanden die beiden einander. Es ging nicht voran.

Ein zweiter Mitarbeiter kam zu Hilfe. Die wartenden Kunden stürzten sich auf ihn. Bruno drängelte sich nach vorn und zeigte seinen Dienstausweis. Das Murren wandte sich nun gegen ihn.

»Ich brauche den Namen der Person, die dieses Fahrzeug gemietet hat.« Bruno reichte einen Zettel mit dem Kennzeichen über den Schalter.

Der Mitarbeiter blickte zu seiner Kollegin hinüber. Sie zuckte mit den Schultern.

Der Kerl wiederholte die Geste. »Tut mir Leid. Wir haben ein Problem.«

»Kommen Sie mir nicht mit dem Datenschutz!«

»Nein. Ich seh ja, dass Sie von der Polizei sind. Aber unser Computersystem ist abgestürzt. Sie sind nicht der Einzige, der im Moment darunter leidet.«

»Was ist mit den Formularen? Sehen Sie per Hand nach!«

»Wann soll der Wagen denn angemietet worden sein?«

»Vor zwei Tagen.«

»Dann sind die Unterlagen längst in Hamburg, irgendwo in der Zentrale. Wir können sie zurückfordern, aber das dauert.«

»Wie lange?«

»Zwei bis drei Wochen. Aber keine Angst. Bis dahin tut's auch der Computer wieder.«

Bruno hinterließ seine Handynummer. Der Angestellte versprach anzurufen, sobald die Panne behoben war.

Zehn Minuten später stellte Bruno den Saab vor dem Vereinsheim ab. Sein Handy schrillte den Hummelflug. Noch im ersten Takt würgte Bruno die Tonfolge ab.

Europcar. Der Computer funktionierte wieder und hatte ausgespuckt, wer den Focus gemietet hatte. Die Stimme im Handy nannte einen Namen.

Bruno dachte an einen Scherz.

Der Angestellte wiederholte *seinen* Namen, *seine eigene* Adresse.

»Wer?«, fragte Bruno noch einmal.

»Wegmann. Wie der Weg und Mann.« Die Stimme im Handy blieb höflich. »Vorname Karen. Wie Karin, nur mit einem Emil in der zweiten Silbe.«

Bruno begriff.

Er verstand es nicht.

63.

Volles Programm, zum letzten Mal. Als spüre Janssen, dass Bruno mit seinen Gedanken weit weg war, ließ er ihn dieses Mal extra lange Seil springen. Gemeinsam mit der Gruppe der Fortgeschrittenen lief Bruno danach im Kreis, stieß Medizinbälle, verprügelte Sandsack und Maisbirne. Die Pyramide an der Matte: immer längeres Trommeln mit den Fäusten – Intervalltraining für die Schnellkraft in Armen und Schultern. Allmählich konnte Bruno abschalten.

Der Trainer verordnete eine Pause. Während Bruno auf der Bank lag, musste er sich seinen Gegner vorstellen. Dabei redete Janssen auf ihn ein, immer wieder die gleichen Sätze: »Bring deine Fäuste. Täusch ihn, bis er offen ist. Geh nach vorn. Halt die Deckung oben. Bring deine Fäuste, so schnell du kannst. Du wirst ihn dominieren!«

Das Sparring ging über sechs Runden zu je drei Minuten. Der Trainer wollte ihn an die Kampfbedingungen gewöhnen. Janssen feuerte an. Er schrie und kritisierte. Am Ende hatte Bruno ein Flimmern vor den Augen. Sein Partner Joe hing in den Seilen und japste.

Janssen riss Sprüche – das Zuckerbrot: Janosch habe keine Chance. Der *Hammer* werde spätestens in der dritten Runde einbrechen. Bruno habe sich zu einem Spitzenboxer entwickelt, der es mit dem deutschen Meister aufnehmen könne.

Wilfried räumte die Matten weg. Seiner Miene sah Bruno an, dass er die Chancen des *Puma* skeptischer beurteilte. Wilfried hatte Janosch beim Training beobachtet.

Bruno ging an die Maschinen. Eine Runde musste genügen. Er legte ein letztes Mal den Kopfriemen um. An der Nackenmaschine hatte er seine Leistung in kürzester Zeit von zehn auf zwanzig Pfund gesteigert.

Ausführliche Dehnübungen unter Janssens Anleitung. Bruno staunte, was der alte Coach alles draufhatte.

Zum Abschluss eine halbe Stunde lockerer Trab auf der Aschenbahn.

Janssen empfing ihn mit einem Handtuch. »Nimm zu Hause ein heißes Bad. Lauf ab morgen nicht mehr als zwei Kilometer in mittlerem Tempo. Keine Intervallläufe, keine Sprints. Am Kampftag nur ein langer Spaziergang. Iss leichte Sachen: Müsli, Obst. Kein Junk-Food, keinen Alkohol. Wir sehen uns übermorgen in der Philipshalle.«

Das Bad ließ Bruno ausfallen. Er duschte im Vereinsheim. Er zog sich an und tippte Karens Mobilfunknummer in sein Handy. Er bekam keine Verbindung.

Bruno wählte Irene an. Nur widerwillig gab die Studienrätin Auskunft. Karen sei zu Dreharbeiten unterwegs. Sie werde erst am Donnerstag zurückkehren. Angeblich habe Karen am Montag die Stadt verlassen, kurz nachdem sie das letzte Mal zu Hause gewesen sei, um ein paar Sachen zu holen.

Bruno war klar, dass das nicht stimmte.

Er rief noch einmal Karens Handy an. Offenbar war es ausgeschaltet.

Es war längst dunkel, als Bruno die Lortzingstraße in Meerbusch-Büderich erreichte. Der Flieder duftete. Die Türglocke am Haus der Lemkes spielte die Big-Ben-Melodie.

Sonja öffnete. Madame Dracula mit dem blassen Gesicht, die sich hinter herabgelassenen Jalousien verbarg und des Nachts auf Pirsch ging. Die oberste Spendeneintreiberin des Weißen Rings, die einsame Tante mit der Betonfrisur – tadellos toupiert und festgesprayt.

»Kommen Sie herein. Heute gibt's einen 89er Chateau Gazin aus dem Pomerol.«

Das Fenster zum Garten war nicht verrammelt. Bruno vermisste den Mond, der sich beim letzten Mal im Teich gespiegelt hatte.

Er versank im Sessel. Der Rotwein war bereits eingeschenkt. Bruno entdeckte seine Visitenkarte, die noch immer in der Obstschale auf dem Couchtisch lag.

Er steckte die Nase ins Glas. Üppige Aromen.

»Ich hab Sie in Verdacht, dass Sie mir etwas vorspielen«, sagte die Ministergattin.

»Inwiefern?«

»Sie loben den Wein, aber Sie nippen nur davon.«

»Vor dem Kampf darf ich nichts trinken.«

»Vor welchem Kampf?«

»Lesen Sie keine Zeitung?«

»Lokalnachrichten interessieren mich höchstens, wenn ein Bekannter wie Heinz Klee gestorben ist. Geht es um Sport oder um eine Auseinandersetzung vor Gericht?«

»Ich bin Amateurboxer. Das Präsidium veranstaltet einen Benefizkampf zugunsten der Hinterbliebenen vom 26. November. Ein Polizistenmörder hat im Herbst drei Kollegen erschossen.«

»Das weiß ich. Der Amokläufer, der sich schließlich selbst das Leben genommen hat. Tragische Sache. Hat mir außerdem einen widerlichen Schautag an der Seite Lemkes eingebrockt.«

»Jedenfalls spiele ich Ihnen nichts vor. Ich trinke gern ein Glas Wein, zumal ich sonst nie solche Tropfen zu verkosten bekomme.«

»Erlauben Sie mir, dass ich Sie in mein Testament aufnehme. Nicht alle Kisten im Keller gehören Lemke.«

Sie macht Scherze, dachte Bruno. Dracula-Humor.

Sonja Lemke hob ihr Glas. »Deshalb habe ich Sie eingeladen. Ich versuche, Ordnung in mein Leben zu bringen.«

Er nippte nur.

Sie schmatzte und befand, dass der Chateau Gazin noch Reifungspotenzial besitze. Kräftige Tannine, adstringierend am Gaumen.

»Welche Temperatur hat Ihr Keller, Bruno?«

»Ich hab nie nachgemessen.«

»Hauptsache, die Schwankungen sind nicht zu groß.«

Er fragte sich, ob Sonja schon zuvor gebechert hatte. Manche Sätze klangen etwas vernuschelt. Ihr Blick wanderte unstet.

Bruno bemerkte: »Es gab Streit zwischen Heinz Klee und Ihrem Mann, und Sie wussten davon.«

»Stimmt. Was haben Sie darüber noch erfahren?«

»Ich vermute, es hatte mit dem Unfall der Freundin Ihres Mannes zu tun. Maria Buchmüller, Februar 1991.«

Sie sagte: »Der Tod dieses Flittchens war nur in zweiter Linie die Folge eines Verkehrsunfalls.«

Jetzt beichtet sie gleich, dass sie ihre Nebenbuhlerin ermordet hat, dachte Bruno. Manipulationen an der Bremse. Nachts im Bergischen dem Opfer das Blut aus dem Hals gesaugt.

Die Ministergattin schwenkte ihr Glas. Die rote Weinpfütze kreiste. Bruno vernahm, dass aus einem entfernten Raum leise Musik drang.

Sonja sagte: »Auf der Beerdigung machte Heinz Andeutungen, die ich nicht verstand und die mich neugierig machten. Später zog ich meinem Mann nach und nach die Wahrheit aus der Nase. Es ging ihm nicht gut. Er trank zu viel und hatte ein enormes Mitteilungsbedürfnis. Wissen Sie, was Lemke mir später einmal gesagt hat?«

»Nein.«

»Dass er sich von mir getrennt habe, weil er es unerträglich fände, dass ich über alles Bescheid weiß. Er behauptete, eines Tages würde ich ihn genauso wenig ertragen können. Da hatte er Recht. Aber das Schlimmste ist, dass ich mich inzwischen selbst nicht mehr leiden kann. Lemke hat mich durch sein Geständnis zu seiner Komplizin gemacht.«

Bruno fiel nichts ein, was er antworten konnte.

»Ich habe es genossen, dass das Flittchen tot war. Dass Lemke sich in meine Hand begab. Ich war egoistisch und falsch. Ich hätte ihn anzeigen müssen. Axel Lemke, ein Hurenbock und Trinker. Der größte Feigling unter Gottes Himmel. Wissen Sie, dass er sich als Nachfolger des Ministerpräsidenten betrachtet? Als Hoffnungsträger der gesamten Partei? Dieser steife Trottel mit seinem Ziegenbart!«

»Was geschah in der Unfallnacht?«

»Er hatte gesoffen. Er konnte nicht mehr geradeaus gehen und ließ es sich trotzdem nicht nehmen, selbst zu fahren. Er wollte dem Flittchen imponieren. Sie jagten sich. Eine Wettfahrt aus purem Übermut. Lemke überholte in einer Kurve und schnitt ihr Auto so stark, dass sie beim Ausweichen die Kontrolle verlor. Der Leibwächter hat versucht, erste Hilfe zu leisten. Lemke stand nur dumm herum und jammerte. Sein Leibwächter hat ihn herausgepaukt.«

»Wie sah das aus?«

»Da ist Lemke nie ins Detail gegangen. Er war blau und fertig mit den Nerven. Ich weiß nur, dass der Leibwächter sich Lemkes Auto schnappte und ein paar Mal auf und ab fuhr, um Reifenspuren auf den Straßenbelag zu zaubern. Vermutlich, damit es so aussah, als habe ein anderes, entgegenkommendes Auto das Flittchen von der Straße gedrängt.«

Bruno wurde klar, dass Bodyguard Pommer in jener Nacht vor elf Jahren den Grundstein seiner Karriere gelegt hatte, indem er seinen Chef rettete und dessen Geliebte verbluten ließ. Der Notarzt war wenige Minuten zu spät eingetroffen – Pommer hatte Prioritäten gesetzt.

Sonja Lemke nahm einen großen Schluck. »Ich sollte nicht Flittchen sagen, nicht wahr?«

Sie erhob sich und verschwand irgendwo im Haus.

Die ferne Musik war das einzige Geräusch, das Bruno vernahm. Er betrachtete das Foto, das allmählich aus dem Leim ging. Lemke, schon deutlich angetrunken. Die fröhliche Blondine an seiner Seite, nur Stunden vor ihrem Unfalltod.

Bruno nippte vom Wein – schwerer Stoff, der ihn nicht vom Hass auf Max ablenken konnte. Der Grauschopf hatte ihn reingelegt, ihm den gemütlichen, verständnisvollen Kumpel vorgespielt.

Die einen werden ausgezählt, die anderen steigen auf. Vom kleinen Bodyguard zum Leiter des 33. Kripo-Kommissariats mit direktem Draht zum Innenminister.

Nach einigen Minuten kehrte Sonja Lemke zurück. Sie berührte ihr Haar, als müsse sie die Frisur in Ordnung bringen. Der blonde Helm saß tadellos.

Bruno sagte: »Heinz Klee hat alles miterlebt und wie Sie all die Jahre geschwiegen.«

»Er hat sich über Lemke aufgeregt, zumindest hinterher. Anzeige hat er nie erstattet. Jeder von uns war auf seine Art feige.« Sie goss sich nach. »Sie haben mir etwas versprochen, Bruno.«

»Und Sie wollen wirklich hören, wie es weiterging?«

»Bitte.«

Bruno berichtete, was aus dem knackigen Kerl mit den langen schwarzen Haaren geworden war. Besagter Leibwächter war der Retter ihres Mannes gewesen. Hatte sich später um Marias kleinen Sohn gekümmert, der den Unfall überlebt hatte, indem er ihn erst zum Polizeispitzel, dann zum Spielhöllenaufseher und Drogenkurier machte. Besagter Leibwächter war grau geworden und hatte Karriere gemacht als Polizist und als Dealer. Ein gerissener Verbrecher, der buchstäblich über Leichen ging. Tobias half ihm dabei, nicht wissend, wie seine Mutter tatsächlich zu Tode gekommen war.

Bruno fragte: »Haben Sie jemals Kokain genommen, Sonja?«

»Jetzt gehen Sie zu weit!«

»Wollten Sie nicht Ordnung in Ihr Leben bringen?«

»Kokain, meine Güte! Es war Mode, jeder hat es mal ausprobiert.«

»Nahm es auch Ihr Mann?«

»Nein. Auch dazu war Lemke zu feige. Ich bekam es von ...« Sie zögerte.

»Von Max Pommer, dem knackigen Leibwächter, der Ihnen schöne Augen machte.«

»Er hatte eine tolle Art, mit Menschen umzugehen.«

»Und Hövel?«

»Gernot war ganz wild auf Kokain. Er und seine Freundin Bille nahmen es ständig.«

»Der Bodyguard mit dem Lagerfeld-Schwänzchen versorgte die ganze Runde?«

»Ich empfand ihn nicht als Dealer. Hövel drängte ihn dazu, den Stoff zu besorgen. Max musste immer einen Vorrat parat halten.«

Brunos Glas war nun auch leer. Sonja schenkte nach.

Er fragte: »Seh ich ihm tatsächlich ähnlich?«

Sie plauderten mehr als eine Stunde über Gott und die Welt. Er spürte, dass sie an Lemke noch immer hing, auch wenn sie es niemals zugegeben hätte. Bruno fragte sich, ob sie erwartete, dass er gegen den Minister vorging. Vielleicht genügte es ihr, dass er ihr Wissen teilte und ihr die Beichte abgenommen hatte.

Beim Abschied sagte sie: »Ich habe versucht, ein guter Mensch zu sein.«

»Das sind Sie auch.«

»Nein, Bruno. Als Polizist versuchen Sie, haarscharf zu trennen. Aber keiner ist gut oder schlecht. Wir stehen alle nur dazwischen.«

»Aber unterschiedlich weit auf der einen oder anderen Seite. Früher waren Sie vielleicht selbstsüchtig. Heute sammeln Sie viel Geld für einen guten Zweck. Was sind schon Ihre Laster? Rotweintrinken und nächtliches Umherwandern.«

Sie lachte verhalten und ergriff seine Hand. »Viel Zeit habe ich nicht mehr dafür.«

»Wieso?«

»Die Nächte werden kürzer.«

Noch einer dieser Dracula-Scherze. Bruno registrierte, dass er Sonja Lemke mochte. Er legte ihr den Benefizkampf ans Herz. Sie erklärte, sie wolle es sich überlegen. Ihm fiel ein, dass der Minister da sein würde, und Bruno drängte sie nicht weiter.

Sonja winkte ihm hinterher. Ihr Haus wirkte mit seinen verrammelten Fenstern wie ein gewaltiger Sarg.

Als Bruno nach Hause kam, blinkte der Anrufbeantworter.

Die Stimme seines Trainers klang müde. »Hast du eine Ahnung, wo Hannah steckt?«

64.

Bruno hatte schlecht geschlafen. Sein Schädel brummte, als hätte er zwei Flaschen Rotwein getrunken und nicht bloß zwei Gläser. Er braute sich einen Tee aus ayurvedischen Kräutern, weil immer noch nichts anderes da war. Während der Beutel im heißen Wasser zog, rief Bruno den Coach zurück.

Kein Lebenszeichen von Hannah – das Mädchen war seit vorgestern Abend verschwunden. Bruno redete Janssen aus, zur Polizei zu gehen. Hannah war volljährig. Es gab keinen Hinweis auf ein Verbrechen, keine Andeutung einer Suizidabsicht. Der Coach vermisste die Tochter noch nicht lange genug. Kein Schupo würde die Anzeige ernst nehmen. Bruno empfahl Janssen, die Bekannten seiner Tochter abzutelefonieren.

Er sagte ihm nicht, dass Hannah ihn mittlerweile nervte. Die Göre blieb weg, ohne Bescheid zu sagen, und tauchte auf, ohne vorher anzurufen.

Mit dem Mobiltelefon in der Hosentasche joggte Bruno zwei Kilometer den Rhein entlang. Er wollte für Janssen und dessen Tochter erreichbar sein. Das Handy scheuerte am Schenkel. Bruno passierte eine Schafherde. Die Tiere blökten und liefen durcheinander. Der Hund verfolgte ihn, als wolle er spielen. Ein Schäfer war nirgends zu sehen.

Auf dem Heimweg kaufte Bruno ein. Als er vor der Kasse des Supermarkts stand, ertönte der Hummelflug. Die Leute guckten, als sei ein Handy noch etwas Besonderes.

Die Stimme von Kriminalrat Engel: »Fit für den Fight?«

Sie verabredeten sich für zehn Uhr. Bruno steckte den Apparat weg.

»Die Melodie würde mich irre machen«, bemerkte die Kassiererin.

»Nikolai Rimski-Korsakow«, antwortete Bruno und legte zehn Cent für die Plastiktüte drauf.

Er stapfte die Treppe zu seiner Wohnung hoch.

Das Haar am Türschlitz fehlte.

Keine Beschädigung am Stahlschild, das den Schließzylinder abdeckte. Trotzdem war Bruno auf der Hut und versuchte, den Schlüssel so lautlos wie möglich zu bewegen.

Nach einer Vierteldrehung schnappte die Tür auf – als hätte Bruno nicht doppelt abgeschlossen wie jedes Mal, wenn er die Wohnung verließ.

»Karen?«, rief Bruno.

Dann fiel ihm ein, dass nicht einmal seine Frau einen Schlüssel für das neue Schloss besaß. Aber eine Menge Leute verstanden sich auf das zerstörungsfreie Öffnen mittels Picking-Tools. *Sportsfreunde der Sperrtechnik* – er hatte einst dazugehört.

Kein Mucks zu hören. Keine Verwüstung in der Küche. Bruno stellte den Einkauf ab.

Nichts war gestohlen oder beschädigt. Keine Spur eines Eindringlings. Kasimirs Pistole klemmte noch immer samt Schalldämpfer und vollem Magazin hinter der Matratze. Die Filmdosen in der Fototasche waren vollzählig – die dritte Kokskugel aus dem Vorrat des Mösenknipsers Horrenkamp steckte noch in einer von ihnen.

Alles an seinem Platz.

Nur Paranoia – Bruno atmete auf.

Das Haar hatte sich im Luftzug gelöst und war von selbst zu Boden gefallen. Er hatte schlicht vergessen, die Tür abzuschließen, als er zum Laufen gegangen war. Ein Zufall und ein Versehen – so was kommt vor.

Nein. Kommt nicht vor.

Bruno lief zum zweiten Mal ins Arbeitszimmer. Das Parkett – keine Fuge größer als die andere. Das Versteck war nicht auszumachen für den, der es nicht kannte. Bruno kniete sich vor den Heizkörper und lockerte das Brett über dem schmalen Hohlraum.

Leer.

Bruno hetzte hinunter. Er hielt Passanten an und befragte sie nach einem silbernen Focus mit Hamburger Kennzeichen. Er entdeckte, dass die Kassiererin im Supermarkt freie Sicht auf die Straße hatte. Bruno stürmte in den Laden und packte die Angestellte am Kittel. Sie riet ihm, den Klingelton am Handy zu ändern.

Er rannte zurück in die Wohnung und wählte Karens Mobilfunknummer – noch immer keine Verbindung möglich. Bruno rief Irene an. Nach endlosem Klingeln wurde ihm klar, dass die Studienrätin in der Schule sein musste. Bruno fand die Nummer im Telefonbuch und ließ sich mit dem Lehrerzimmer verbinden.

Er hatte Glück. Große Pause.

Die Freundin seiner Frau gab sich zugeknöpft. »Ich hab dir doch gesagt, dass Karen erst morgen wiederkommt.«

Die Paukerin verlangte, er solle sie und seine Frau in Ruhe lassen. Irene drohte mit dem Anwalt, mit einstweiliger Verfügung.

Bruno beschimpfte sie als hässliche Schnepfe und knallte den Hörer hin.

Erst jetzt nahm er wahr, dass sein mobiles Telefon den Hummelflug spielte.

Es war Janssen.

Der alte Trainer war ratlos. Er kannte nur wenige Freundinnen seiner Tochter und die wussten nicht, wo das Mädchen steckte. Bruno riet dem Coach, es bei dem Modezaren zu versuchen.

Es klingelte an der Tür.

Bruno sah aus dem Fenster. Kein Mensch vor der Haustür. Er riss den Hörer der Gegensprechanlage aus der Halterung. »Karen?«

Ein zweites Scheppern der Glocke. Bruno lugte durch den Spion. Das Licht im Treppenhaus war erloschen. Vor der Wohnungstür eine lange Gestalt, die ungeduldig auf den Zehen wippte. Das Gesicht lag im Dunkeln.

Bruno holte die Waffe aus dem Schlafzimmer. Er öffnete und zielte.

»Willst du mich erschießen?«, fragte Engel.

Bruno senkte den Lauf. »Ich hab dich erst für zehn Uhr erwartet.«

»Sie haben mich für die Medienbetreuung eingespannt. Um zehn muss ich in der Philipshalle den Gastgeber spielen.«

»Das Dossier ist weg.«

»Die fabelhafte Akte?«

»Sämtliche Aufzeichnungen. Die Listen mit den Adressen. Die Seiten aus meinem Notizbuch. Sogar der Schnappschuss von der Geburtstagsfeier Lemkes von 1991. Das gesammelte Material.«

Auch Engel hatte schlechte Neuigkeiten: Der Kripochef hatte ihm untersagt, den Suizidfall Ingenpass weiter zu untersuchen. Der Kriminalrat war ab sofort dem Pressesprecher der Behörde unterstellt und zuständig für den bevorstehenden Boxkampf.

In der Philipshalle würden in einer Stunde die Cheerleader von Rhein-Fire proben und ein Fernsehteam hatte sich angemeldet, um einen Vorbericht zu drehen. Engel war dazu verdonnert worden, für die Fuzzis von Zeitung und Rundfunk den Grüßaugust zu markieren.

Sie hatten den Kriminalrat kaltgestellt.

Beim Kaffee besprachen sie die Konsequenzen. Da Bruno am Vortag die Adressen der mutmaßlichen Zwischenhändler an Engel durchgegeben hatte, waren zumindest diese Daten gerettet.

Der Unfalltod von Maria Buchmüller interessierte den Kriminalrat nicht die Bohne. Pommers unterlassene Hilfeleistung, Lemkes fahrlässige Tötung – nach Engels Meinung ein Nebenkriegsschauplatz. Die Aussage der Ministergattin, dass Max in der damaligen Zeit Hövel und Konsorten mit Schnee versorgt hatte, ließ ihn jedoch aufhorchen.

Der Lange fragte: »Könntest du Sonja Lemke dazu kriegen, den Sachverhalt zu Protokoll zu geben?«

»Ich denke schon. Aber die Geschichte ist über zehn Jahre alt!«

»Wie heißt die Exfreundin von Hövel?«

»Sibylle Adam, Spitzname Bille.«

»Treib sie auf und lass sie ebenfalls berichten. Wenn auch sie sich an Pommer erinnert, haben wir schon zwei.«

»Max wird es abstreiten. Er wird behaupten, Hövel hätte ihn genötigt. Jeder gute Anwalt wird die Geschichte abschmettern.«

»Egal. Je mehr wir ihm anhängen, desto besser. Es hilft, die Legende vom unbescholtenen KK-33-Leiter zu knacken.«

»Warum knöpfen wir uns nicht gleich die Mitglieder des Drogenrings vor?«

»Kommt nicht in Frage! Bloß nicht die Pferde scheu machen. Wenn Pommer und Seberich die Aktivitäten vorzeitig einstellen und alles vertuschen, sind wir die Dummen.«

Engel hatte Recht. Bruno war dennoch unzufrieden.

Der Lange brach auf zur Generalprobe der Cheerleader. Das Fernsehteam würde den Hupfdohlen des Vorprogramms unter die Röcke filmen. Medienbetreuer Engel würde fotokopierte Presseinfos verteilen, die keinen interessierten.

Kaltgestellt.

Bruno wählte erneut die Privatnummer der Studienrätin. Karen ging nicht ran. Irene war noch in der Schule.

Er knallte den Hörer auf die Gabel.

Wozu hatte seine Frau ihn beschattet? Warum hatte sie das Dossier gestohlen?

65.

Seine Mutter schaufelte ihm eine doppelte Portion Braten auf den Teller. Sie klemmte die Tickets mit einem Magneten an die Kühlschranktür. Bruno hatte anständige Plätze zu dreißig Euro gebucht. Für sie und Herrn Farthmann, ihren Lieblingsnachbarn. Die Freikarten in der zweiten Reihe hatte er Lara und Max versprochen. Er würde Pommer nichts spüren lassen – nur nicht die Pferde scheu machen.

In den letzten Stunden hatte Bruno zwei Johnnys befragt, die Pommer und Seberich nicht rekrutiert hatten. Er fand sich in seiner Einschätzung bestätigt: Max war nicht so dumm, fremden Leuten Heroin zum Weiterverkauf anzubieten und sie dann in einem Protokoll zu erwähnen.

Julia Wegmann-Winterscheidt schrieb Postkarten. Das Lösungswort des *Blitz*-Preisrätsels vom Tage – verschiedene Absender, um ihre Gewinnchance zu erhöhen.

Sie nahm die Lesebrille ab und sagte: »Ich hab nie verstanden, was du daran findest, andern Kerlen vor den Kopf zu hauen. Nie wäre ich einverstanden gewesen, wenn Janssen mir damals nicht so hartnäckig den Hof gemacht hätte.«

Mutters Männergeschichten. Nach Vaters Weggang war sie aufgeblüht. Bruno hatte es widerlich gefunden, wenn seine Mutter am Samstagabend auf Männerfang gegangen war. In knallengen Jeans und Glitzerpullis. Dass sie sogar mit seinem Trainer geturtelt hatte, war Bruno entgangen.

»Wie geht es ihm eigentlich?«, fragte sie.

»Ganz gut.«

Die Sorgen um Hannah wollte Bruno seiner Mutter nicht auf die Nase binden.

Die Töle machte Männchen. Julia Wegmann-Winterscheidt

zupfte ein Stück Fleisch von Brunos Teller und warf es dem Hund zu. Felix schlabberte auf dem Teppich. Bruno hasste das.

Mutter beschwichtigte: »Er will auch sein Fütterchen.«

Sie schrieb seine Adresse als Absender auf die zweite Postkarte. Seines Wissens hatte sie noch nie gewonnen. Sie schrieb das Lösungswort auf ein drittes Kärtchen und sagte: »Albert ist ganz stolz auf dich.«

»Wer?«

»Flipp doch nicht gleich aus!«

»Seit wann hast du Kontakt zu ihm?«

»Ich lass mich von dir nicht bevormunden. Ich bin deine Mutter. Ich bin noch lang keine alte Schrulle, auf die man aufpassen muss. Und er ist und bleibt dein Vater.«

»Das Schwein hat dich sitzen lassen!«

»Albert würde sich sehr freuen, wenn du ihn auch zu deinem Boxabend einladen würdest.«

»Das wär ja noch schöner!«

»Außerdem treff ich mich nicht mit ihm. Wir trinken nur ab und zu einen Kaffee bei *Bittner* am Karlsplatz.«

Bruno fragte sich, worin der Unterschied lag. Er ließ den Braten stehen. Den Rest konnte die Töle haben.

Er sah, wie seine Mutter weiterkritzelte: *Albert Wegmann.*

Ein weiterer Fehlschlag: Sibylle Adam war wieder nicht zu Hause. Bruno stand vor dem Schild mit dem Schützen-Symbol und drückte minutenlang die Klingel.

Die Tür gegenüber ging auf. Eine Nachbarin gesellte sich zu ihm und offenbarte Haustratsch: Die ehemalige Redenschreiberin und Hövel-Freundin habe einen Nervenzusammenbruch erlitten. Der Krankenwagen habe sie in die Klapse gebracht.

Bruno rief in der Landesklinik an. Die Sekretärin des Chefarztes verweigerte ihm die Auskunft.

Der letzte protokollierte Johnny hieß Gideon Kirsch und bewohnte eine Sozialbauwohnung in Düsseldorf-Garath.

Eine Trabantensiedlung. Die Wohnblocks sahen alle gleich aus – nicht die Gegend, in der sich Leute aus dem Dunstkreis eines wichtigen Politikers tummelten. Bruno fragte sich, warum er Kirsch überhaupt auf die Johnnyliste gesetzt hatte.

Das Protokoll half ihm auf die Sprünge. Besagter Kirsch hatte in den frühen Neunzigern als Motivationstrainer gearbeitet – Psychokurse für Manager. Ein führender Oppositionspolitiker war mit ihm befreundet gewesen und hatte dem diplomierten Psychologen Türen geöffnet. Als die Süchtler das Telefon eines Koksdealers abhörten, fiel der Name Kirsch. Ein eifriger Staatsanwalt brachte den Psychologen auf die Anklagebank.

Kirschs Verteidiger war Fachmann in Drogenprozessen. Er legte dar, dass sein Mandant sich nicht der Anstiftung zum Handel schuldig gemacht habe, weil der Dealer ihm das Zeug aufgedrängt hatte. Der Motivationstrainer hatte das *Coke* nicht einmal erworben – es war ihm zum Genuss zur Verfügung gestellt worden. Der Anwalt lud sogar den Oppositionschef in den Zeugenstand. Der CDU-Mann bestätigte Kirschs einwandfreien Leumund. Der Psychotrainer wurde freigesprochen.

Doch kein Manager wollte danach noch seine Kurse buchen. Der Politikerfreund tat, als kenne er Kirsch nicht mehr. Der erstklassige Anwalt verschlang alle Ersparnisse. Als Motivator war Kirsch unten durch.

Der Psychologe arbeitete seitdem auf einer halben Stelle bei einem kirchlichen Verein in der Drogenberatung.

Das Protokoll endete wie üblich: Nein, ich kenne Gernot Hövel nur aus den Medien. Nein, dass er unerlaubte Betäubungsmittel konsumiert, ist mir nicht bekannt.

Bruno klingelte. Er hatte sich telefonisch angekündigt. Kirsch öffnete.

Der Psychologe bot Kaffee und Eierlikör an. Bruno verzichtete und stellte seine Fragen.

Die beiden Beamten, die ihn am vergangenen Sonntag

aufgesucht hatten, hatten Kirsch nicht unter Druck gesetzt, sondern ihn korrekt behandelt. Sie hatten keine illegalen Angebote unterbreitet.

Bruno fragte sich, ob er das H-Wort aussprechen solle. Er fragte: »Fiel Ihnen an den beiden etwas auf?«

Kirsch schenkte sich einen Eierlikör ein. »Nö. Außer dass Richie zugenommen hat.«

»Richie?«

»Der Große mit dem Schnauzbart.«

»Sie kennen Markus Seberich?«

»Wir sind auf dasselbe Gymnasium gegangen. Wir spielten beide in der Schulband. Ich hab ihn später mal als Bodyguard gesehen. Das muss in der Zeit nach dem Herrhausen-Attentat gewesen sein, als auch ein gewisser Oppositionspolitiker, der mich damals noch grüßte, 'nen Leibwächter verpasst bekam.«

»Haben Sie heute noch oder wieder Kontakt zu ihm – ich meine, zu Seberich?«

»Nein, aber damals, vor sieben, acht Jahren sind wir 'n paar Mal um die Häuser gezogen.«

»Hatten Sie den Eindruck, dass er Kokain konsumiert? Damals oder heute? Sie sind doch Fachmann auf dem Gebiet.«

»Richie war clean. Er trank höchstens mal 'n paar Bierchen zu viel. Und am Sonntag fiel mir auch nichts auf. Wieso fragen Sie das?«

»Haben er oder der andere Beamte Ihnen gegenüber Äußerungen gemacht, die auf eine Beteiligung am Handel mit Kokain schließen lassen?«

»Um Gottes willen!«

»Oder mit Heroin?« Das Wort war raus.

»Was ist in Ihrer Behörde los, dass Sie den eigenen Mitarbeitern so was unterstellen?«

Er hatte es geahnt: Jeder der Johnnys aus den Protokollen war ein Griff ins Klo. Auch der ehemalige Motivationstrainer machte keine Ausnahme.

Bruno beschwor Kirsch, dass er mit niemandem über seinen Besuch reden dürfe. Dass er Bruno anrufen solle, falls Pommer oder Seberich sich noch einmal meldeten.

Der Psychoklempner schwelgte noch einmal in den Siebzigern. Die Schulband. Songs von Led Zeppelin und Deep Purple, die sie nachgespielt hatten.

»Richie spielte die Lead-Gitarre. Sein Spitzname kommt nämlich gar nicht von der letzten Silbe seines Nachnamens, sondern von Richie Blackmore. Er konnte jedes Solo von ihm nachspielen, zumindest die langsamen Stellen. Als wir uns vor sieben, acht Jahren wieder sahen, hatte er seine Stratocaster längst an den Nagel gehängt. Aber er spielte immer noch wie ein Teufel. Im *Weißen Bären* war er der Luftgitarrenkönig.«

Der Gitarrist.

Bruno fiel der Abend in Pommers Keller ein. Seberich, wie er *Speed King* auf einer imaginären Gitarre begleitete – das Walross hatte sich den Kopf gestoßen und Eierkartons eingedellt.

Hannahs Nachricht von der Maserati-Fete: Koksdealer Schott hatte sich über Bruno aufgeregt. *Wenn dieser Bulle noch einmal Ärger macht, muss ich den Gitarristen verständigen.*

Markus ›Richie‹ Seberich führte gemeinsam mit Pommer den Drogenring an, dem Schott als Zwischenhändler diente. Als die beiden am 26. November Michael Helmer auf einem Parkplatz nahe der Rennbahn stellten und erschossen, hatte Helmer sich nicht gewehrt. Er konnte nicht ahnen, dass ausgerechnet seine Auftraggeber ihn umbringen würden.

Max und Richie – die Drahtzieher in *beiden* Mordfällen.

»Sie sehen blass aus«, bemerkte Kirsch. »Wollen Sie nicht doch 'n Likörchen?«

Beim Aufstehen stieß Bruno gegen den Tisch. Kirschs Kaffeetasse klapperte, der Schnapsbecher kippte um. Bruno entschuldigte sich und rannte aus der Wohnung.

Er erreichte Benedikt auf dessen Handy.

Der Kriminalrat war zurück im Präsidium. Er kopierte Unterlagen für eine Pressekonferenz. Als Handlanger des Behördensprechers.

Engel hörte sich Brunos Geschichte an. Er stimmte zu – alles passte.

»Ich mach sie fertig«, stieß Bruno hervor.

Der Kriminalrat beschwor ihn, nichts zu überstürzen. Vor Gericht zählten nur Beweise. Die eigentliche Wühlarbeit hatten sie noch vor sich.

66.

Auf der Rückfahrt zog sich der Himmel zu und verdüsterte sich innerhalb von Minuten. Ein Regenschauer kündigte sich mit schweren Tropfen an.

Im Autoradio hörte Bruno Loblieder auf *Puma* und *Hammer* – noch 24 Stunden bis zum Kampf.

Engel hatte Recht. Nichts überstürzen.

Der Grauschopf und der Gitarrist – Pommers Schwager war den beiden in die Quere geraten. Sie waren auf Nummer sicher gegangen. Auch bei ihrem zweiten Coup.

White Boy trifft *White Lady* – als Heinz Klee einen Abnehmer für das Heroin aus Kambodscha suchte und sich an den Dealer der alten Clique um Lemke und Hövel erinnerte, witterten Max und Richie die Chance, ihre Angebotspalette zu erweitern, ohne einen Cent bezahlen zu müssen. Sie folterten den Antiquitätenhändler, bis er die Safekombination verriet. Sie brachten Klee zum Schweigen, der ohnehin zu viel über Pommers Vergangenheit wusste.

Oberkassel, Achillesstraße. Bruno fand einen freien Parkplatz und rannte durch das Regengeprassel auf die Haustür zu.

Eine Gestalt kauerte unter dem Vordach. Sie richtete sich auf, als er näher kam.

Hannah.

»Mein Gott, warum hast du dich nicht gemeldet?«

»Ich hab's versucht.«

Bruno wollte nicht mit dem Mädchen streiten. Er war froh, dass Hannah da war.

Er nahm sie mit nach oben. »Hast du deinen Vater angerufen?«

»Keinen Bock. Der ätzt bloß rum.«

Vom Festnetzapparat aus verständigte Bruno seinen Trainer und versprach, Hannah nach Hause zu bringen. Er stöpselte das Handy ans Ladegerät.

Das Mädchen zog die Lederjacke aus und beäugte sich im Garderobenspiegel. Sie wirkte, als habe sie seit Tagen die gleichen Klamotten an. Zerknittert, leichter Schweißgeruch.

»Cool. In den Scherben kann man sich mehrfach sehen. Wär ein geiles Fotomotiv.«

»Kaffee?«

»Hast du auch Tee?«

»Nur Ayurveda-Kräuter.«

»Cool.«

Während die Beutel zogen, studierte das Mädchen die Schrift auf der Packung. Die lange Liste der Inhaltsstoffe fand sie beeindruckend. Zucker und Milch lehnte sie ab – zu viele Kalorien.

Wo sie die letzten zwei Nächte verbracht hatte, verriet sie nicht. Sie zog die Jacke wieder über und wärmte die Hände an der Tasse. Bruno fand nicht, dass es kalt in seiner Wohnung war.

Sie sagte: »Das Arsch von Zahnarzt hat das Lehrverhältnis gekündigt. Paps weiß es noch nicht.«

»Du wurdest rausgeschmissen?«

»Ich wollte sowieso nicht mehr hin. Der Chef tut freundlich zu den Patienten, aber die Füllungen, die er macht, sind das Letzte. Die Leute merken es gar nicht. Das Arsch ist ein Betrüger.«

Hannah erklärte, sie wolle nun als Profimodel arbeiten. Sie habe sowieso keine Zeit für eine Lehre, die sie nicht weiterbringen würde. Sie müsse zu sich finden. Eins werden mit dem, was ihr Karma sei. Joggen und ihren Körper im Fitnesscenter stylen, wie andere Models es auch taten.

Er fragte: »Eins werden mit dem Karma? Was soll das heißen?«

»Willst du mein neues Bauchnabelpiercing sehen? Es stellt Kali dar, die indische Göttin der Vernichtung.«

»Lass gut sein. Ich fahr dich jetzt nach Hause.«

»Du musst mir *Coke* geben.«

»Du hast genug.«

»Ich hab's verloren.«

»Was?«

»Ja. Irgendwo liegen lassen.«

Bruno packte ihren Arm. Er riss das Mädchen vom Stuhl hoch. »Dein Vater sollte dich einsperren. Du brauchst eine Entziehungskur. Eine Therapie. Du bist ein ganz und gar verkorkstes Gör!«

Er zerrte sie Richtung Tür. Ihre Plateausohlen schleiften über das Parkett.

»Du tust mir weh! Du machst mir blaue Flecken! Ich will nicht zu meinem Alten. Der ätzt nur rum!«

»Immer noch diese Rattenjacke! Ich hab dir doch gesagt, du sollst sie verkaufen. Du siehst nicht aus wie dein Karma, sondern wie eine verdammte Koksnutte!«

»Angelina Jolie trägt die gleiche Jacke. Und wenn du mich zu meinem Alten schickst, verrat ich ihm, dass du mich mit *Coke* versorgt hast.«

Bruno ließ sie los.

»Was ist?«, fragte sie. »Krieg ich jetzt endlich was? Dann arbeite ich auch weiter als deine Informantin.«

Er suchte in der Fototasche und warf Hannah die letzte Portion aus dem Toilettenkasten Horrenkamps zu. Das Mädchen riss die Folie auf und schüttete eine Prise auf den Tisch.

Bruno wählte die Nummer seines Trainers, während Hannah mit der Scheckkarte eine Line zurechtschob. Das Mädchen rutschte mit der Nase die Tischplatte entlang.

Janssen meldete sich.

Bruno erklärte dem Coach, dass seine Tochter bei ihm übernachten werde. Sie habe ihren Job verloren und ängstige sich vor der Reaktion ihres Vaters. Bruno versprach, sie morgen früh abzuliefern. Sein Trainer bedankte sich. Janssen war froh, dass seine Tochter in guter Obhut war.

Bruno hievte Karens Matratze aus dem Ehebett und bereitete dem Mädchen einen Schlafplatz im Wohnzimmer.

Lange tat Bruno kein Auge zu. Aus dem Wohnzimmer tönte leise der Fernseher. Bruno rechnete damit, dass Hannah den Schlafplatz nicht annehmen würde. Die Szenetreffs lockten. Die coolen Typen. Irgendwo in der Stadt gab es Läden, die noch aufhatten.

Bruno schlief ein. Irgendwann weckte ihn Hannah. Draußen war es noch dunkel. Kein Vogelgezwitscher, kaum ein Auto auf der Straße. Das große, dünne Mädchen kroch zu ihm ins Bett. Sie schmiegte sich an seinen Rücken. Die Matratze reichte knapp.

Sie streichelte ihn.

»Lass gut sein«, sagte er.

Hannah roch frisch und ihr Haar war feucht. Ihre Hände tasteten zärtlich.

Schließlich sah sie ein, dass sie nichts ausrichten konnte. »Du solltest es mal mit *Coke* versuchen.«

Endlich ging ihr Atem ruhig und gleichmäßig. Er traute sich nicht mehr, seine Position zu verändern. Draußen dämmerte es. Die Vögel auf dem Balkon begannen ihr Konzert.

Als Bruno am späten Vormittag erwachte, war Hannah fort. Sein Rücken schmerzte.

Der Tag des Kampfs war angebrochen.

67.

Während das Kaffeewasser durchlief, holte Bruno die Zeitung.

Im Büdchen lief das Lokalradio. Der Sprecher vermeldete, dass die 4.500 Sitzplätze der Philipshalle nahezu ausverkauft seien.

Die Verkäuferin erkannte Bruno. Eine Kundin fragte nach einem Autogramm. Bruno bezahlte das Blatt und machte, dass er wegkam.

Sein Foto und das von Thorsten Janosch auf der Titelseite.

Blitz, Donnerstag, 25.4.2002

VIER FÄUSTE FÜR DIE POLIZEI
DÜSSELDORF IST STOLZ AUF DIESE MÄNNER
›HAMMER‹ PROPHEZEIT K.O. IN DER ERSTEN RUNDE

Von Alex Vogel

Sie haben nicht vergessen, wie drei ihrer Kollegen ihr Leben lassen mussten. Das feige Verbrechen eines irren Amokläufers, der ohne Führerschein in eine Kontrolle geraten war. Vor genau fünf Monaten. Heute treten sie an, um Geld für die Hinterbliebenen der Opfer zu sammeln. Und um zu demonstrieren, dass wir auf unsere Polizei zählen können. Schlagkräftig und unerschrocken.

Polizeiobermeister Thorsten ›Der Hammer‹ Janosch (25) und Kriminaloberkommissar Bruno ›Der Puma‹ Wegmann (32). Zwei Beamte, die schon in der Jugend den Boxsport zu ihrem Hobby gemacht haben. In der Philipshalle werden sie am Abend ihre Kräfte messen. Für den guten Zweck. »Beide haben vorhergesagt, den Gegner vorzeitig auf die Bretter zu schicken«, berichtet Polizeipräsident Bewerunge voller Stolz auf seine Vorzeige-Athleten. »Thorsten Janosch will es sogar schon in der ersten Runde tun.«

Ein Kampf zweier Ausnahmesportler. Beide bestritten diverse Amateurmeisterschaften, sind bislang unbesiegt. ›Hammer‹ Janosch ist der Furcht einflößende Kraftbolzen, ›Puma‹ Wegmann der ausgebuffte Techniker. Nach Auskunft ihrer Vereine (Boxclub Kamp-Lintfort vom Niederrhein und TuS Gerresheim) sind beide topfit. Zwei Wochen waren sie vom Dienst befreit, um sich auf das Kräftemessen vorbereiten zu können. Zwei Wochen lang hatten sie nur eins im Kopf: den heutigen Kampf. Er verspricht, ein heißer Tanz zu werden.

›Puma‹ oder ›Hammer‹ – wer wird der Held von Düsseldorf?

Rund um den Fight hat Polizeipräsident Bewerunge ein tolles Programm gestrickt, gesponsert von der Destination Düsseldorf. Bevor gegen 21 Uhr der Gong zum Hauptkampf ertönt, werden ab 19 Uhr die »Pyromaniacs«, die Cheerleader des Düsseldorfer NFL-Europe-Teams Rhein Fire, die Stimmung anheizen. Für Düsseldorfer Flair sorgt anschließend Modezar Hajo Jürgens mit neuesten Kreationen.

Die Stars des Abends sind jedoch die beiden Boxsportler – stellvertretend für ihre dreitausend Kollegen, deren Kampf um unsere Sicherheit jeden Tag im Mittelpunkt ihrer gefährlichen Arbeit steht.

Bruno war beeindruckt. Eine Hymne auf die Behörde. Die Masche Bewerunges wirkte schon jetzt. Die Polizei machte Schlagzeilen – mal keine schlechten.

Er stellte sich Benedikt vor, wie er Pressemappen an die Medienfuzzis verteilte, während der Behördenleiter seine Reden schwang.

Bruno mampfte das Müsli, das Janssen verordnet hatte. Leichte Kost vor dem Kampf.

Gymnastik. Dehnübungen. Ein wenig Schattenboxen vor dem Spiegel. Er spürte, dass die Zeitungsmeldung ihn nervös gemacht hatte. Philipshalle. Scheinwerferlicht. Viereinhalbtausend Zuschauer.

Das Fernsehen würde da sein und die halbe Festung.

Das Handy meldete sich.

»Bin ich noch dein Special Agent?«

Hannah sprach leise und hastig. Die Geräusche im Hintergrund waren zu gedämpft, um sie identifizieren zu können. Es klang nicht, als ob sie zu Hause wäre. »Ich weiß, von wem das neue Material stammt. Du weißt schon, das H-Wort. Ich treff mich mit dem Kerl heute Nachmittag.« Sie flüsterte. Bruno drückte das Handy fest ans Ohr, um sie verstehen zu können. »Ich werde mich zum Schein als Dealerin ausgeben. Alle Welt weiß, dass Models alle möglichen Drogen schnupfen. Wenn er darauf reinfällt, kannst du mich bei der Übergabe des Materials verkabeln mit Mikro und Sender. Ein Scheinkauf, der observiert wird. So macht ihr das doch, oder?«

»Unmöglich! Wir müssen das vorher besprechen. Welchen Kerl meinst du überhaupt?«

»Du musst mir Straffreiheit garantieren. Nicht dass ich in etwas Illegales reinrutsche und deine Kollegen mich für eine echte Dealerin halten.«

Bruno hörte das Rauschen eines Wasserhahns. Türschlagen. Der Waschraum eines Cafés.

»Wer ist der Kerl? Mach keinen Scheiß!«

Die Verbindung brach ab.

68.

Sein Trainer hatte einen ausgedehnten Spaziergang verordnet. Mit Lara wanderte Bruno durch den Benrather Schlosspark. Trübes Wetter, aber immerhin kein Regen mehr.

Rhododendron blühte, Beete voller Tulpen. Ein Wasserbecken war leer gepumpt, eine lärmende Raupe stieß Qualm aus und schob Schlamm vor sich her. Das Flatterband einer Baufirma zwang Bruno und Lara zum Umweg.

Er dachte an Hannah. An den Kampf. An Max.

Lara mühte sich, dass die Unterhaltung nicht abbrach. Sie hatte den Mietvertrag unterschrieben. Am Wochenende würde sie die Wohnung über dem *Palumbo* beziehen, in der ihr Bruder seinen Zockertreff betrieben hatte. Bruno versprach, ihr beim Transport ihrer Sachen zu helfen. Auch Max und Richie würden mit anpacken, sagte Lara.

Der Grauschopf und der Gitarrist – die derzeit gefährlichsten Gangster der Stadt.

Er widerstand der Versuchung, Lara die Augen über ihren Bruder zu öffnen. Sie würde Bruno womöglich für verrückt erklären. Die Vorstellung, dass Max verantwortlich für die Ermordung ihres Mannes sei – Lara würde nicht stillhalten können. Sie würde den Grauschopf zur Rede stellen und der Plan, den Drogenring zu zerschlagen und die Drahtzieher zu überführen, wäre verdorben.

Nichts überstürzen, keine Pferde scheu machen.

Die Witwe fragte: »Was hast du, Bruno? Du bist so schweigsam!« Sie ergriff seine Hand.

Das Handy gab Alarm. Bruno löste sich von Lara.

Es war schon wieder Hannah. Sie flüsterte – Bruno konnte sie erneut kaum verstehen. Im Hintergrund gedämpfte Musik, wie durch eine verschlossene Tür.

»Der Typ wohnt beim Volksgarten. Emmastraße oder so. Er heißt Tobias und hat ein Gesicht wie einer aus 'nem Gruselfilm. Er redet die ganze Zeit von seiner Mutter und von einem Unfall, bei dem er sich diese schrecklichen Verletzungen zugezogen hat. Er hat mir eine schräge Theorie erzählt, dass Gifte aus chemischen Reinigungen aus dummen Leuten Neonazis machen und dass man die passenden Gegengifte auf der Basis von *Coke* entwickeln müsste, oder so. Über H haben wir noch nicht gesprochen. Er hat mir eine Line spendiert und hält mich für …«

Die Raupe brummte quer über die Allee. Bruno verstand kein Wort mehr. Schwarzer Dieselruß quoll aus dem Auspuffrohr. Die Baumaschine verschwand hinter den Stauden am Waldrand. Hannah hatte ihren Satz beendet.

Bruno rief: »Verlass sofort diese Wohnung! Das ist viel zu gefährlich für dich!«

Hannah wisperte: »Ich weiß nicht, ob Tobi wirklich der

Chef dieser Bande ist. Er ist noch ziemlich jung und quasselt so konfuses Zeug.«

»Vergiss die Idee mit dem Scheinkauf! Das Risiko ist zu groß!«

»Ich muss wieder zurück, sonst schöpft er Verdacht.«

Hannah brach die Verbindung ab.

Ebis Witwe war weitergeschlendert, um nicht zu stören. Ihr Blick suchte einen Specht, der irgendwo in den Pappeln hämmerte. Bruno holte sie ein.

Hand in Hand erreichten sie das Ende des Parks. Sie blickten über eine ruhige Landstraße auf den Rhein.

»Wer war das?«

»Dienstlich. Eine Informantin.«

»Ich dachte, du bist freigestellt wegen des Boxkampfs.«

»Eine inoffizielle Ermittlung.«

»Ach so. Spitzelarbeit für Kriminalrat Engel.« Sie meinte es als Scherz.

»Es hat mit dem Mordfall Klee zu tun. Und mit Ebi. Ich kann leider nicht darüber reden.«

»Warum? Was ist mit Thomas?«

Bruno schwieg. Hupende Autos brachen vom Parkplatz des nahe gelegenen Hotels auf. Bänder an den Antennen, Blumengirlanden auf der Kühlerhaube der weißen Stretchlimousine, die vorausfuhr. Blechdosen klapperten hinterher.

Lara sagte: »In der Morgenpost steht, ein erstklassiger Amateurboxer könne jeden Profi schlagen.«

»Die Zeitungsfritzen übertreiben.«

»Mir ist es egal, ob du gewinnst. Hauptsache, du bleibst gesund.«

»Du redest wie eine Boxerbraut.«

»Tatsächlich?«

Sie lud ihn zum Kaffee ein. Bruno konnte schlecht nein sagen. Er durfte sich nicht auffällig benehmen.

Sie fuhren zum Haus der Pommers.

Lara begutachtete die Musikkassetten im Ablagefach. Sie

wählte eine Aufnahme aus, die Bruno vor langer Zeit geschenkt bekommen hatte. Jazzmusiker interpretierten verschiedene Stücke von Prince. Bruno hatte das Tape erst einmal gehört.

»Prince hab ich früher gemocht«, bemerkte die Witwe. »Schon aus Opposition zu Max. Mit Prince konnte ich ihn aus dem Zimmer jagen. Dann legte er Hardrock auf und wir drehten in unseren Zimmern die Lautstärke hoch, bis Mutti die Sicherung ausknipste. Sie hat nur mit mir geschimpft. Max hatte Narrenfreiheit.«

Es klang nicht, als würde sich Lara darüber beschweren. Bruno erkannte, dass sie ihren großen Bruder verehrte.

Sie schob die Kassette in den Schacht. Eine Klarinette begann zu dudeln. Bevor es richtig losging, erreichten sie die letzten Häuser der Stadt.

Pommers Wagen parkte vor der Hecke. Bruno setzte den Saab dahinter an den Straßenrand. Sie stiegen aus.

Der Grauschopf rannte ihnen entgegen. »Ich muss los. Richie hat es erwischt!«

Pommer kletterte in den Mazda und startete. Seine Frau stand in der Tür – froschgrüner Minirock, das Rot ihrer Haare hatte einen Stich ins Orange. Cosimas Blick verriet Panik.

Der Mazda heulte auf, die Reifen drehten durch. Pommer raste davon.

Bruno lief zurück zum Saab.

Lara riss die Beifahrertür auf. »Ich fahr mit!«

Sie jagten über die Schnellstraße. Ein Schauer ging nieder, der Mazda vor ihnen wirbelte Sprühfontänen auf – die Scheibenwischer schrammten im Schnellgang. Pommer nahm die Holthausener Abfahrt und raste auf der Bonner Straße Richtung Innenstadt. Bruno fragte sich, was passiert war. Er hatte weder Funk noch Waffe im Auto.

Spekulationen: Ein Spezialeinsatzkommando hatte auf Initiative Benedikts das Walross festgenommen. Konkurrierende Dealer hatten dem Gitarristen einen Denkzettel verpasst. Richie hatte einen Unfall gebaut – den Kofferraum voller Drogen.

Kölner Straße – Pommer hielt auf den Hauptbahnhof zu.

Bruno drückte die Nummer der Leitstelle ins Handy. »Was ist mit dem Kollegen Seberich geschehen?«

»Mit wem?«

Der Mazda bretterte bei Gelb über die Ampel und bog nach rechts in die Werdener. Bruno blieb dran.

Er sagte: »Es soll jemanden erwischt haben.«

»Vor vierzig Minuten wurde ein Tötungsdelikt gemeldet. Meinst du den toten Tünnes?«

Pommer bog links ein und kreuzte durch das Viertel entlang der S-Bahnlinie.

Bruno fragte: »Wo war das? In Flingern?«

»Ja, Krahestraße 14, erster Stock. Die Wohnungsinhaberin heißt Claudia Sasse und hat die Leiche um 13.12 Uhr gemeldet. Wie kommst du darauf, dass ...«

Bruno würgte das Gespräch ab.

Claudia Sasse.

Pommers Mazda stoppte in einer Einfahrt. Max sprang aus dem Wagen. Bruno erkannte das Haus Nummer 14 und würgte den Motor ab. Vor ein paar Monaten hatte er hier die Kosmetikverkäuferin abgepasst und war ihr zur Karstadtfiliale an der Schadowstraße gefolgt.

Claudia Sasse: überlange, weiß lackierte Fingernägel und aufgemalte Striche an Stelle von Augenbrauen – Ebis Mörder war ihr Exfreund gewesen.

Claudia Sasse: *Tut mir Leid um Ihren Partner.*

In zweiter Reihe parkte ein weinroter Passat. Bruno tippte auf einen Zivilwagen der Mordermittler. Richtig: Drinnen saßen Blondschopf Becker und die Parfümtussi. Becker redete auf sie ein. Sasse heulte in ihr Taschentuch.

Max erreichte den Hauseingang. Bruno rannte hinterher, gefolgt von Lara, die nicht im Auto warten wollte. Ein Uniformierter wollte sie nicht ins Haus lassen. Der Grauschopf schubste den Kuttenträger beiseite. Bruno zückte seinen

Dienstlappen. Der Schupo begnügte sich damit, Lara den Zutritt zu verwehren.

Auf dem Treppenabsatz weitere Uniformierte, die mit Hausbewohnern diskutierten. Es roch penetrant nach Bohnerwachs. Die Funzel an der Decke flackerte. Düstere, braun gestrichene Wände. Ein Kinderwagen stand im Weg. Max drängte sich durch. Er schien zu wissen, wo die Wohnung lag.

Ein Stockwerk höher trafen sie auf Ela Bach und zwei ihrer Kollegen. Die Mordermittler waren dabei, in weiße Overalls zu steigen.

Max schob sich weiter.

»Du kannst da nicht rein!«, protestierte Ela.

Sie hielt Bruno am Ärmel fest. Er schüttelte sie ab.

Die Wohnung: Lavendelgeruch, weiße Fliesen im Flur, ein Filmplakat an der Wand – ein Ring und vier Hobbits. Gegenüber ein Spiegel, hinter den Schnappschüsse aus dem Urlaub geklemmt waren: Richie und die Parfümtussi in den Bergen, Richie und Max mit Pappnasen und Karnevalskappen. Immer wieder Seberich – keins der Fotos zeigte Helmer, den Polizistenmörder.

Gerüchte, Spekulationen, scheinbare Zeitungsenten: Der Amokläufer habe als Polizeispitzel gearbeitet. Seine Freundin habe ihn mit einem Polizisten betrogen.

Kriminaltechniker in weißer Plastikmontur sammelten Staub ein, der von einer Schuhsohle stammen konnte. Sie diskutierten den möglichen Tathergang. Sie stellten Schilder auf und machten Bilder. Ein Küchenmesser und eine Rohrzange lagen auf den kahlen Fliesen, beide Werkzeuge blutverschmiert. Die Techniker fotografierten Spuren an einer Tür. Der Raum dahinter war blendend hell ausgeleuchtet.

Max schlängelte sich durch. Er kümmerte sich nicht um die Warnungen der Kollegen.

Bruno folgte.

Hinter der Tür befand sich das Schlafzimmer. Die Techniker hatten zwei Scheinwerfer aufgestellt. Bruno erhaschte einen Blick: Das Bett war tadellos gemacht, die Tagesdecke war versaut – Blutflecken.

Ein Overallträger breitete die Arme aus: bis hierher und nicht weiter.

»Richie war mein bester Freund«, raunzte Max ihn an. »Er war mein Stellvertreter im KK 33.«

Ein Techniker drückte ihm Überzieher aus weißem Plastik in die Hand. OP-Dinger für die Schuhe. Bruno bekam auch ein Paar. »Streift euch das drüber. Und fasst um Gottes willen nichts an. Sonst können wir gleich einpacken.«

Sie gehorchten. Der Kriminaltechniker ließ sie ins Zimmer.

Richie saß aufrecht in einem Rattansessel. Das Kinn ruhte auf der Brust. Der Täter hatte das Walross festgebunden – Oberkörper, Handgelenke und Waden waren mit gelber Wäscheleine an den Sessel fixiert. Geronnenes Blut im schütteren Haar. In braunroten Streifen war es bis über das Gesicht geflossen und verklebte Koteletten und Schnauzbart. Das Hemd vor dem Bauch durchtränkt. Eine Pfütze auf dem Teppich. Die Hände des Toten waren verschmiert und unnatürlich klein.

Bruno begriff: Verstümmelungen, die Seberich zugefügt worden waren, als er noch gelebt hatte.

Max ging auf die Knie und heulte los.

Brunos Magen rebellierte. Zehn abgetrennte Finger lagen in der Pfütze unter dem Sessel. Bruno wankte aus dem Zimmer und holte Luft.

Im Treppenhaus diskutierten Kollegen. Bruno schnappte das Wort ›Serienmörder‹ auf. Bruno hörte, wie Blondschopf Becker seiner Chefin Bericht erstattete: Zur fraglichen Zeit hatten Nachbarn ein Auto gesehen, das auf dem Behindertenparkplatz vor dem Eingang geparkt war.

Ein Ford Focus, silbermetallic.

Bruno rannte hinaus auf die Straße. Den Bohnerwachsgeruch ertrug er nicht länger.

Er mischte sich unter die Schupoleute und erfuhr, dass

Claudia Sasse den Leichenfund gemeldet hatte. Für die Tat gab es keine Zeugen.

Ein Blick auf die Zeitanzeige im Display des Mobiltelefons: In zwanzig Minuten sollte Bruno in der Philipshalle sein. Er versuchte zum x-ten Mal, Karen zu erreichen.

Er brüllte auf die Mailbox seiner Frau: »Was zum Teufel hast du getan?«

Die Straße füllte sich mit Streifenwagen. Es sprach sich herum, dass wieder ein Kollege ermordet worden war. Jeder wollte helfen. Die Aufregung des 26. November saß allen noch in den Knochen: der Hass auf Polizistenmörder, die Empörung über Obermuftis, die keine Ahnung davon hatten, was der kleine Beamte tagtäglich riskierte, und die Wut auf Politiker, die das Geld für die nötige Schutzausrüstung verweigerten.

Bruno erkannte Breitling, den jungen Kommissar der Polizeiinspektion Ost. Breitlings Aussage gegenüber Engel, in Brunos Beisein: *Pommer hat den mutmaßlichen Amokläufer erschossen. Seberich und ich haben ihm geholfen, es wie Selbstmord aussehen zu lassen* – ein wichtiges Puzzlestück in der noch lückenhaften Indizienkette.

Breitling fragte: »Stimmt es, dass es sich da drin um Seberich handelt?«

»Ja.«

»Ich hab's mir überlegt, Wegmann. Der Kriminalrat macht mir die Hölle heiß, aber ich tu, was du gesagt hast. Kein schriftlicher Bericht. Ich hab nichts gesehen. Ist besser so.«

Ein Streifenwagen ließ kurz das Martinshorn aufheulen. Grün-weiße Vectras stauten sich. Ein erstes Kamerateam stand auf der anderen Straßenseite und filmte.

»Unmöglich!«, sagte Bruno. »Du musst bei deiner Aussage bleiben!«

Der junge Schupokommissar trat dicht an ihn heran und raunte in sein Ohr: »Wozu? Erstens hätte jeder von uns den Amokläufer ausgeknipst. Zweitens ist dieser Engel längst abserviert, wie man hört. Ich drück dir jedenfalls die Daumen für den Kampf, Kollege.«

Der Uniformierte lief zu seinem Einsatzfahrzeug. Eine Gruppe von Kuttenträgern versammelte sich. Die Kollegen beratschlagten – Jagdfieber lag in der Luft.

Bruno versuchte, Engel zu erreichen. Auch bei ihm nur die Mailbox. Wahrscheinlich geleitete der Lange Zeitungsfritzen zum Interview mit dem Behördenchef.

Lara klopfte von innen gegen die Windschutzscheibe des Saab. Bruno stieg ein. Keine Zeit mehr für Kaffee und Kuchen. Lara meinte, angesichts des Mords an Richie sei das bevorstehende Boxspektakel unpassend. Das Walross sei ein prima Kumpel gewesen. Sie könne es nicht fassen, dass jemand Seberich dermaßen gehasst habe. Die Behörde müsse den Boxkampf verschieben.

Bruno rangierte. Der Rechtsmediziner fuhr vorbei. Der Wagen der Bestattungsfirma hielt mitten auf der Straße. Bruno winkte ihn in eine Hofeinfahrt, um wegzukommen.

Lara stellte Fragen. Bruno nannte keine Details – nicht die abgeknipsten Finger, kein Wort über die Ähnlichkeit mit dem Mordfall vor gut zwei Wochen. Das Getuschel der Kollegen im Treppenhaus schwirrte durch Brunos Gedanken: *Serienmörder.*

Bruno trat das Gaspedal durch und ließ den Saab über das Pflaster donnern. Er wich rutschigen Straßenbahnschienen aus.

Der Hummelflug schrillte los. Bruno tastete nach dem Handy.

Vor ihm flammten Bremslichter auf. Bruno setzte zum Überholen an. Eine Bahn raste ihm entgegen und bimmelte.

Lara schrie auf: »Vorsicht! Halt an, wenn du telefonierst!«

Bruno bremste ab und schlich hinter dem Vordermann her. Er fand die richtige Taste und würgte Rimski-Korsakow ab.

Engels Stimme fragte: »Was soll das bedeuten?«

69.

Ein Raum am Ende des seitlichen Foyers war zur VIP-Lounge hergerichtet worden. Dutzende von Promis und weniger bekannte Gäste der Sponsoren auf Barhockern und an Stehtischen.

Bruno entdeckte seinen Gegner Janosch und sagte hallo. Der Polizeipräsident nahm sie in Beschlag und führte sie herum.

Bewerunge dachte nicht daran, den Kampf abzublasen. Jetzt erst recht: Die Polizei müsse Flagge zeigen. Ein fehlgeleiteter Irrer habe es auf Polizeibeamte abgesehen. Solchen Verbrechern dürfe die Behörde keinen Anlass zum Triumph liefern. *Wir lassen uns nicht entmutigen.*

Sie wanderten von Tisch zu Tisch. Unaufhörliches Händeschütteln: der Messechef, der Bäckereikettenmogul und seine junge Freundin, Frau Henkel und Herr Kaufhof, der Autohändler, der nie ein Event ausließ. Der Oberbürgermeister prüfte Brunos Bizeps, Innenminister Lemke klopfte ihm auf die Schulter – Sonja Lemkes Betonfrisur war nicht zu erspähen.

Kellner reichten Häppchen und Champagner. Die VIPs rissen ihnen das Zeug vom Tablett.

Der Modezar hielt Hof inmitten einer Gruppe älterer Damen mit dicken Klunkern und blau gefärbtem Haar. Die hübsche Tante aus der Spinatwerbung keifte ihren Dauerverlobten an. Dessen Eltern versuchten, die Fassung zu bewahren. Der Professor der Kunstakademie trug einen Nadelstreifen-Dreiteiler, schwenkte seinen Gehstock und dozierte über die Ästhetik des Faustkampfs: Boxen als Bild des Lebens, seiner Schönheit und Verletzlichkeit – der Malerfürst quasselte sich in einen regelrechten Rausch, seine Begleiterin gähnte. Der Sänger der Toten Hosen verlangte Altbier vom Kellner.

Bruno und Janosch mussten Autogramme auf Servietten und Bierdeckeln geben.

Die *Pyromaniacs* hopsten herein. Rote Bikinis mit weißem Kunstpelzbesatz – Sondervorstellung für die Gäste des Sponsors. Die Cheerleader von Rhein Fire schwangen Arme und Beine.

Sie schrieen im Chor: »PUMA LOS, HAMMER GROSS!«

Zum Abschluss sprangen die Cheerleader in den Spagat.

Der Präsident der Kunstakademie qualmte Cohiba und glotzte den Hupfdohlen auf die Höschen. Seine Begleiterin turtelte mit dem Sänger der Toten Hosen.

Der Polizeipräsident führte Bruno und seinen Gegner weiteren wichtigen Leuten vor – Wirtschaft und Politik. Verstohlen beäugte Bruno seinen Gegner. Janosch überragte ihn und sein Körper sprengte fast das Sakko. Das breite Lächeln des jungen Polizeiobermeisters zeigte keinerlei Anflug von Selbstzweifel.

Bruno entdeckte Janssen. Sein Trainer hatte sich mit gebeugtem Rücken in eine Ecke verkrochen und klammerte sich an ein Glas mit Orangensaft. Er nippte und hustete. Der Coach winkte herüber, sein Lächeln misslang.

Die *Pyromaniacs* verteilten Autogrammkarten.

Lara erduldete einen Flirtversuch des Kunstprofessors. Der Silberknauf an seinem Gehstock stellte den eigenen Kopf dar. Lara sandte Bruno ein Zwinkern – sie war eindeutig die schönste Frau im Saal.

Ein Mann mit Hut kam mit Gefolge durch die Tür getorkelt. Ein bekannter Schauspieler, aus München eingeflogen. Ein paar Cheerleader stellten sich spontan in Pose und hopsten noch einmal. Der Fernsehstar zog seinen Hut, verbeugte sich mit unsicherem Ausfallschritt und betatschte *Pyromaniac*-Popos. Die Hupfdohlen kicherten unsicher.

Eine Rothaarige im Cheerleaderkostüm steckte Bruno ein Kärtchen zu. Er las: Kickhöhe 200 cm, Schreistärke 108 dB – nicht die Werte, auf die er stand.

Bruno wehrte Champagner und Häppchen ab. Lara ließ

den Schauspieler abblitzen. Die Hübsche aus der Spinatwerbung schickte ihren Verlobten los, Mineralwasser einer bestimmten Marke zu besorgen. Als er weg war, glotzte sie Lara in den Ausschnitt.

Der Behördenleiter stellte Bruno und Janosch einem mittelalten Brillenträger im hellblauen Anzug vor. Bewerunge sagte: »Der Prophet des Techno. Siegmar Schott hat eure Hymnen komponiert, und zwar gratis!«

Der Polizeipräsident dankte dem Musiker. Bewerunge buckelte vor dem Kerl. Der Musiker murmelte etwas vom guten Zweck.

Bruno befühlte den hellblauen Anzugstoff. »Prada?«

Schott zeigte schlechte Zähne. »Sie kennen sich aus.«

Die Trainerin der *Pyromaniacs* sammelte ihre Hupfdohlen ein. Ein Klingeln ertönte. Die VIPs strömten in die Halle, um ihre Sitze einzunehmen. Die billigen Ränge waren bereits besetzt.

Tausende von Menschen im Halbdunkel der großen Halle. Der Ring strahlte im gleißenden Licht der Deckenscheinwerfer.

Lara wünschte Bruno Glück und gab ihm einen Kuss.

Klamottenständer wurden hereingerollt, ein Schwarm von Models folgte. Die Kleiderpuppen fielen dem Modezaren um den Hals. Bussi hier, Bussi da, fröhliches Gegacker. Erweiterte Pupillen ließen auf *Coke* schließen, stecknadelkopfkleine auf H.

Bruno schaute sich vergeblich nach Hannah um.

Ein Assistent des Modezaren scheuchte ihn aus dem Raum.

Die Waage stand im Vorraum zu den Garderoben. Die Offiziellen trudelten ein: Ringrichter, Ärztin, Zeitnehmer. Drei Punktrichter, ein Protokollführer, der Delegierte des Landesverbands. Zwei Sekundanten pro Kämpfer – als Letzter schleppte Wilfried seine Sporttasche an.

Kriminalrat Engel begrüßte die Versammelten.

Aus dem Saal brandeten Beifall und Gejohle. Der Auftritt der *Pyromaniacs* war die Nummer eins des Vorprogramms.

Wilfried legte Brunos Startausweis und die Boxtauglichkeitsbescheinigung vor. Die Ärztin leuchtete Bruno in die Augen und fragte ihn, ob er gesund sei.

Aus dem Saal drangen die Sprechchöre: »Ausziehen, Ausziehen!«

Die Hupfdohlen skandierten: »Puma los, Hammer groß!«

Bruno zog sich um: Tiefschutz, rote Hose, rote Stiefel. Janssen half ihm beim Bandagieren und redete ihm gut zu. *Immer schnell raus, die Dinger. Immer schön zubleiben. Konzentrieren und kontern*.

Als Bruno in den Vorraum zurückkehrte, nahm ihn Engel beiseite. Sie steuerten die Toilette an. Der Lange verriegelte von innen die Tür.

Klosteingeruch, summende Neonröhren, herumfliegende Papiertuchfetzen.

Bruno sagte: »Du und ich allein an einem idyllischen Ort. Was wird das geben?«

Benedikt fuhr ihn an: »Breitling weigert sich, seinen Bericht abzugeben. Dank dir haben wir immer weniger in der Hand!«

»Er wird es sich überlegen.«

»Wird er nicht. Der Kerl ist ein Opportunist. Er weiß, dass ich derzeit keinen Druck ausüben kann. Was ist mit Sonja Lemke und dieser Exfreundin von Hövel? Wie heißt die Tante noch mal?«

»Sibylle Adam.«

»Wird es wenigstens schriftliche Aussagen von den beiden geben?«

»Lass mich erst mal kämpfen. Morgen kümmere ich mich darum.«

»Scheiße, mir läuft die Zeit davon!« Der Kriminalrat tigerte zwischen Pinkelbecken und Putzeimer auf und ab. Er trat nach Papierfetzen und wirbelte sie auf. »Es heißt, ich soll Anfang Mai zum Landeskriminalamt versetzt werden!«

»Klingt nach steiler Karriere.«

»Vier Fünftel der Beamten dort tun nichts anderes als Statistiken schreiben, die dem Innenminister ins Konzept passen müssen. Lieber schaffe ich als Bananenbieger bei Dole.«

»Ich habe Seberichs Leiche gesehen.«

»Und? Was ist da vorgefallen? Ich hab vorhin mit Ela Bach telefoniert und sie meint, die Handschrift des Mörders sei exakt die gleiche wie im Fall Klee. Was zum Teufel bedeutet das?«

»Was hat sie noch berichtet? Gibt es brauchbare Spuren?«

»Bis auf den silbergrauen Focus noch nichts. Wie soll das alles zusammenpassen?«

Als sie die Toilette verließen, wartete ›Hammer‹ Thorsten Janosch vor der Tür. »Das dauert ja 'ne Ewigkeit! Labert ihr immer so viel beim Liebemachen?«

Der Ringrichter bat Bruno auf die Waage. Auch der Unparteiische hatte sich umgezogen: weiße Hose, weißes Hemd, schwarze Fliege.

Bruno hatte nur wenig zugenommen. Janosch kam von der Toilette zurück und ließ sich ebenfalls wiegen. Unterschiedliche Gewichtsklassen, aber die Differenz lag im erlaubten Rahmen. Der Ringrichter überprüfte die Bandagen.

Die Musik in der Halle wechselte. Eine Bigband und ein Sänger, der Mühe hatte, die Töne zu treffen. Bruno lugte durch einen Türspalt: Im Ring stolzierte der Modezar, auf den Silberlocken einen Zylinder, im Arm ein Model im weißen Abendkleid. Der Text rühmte die schönste Stadt der Welt und meinte Düsseldorf. Die Musik kam vom Band – selbst auf die weite Distanz erkannte Bruno, dass die Mundbewegungen des Modezaren nicht synchron waren. Silberlocke schwenkte den Zylinder und bekam dünnen Applaus. Das Mannequin himmelte ihn an.

Ein Laufsteg führte vom Seiteneingang zum Ring. Dünne Mädels stelzten im Licht eines Scheinwerfers, der sie verfolgte. Dünne, langbeinige Frauen wie Hannah – flache Brüste und scharfe Hüftknochen. Sie trugen Glitzerroben, wallende Mäntel, Korsagen mit Straußenfedern. Dünne Fummel, durch die man fast durchgucken konnte.

Erneut kam Stimmung auf. Rhythmisches Klatschen, das aus dem Takt der Musik geriet. Munteres Gegröle: »AUSZIEHEN, AUSZIEHEN!«

Die Mädels flanierten durch den Ring und lächelten höflich.

Hannah war nicht dabei – die angebliche Nummer eins des Modezaren.

Bruno studierte die Ränge. Seine Mutter und ihr Nachbar Farthmann hatten Plätze in Reihe zehn. In der Masse, die Bruno von seiner Tür aus im Blick hatte, konnte er die beiden nicht ausmachen. Ein Gutteil der Zuschauer trug Uniform – Kollegen, die aus halb Nordrhein-Westfalen angereist waren. In den vorderen Reihen die Promis: Die Spinatwachtel nippte Mineralwasser, der Malerfürst glotzte ins Leere, der Polizeipräsident redete auf den Schauspielstar ein und markierte Hakenschläge. Der Platz neben Innenminister Lemke war frei geblieben.

Ein kräftiger Bursche in Jeans und Rollkragenpulli zwängte sich durch die Reihen. Graues Haar, zum Pferdeschwanz gebunden. Grimmiger Blick, der sich nicht aufhellte, als Lemke ihn ansprach und ihm die Hand reichte. Max Pommer schob sich weiter und nahm neben Lara Platz.

Die Geschwister tuschelten. Laras Zimthaar leuchtete, als reflektiere der Ring das Scheinwerferlicht nur in ihre Richtung.

Der Applaus wurde ohrenbetäubend. Die Leute auf den hinteren Rängen trommelten mit den Schuhsohlen auf den Boden. Der Verfolgerspot traf ein Mannequin, das regelrecht über den Steg schwebte. Sie trug nichts als ein eng anliegendes schwarzes Netz. Weiße Haut schimmerte durch weite Maschen. Der Jubel erfasste auch das Publikum auf den teuren Plätzen. Der Malerfürst warf die Zigarre weg und pfiff auf den Fingern. Die Hübsche aus der Spinatwerbung starrte mit offenem Mund. Lemke applaudierte, als gelte es, auf dem Parteitag einen Vorsitzenden zu bestätigen. Der Schauspieler erhob sich, schwankte zum Ring und warf dem Mädel eine Kusshand zu.

Hannahs Rolle, dachte Bruno. Die Tochter seines Trainers hätte das Netzteil vorführen sollen. *Ich werde dir die Show stehlen. Ich werde euch Boxer auf den zweiten Platz verweisen.* Der Modezar dackelte hinter der Frau her. Er schwenkte den Zylinder und verbeugte sich. Das Publikum hatte nur Augen für das Model im Netzanzug.

Einzig Pommer sah nicht hin. Bruno folgte dem Blick des Grauschopfs und entdeckte Tobias Lauffer, den jungen Taxifahrer. Das Narbengesicht stand neben dem Haupteingang und hob den Daumen kurz in Pommers Richtung. Der Grauschopf schüttelte den Kopf.

Der Sprecher kündigte den ersten Vorkampf an. Zwei Junioren aus Gerresheim und Kamp-Lintfort, junge Bürschchen mit klobigem Kopfschutz, der zu locker saß. Die Jungen hatten mehr Schiss vor dem Publikum als vor dem Gegner.

Janssen brachte Bruno die Handschuhe. Rot und kleiner als die, mit denen er trainiert hatte. Der Coach verschnürte sie, band Schleifen am Gelenk und umwickelte es mit breitem Klebeband.

»Merk's dir, der Kampf findet im Kopf statt. Was die Kondition anbelangt, bist du ihm ebenbürtig.«

»Ich hoff's.«

»Nein, du musst es wollen! So sehr, dass du an nichts anderes denken kannst!«

Bruno versuchte es. Er hüpfte auf der Stelle und schwang die Arme. Er ließ den Kopf kreisen, um das Genick zu lockern. Janssen schmierte ihm das Gesicht mit Vaseline ein, damit die Haut nicht so rasch platzen konnte.

Die Stimme des Sprechers dröhnte durch die Halle. Kohlenpottdialekt, der Bruno an einen bekannten Fußballkommentator erinnerte: »Wie Sie alle wissen, dient der Erlös dieses Abends den Hinterbliebenen der tapferen Polizeibeamten, die im November letzten Jahres einem Polizistenmörder zum Opfer gefallen sind. Wie wir eben erfahren haben, wurde vor wenigen Stunden in dieser Stadt ein neuer, feiger Mord an einem Polizeikollegen verübt. Der Veranstalter hat entschieden, den Kampf trotzdem nicht abzusagen, denn verschieben bedeutet zurückweichen und Schwäche zeigen – ein falsches Signal im Kampf gegen das Verbrechen. Wir wünschen uns, dass der Mörder von Markus Seberich so rasch wie möglich gefasst und verurteilt wird. Der Erlös dieses Abends soll auch seiner Familie zugute kommen.«

Donnernder Applaus. Soviel Bruno wusste, war Richie kinderlos und unverheiratet gewesen.

»Markus Seberich wurde vierundvierzig Jahre alt. Er war Kriminaloberkommissar und befand sich im Dienst, als er getötet wurde. Seine Freunde nannten ihn Richie. In ihrem Gedenken bleibt Richie der unbescholtene Kämpfer für Recht und Ordnung. Ich bitte Sie, mit einer Schweigeminute des Ermordeten zu gedenken.«

Tausendfaches Stühlerücken. Jeder erhob sich. Der Malerfürst faltete die Hände. Der Mattscheibenstar nahm den Hut ab. Max Pommer rieb sich die Augen. Lara nahm den Grauschopf in den Arm.

Bruno versuchte erneut, seine Mutter zu erspähen. Er zählte die Reihen ab. Offenbar saß sie in einem Winkel, den sein Blick nicht erreichte.

Die Stille war vollkommen, nicht einmal ein Husten.

Der Sprecher dankte.

Die erste Hymne dröhnte los – schwellende Computerklänge. Janssen hängte den Mantel über Brunos Schultern. Silberner Stoff, *TuS Gerresheim* in Rot auf dem Rücken.

Janssen brummte: »Bring deine Fäuste. Täusch ihn, wie ich's dir beigebracht habe. Deck ihn mit Finten ein, bis er offen ist. Dann nach vorn. Aber verausgab dich nicht!«

»Werd ich nicht.«

»Aber auch nicht zu langsam sein. Und keine Blöße geben!«

Der Spot erfasste Bruno. Ein Klaps schickte ihn auf den Steg. Techno-Beats setzten ein. Bruno erinnerte sich an seine Rolle. Er deutete ein Tänzeln an und ließ die Arme schlenkern.

Pfiffe und Applaus hielten sich die Waage.

Sein Blick suchte Lara. Der Verfolgerspot blendete. Vier Seile umspannten den Ring, sechs mal sechs Meter auf einem Podest hoch über dem Hallenboden. Elastischer Belag, obenauf eine Plane. Bruno blieb mit dem linken Fuß am Seil hängen und überspielte das Stolpern mit einem Tänzeln. Er winkte ins Publikum.

Zurufe und vereinzeltes Klatschen.

Der Stadionsprecher umklammerte ein drahtloses Mikro. Bruno erkannte ihn. Es war tatsächlich der Fußballkommentator. Bruno hörte die Ruhrpottstimme doppelt – das Echo dröhnte aus den Boxen der Saalanlage. Der Sprecher legte sich mächtig ins Zeug.

»IN DER RRROTEN ECKEEE …«

Das Pott-Organ zählte Brunos Größe, Gewicht und Alter auf. Dreißig Siege, fünf davon durch Knock-out. Keine Niederlage – eine Bilanz, die sich sehen lassen konnte.

»BRRRUNOOO WEGMANN, DER PUMAAA!«

Brunos Beitrag zum Affentheater: Er riss die Arme hoch und drehte sich in alle Richtungen.

Der Jubel wurde lauter. Die Pfiffe überwogen.

Die Hymne wurde erneut aufgedreht. Heroisch wirkende Akkorde zum stampfenden Rhythmus.

Janosch erschien im schwarzen Mantel. Der Hammer hopste schattenboxend auf den Ring zu und zeigte die Zähne. Der Saal kochte sofort. Janosch war der Liebling der Viereinhalbtausend.

»IN DER BLAUEN ECKEEEE …«

Der Kommentator trug vor: Janosch war jünger, größer und schwerer. Halb so viele Siege, aber doppelt so viele Knock-outs. Das Mörderkonto eines neuen Fixsterns am Boxerhimmel.

»THORSTEEEEEN SEIFERT, DER HAMMERRRR!«

Janosch reckte die Faust. Das Publikum war auf den Beinen und klatschte. Auch Bruno winkte, Pfiffe mischten sich unter den Jubel. Max nickte herüber. Lara warf Bruno Kusshände zu.

Ein Cheerleader-Mädchen stapfte durch den Ring. Die Hupfdohle trug einen roten Bikini mit Stringtanga und schwenkte eine Tafel in jede Richtung: *Eins.*

Der Ringrichter überprüfte die Handschuhe. Wilfried nahm Bruno den Umhang von den Schultern. Janssen schob ihm den Mundschutz zwischen die Zähne.

Dann stand Bruno allein in seiner Ecke.

Die Musik klang aus. Der Zeitnehmer rief von unten: »Ring frei, erste Runde.«

Der Ringrichter belehrte Bruno und seinen Gegner, sportlich zu bleiben. Er befahl den Handschlag. Die Fäuste von *Puma* und *Hammer* trafen sich in der Ringmitte. Stille im Saal. Auf Janoschs Gesicht glänzte eine Cremeschicht. Er bekreuzigte sich und bleckte den roten Mundschutz.

Der Gong.

Der Ringrichter kommandierte: »Box!«, und trat beiseite.

Janosch nahm die Fäuste hoch. Bruno griff an.

Er wollte es. Er versuchte, an nichts anderes zu denken.

70.

Bruno entdeckte die Überraschung in Janoschs Augen. Er ließ dem Gegner keine Chance zu kontern. Die erste Kombination schloss Bruno mit einem Haken ab, der die Rippen des Hammers traf. Er wich zurück, erwartete den Gegenangriff, tauchte weg, tänzelte, lauerte auf eine Lücke in der Deckung des Gegners und traf mit einer Geraden. Janosch duckte sich hinter seine Fäuste. Bruno deckte ihn mit einem kurzen Trommelwirbel ein und ging wieder auf Distanz. Er war geladen.

Das Publikum reagierte zurückhaltend. Bruno wusste, dass er es rasch auf seine Seite ziehen würde, wenn er so weitermachte. Er ließ die Fäuste hängen, um zu provozieren. Janosch stiefelte auf ihn zu. Die Hammer-Gerade ging ins Leere, Bruno tauchte einfach weg. Einige Zuschauer johlten und pfiffen.

Er tänzelte fast auf der Stelle. Als Janosch angriff, blockte er den wuchtigen Schlag ab, parierte mit einem Konter, trat nach vorn und boxte gegen Körper und Deckung des Hammers, bis sein Gegner ihn festhielt. Der Ringrichter trennte.

Bruno registrierte, dass Janosch seine Taktik änderte. Nicht mehr versuchte, sofort in die Halbdistanz zu kommen, um Haken zu landen, sondern seine Reichweite ausspielte, um Bruno fern zu halten. Auf dem Mundschutz kauend tanzte Bruno durch den Ring und beschäftigte Janosch, so gut er konnte.

Gegen Ende der Runde drehte der Hammer auf. Die Menge wurde wach. Bruno ließ den Gegner kommen, hoffte auf eine erneute Blöße, die Janosch sich geben würde.

Er tauchte vor der ersten Faust weg. Die zweite Gerade streifte schmerzhaft sein Gesicht. Bruno riss die Fäuste hoch, schaffte es, den Trommelwirbel abzublocken, schlug in die erste Lücke und traf. Spucke spritzte, Schweiß sprühte.

Bruno ließ einen Hagel von Hieben folgen, der an der Deckung des Gegners verpuffte.

Er trat zurück, um Luft zu holen. Janosch stand am Ring und schüttelte sich übertrieben, um Bruno zu verhöhnen. Bruno ging ran und versuchte, Haken zu landen, doch sein Gegner wich aus.

Der Gong schepperte blechern.

Janssen schwenkte den Sitz aus. Wilfried stellte den Eimer ab. Bruno spuckte den Mundschutz aus. Er packte mit beiden Fäusten den Becher, spülte den Mund, spie den ersten Schluck in den Eimer, trank den zweiten. Er atmete heftig.

»Meine Runde. Den hab ich ganz schön erwischt«, keuchte Bruno.

Wilfried presste den Eisbeutel gegen seinen Wangenknochen.

Janssen raunzte: »Verausgab dich nicht so. Pass auf deine Deckung auf. Janoschs halber Treffer am Schluss hatte mehr Wucht als alles, was du gegen ihn aufgebracht hast.«

Bruno erwiderte: »Der eine hat die Muskeln, der andere die Ausdauer und das Auge.«

»Unsinn! Biet dich nicht so an!«

Die Hände des Trainers machten sich an seinem Gesicht zu schaffen. Dehnten die Haut, klopften sie, schmierten frische Vaseline drauf.

»Und versuch nie wieder, den Ali zu spielen!«

Ein neues Nummerngirl wedelte mit der Tafel. Der Stringtanga-Arsch wackelte vor Brunos Nase. Der Zeitnehmer rief, der Gong tönte.

Zweite Runde.

Etwas brannte in Brunos Augen. Janosch stapfte in die Ringmitte. Bruno tänzelte und ließ den Hammer kommen. Neues Spiel: ausweichen, kontern – Bruno nahm den roten Mundschutz des Gegners als Ziel und landete beim ersten Schlagabtausch einen Treffer. Schweiß spritzte. Der Hammer trat zurück, schob seinen Mundschutz zurecht, duckte sich und griff wieder an, scheinbar unbeeindruckt.

Brunos Augenbrennen wurde schlimmer. Wie durch einen Schleier nahm er den Gegner und die schwarze Fliege des Ringrichters wahr. Die Gesichter in den ersten Reihen verschwammen zu einer Masse.

Janoschs Schlaggewitter kam auf ihn nieder. Bruno verschanzte sich hinter seine Fäuste. Janosch landete einen Haken gegen Brunos Brustkorb. Für einen Moment blieb ihm die Luft weg und er klammerte. Die Rippen brannten. Er hielt Janoschs Arme fest. Der Ringrichter zerrte und trennte.

Bruno tänzelte, ständig die Richtung ändernd. Er sah so gut wie gar nichts mehr. Er versuchte, den wuchtigen Haken des Hammers zu entgehen. Pfiffe und Gejohle. Bruno unternahm Scheinangriffe, denen er nichts folgen ließ, außer einer Flucht in die Seile. Mit Ausweichmanövern brachte er sich über die Runde.

Das blecherne Scheppern.

Bruno kehrte zu zwei ernsten Gesichtern zurück.

Er schnaufte. »Meine Augen. Irgendwas ist da reingeraten.«

Wilfried sprühte Wasser ins Gesicht. Janssen massierte den Nacken.

»Hast du Schweiß vom Gegner abgekriegt?«, fragte der Coach.

»Kann sein.«

»Wer weiß, was der Kerl für eine Creme benutzt.«

Wilfried trocknete ihm das Gesicht ab. Bruno blinzelte. Das Brennen blieb, die Sicht wurde kaum besser. Janssen tätschelte ausgiebig Brunos Rechte.

»Geh raus und halt sofort die Deckung hoch.«

Der Zeitnehmer kündigte die dritte Runde an. Das Nummerngirl kicherte verlegen.

Janosch schlug die Fäuste gegeneinander. Bruno ging auf ihn zu. Schleier und verwaschene Schemen. Er hörte die Stimme des Ringrichters.

»Stop!«

Der Unparteiische monierte einen klaffenden Riss in Brunos linkem Handschuh. Zurück in die Ecke. Eine Minute Zeit, den Handschuh auszutauschen – Wilfried rannte los.

Janssen ermahnte Bruno, tief durchzuatmen. Zur Ruhe zu kommen. Der Coach walkte den Nacken und erkundigte sich nach dem Brennen in Brunos Augen.

Es ließ nach.

Wilfried kam zurück. Eiliger Handschuhwechsel. Die verlängerte Pause tat gut. Bruno staunte über die Tricks, die der Alte auf Lager hatte. Er fragte sich, wo Janssen die Rasierklinge versteckt hielt.

Der Ringrichter besah sich die Verschnürung und war zufrieden.

»Box!«

Die Zeit lief weiter. Bruno ließ Janosch kommen. Er blockte den ersten Schlag ab, tauchte vor dem zweiten weg, tänzelte vor dem dritten zur Seite, ohne zum Gegenangriff überzugehen. Er ließ sich zum Schein in die Seile treiben. Der andere sollte sich verausgaben.

»Go, Hammer! Schlag den Schlappschwanz tot!« Ein Zuruf aus den vorderen Reihen.

Ein Zweiter bellte: »Bring deinen Aufwärtshaken!«

Janosch holte aus, Bruno schoss eine Gerade an der Führungshand vorbei, wich zugleich dem Haken des Gegners aus. Bruno traf nicht richtig, Janosch kam wieder. Doch auch sein zweiter Haken ging weit daneben.

Bruno landete mit voller Kraft einen Magentreffer, der den anderen zurücktaumeln ließ.

Jetzt, dachte Bruno. *Dominanz.*

Er marschierte, schlug eine Kombination, die nicht gut genug traf, und kassierte an der Schläfe eine schwere Rechte.

Bruno sah flirrende Flecken, sein Schädel dröhnte. Er schwang die Fäuste wie ein Jahrmarktschläger, um Janosch auf Distanz zu halten. Sein Gegner schob ihn weg. Bruno sah einen Haken kommen, tauchte zur Seite, der Schlag ging ins Leere. Die eigene Wucht riss Janosch fast um.

Zu Brunos Überraschung schwankte der Hammer. Sie waren beide angeschlagen.

Es war jetzt fast still im Publikum. Bruno griff an. Janosch kam mit einem linken Haken an sein Kinn durch. Bruno antwortete mit einer Serie von Treffern. Auch der andere traf, ungleich wuchtiger. Trotzdem ging Bruno nach vorn, um den Gegner mit neuen Kombinationen einzudecken.

»Bravo! Krieg ihn mürbe, mein Junge!« Ein älterer Mann aus einer der vorderen Reihen. Bruno kannte die Stimme und überlegte, woher.

Krieg ihn mürbe.

Janosch nutzte Brunos Ablenkung und trieb ihn in die Ecke. Zeitgleich mit dem Gong ein furchtbarer Haken.

Bruno fiel nicht. Er hatte den Schlag kommen sehen.

Er blieb stehen und holte Luft. Er fühlte nur noch das Dröhnen im Kopf. Ein Riss ging durch sein Gesichtsfeld – als wäre eine Spiegelscheibe zersprungen.

Bruno registrierte den besorgten Blick des Ringrichters und dessen Schielen zur Ärztin. Er antwortete, indem er die Faust hochriss und in die Richtung derjenigen grüßte, die am lautesten pfiffen. Er tänzelte in seine Ecke und setzte sich nicht. Markierte winkend den tollen Hecht, den nichts umhaute.

Wilfried urteilte: »Unentschieden bis jetzt, wenn du Glück hast.«

Janssen mahnte: »Fang dir keine weiteren Treffer ein!«

Bruno schrie zu Janosch hinüber: »DU WIRFST NICHT MIT STEINEN, SONDERN MIT SANDKÖRNERN!«

Ein nasser Schwamm klatschte in sein Gesicht. Janssen kühlte Kinn und Auge mit Eis und drückte den Schwamm auf Brunos Rippen aus. Rote Flecken auf der Brust, zerplatzte Venen, geschundenes Fleisch – Bruno wünschte sich, dass sein Gegner genauso aussah.

»WAS IST LOS MIT DIR? IST DEM HAMMER DIE POWER AUSGEGANGEN?«

Janosch tat, als höre er ihn nicht.

Der aufbrandende Applaus galt der *Pyromaniac*-Tussi mit der Nummerntafel und ihren Arschbacken.

Janssen redete auf Bruno ein: »Pass auf deine Deckung auf! Bleib zu! Keine Fehler mehr! Täusch den anderen, bis er aufmacht!«

Bruno reckte die Faust und schrie: »ICH LEG DICH AUF EIS! ICH VERSETZ DICH IN TIEFSCHLAF! ICH DEMOLIERE DEN HAMMER!«

Janssen schob ihm das Gummiteil zwischen die Zähne. Das Dröhnen in Brunos Kopf war in ein Pochen übergegangen. Der Sprung im Gesichtsfeld war geblieben.

Er war bereit. Er musste es sein.

Runde vier.

Bruno ließ den Gegner angreifen. Er bemühte sich, die Deckung dicht zu halten und jeden Schlag mit einem Konter zu beantworten. Er blieb in der Ringmitte stehen und tanzte nicht. Janosch attackierte immer wieder, kam aber nicht durch. Der Hammer war tatsächlich müde geworden.

Gegen Ende der Runde drehte Bruno den Spieß um. Er trieb den Gegner in die Seile, schlug auf dessen Deckung ein, an den Armen vorbei gegen die Nieren, kam mit einem Kopftreffer durch.

Die Stimmung in der Halle kippte. Der Favorit hatte den vorhergesagten K.o. nicht bewerkstelligt. Der Puma hielt sich und der Hammer sah allmählich alt aus.

Ein Ruf aus der zehnten Reihe: »Du machst ihn mürbe!«

Die Stimme seiner Mutter aus der gleichen Richtung: »Jawohl, mein Junge!«

Der Gong schickte die Kämpfer in ihre Ecken.

Bruno sah sich um. In der Mitte des Blickfelds sah er doppelt. Links und rechts davon war ein Flimmern. Mit Mühe konnte er seine Mutter ausmachen. Seitentribüne, zehnte Reihe. Julia Wegmann-Winterscheidt winkte ihm zu.

Neben Mutter saß er. Albert Wegmann. Sein Vater.

Er war gekommen, um Bruno zu sehen.

Janssen klopfte und knetete. Eisbeutel auf die wunden Stellen. Frische Vaseline ins Gesicht. Der Trainer predigte: »Schnell raus die Dinger und wieder zu. Kinn auf die Brust! Du schaffst es!«

Bruno musste an das Flugzeug denken. *Albatros* – sein Vater hatte ihm vorbehaltlos zugetraut, das Ding zu beherrschen.

Das Klacken einer Tür riss Bruno aus seinen Gedanken. Er folgte dem Blick des Trainers. Bruno glaubte Uniformierte zu erkennen, die in die Halle stiefelten und in seine Ecke stierten. Vier Kuttenträger, nein: zwei, die sich unschlüssig im Gang beratschlagten.

»Wollen die was von dir?«, fragte Janssen und massierte Brunos Nacken.

»Haben sie die Mützen aufbehalten?«

»Ja. Wieso? Ist noch was mit deinen Augen?«

Schupos mit kompletter Kutte – keine verspäteten Zuschauer.

Das rothaarige Mädel von der Hupfdohlentruppe wedelte mit der Nummerntafel und blinzelte Bruno zu. Er erinnerte sich: Kickhöhe und Schreistärke.

Fünf.

Janosch kam auf Bruno zu und tat seine Arbeit, als hätte er neue Kraft getankt. Die Schläge kamen präzise. Der Hammer traf. Bruno hoffte, dass man ihm die Wirkung nicht ansah. Er floh und versuchte, es wie Tanzen aussehen zu lassen. Das Klopfen im Schädel schmerzte. Dass er nicht richtig sehen konnte, irritierte ihn.

Der Hammer war wütend. Bruno entdeckte keine Chance zum Kontern. Ein schwerer Haken nach dem anderen, der in Brunos Deckung krachte. Dann ließ Janosch nach. Bruno war zu angeschlagen, um es ausnützen zu können.

Sie schoben und hielten sich aneinander fest. Der Ringrichter ermahnte und trennte. Vereinzelte Pfiffe, die beiden Kämpfern galten.

Und wieder der Gong – die letzte Pause.

Wilfried drückte Eisbeutel gegen Brunos Augen. Bruno wehrte ihn ab. Er ließ den Mundschutz drin und schüttete sich Wasser über den Kopf.

Die Schmerzen drückten auf sein Hirn.

»Du hast ihn so weit«, weissagte Janssen. »Er hat sich verausgabt und ist frustriert. Jetzt musst du Dominanz ausuben.«

Keine Ermahnung mehr, auf die Deckung zu achten. Bruno wusste, was das bedeutete. Er konnte nur gewinnen, wenn er alles auf eine Karte setzte.

Er sah ins Publikum. Zwei Laras winkten ihm zu. Zwei Maxe nickten aufmunternd. Die übrigen Leute lösten sich in hellem Flirren auf.

Das sechste Nummerngirl. Die Ansage des Zeitnehmers.

Der scheppernde Gong. Janoschs aufforderndes Winken – der Hammer bleckte den roten Mundschutz.

Bruno spürte Wut auf den jungen Kerl, der nichts draufhatte als Hammerhaken, die Kopfschmerzen bereiteten.

Er startete einen Scheinangriff. Sein Gegner fiel nicht darauf herein. Janosch konterte diszipliniert. Bruno wich zurück und hielt den anderen mit der Führungshand auf Distanz.

Der Hammer kam mit einem Haken. Bruno drehte sich weg. Der Schlag wischte vorbei. Die Wucht ließ Janosch in einen Konter laufen. Brunos Gegner bückte sich zu spät weg. Im Hochkommen erwischte ihn die andere Faust. Janosch taumelte, wich aus, ließ sich in die Seile fallen. Bruno über ihm. Rechts-links-rechts an Kinn und Körper.

Der Hammer brach zusammen. Der Saal kochte.

Der Ringrichter schob Bruno zur Seite und begann laut und mit ausholenden Gesten zu zählen: Eins … zwei …

Janosch bewegte den Kopf.

Drei … vier … Bruno wartete tänzelnd ab.

Schon bei fünf stand sein Gegner wieder aufrecht. Der Zeitnehmer zeigte mit den Fingern die Sekunden an. Der Ringrichter zählte bis acht.

Es ging weiter.

Bruno bemühte sich nicht mehr um seine Beinarbeit. Er deckte den Hammer mit Schlägen ein. Sein Gegner schwankte und hängte sich an seine Arme. Der Ringrichter trennte.

Bruno schlug schnell, kräftig, präzise. Janosch stolperte mit zugeschwollenen Augen durch den Ring und hielt die Deckung oben. Bruno setzte nach und schaffte es, mit einem Aufwärtshaken durchzukommen. Janoschs Kopf knallte in den Nacken.

Doch dem Hammer gelang es, bis zum Gebimmel des Schlussgongs stehen zu bleiben.

Max und Lara sprangen als Erste auf. Bruno riss die Arme hoch. Der Polizeipräsident fiel in das rhythmische Klatschen der Viereinhalbtausend ein.

Wilfried holte den Sekt hervor. Freudentränen in Janssens Augen – Bruno hatte den Alten noch nie so glücklich gesehen.

Sprechchöre: »PUMA, PUMA!«

Bruno äugte hinüber zu seinen Eltern. Sein Vater herzte Mutter.

Janosch saß in seiner Ecke und ließ die Arme hängen. Sein Trainer trocknete den Schweiß. Die Ärztin sprach auf den Hammer ein: »Wie heißen Sie? Wo sind wir?« Sie fuchtelte mit der Hand vor Janoschs Augenschlitzen. »Wie viele Finger sehen Sie?«

Die Hymne strapazierte die Saalanlage. Die *Pyromaniacs* tanzten vor dem Ring. Die Models nahmen den Modezar in ihre Mitte, der mit dem Zylinder wedelte. Die Junioren des Vorprogramms gratulierten Bruno.

Die beiden Uniformierten wühlten sich durch die Menge, geradewegs auf den Ring zu. Sie hatten noch immer ihre Mützen auf. Bruno sah sie klar und deutlich. Das Flimmern war schwächer geworden. Der Riss in der Bildmitte war fast gekittet.

Janssen fiel ihm um den Hals. Bruno drückte den Alten und bedankte sich. Der Coach brachte die Lippen an Brunos Ohr und übertönte den Tumult: »Ich bring dich zur Deutschen Meisterschaft. Du bist noch lange nicht zu alt.«

Die Punktrichter verglichen ihre Tabellen. Das Palaver zog sich hin.

Bruno streifte den silbernen Mantel über. Er streckte noch einmal die Arme in die Luft und ließ sich feiern.

Der Sprecher erklomm das Treppchen und kletterte in den Ring. Der Verfolgerspot erfasste den Reporter. Der Mann mit der schwarzen Fliege tuschelte mit ihm und reichte einen Zettel weiter. Die beiden Uniformierten hielten inne.

Die Kämpfer stellten sich in der Ringmitte auf. Der Punktrichter packte ihre Hände.

Der Lärm in der Halle verebbte.

Ein Handy schrillte, vorn, zweite Reihe.

Das Ruhrpott-Organ ließ sich nicht beirren. Der Sprecher hob das Mikro. Er machte es spannend und dehnte die Worte.

»Und hier das Ergebnis des Benefizkampfes um die Meisterschaft des Polizeipräsidiums Düsseldorf ...«

Janosch senkte den Kopf. Bis auf das Handyklingeln war es völlig still. Bruno registrierte, dass Max nach seinem Mobiltelefon wühlte. Die Masse starrte gespannt auf den Ring, bereit, in der nächsten Sekunde in Jubel auszubrechen.

»Das Resultat lautet ...«

Der Sprecher machte eine Kunstpause. Der Handyton erstarb. Max Pommer telefonierte.

»UNENTSCHIEDEEEEEN!«

Der Grauschopf drängte sich durch die Reihen. Die beiden Kuttenträger schoben sich weiter, die Mützen auf dem Kopf festhaltend, um sie im Gedränge nicht zu verlieren. An ihren Blicken erkannte Bruno, dass sie nichts von ihm wollten. Er achtete nicht auf das Protestgeschrei, das jetzt ausbrach.

Lara starrte Bruno an – Entsetzen im Gesicht, das nicht vom Entscheid der Punktrichter herrühren konnte.

Die Leute brüllten: »SCHIEBUNG, SCHIEBUNG!«

Wilfried schrie Schmähworte. Janssen trat den Eimer um. Der eingeflogene Schauspieler drohte dem Ringrichter Prügel an. Die Punktezähler flohen in Richtung Garderobe. »Ein abgekartetes Spiel«, brüllte der Malerfürst und schwenkte den Gehstock mit dem eigenen Konterfei in Silber.

Bruno kletterte vom Podest. Lara stürzte ihm entgegen.

»Wie geht es dir?«, fragte sie.

»Was ist los?«

»Jemand hat angerufen, er habe Cosima in seiner Gewalt. Mein Bruder möchte, dass du ihm beistehst. Bist du in Ordnung?«

Die uniformierten Schupos stapften an Bruno vorbei das Treppchen hoch und kletterten durch die Seile. Eine Mütze verhedderte sich und kullerte durch den Ring. Beim Hinschauen wurde Bruno schwindlig.

»Max meinte, ich soll dir das hier geben.«

Die Witwe öffnete ihre Handtasche. Der Spalt ließ einen Revolver aufblitzen – ein kurzes, stupsnäsiges Ding mit einer Trommel für sechs Schüsse.

»Nicht hier, Lara.«

Bruno wühlte sich durch die Menge zum Garderobenausgang. Auf halbem Weg schaute er sich nach Lara um.

Er sah jetzt klar. Nur das Pochen nahm bei jeder Kopfbewegung zu.

Pommers Schwester hakte sich bei ihm unter und zog ihn weiter.

71.

Lara fuhr einen heißen Reifen. Sie wählte die Route über die Autobahn. Während sie den Saab beschleunigte, stellte sie die Spiegel ein. Sie überholte und scherte sich nicht um einen Benz, der mit Lichthupe von hinten heranraste.

Bruno warf den silbernen Mantel nach hinten. Er hatte seine Sachen aus der Garderobe geholt. Er verstellte den Beifahrersitz, um sich Platz zu verschaffen, und stieg in die Jeans.

»Was hat Max genau gesagt?«

»Dass jemand ins Haus eingedrungen ist und Cosima in seiner Gewalt hat. Max meint, erst hätten sie es auf Richie abgesehen, jetzt sei er dran.«

»Meine Güte, wer?«

»Ich glaube, das weiß er selbst nicht.«

»Warum hat er die Kollegen nicht verständigt?«

»Vielleicht haben es ihm die Gangster verboten.«

»Für Geiselnehmer ist das SEK zuständig. Max weiß am besten, was die Jungs draufhaben.«

»Er meint, dass er es noch besser draufhat. Du kennst Max schlecht.«

Bruno streifte sich die Jacke über. Bis auf sein geschundenes Gesicht sah er nun wieder normal aus. Er holte das Handy hervor und schaltete es ein. Er drückte die Ziffern des PIN-Codes. Das Display signalisierte Netzempfang.

»Tu's nicht, Bruno. Überlass Max die Entscheidung.«

»Was ist deine Theorie?«

Lara zögerte: »Irgendwelche Gangster …«

»Wer und warum?«

»Stimmt etwas nicht mit Max?«

Bruno schwieg. Er studierte Laras Miene. Die schöne Witwe starrte auf die Fahrbahn. Ein Blick in den Rückspiegel.

Bruno wandte sich um. Nein, kein Verfolger. Nur ein weiterer Benz, der drängelte.

Lara beantwortete ihre eigene Frage: »Max war seltsam in der letzten Zeit. Vor allem, seit er mit dir diese Ermittlung durchgeführt hat, über die er nicht reden durfte. Cosima ist das auch aufgefallen. Max sprach über dich, als wärst du sein Kumpel, aber ich hatte den Eindruck, da war noch was anderes.«

»Was?«

»Misstrauen. Angst. Das hat mich irritiert. Ich hab Max noch nie so zwiespältig erlebt.«

»Deine Theorie«, forderte Bruno wieder.

»Zocker, denen er im *Palumbo* Geld abgeknöpft hat. Schuldner, die nicht zahlen wollen. Spieler, die er mal verhaftet hat. Es muss ja nicht unbedingt mit dem *Palumbo* zu tun haben. Oder meinst du, Max hat immer noch die Finger im Glücksspielgeschäft?«

Bruno beugte sich vor und angelte den kleinen Revolver aus Laras Handtasche. Eine 38 Special von Smith & Wesson mit zweizölligem Lauf. Eine Zimmerflak, die nur zur Nahverteidigung taugte. Bruno drückte die Arretierung und kippte die Trommel zur Seite. Patronen in jeder Kammer. Die Böden mit den Zündhütchen nicht eingedellt – die Waffe war immerhin geladen.

Der Hummelflug schrillte. Bruno nahm das Handy ans Ohr. Es war die Mobilbox. Er drückte die Eins, um sie abzuhören. Der Anruf stammte vom frühen Abend.

Karens Stimme fragte: »Was zum Teufel soll *ich* angestellt haben?«

Bruno gab Irenes Nummer ein. Die Studienrätin wünschte ihn zur Hölle. Daraufhin wählte er das Handy seiner Frau an. Endlich bekam er Karen an den Apparat.

»Wo steckst du?«, herrschte Bruno sie an.

Lara steuerte den Saab von der Autobahn. Sie kurvte durch das abendliche Urdenbach. Kaum Verkehr. In jeder Kurve ließ Pommers Schwester die Reifen quietschen.

»Bei Irene. Und wenn ich deinen Ton höre, geb ich ihr völlig Recht. Mit dir sollte man erst gar nicht reden. Du bist ein misstrauischer, verbohrter Bulle. Und dein *Dosha* ...«

»Du hast einen Ford Focus angemietet. Du hast mich observiert. Du hast ...«

»Das war ich nicht!«

»Erzähl das deinen Fernsehzuschauern.«

»Manfred hat mich gebeten ...«

»Fred?«

»Ja. Ich hab den Focus für ihn ...«

»Was? Er ist nicht in Thailand?«

Lara bog in das Sträßchen am Stadtrand ein. Sie rollten auf das Haus ihres Bruders zu.

»Er hat mich um Hilfe gebeten.«

Bruno sah Pommers Mazda. Davor parkte ein silberner Focus.

Karen fuhr fort, Lügen zu erzählen. Freds Nöte. Freds Rechtfertigungen. Bruno schaltete sie weg.

Mit der Waffe in der Rechten sprang er aus dem Saab. Lara schloss den Wagen ab.

Der Focus schimmerte im Mondlicht. Auf dem Beifahrersitz lag ein Umschlag, den Bruno kannte – ein Teil der Papiere war herausgerutscht. Das Foto mit der abgerissenen Ecke: fünf fröhliche Menschen, die in die Kamera prosteten.

Ein Taxi hielt mit quietschenden Reifen hinter dem Saab.

Bruno öffnete die Tür des Focus, nahm den größten Teil des Dossiers an sich und steckte es unter seiner Jacke in den Hosenbund. Für die Papiere, die vor den Sitz gerutscht waren, reichte die Zeit nicht mehr. Lauffer stieg aus dem Benz.

Bruno nahm Lara bei der Hand.

Der junge Taxifahrer fuchtelte mit einer Pistole. »Schicke Stiefelchen«, bemerkte er. »In welchem Schwuchtel-Shop gibt's die denn zu kaufen?«

Bruno und Lara rannten auf Pommers Haus zu. Lauffer folgte. Die Fenster waren unbeleuchtet. Die Eingangstür unverschlossen. Bruno öffnete und spähte hinein.

Das Narbengesicht flüsterte: »Nach dir, Möchtegern-Champion.«

Aus dem Keller kamen Licht und Stimmen.

Ein Schrei, der Bruno erstarren ließ.

Lara wollte sich vorbeidrängen. Bruno hielt sie zurück.

72.

Sie schlichen die Treppe hinab. Im Vorraum lehnte Max neben dem Durchgang zum Partykeller. Der Grauschopf hielt eine Sig Saur P6 zur Decke gerichtet und zitterte vor Zorn.

Im Partykeller war Licht. Die gegenüberliegende Tür stand auf – die Waschküche.

»Vielleicht überzeugt Sie das, Pommer!«

Freds Stimme.

Etwas Kleines flog herüber. Ein dicker Wurm, der über den Betonboden des Vorraums schlitterte und eine Blutspur hinterließ.

Ein Wurm mit orangefarbenem Nagellack.

Max sah nicht hin.

Bruno wurde schwindelig.

»Das Schwein bring ich um«, murmelte Lauffer.

»Neun hat sie noch«, rief Freds Stimme von drüben. »Wenn sie wieder zu sich kommt, ist der nächste dran. Erst dann. Und versuchen Sie nicht, den Raum zu stürmen. Ich jag das ganze Haus in die Luft. Sie haben hier ja genug Sprengstoff gelagert, Hauptkommissar Pommer!«

»Was will er?«, fragte Bruno.

»Mein Leben im Tausch für das von Cosima.«

Aus der Waschküche drang leises Stöhnen.

Lauffer flüsterte: »Ich könnte mich anschleichen. Bevor er die Handgranaten zündet, hab ich ihn erschossen.«

»Wenn das möglich wäre, hätt ich's längst getan«, gab der Grauschopf zurück.

»Lasst uns die Polizei rufen«, bat Lara. Bruno gefiel nicht, dass sie ihnen in den Keller gefolgt war.

Max widersprach: »Dann bringt er Cosima um.«

Lara bückte sich nach dem Fingerstummel und hob ihn auf. »Ich ... ich glaub, ich pack's ins Eisfach. Vielleicht kann man's wieder annähen.«

Sie lief nach oben. Bruno hoffte, dass sie nicht zurückkehren würde.

Zu viele feindselige Männer. Zu viele Waffen.

Er verstaute seinen Revolver im Hosenbund und trat in die Türöffnung. In der Waschküche hinter dem Partykeller lehnte ein Spiegel. Fred konnte herüberäugen, ohne selbst ins Schussfeld zu geraten.

Bruno erblickte das Gesicht des einstigen Freundes. Braun gebrannt von der Sonne Südthailands.

Fred fragte: »Bruno? Was machst *du* hier?«

»Lass uns reden!«

»Nein! Bleib um Gottes willen, wo du bist!«

Bruno durchquerte mit erhobenen Händen den Fetenraum. Madonna und Robbie Williams sahen zu. Bruno hörte, wie Max und der Junge im Vorraum tuschelten. Er umrundete Sessel und Bierkisten. Sein Kopf streifte Eierkartons. Er duckte sich und ging weiter.

Die so genannte Waschküche war ein gefliester Lagerraum, voll gestapelt mit Kisten. An der Rückwand ein massives Regal voller Kartons und Kanister.

Pommers Frau atmete flach. Ihr Puls ging schwach, aber gleichmäßig. Brunos Blick streifte Cosimas Hand. Sein Magen verkrampfte sich wieder. Die Ziegelrote lag auf dem blanken Boden, Arme und Beine mit Klebeband verschnürt. Uringeruch – jeder würde sich einnässen, wenn man ihm bei vollem Bewusstsein einen Finger abschnitt, vermutete Bruno.

Fred hielt sich an einer Bierflasche fest und stand abseits der Tür, immer den Spiegel im Blick. Er trug einen sandfarbenen Leinenanzug, der die Bräune seines Gesichts gut zur Geltung brachte. Bruno stellte fest, dass Fred gar keine Pistole besaß, sondern Cosima mit einem Klappmesser bedrohte. Und mit der Heckenschere.

Bruno warf einen Blick in eine Kiste, die geöffnet war. Pistolen und Automatikwaffen. Obenauf zwei Handgranaten – in der Wohnung des angeblichen Amokläufers Michael Helmer hatte sich eine ähnliche Waffensammlung befunden.

Eine Waschmaschine gab es hier nicht.

Cosima kam zu sich. Ihre Augen flatterten.

Bruno zog sie in eine sitzende Position. »Ich bring dich hier raus.«

Sie starrte auf ihre Hand. Es war der kleine Finger, der fehlte. Die Ziegelrote hechelte in Panik.

Fred verströmte Bieratem. »Du hast einen Fehler gemacht, Bruno.«

»Lass die Frau frei! Sie hat dir nichts getan!«

Klee junior trat gegen die Stahltür. Sie donnerte ins Schloss. Pommer und sein junger Helfer waren jetzt außen vor.

Fred fuhr sich durchs Haar. Er schwitzte. »Ich will Gerechtigkeit!«

»Dafür gibt's Richter, Staatsanwaltschaft und Polizei.«

»Was die tun, sieht man ja. Wenn ich die Sache nicht in die Hand genommen hätte, kämen die Mörder meiner Familie ungeschoren davon!«

»Unsinn. Ich hab die Geschichte aufgedeckt und ich bin Polizist.« Bruno zog die Akte hervor und ließ sie auf den Estrich klatschen. »Du hast alles gelesen. Die Untersuchung läuft bereits.«

Fred übte ein Lächeln. Sein Mund zuckte. »Hast ’n gutes Schloss, Alter. Hab ganz schön lang gebraucht. Aber Karen hatte Recht. Deine Scheißzettel haben mir auf die Sprünge geholfen.«

Bruno bemerkte Spritzer auf dem sandfarbenen Stoff des Leinenanzugs, frische und getrocknete. Die gesamte Vorderseite des Jacketts war gesprenkelt – Blut von Cosimas kleinem Finger und den zehn Fingern Seberichs.

Bruno begann am Klebeband zu reißen, das Cosima fesselte. Er redete auf Pommers Frau ein: »Keine Angst. Gleich ist es vorbei.«

Fred fuchtelte mit dem Messer. »Weg von der Frau, sie ist unser einziges Kapital! Die Polizei würde nichts gegen diese Mörder unternehmen. Das weißt du doch am besten!«

»Willst du mich abstechen, Fred? Wir sind hier nicht in Kambodscha.«

»Na und? Das da draußen ist noch viel härter! Sie werden dich ebenfalls töten! Pommer weiß über dich Bescheid. Ich hab ihm von dem Dossier erzählt, damit er merkt, dass es mir ernst ist.«

Bruno überlegte. Verrückte Fronten. Er und dieser durchgeknallte Racheengel. Der Kerl, mit dem ihn seine Frau betrogen hatte. Sein Exkumpel, der in Kambodscha nichts gegen Sok San unternommen hatte.

Auf der anderen Seite Max, der sich gekümmert hatte, als es ihm schlecht gegangen war. Der ihm die Freundschaft angeboten und Lara umgestimmt hatte. Zugleich ein heimlicher Drogenboss, der über Leichen ging. Und sein Gehilfe: ein entstellter Junge, der das Schwein verehrte, das Schuld am Tod seiner Mutter hatte.

Cosima wimmerte. Es ging ihr schlecht. Bruno bezweifelte, dass sie klar denken konnte.

Er dachte nach: Sie wurden belagert. Pommer besaß einen Schlüssel und war ein früherer SEK-Mann. Max würde kein Problem haben, seiner Schwester den Tod Brunos zu erklären: eine verirrte Kugel, ein unglücklicher Querschläger. Der Grauschopf würde überzeugende Krokodilstränen vergießen.

Bruno sah ein, dass Fred Recht hatte: Er saß mit ihm in der Falle.

Er ging vor Cosima in die Hocke. »Wo ist das Kokain?«

»Keine Ahnung. Ich ... ich war nie ... in diesem Raum.«

»Blöde Fotze!«, schimpfte Fred. »Spielt hier das Unschuldslamm!« Er trank einen großen Schluck. Bier lief ihm über das Kinn. Er nahm die Gartenschere von der Kiste. »Nummer zwo. Und denken Sie dran: Wenn Ihr Mann Sie lieben würde, hätte er längst mit Ihnen getauscht!«

Als Fred sich bückte, rammte Bruno ihm die Linke in den Bauch. Die Flasche schepperte, das Messer klirrte auf den Estrich. Fred wollte sich hochrappeln. Er hielt noch immer die Schere fest. Ein zweiter Schlag raubte ihm die Luft.

Bruno hob Freds Messer auf und durchtrennte die Fesselung an Händen und Füßen. Er half Cosima auf die Beine.

Fred japste und krümmte sich zwischen den Kisten.

Ein Kratzen war im Türschloss zu hören – ein Schlüssel wurde von der anderen Seite eingeführt. Das Schloss klickte. Die Tür sprang einen Spalt weit auf.

Bruno ging in Deckung. »Deine Frau ist frei, Max! Wir kommen jetzt raus. Klee junior ist entwaffnet. Du hast nichts mehr zu befürchten!«

Cosima krächzte: »Es stimmt, was er sagt. Nicht schießen!«

Sie griff nach der Klinke und zog die Tür auf. Die Ziegelrote erstarrte.

Bruno konnte sich denken, was Cosima sah.

Er erkannte, dass sie ihm hinter dem Rücken Zeichen gab. Eine Handbewegung deutete das Drücken eines Türgriffs an. Eine weitere wies verstohlen zum Regal.

Jemand riss Cosima hinaus in den Partyraum und feuerte blindlings in das Lager. Querschläger surrten. Aus einem Kanister sprudelte Flüssigkeit in dünnem Strahl.

Bruno warf sich gegen die Tür. Sie knallte gegen einen schweren Körper und schob ihn zurück in den anderen Raum. Das Schloss schnappte ein.

Verschnaufpause.

Benzin sprudelte und stank.

Fred stöhnte. Bruno sah kein Blut außer den Sprenkeln auf dem Anzug. Max hatte nicht richtig gezielt. Fred schwankte und hielt sich den Magen.

Der Benzingestank verstärkte Brunos Kopfschmerzen. Er drehte den Kanister um, damit nicht noch mehr auslief. Seine linke Hand wurde feucht vom Treibstoff. Er wischte sie am Hosenbein ab.

»Verdammter Idiot!«, schimpfte Fred.

Bruno riss Kartons aus dem Regal. Er packte die Bretter und rückte das Gestell von der Wand. Ein zweiter Eingang kam zum Vorschein.

Schwerer Stahl. Ein Sicherheitsschloss. Bruno rüttelte an der Klinke. »Ich hoffe, du hast dein Pick-Set dabei.«

Fred hob eine bunte Stofftasche vom Boden auf und kramte ein Etui hervor. Er begann, im Schlüsselloch zu stochern.

»Du musst dich *in* das Schloss konzentrieren, nicht *auf* das Schloss!«, erklärte Bruno.

»Halt's Maul, Schlappschwanz.«

Bruno riss Kartons auf und fand Plastiksäckchen mit weißem Pulver. Er stieß mit dem Messer hinein und leckte die Spitze ab – seine Zunge wurde taub, der Pulsschlag ließ den Schädel dröhnen. Bruno öffnete weitere Schachteln und entdeckte größere Beutel aus grünlichem Kunststoff. Auf einigen von ihnen Ziffern und fremde Schriftzeichen.

Der Stoff aus der Statue, zumindest ein beachtlicher Teil davon. Der Beweis in Pommers Haus: *White Lady* und *White Boy*.

Fred fummelte noch immer. Die Zeit drängte. Jeden Moment konnte Max erneut versuchen, den Lagerraum zu stürmen.

Bruno fragte: »Soll ich's mal probieren?«

»Schnauze. Ich war dir schon immer überlegen, Kleiner.«

Das Schloss klackte. Fred ruckelte am Zylinder. Die Tür sprang auf. »Siehst du?«

Jemand riss die Tür von außen vollends auf. Ein Schuss ließ Fred taumeln. Ein zweiter warf ihn nach hinten.

Bruno zog den kurzen Revolver aus dem Hosenbund. Das Narbengesicht stand ihm gegenüber.

Sie zielten beide aufeinander.

»Max hat deine Mutter sterben lassen!«

»Du lügst. Er hat mich gerettet. Sie war schon tot, als er zum Unfallort kam.«

»Das ist die offizielle Version. In Wirklichkeit fuhr Max hinter ihr. Er hat gesehen, wer euch von der Straße drängte. Es war der Minister, den Max zu beschützen hatte.«

Der Junge keuchte. »Ich lass mich von einem Schnüffler wie dir nicht an der Nase rumführen!«

»Der Minister hat den Unfall verursacht. Ich weiß es von Frau Lemke. Max hat sich ausschließlich um den Minister gekümmert. Er hat all die Reifenspuren selbst fabriziert, die belegen sollten, dass ein entgegenkommender Fahrer die Schuld hatte. Und in der Zeit ist deine Mutter verblutet. Max hat sie im Straßengraben verrecken lassen!«

Lauffer leckte sich die Lippen. Seine Waffe vibrierte.

Bruno versuchte, ruhig zu bleiben. »Den entgegenkommenden Fahrer hat es nie gegeben.«

»Glaub ihm kein Wort, Tobi!«

Bruno wandte sich um. Der Grauschopf hatte die Tür zum Partyraum wieder aufgeschlossen.

Es war nicht ganz klar, auf wen Max Pommer zielte. Bruno und Lauffer standen fast auf der gleichen Linie.

»Frisst dir der Minister deshalb aus der Hand?«, fragte der narbengesichtige Junge.

Plötzlich ging alles ganz schnell.

73.

Ein Blitz blendete ihn. Eine Detonation ließ Bruno wanken.

Als er halbwegs wieder sehen konnte, bemerkte er, dass vermummte Männer durch beide Türen stürmten. Das Regal stand in Flammen. Ein Kanister zerplatzte neben Lauffer zu einem Feuerball.

Der Raum wurde zur Hölle.

Bruno hörte kein Prasseln. Es klingelte nur in seinen Ohren. Seine linke Hand schmerzte. Er sah, dass seine Jeans Feuer fing. Er strebte der Treppe zu, doch ein Flammenmeer war dazwischen.

Die Hitze raubte Bruno den Atem.

Eine dunkle Gestalt packte ihn und zerrte ihn die Stufen hoch. Jemand schlug nach den Flammen an seinem Hosenbein. Frische Luft – Bruno konnte atmen. Er vernahm Rufe, Kommandos. Das Klingeln in seinen Ohren ließ nach.

Er spürte Nässe im Gesicht, auf den Haaren, überall. Männer in Asphaltgrau löschten ihn ab. Wasser und Schaum brannten auf seiner Hand.

Er lag im kalten Gras und blickte auf die Sichel des Mondes. Er wollte aufstehen und wurde unsanft zu Boden gepresst. Er las die fluoreszierende Aufschrift der grauen Overalls: *POLIZEI.*

Das Spezialeinsatzkommando.

Drei der Männer zielten mit Maschinenpistolen auf ihn. Ein vierter drehte ihn auf den Bauch und legte Handschellen an. Bruno kannte den Ausdruck: *Das Päckchen packen.* Er erinnerte sich an den Lieblingsspruch der Rambos: *Wir machen auch Hausbesuche.* Wenn die Burschen in Hugos Altstadtkaschemme feierten, trugen manche von ihnen ein T-Shirt, das mit diesem Satz bedruckt war. Was er bedeutete, erklärten sie nicht. Manche von ihnen hielten selbst vor ihrer Familie geheim, dass sie beim SEK arbeiteten.

Bruno wehrte sich nicht.

Die Rambos konnten nicht wissen, wer von den Männern im Keller die Guten waren und wer die Bösen. Sie waren nur da, die Päckchen zu packen. Um den Rest kümmerte sich die Kripo. Der Stolz des SEK: *Wir holen die Kastanien aus dem Feuer.*

Feuer.

Handgranaten und Patronen.

Bruno schrie: »Da unten gibt es Sprengstoff!«

Einer der Männer brabbelte etwas in seinen Helm, das Bruno nicht verstand.

Es krachte und flackerte. Es prasselte und wurde taghell. Eine Serie von Explosionen folgte, wie eine Kette von Silvesterböllern.

Flammen leckten aus den Fenstern. Das Feuer hatte das Erdgeschoss erobert. Dichter Rauch waberte über den Rasen. Bruno hustete. Sein Kopf dröhnte bei jeder Bewegung.

Martinshornlärm.

Bruno wurde weggeschleppt. Jemand nahm ihm die Fesseln wieder ab. Ein Arzt kümmerte sich um seine Hand und bestand darauf, ihn ins Krankenhaus verfrachten zu lassen.

Bruno fragte nach den anderen. Er wollte wissen, wo Lara war.

Niemand klärte ihn auf.

In der Klinik schnitt man ihm das linke Hosenbein auf und versorgte seine Brandwunden. Ein Arzt bestand darauf, den Kopf zu röntgen, obwohl Bruno erklärte, dass die Quetschungen im Gesicht von einem Boxkampf stammten. Eine Schwester stutzte ihm das angesengte Haar und schmierte Salbe auf die Kopfhaut.

Sie gaben ihm gelbe Tabletten gegen die Schmerzen und blaue zur Beruhigung. Bruno schluckte ein paar von den gelben. Auf einer Bank sollte er warten.

Je mehr er nachdachte, desto stärker überkam ihn die Verzweiflung. Das Lager war zerstört. Man würde Überbleibsel von Waffen finden. Die Drogen würden restlos vernichtet sein. Das Dossier – Bruno hatte es im Keller zurückgelassen.

Keine Beweise.

Pommers Drogenring war gewarnt. Schott und Konsorten würden den Handel einstellen, bis sich die Aufregung legte. Sie würden vertuschen und verdunkeln, Spuren in ihren Wohnungen und Autos vernichten.

Keine Zeugen.

Blieben nur die beiden Frauen, die sich erinnerten, dass Pommer einst den Nachwuchspolitiker Hövel mit Stoff versorgt hatte. Alte Kamellen, Hörensagen. Die eine der beiden Zeuginnen lag in der Klapse und war für die Polizei nicht ansprechbar.

Keine Spuren, keine Wahrheit.

Bruno hatte eine Uhr im Blick. Als sie Mitternacht zeigte, beschloss er abzuhauen. Sein Schädel gab einigermaßen Ruhe, solange Bruno keine raschen Bewegungen machte. Er wählte die Glastür und verirrte sich in der weitläufigen Station. Er schlug eine andere Richtung ein und lief Benedikt Engel in die Arme.

Der Lange wirkte blass. Seine Frisur war durcheinander, der Knoten seiner Krawatte war gelockert und hing auf halb acht.

»Du siehst nicht gut aus«, bemerkte Bruno.

Benedikt musterte ihn. »Ist das dein Ernst? Schon mal in den Spiegel geguckt?«

Der Kriminalrat wusste erste Neuigkeiten: Pommer wurde stationär behandelt. Brandwunden und eine ausgekugelte Schulter. Der Grauschopf hatte sich gegen die Festnahme gewehrt.

Um Lauffer stand es schlecht. Er hatte sich unmittelbar neben dem Kanister befunden, als der explodiert war. Der Junge war in die Uniklinik geflogen worden.

Manfred Klee wurde seit Stunden operiert. Seine Verbrennungen waren fast so gering wie die Brunos, aber eine Kugel hatte seinen Unterleib aufgerissen. Falls er sich keine Sepsis einfing, hatte er Chancen durchzukommen.

»Wir sollten uns ein paar ruhige Tage gönnen«, meinte Benedikt und zeigte Bruno, wo es rausging.

Die anderen Toten des Tages verschwieg ihm der Kriminalrat. Vielleicht, weil er meinte, Bruno schonen zu müssen.

74.

Blitz, Freitag, 26. April, Seite zwei:

NORDRHEIN-WESTFALEN TRAUERT UM SONJA LEMKE
MINISTERGATTIN SETZTE IHREN QUALEN EIN ENDE

Düsseldorf/Meerbusch – Ihr Tod lähmt. Ihr Tod löst tiefe Trauer aus. Unfassbar ihr Selbstmord mit einer Überdosis Medikamenten. Am Abend fand ein Fahrer ihres Mannes die tote Ministergattin. Da war Sonja Lemke schon mehr als einen halben Tag lang tot.

Zwei Abschiedsbriefe neben dem Bett. Von unerträglichen Qualen ist die Rede. In einer Erklärung des Innenministers heißt es, seine Gattin habe an schweren Depressionen gelitten. Ihre Seele hatte sich verdunkelt.

Die Lortzingstraße in Meerbusch-Büderich am späten Abend. Nachbarn kommen mit Blumensträußen, stehen wie angewurzelt vor den Absperrgittern neben Journalisten und Fernsehteams. Eine Frau weint: »Was sie für die Menschen getan hat, kann man gar nicht ausdrücken.«

Gegen zweiundzwanzig Uhr trifft Innenminister Axel Lemke ein. Er hatte im Anschluss an einen Benefizboxkampf der Düsseldorfer Polizei eine Feier besucht – für den Innenminister ein Arbeitstermin. Seine Miene ist versteinert, seine Haltung gebückt.

Die Schmerzen eines Witwers. Axel Lemke hält Totenwache, verabschiedet sich von seiner Frau, bis gegen Mitternacht der Bestattungsunternehmer die Leiche von Sonja Lemke abholt. Beobachter fragen sich: Wird Lemke, der schon als künftiger Ministerpräsident gehandelt wird, nach diesem Schicksalsschlag weitermachen können?

Die Nation erinnert sich an eine fröhliche, humorvolle Sonja Lemke. Noch vor zwei Monaten warb sie bei ›Wetten dass‹ für die Hilfsorganisation ›Weißer Ring‹, die Verbrechensopfern beisteht. So zeigte sich Sonja Lemke: Nicht nur als Repräsentantin an der Seite ihres Mannes, sondern auch als eigenständige, tatkräftige Frau. Soziale Verantwortung war für sie Verpflichtung.

Nur engste Freunde wussten von dem rätselvollen Leiden, das ihr Inneres zerfraß. Seit Jahren verließ sie das Haus kaum, schirmte sich zunehmend von der Umwelt ab. Ihre Termine für den ›Weißen Ring‹ waren die einzigen, die sie noch regelmäßig wahrnahm.

Oskar Billerbeck (62) kennt die Familie seit Jahrzehnten. Der Fahrer, der die Tote fand, gehörte zu Sonja Lemkes engsten Vertrauten, brachte jeden Tag die Zeitung. Noch letzten Samstag fuhr er sie in ihr Lieblingslokal, das Lörricker ›Hummerstübchen‹. Billerbeck: Sie habe so locker wie schon lange nicht gewirkt. Dass sie ihre Krankheit nicht mehr ertrug – davon habe niemand etwas ahnen können.

Blitz, Freitag, 26. April, Lokales, letzte Seite:

›PUMA‹ BRUNO WEGMANN – TOCHTER SEINES TRAINERS TOT
FOTOGRAF ENTDECKTE DROGENOPFER IN SEINEM ATELIER

Von Alex Vogel.

Tragisches Ende einer Model-Karriere. Kehrseite einer Welt von Glanz und Glamour. Während ihr Vater als Betreuer des Polizisten und Boxers ›Puma‹ Bruno Wegmann für einen guten Zweck im Rampenlicht stand (siehe Bericht auf Seite 27), starb Tochter Hannah Janssen (19), angehende Zahnarzthelferin und Gelegenheits-Model, den Drogentod.

Starfotograf Marcel Horrenkamp entdeckte die Tote in seinem Studio an der Düssel. Horrenkamp, ganz geschockt: »Kam gerade vom Shooting. Weiß nicht, woher das Mädchen den Schlüssel hatte.«
Erste Untersuchungen wiesen hohe Konzentrationen von Heroin und Kokain im Blut der Toten nach. Der Tod sei durch Ersticken an Erbrochenem eingetreten, so die Ermittler. Spuren weisen darauf hin, dass das Mädchen zur Zeit der Einnahme der Drogen nicht allein gewesen ist. Die Staatsanwaltschaft erwägt Ermittlungen gegen unbekannt wegen unterlassener Hilfeleistung.
Fotokünstler Horrenkamp kannte das Mädchen von diversen Shootings. »Es ist ein offenes Geheimnis, dass viele dieser Models Drogen nehmen. Sie bekämpfen damit ihren Hunger, weil sie glauben, nur mit magerem Körper auf die Titelseiten gelangen zu können«, so der Meister zahlreicher Werbeaufnahmen und Modestrecken, der nach eigenen Angaben »eher den rundlichen Frauentyp« bevorzugt.

Morgenpost, Samstag, 27. April, Lokalteil, zweite Seite:

RÄTSELRATEN UM POLIZISTENMORD IN FLINGERN HÄLT AN
ZUSAMMENHANG MIT ÜBERFALL AUF VORGESETZTEN UNKLAR

Im Fall des Kripobeamten Markus Seberich, der am Donnerstag in der Flingerner Wohnung seiner Freundin ermordet aufgefunden worden ist, tappt die Polizei nach wie vor im Dunkeln. Spuren deuten darauf hin, dass es sich bei dem Täter um die gleiche Person handelt, die Anfang des Monats drei Menschen in einem Lohausener Einfamilienhaus mit Messerstichen tödlich verletzte, heißt es jetzt aus Kreisen der Polizei.
Im Dunkeln liegen auch die Motive des Überfalls auf ein Haus in Urdenbach am gleichen Tag. Der Täter, der 33-jährige Manfred Klee, ist inzwischen seinen Verletzungen erlegen.
Ein Polizeisprecher erklärte, dass Klee mit mehreren Kanistern

Benzin und einem umfangreichen Arsenal an Schusswaffen in das Haus eines Düsseldorfer Hauptkommissars eindrang, dessen Ehefrau als Geisel nahm und sich im Keller verschanzte. Als es einem Spezialeinsatzkommando gelang, die Geisel zu befreien, habe offenbar Klee den Keller in Brand gesteckt und sich selbst schwerste Schussverletzungen zugefügt.
Wie die Polizei bestätigt, handelt es sich bei dem Hauptkommissar um den Vorgesetzten des ermordeten Markus Seberich. Zu einem möglichen Zusammenhang der beiden Gewalttaten wollte sich der Sprecher gestern jedoch nicht äußern.

Blitz, Montag, 29. April, Seite zwei:

URDENBACHER GEISELDRAMA VERWEIST AUF MORDFALL KLEE
FAMILIENSTREIT ALS AUSLÖSER?
POLIZEI RÄUMT PANNEN EIN

Von Alex Vogel.
Sieht so ein mehrfacher Killer aus? Manfred Klee (33) vor seinem Hotel am Strand von Khao Lak, Südthailand. Bungalows unter Palmen, Strand und Meerblick – ein Traum für deutsche Touristen. Anfang April kam Klee in seine Heimatstadt Düsseldorf und rottete seine Familie aus. Tötete Vater, Stiefmutter und deren Tochter mit Messerstichen, wütete im Blutrausch.
Werden wir je erfahren, was ihn dazu trieb?
Wochenlang tappte die Polizei im Dunkeln. Bis ein weiterer Mord und eine brutale Geiselnahme den Täter verrieten: Klee war in das Haus eines Polizisten eingedrungen, steckte es in Brand, quälte dessen Frau. Wenige Stunden früher ermordete er dessen Kollegen Manfred Seberich – auf die gleiche bestialische Weise wie seine Familie zwei Wochen zuvor.
Peinlich für die Polizei: Bereits nach der ersten Tat hatten Beamte den Sohn der Familie verdächtigt. Kommissar Bruno Wegmann, unter dem Namen ›Puma‹ auch als Boxchampion bekannt, hatte die ermordeten Klees entdeckt. Ein Ermittler, der nicht genannt

werden will, gibt zu: »Wegmann hat von Anfang an auf Fred Klee als Täter getippt. Wir hätten auf den Kollegen hören sollen.«
Ariane Klee, einzige Überlebende der Familie, bestätigt, dass es Streit zwischen ihrem Stiefbruder und seinem Vater gab. Worum es ging, ist ihr ein Rätsel. »Seit er in Thailand lebte, war er im Grunde ein Fremder für mich geworden.«
Bruno Wegmann war auch an der Geiselbefreiung am Donnerstag beteiligt, bei der Klee seinem Leben ein Ende setzte. Weiß der ›Puma‹ eine Antwort auf die offenen Fragen? Ein Polizeisprecher: »Nach den dramatischen Vorfällen haben wir Wegmann in den wohlverdienten Urlaub geschickt. Er ist verreist. Wir wissen nicht, wohin, und sehen auch keine Veranlassung, ihn noch einmal in der Sache zu vernehmen.«
Vielleicht liegt die Lösung des Rätsels im Fernen Osten. Thailandkenner warnen vor der an Urlaubsstränden beliebten Droge ›Magic Mushrooms‹. Sie verändert die Wahrnehmung, zerstört das Gehirn. Haben Psycho-Pilze den Hotelier aus dem Palmenparadies für die eigene Familie zum Fremden und schließlich zum mehrfach mordenden Monster mutieren lassen?

EPILOG

Die Kickboxer boten eine miserable Vorstellung. Auch seine Begleiterin sah das so.

Sie verließen den verqualmten Saal vorzeitig und suchten die *Ivy Lounge* auf. Sie bestellten Tiger Beer und hörten den Geschichten zu. Wie Pol Pots grüne Klobrille an die Wand der Bar gekommen war. Dass der Diktator einst beim Scheißen einen erstklassigen Blick über ein Tal in Westkambodscha gehabt hatte.

Sie wechselten in die *Red Piano Bar* und süffelten Angkor Beer. Seit Paramount Pictures die Ruinen vor der Stadt als Kulisse für Dreharbeiten benutzt hatte, hing ein Poster hinter dem Tresen. Es zeigte Angelina Jolie als Lara Croft und der Wirt lieferte passende Erinnerungen: dass sämtliche Statisten vietnamesische Hüte tragen mussten, weil für die Amis jedes Schlitzauge ein *Nam* war.

Ein Einheimischer berichtete über seine private Vergangenheit. Die Roten Khmer hätten ihn einst gezwungen, seinen Lehrer zu erschlagen. Seine Mutter sei wegen Diebstahls von Volkseigentum erschossen worden, weil sie eine Mango vom Baum gepflückt hatte, um nicht zu verhungern. Sein bester Freund sei wegen Sabotage zu Tode geknüppelt worden – er hatte eine Hand voll Schweinefutter stibitzt.

Bruno fragte: »Warum erzählst du den Touristen so etwas?«

»Weil meine Leute mir den Mund verbieten. Die Jungen glauben es nicht und die Alten wollen nichts mehr davon wissen.«

Auf dem Heimweg witzelte Brunos Begleiterin über das schlechte Englisch der Kambodschaner. Sie war eine pensionierte Tierärztin aus Schweden, die im gleichen Hotel wie Bruno logierte. Ihr Englisch war perfekt, aber sie hatte ihm nicht eine Geschichte erzählt.

An der Rezeption lag ein Fax aus Deutschland. Für ihn, Bruno Wegmann. Ein Artikel aus der Düsseldorfer Ausgabe des *Blitz* vom 29. April.

Geiseldrama verweist auf Mordfall.

Bruno überflog den Text. Die Spekulationen des Zeitungsschmierers setzten den Ereignissen der letzten Monate die Krone auf: Manfred Klee als Mörder der eigenen Familie, vernebelt durch den Konsum halluzinogener Pilze – die Alliterationen im letzten Satz musste man sich auf der Zunge zergehen lassen.

Es hieß, Fred habe seinem Leben ein Ende gesetzt – offenbar war er den Schüssen erlegen, die Narbengesicht Lauffer ihm verpasst hatte.

Der Name des Drahtziehers wurde nicht erwähnt. Kein Versuch der Kollegen, den Verbrechen auf den Grund zu gehen.

Ausgerechnet ihn hatte der Zeitungsartikel als Kronzeugen angeführt für all die Heuchelei und Irreführung. Eine infame Pointe.

Bruno wollte noch einmal Angkor Wat sehen.

Er fuhr mit dem Rad – noch hatte die Regenzeit nicht begonnen. Eine gute halbe Stunde musste Bruno strampeln. Neben einem Souvenirstand schloss er das Fahrrad ab. Er ignorierte die Kinder, die ihn umzingelten.

Hello Mista! Wandalla! Col' drink? Buy T-Shir'?

Auch den T-Shirt-Verkäufern schenkte Bruno keinen Blick. Dem Minenopfer ohne Beine und Arme, einem Mädchen, das Verwandte jeden Morgen am Westtor ablegten, hatte er schon genug gespendet.

Zwei Stunden verbrachte er im Tempel. Er grüßte die friedvollen Statuen und Reliefs. Tausende von *Apsaras* schienen mit ihm zu flirten.

Er begegnete Mönchen in curryfarbenen Gewändern. Andere trugen Kutten in knalligem Orange, gestiftet von *Paramount,* damit sie als Statisten mehr Farbe in den Film brachten – auch das hatte der Wirt der *Red Piano Bar* berichtet.

Fünf Türme, die den Sitz der Götter symbolisierten – Bruno erklomm sie, so hoch es ging.

Er genoss die Aussicht auf die weite Landschaft an den Ufern des Tonle Sap.

Er zog das Fax aus der Tasche und strich es glatt.

Bruno war sich sicher, dass die Legendenbildung des *Blitz* auf einer Vertuschungskampagne Pommers beruhte – unterstützt vom mächtigen Mentor Lemke, der für den Rest seiner Ministertage dem Grauschopf verpflichtet war.

Weil Bruno das alles vorausgesehen hatte, war er ans Ende der Welt gefahren.

Der Abstand zu seinem bisherigen Leben betrug fünf Tage und knapp zehntausend Kilometer.

Er las den handschriftlichen Zusatz am Ende des Blatts.

Ich ruf dich morgen früh an – für dich 16 Uhr kambodschanischer Zeit.
Gruß vom Rhein an den Tonle Sap – Benedikt

Bruno fragte sich, woher der Lange wusste, wie er zu erreichen war.

Wahrscheinlich von Mutter. Jetzt waren es schon zwei, die ihn zur Rückkehr überreden wollten.

Im düsteren Gang einer Galerie am Rand des Tempelkomplexes entdeckte Bruno ein Relief, in dem keiner lächelte.

Es handelte vom Krieg. Im zwölften Jahrhundert wurden Wandzeitungen gemeißelt. Soldaten marterten die Unterlegenen, trieben Nägel in ihre Körper, schnitten ihnen die Zungen ab. Sieger spießten Besiegte mit Speeren auf.

Eine Geschichte, die nicht in schlechtem Englisch erzählt wurde. Sie konnte überall spielen – der Gedanke daran machte sie noch grausamer.

Bruno verließ den Tempel. Das Minenopfer saß noch an

seinem Platz. Sein Anblick ließ ihn an Leute ohne Finger denken. Er legte eine Dollarnote in den Korb und wimmelte die Kinder ab, die ihn bestürmten.

Sie riefen »Bum-Bum« und meinten Bonbons. Wahrscheinlich hatten die Leute aus Hollywood sie damit verwöhnt.

Jemand hatte sein Fahrrad geklaut. Nach einiger Suche erwischte Bruno ein Taxi, das ihn in die Stadt fuhr.

Er musste sich mit dem Fahrer unterhalten – das Relief und die Bettler hatten Bruno deprimiert. Der Kerl am Steuer lenkte ihn ab, indem er vom Wohlstand berichtete, den die Touristen brachten. Nach einer Weile änderte der Fahrer die Tonart und klagte über Vietnamesen und andere Ausländer, die einen Großteil der Einnahmen für sich abzweigten. Über die Regierung in Phnom Penh, die mit den Blutsaugern gemeinsame Sache mache.

Bruno fragte ihn, ob er einen Kambodschaner namens Sok San kenne. Besagter Sok San sei etwa Mitte dreißig und ehemaliger Offizier.

Der Fahrer beäugte ihn misstrauisch im Rückspiegel.

Bruno sah ein, dass er den Bullen in sich nicht loswurde.

Um sechzehn Uhr klingelte das Telefon an der Rezeption.

Engel erklärte: »Ich habe einen Deal mit dem Minister vereinbart. Kein Wort über den Unfall und die Umstände, unter denen seine Geliebte zu Tode kam. Dafür bekomme ich die Leitung der Kriminalgruppe eins. Ein Teil deines Dossiers lag noch in dem Leihwagen. Genug, um den Minister zu beeindrucken.«

»Was ist mit Pommer?«

»Abgemeldet. Wird ins Landeskriminalamt versetzt. Darf für Lemke Statistiken fälschen.«

»Du hast dich kaufen lassen.«

»Der Deal schließt ein, dass du einen Posten in einer Dienststelle meiner Kriminalgruppe erhältst. Komm zurück. Du hast erreicht, was du wolltest.«

»Da bin ich mir nicht so sicher.«

»Übrigens hat eine Frau nach dir gefragt.«

»Tatsächlich? Wer denn?«

»Sie steht neben mir und hört mit. Sie hat eine Frage, und zwar wüsste sie gern, von wem du dich lieber vom Flughafen abholen lassen möchtest. Von deiner Frau oder von Pommers Schwester?«

»Mit ihrem Talent für Fangfragen sollte sie bei der Kripo anheuern.«

Bruno hörte gedämpftes Lachen im Hintergrund. Leises, aufgeregtes Wispern.

Lara – er hoffte, dass sie es war. Er hatte die ganzen Tage an sie gedacht.

Der Kriminalrat antwortete: »Sie möchte wissen, wann du zurückkommst.«

»Sag Lara, dass ich nicht weiß, ob ich der Richtige für sie bin. Sag ihr, dass sie mich ab morgen in Bangkok treffen kann, wenn sie es trotzdem versuchen will. Südostasien soll schön sein, solange man keine Magic Mushrooms nimmt.«

Lara meldete sich – endlich hatte sie selbst den Hörer übernommen.

Sie fragte: »Willst du das wirklich?«

Er und Ebis Witwe – Bruno fand, dass es einen Versuch wert war.

Danksagung

Ohne Rat und Kritik zahlreicher Freunde und Helfer hätte dieser Roman nicht entstehen können. Ich bin allen dankbar, die ihre Zeit opferten, um meine Recherchen zu unterstützen, und zuvorkommend blieben, wenn ich mit immer neuen Fragen nervte. Stellvertretend für alle und ohne sie für eventuelle Fehler verantwortlich machen zu wollen, möchte ich folgenden Menschen besonders danken: dem langjährigen Mainzer KK-11-Leiter und Soko-Chef Hermann Gläser, dem Ehrenpräsidenten des TuS Gerresheim Kurt Burchardt in Düsseldorf sowie Mr. Bo Bo, Fahrer und Tourist Guide in Siem Reap, Kambodscha.

Krimis von Horst Eckert

Ausgezählt
ISBN 3-89425-265-0
Bei einer Routinekontrolle erschießt ein Autofahrer einen Polizisten und verletzt dessen Kollegen schwer. Noch zwei weitere Männer fallen dem Amokfahrer zum Opfer, bis er später tot in seinem Auto gefunden wird. Selbstmord – scheint es. Eine Polizeiaffäre nimmt ihren Anfang.

Die Zwillingsfalle
ISBN 3-89425-238-3
Ausgezeichnet mit dem ›Glauser 2001‹
Ein sechsfacher Mord in der Sauna eines Fitnesscenters bringt nicht nur die umstrittene Sokoleiterin Ela Bach ins Schwitzen. Auch die Kommissare Köster und Zander kochen ihr eigenes Süppchen.

Finstere Seelen
ISBN 3-89425-218-9
Ist der ›Kannibale‹ nach 11 Jahren wieder aktiv geworden? Gibt es einen Trittbrettfahrer? Ein komplexer Fall voller Emotionen für die Mordermittler vom KK 11.

Aufgeputscht
ISBN 3-89425-078-X
Ausgezeichnet mit dem ›Marlowe 1998‹
Drei Kommissare - ein Wettlauf um Karriere und Geld, drei Fälle, die zu einem einzigen verschmelzen, erzählt auf die harte amerikanische Art.

Bittere Delikatessen
ISBN 3-89425-059-3
Feinkostkönig Fabian wird niedergestochen; die Bluttat ist für die Medien ein gefundenes Fressen. Kommissar Engel gerät unter Druck - getrieben von Publicitysucht, gefordert vom Chef, angefeindet von Kollegen, angezogen von einer schönen Verdächtigen.

Annas Erbe
ISBN 3-89425-053-4
»Eine spannende, geheimnisumwitterte Geschichte, ... bitterböse Quasi-Enthüllungen über Filz, Korruption und Sittenpolizei, ein bißchen Liebe - und eine gekonnte Schreibe. ... ein vielversprechendes Debüt.« (Überblick)

grafit

Wilsberg-Krimis von Jürgen Kehrer

Und die Toten läßt man ruhen
Der erste Wilsberg-Krimi – Vom ZDF verfilmt
ISBN 3-89425-006-2
»Dramaturgisch perfekt bis aufs I-Tüpfelchen« (Leo's Magazin)

In alter Freundschaft
Der zweite Wilsberg-Krimi – Vom ZDF verfilmt
ISBN 3-89425-020-8
Eine minderjährige Ausreißer-Punkie und ein bestohlener Disco-Chef

Gottesgemüse
Der dritte Wilsberg-Krimi ISBN 3-89425-026-7
Wilsberg erlebt den Psychoterror einer fanatischen Sekte.

Kein Fall für Wilsberg
Der vierte Wilsberg-Krimi ISBN 3-89425-039-9
Dubiose Waffengeschäfte und ein Firmenchef mit Doppelleben

Wilsberg und die Wiedertäufer
Der fünfte Wilsberg-Krimi ISBN 3-89425-047-X
»Kommando Jan van Leiden« fordert vom Bischof eine halbe Million.

Schuß und Gegenschuß
Der sechste Wilsberg-Krimi ISBN 3-89425-051-8
Wilsberg im Reality-TV. Nach Drehbeginn kommt es zu schweren Unfällen.

Bären und Bullen
Der siebte Wilsberg-Krimi ISBN 3-89425-065-8
Wilsberg soll Entführung aufklären – was verschweigt Willi?

Das Kappenstein-Projekt
Der achte Wilsberg-Krimi – Vom ZDF verfilmt
ISBN 3-89425-073-9
Wilsberg als Leibwächter der grünen Stadtkämmerin

Das Schapdetten-Virus
Der neunte Wilsberg-Krimi ISBN 3-89425-205-7
Wilsberg bewacht 100 Affen für medizinische Experimente.

Irgendwo da draußen
Der zehnte Wilsberg-Krimi ISBN 3-89425-208-1
Trieben Außerirdische die junge Corinna in den Tod?

Der Minister und das Mädchen
Der elfte Wilsberg-Krimi ISBN 3-89425-216-2
Ist der Sohn des Ministers in spe ein Vergewaltiger?

Wilsberg und die Schloss-Vandalen
Der zwölfte Wilsberg-Krimi ISBN 3-89425-237-5
Wer bedroht Schloss Isselburg? Wilsberg stößt auf die Leiche im Keller.

Wilsberg isst vietnamesisch
Der dreizehnte Wilsberg-Krimi ISBN 3-89425-262-6
Rätselhafte Mordserie in einem beschaulichen Stadtteil.

Krimis von Fabian Lenk

Brandaktuell
ISBN 3-89425-064-X
Der erste Krimi mit Boulevard-Reporter Bachmann
»Im Spannungsfeld von brennenden Asylbewerberheimen, Sensationspresse, Fascho-Szene und kommunalem Filz liegt der Reiz von Fabian Lenks ›Brandaktuell‹.« (Mainpresse)
»Neben der Krimi-Handlung bringt der Band sehr gut den alltäglichen Zynismus rüber, den wohl Menschen entwickeln, die im Boulevard-Journalismus voyeuristische Leser mit Stoff versorgen.« (Die Wage)

Schlaf, Kindlein, schlaf
ISBN 3-89425-075-5
Der zweite Krimi mit Boulevard-Reporter Bachmann
Lenk erzählt packend von Menschen zwischen Profilierungsssucht, der Jagd nach der heißen Story und dem Bemühen, einen Rest von Anstand zu bewahren.
»Hochspannung bis zum furiosen Schluß!« (Radio 8)

Mitgefangen, mitgehangen
ISBN 3-89425-209-X
Der dritte Krimi mit Boulevard-Reporter Bachmann
Im Urlaubsparadies geht die Angst um: Erst wird der Hotelmanager Richard Bergen in einer Scheune erhängt gefunden, dann der Richter Friedrich Seeger an einem Obstbaum aufgeknüpft. Wer wird das nächste Opfer des »Henkers«?

Der Gott der Gosse
ISBN 3-89425-223-5
Der vierte Krimi mit Boulevard-Reporter Bachmann
»Fabian Lenk ist ... ein herausragendes Stück Spannungsliteratur gelungen.« (Gießener Anzeiger)

Schattenland
ISBN 3-89425-241-3
Der fünfte Krimi mit Boulevard-Reporter Bachmann
Eine unheimliche Mordserie beunruhigt die Nürnberger Polizei: Den Opfern fehlen Organe. Tat eines Psychopathen oder Werk der chinesischen Organmafia?

Paparazzi-Poker
ISBN 3-89425-258-8
Paparazzo Milo Lose fotografiert Fernsehstar Ted von Then beim Seitensprung. Doch dann wird der Prominente ermordet – der Fotograf hat von Thens letzte Sekunden im Bild festgehalten und wittert ein profitables Geschäft.

grafit

Krimis von Leenders/Bay/Leenders

Königsschießen

Der erste Krimi mit dem Klever K 1 ISBN 3-89425-029-1

»Das feucht-fröhliche Schützenfest in einem Dorf am Niederrhein endet jäh mit dem Mord am allseits beliebten Bäcker.« (Wiesbadener Kurier)

Belsazars Ende

Der zweite Krimi mit dem Klever K 1 ISBN 3-89425-037-2

Das tote Genie liebte schöne Lolitas, die Honoratioren lieben große Feste, und Astrid Steendijk liebt es spontan und intensiv.

Jenseits von Uedem

Der dritte Krimi mit dem Klever K 1 ISBN 3-89425-045-3

Ein toter Privatdetektiv, abgeschlachtete Zuchthengste und weitere rätselhafte Todesfälle führen Toppe bis weit hinter Uedem.

Feine Milde

Der vierte Krimi mit dem Klever K 1 ISBN 3-89425-057-7

Zwei tote Säuglinge in einem Kleinlaster und ein überfahrener Kripo-Mann.

Clara!

Der fünfte Krimi mit dem Klever K 1 ISBN 3-89425-071-2

Wasserleiche, religiöser Wahn und Toppes Wohngemeinschaft, - und alles dreht sich um Clara.

Eulenspiegel

Der sechste Krimi mit dem Klever K 1 ISBN 3-89425-210-3

Das K 1wird vernetzte Musterbehörde, und ein irrer Attentäter metzelt mit offensichtlich sexuellem Hintergrund.

Ackermann tanzt

Der siebte Krimi mit dem Klever K 1 ISBN 3-89425-225-1

Scheunenfeste, eine rätselhafte Ordnertruppe und Einbrüche, die der Polizei vorab gemeldet werden. Da muss Ackermann tanzen gehen ...

Die Schatten schlafen nur

Der achte Krimi mit dem Klever K 1 ISBN 3-89425-244-8

Nierswalde, die neue Heimat für Vertriebene, wird 50 Jahre später zum Alptraum für Aussiedler und Ermittler.